D0984815

Fractura

Andrés Neuman
Fractura

ALFAGUARA

Papel certificado por el Forest Stewardship Council®

Primera edición: febrero de 2018

© 2018, Andrés Neuman. Todos los derechos reservados
© 2018, Penguin Random House Grupo Editorial, S. A. U.
Travessera de Gràcia, 47-49. 08021 Barcelona

© Diseño: Penguin Random House Grupo Editorial, inspirado en un diseño original de Enric Satué

Printed in Spain – Impreso en España

ISBN: 978-84-204-3242-7
Depósito legal: B-23070-2017

Compuesto en MT Color & Diseño, S. L.
Impreso en Unigraf, Móstoles (Madrid)

AL32427

Penguin
Random House
Grupo Editorial

Índice

Para Erika, por la novela de cada día

Si algo existe en un lugar, existirá en todos.

CZESŁAW MIŁOSZ

El amor vino después de la matanza.

ANNE SEXTON

Me pregunto si habrá
alguna operación
para extirpar recuerdos.

SHINOE SHODA

Estaré yo solo
y me tocaré
y si mi cuerpo sigue siendo la parte blanda de la
montaña
sabré
que aún no soy la montaña.

JOSÉ WATANABE

1. Placas de la memoria

La tarde parece serena, pero el tiempo está en guardia. El señor Watanabe rebusca en sus bolsillos como si los objetos ausentes fueran sensibles a la insistencia. Por un descuido que empieza a resultar frecuente en él, ha olvidado en su casa la tarjeta del metro junto a sus anteojos: visualiza ambas cosas encima de la mesa, burlonamente nítidas. Watanabe se dirige con fastidio hacia una de las máquinas. Mientras realiza su operación, observa a un grupo de jóvenes turistas perplejos ante la maraña de estaciones. Los turistas hacen cuentas. Las cifras emergen de sus bocas, ascienden y se disipan. Carraspeando, vuelve a atender a su pantalla. Los jóvenes lo miran con vaga hostilidad. El señor Watanabe los escucha deliberar en su idioma, un idioma melódico y enfático que conoce muy bien. Sopesa la posibilidad de ofrecerles ayuda, tal como ha hecho con tantos visitantes abrumados por el metro de Tokio. Pero ya son casi las tres menos cuarto, le duele la cintura, tiene ganas de volver a casa. Y, para ser franco, tampoco simpatiza con esos jóvenes. Se pregunta si habrá perdido por completo el hábito de los gritos y la gesticulación, que tan liberadores llegaron a parecerle en otra época de su vida. Prestando oído a la sintaxis extranjera, abona su trayecto antes de retirarse. Nota el aroma del viernes: un cóctel de cansancio y expectativa. Al tiempo que desciende en la escalera mecánica, contempla esos andenes que se irán colmando. Se alegra de no haber tomado un taxi. A esta hora todavía queda espacio en los vagones. Sabe que pronto los últimos pasajeros empujarán la espalda de los anteriores, y que los serviciales empleados llegarán para empujarlos a ellos. Y así hasta que las puertas interrumpan el flujo, como quien poda el mar. Empujarnos unos a otros, piensa Watanabe, es una forma particularmente sincera de comunicarnos. Justo en ese instante, los peldaños de la escalera mecánica empiezan a vibrar. La vibración se eleva a temblor, y el temblor va derivando en evidentes sacudidas. Al señor Watanabe lo asalta la impresión de que nada de cuanto lo rodea está pasándole a él. Su vista pierde foco. Entonces siente que el suelo deja de ser suelo.

Los jóvenes turistas examinan el plano del metro, su tubería multicolor. Los desconcierta la superposición de trenes, el crucigrama de líneas públicas y privadas. Intentan calcular cuántos yenes por cabeza necesitarán para un abono. En la máquina contigua, un viejito carraspea. El turista más joven sugiere que podría ayudarlos, en vez de mirar tanto a las chicas. Otro añade que, si sigue mirando, al menos podría pagarles el viaje. Una compañera le replica que hoy lo nota más imbécil que de costumbre. Lo cual, especifica alzando un dedo, es mucho decir. Los turistas introducen una cascada de monedas, mientras el viejito japonés desaparece. Una de las chicas manifiesta su predilección por las monedas con un orificio en el centro. El más joven del grupo lo compara con la perforación que él mismo se ha practicado en cierta zona de su anatomía. La mano de su amiga impacta contra su nuca: los cabellos se abren en asterisco. Los gritos y carcajadas provocan sobresaltos a su alrededor. Ahora los turistas se percatan del susurro colectivo, de la extraña precisión que impera en la muchedumbre. Procuran moderarse sin demasiado éxito. Corretean hacia las escaleras. Los asombra que nadie choque con nadie, la unanimidad con que los pasajeros respetan cada norma. En su país, piensa el menos joven del grupo, algo así se lograría sólo bajo amenaza. ¿Qué amenaza a los japoneses? Al advertir las primeras vibraciones, las atribuyen a la flexibilidad de la arquitectura. Nada que ver, sin duda, con las estaciones de su tierra. Los temblores se hacen más evidentes. Entre el pánico y el pasmo, los turistas ignoran si el silencio de los demás es por sangre fría o porque están midiendo la duración. Una de las chicas recuerda entonces lo ocurrido hace un año en su ciudad, cuando llegó a contar hasta cien. Y al atender al pulso de los cimientos va sufriendo un progresivo *déjà vu,* como si cada sacudida tuviese lugar un poco más adentro de su cabeza, bombeándole memoria.

Alternándose a distintas alturas, los zapatos improvisan pentagramas. Los pies son el metrónomo del viernes. Mientras las escaleras los trasladan, los pasajeros contemplan esos andenes que se irán colmando. Algunos reparan tenuemente en el señor Watanabe. Uno de ellos se fija en su vestimenta, inusual para su edad o en cierto modo fuera de contexto. La inercia del descenso se impone, el zumbido es un mantra. De golpe ese zumbido cambia de frecuencia. Las miradas se despegan de sus puntos de fuga, las escaleras reaccionan igual que una pesada serpentina. Más abajo, la temporalidad se bifurca: los trenes no arrancan y los pasajeros corren. Incluso los empleados parecen ansiosos. Saben que hasta veinte segundos es temblor, y que a partir de veinte es algo serio. Tratando de calmarse a sí mismo, el revisor más veterano pide calma. Una profesora de lengua tiene la sensación de estar asistiendo a una aterradora redundancia. Un terremoto es como un tren pasando junto a tus pies, y su tren acababa de llegar. Detrás de ella a un hombre, el mismo que poco antes se detuvo en la indumentaria de Watanabe, lo embarga una incrédula fragilidad. No encuentra dónde asirse. Y reniega de sus convicciones. Justo por encima de su cabeza, al otro lado de la bóveda del metro, un joven ciclista se inclina y cae sobre el asfalto sin dejar de pedalear.

Los nervios de las cañerías recorren el techo. Las goteras ensayan su futura aparición, formando capas de tiempo sobre la arquitectura. En la balanza de las escaleras el peso se reparte: unos pasajeros suben, otros bajan. Las fuerzas están en orden. Las energías cooperan. Cuando los peldaños comienzan a vibrar, y la vibración se eleva a temblor, y el temblor va derivando en evidentes sacudidas, cada contorno se descompone en un manojo de líneas. Todo cuerpo está en hiato. Por los andenes ronda la siembra de la duda. Lo subterráneo se expresa en lo subterráneo. Como dados cambiando de cifra, las paredes calibran la tirada. Punto negro entre innumerables puntos, el señor Watanabe levanta uno de sus zapatos.

Las cosas en el suelo juegan a su manera. Ganan una baldosa, esperan turno, se enrocan. Las corrientes generan remolinos, desórdenes microscópicos. Un papelito arrastra su malograda papiroflexia. Fue redondo ese helado que se derrite en el andén. Un encendedor ofrece fuego a las pelusas que pasan. Junto a las máquinas, unos auriculares añoran sus oídos. Acaban de caer de los bolsillos del señor Watanabe, mientras se dirigía con fastidio a comprar su billete. Cuando el suelo deja de ser suelo, los auriculares empiezan a culebrear entre los pasos: una estampida en estéreo. El encendedor rebota, invoca su llama. La bola de helado alarga su huella. El papelito afloja su presión, desenvolviendo un texto que nadie lee.

La luz plana del metro se vuelca sobre las cosas, cada tubo desprende su porción de anestesia. Todo el recinto flota en un líquido eléctrico. Las sombras fluyen entre pitidos que las guían como boyas. De pronto la vista de Watanabe pierde foco. La realidad se convierte en una intermitencia, un párpado que vibra, un ojo astillado en múltiples ojos. Y luego queda el ruido. Sólo el ruido. Una música rota que quizá los auriculares perciban. Cada cuchara impactando a la vez en su taza. Un cascanueces del tamaño del país. La protesta bajo tierra. Y, muy al fondo, un sonido ancestral de cuerdas zarandeándose, igual que un barco en plena tempestad.

Un terremoto fractura el presente, quiebra la perspectiva, remueve las placas de la memoria.

En cuanto Watanabe asoma la cabeza, se le viene encima una catarata de pies. Toma aire antes de salir. Aún tiene la sensación de que el mundo oscila ligeramente, de que cada cosa emite el recuerdo de su inestabilidad.

Afuera, por fortuna, todo parece más o menos en su sitio. No lo daba en absoluto por sentado. La intensidad de las sacudidas le hizo temerse lo peor.

Hace frío para ser marzo: los hombros contraídos ejercen de termómetro. En algunas esquinas el tráfico está cortado, en otras se desborda. Las sirenas revolotean en todas direcciones. Las colas se retuercen frente a los escasos transportes que continúan activos. Cualquiera diría que, en cuestión de minutos, la población se ha multiplicado.

La ciudad entera ha retrocedido a un estado anterior, cuando aún no existía el nuevo plan vial. Las arterias se estrechan. La circulación se colapsa. Después de muchos años —más de los que se atreve a contabilizar— el señor Watanabe vuelve a sentir que, en lugar de protegerlo, la multitud lo aplasta.

Procura serenarse. Evalúa la situación. Y, pese a la fatiga, decide regresar por su cuenta. Tampoco está tan lejos de su barrio. A un ritmo razonable, calcula que llegará a Shinjuku antes de que caiga el sol.

La gente ocupa el espacio de una manera nueva. Es decir, muy antigua: con la visceralidad de quien dispone sólo de su cuerpo. Los peatones transitan por el centro de las avenidas, pequeña desviación que a Watanabe se le antoja radical.

Hay algo de naufragio y rescate en estos cruces, en las colaboraciones al pasar, en estas relaciones ambulantes. Una repentina solidaridad discute las distancias.

En condiciones normales, reflexiona, la superpoblación se compensa con el aislamiento. Pero esta tarde varios desconocidos se interesan por su estado, él consulta a unos, estos a otros. El miedo es una especie de amor torcido.

La señal telefónica no se ha recuperado, o al menos su aparato no consigue hacer llamadas. Los proveedores de wifi acaban de liberar las redes a causa de la emergencia. Ve que muchos se mueven vigilando sus teléfonos: puede leer las noticias en sus caras. Envidiando esa destreza para desplazarse al mismo tiempo por el reino virtual y la vía pública, el señor Watanabe intenta escuchar la radio. Se palpa los bolsillos. Y descubre que ha perdido los auriculares.

Como si el movimiento de placas hubiera trastocado los relojes, Tokio está oscureciendo a deshora. El contraste con su imagen diaria es tan chocante, piensa, que cada lugar merecería tener un nombre con luz y otro en penumbra. Muchas tiendas han cerrado. La gente compra víveres y baterías. Cuanto mayor es el tamaño de las ciudades, más grande parece su pánico a la oscuridad.

El señor Watanabe recuerda cuando, en su juventud, se abolió la restricción en la altura de las edificaciones. La propiedad del aire se volvió más urgente que la del suelo. Aquello provocó protestas reclamando el derecho al sol. Así se dictó la Ordenanza de la Luz Solar, que él encuentra involuntariamente poética, y gracias a la cual se empezó a construir en ángulo.

La obsesión de la capital, su sistema nervioso, consiste en prevenir. Contener. Aislar. Fosos. Cortafuegos. Estructuras antisísmicas. Todo un urbanismo basado en la desgracia futura. El resultado es una mole de confianza sobre una superficie de temores. Bajo el influjo de esta idea, Watanabe se detiene en un supermercado. Entra con un objetivo muy específico.

Cuando localiza el estante del papel higiénico, descubre que ya no quedan existencias. Reconoce la edad de quienes recolectan los últimos rollos: aproximadamente la suya. De camino a la salida, advierte que se ha agotado un segundo producto. Los pañales. La vejez y la infancia también están unidas por el baño.

En el exterior de los edificios se ha evaporado la publicidad. Hoy, por primera vez desde su regreso, las calles están desnudas.

Ya no parece Tokio. Al elevar la vista, sólo brilla el cielo.

Observando los cuellos izados por la extrañeza, el señor Watanabe toma conciencia de lo poco que suele mirar hacia arriba. El centro, razona, está diseñado contra la intemperie. Sin embargo, acaba de resurgir el instinto de orientarse mediante el firmamento: se ha abierto un hueco por donde espiarlo. El resplandor se debilita gota a gota. Un océano escapándose por una rejilla.

De golpe los murmullos cambian de tono. El rumor atraviesa la multitud igual que la corriente recorre un cable. Él intenta acelerar. Las malas noticias son algo que prefiere asimilar a solas.

A sus espaldas, cada vez más fuerte, cada vez más cerca, se escucha la palabra *tsunami*.

Antes de las cinco de la tarde, Watanabe alcanza el portal de un rascacielos de Shinjuku. En la fecha de su inauguración, presumió de ser el más alto de Tokio. A lo lejos evocaba un lápiz sobresaliendo entre gomas de borrar. Rápidamente fue superado por otro. Somos adictos a los récords, piensa. O, en fin, somos adictos.

Mientras accede al edificio, su alivio se interrumpe. ¿Y si, por algún percance eléctrico, se viese obligado a subir las escaleras? ¿Lo soportarían sus pulmones y sus rodillas? ¿Cómo sería dormir en el portal, acampar bajo su propia casa?

En cuanto comprueba que los ascensores funcionan, el señor Watanabe se recrea en un largo suspiro. Pero, antes de oprimir el botón, lo asaltan nuevas dudas. ¿Y si se produce un apagón al ascender? ¿En días como estos queda alguien disponible en los servicios de rescate? ¿Cómo funciona la señal de alarma? ¿Por qué nunca se ha molestado en aprender esas cosas?

El ascensor lo deposita plácidamente en la planta vigésimo octava. Huye de un salto. El corredor alfombrado tiene algo de jardín con sordina.

Watanabe introduce la llave, abre la puerta del apartamento, pasa el pequeño vestíbulo, introduce la llave, abre la puerta y entra en su apartamento. No es una repetición. O sí, de la vivienda: cuando la compró, entre otras reformas, hizo construir una gruesa pared suplementaria. Ahora habita un hogar en el interior de su hogar. Se ha bunkerizado dentro de sí mismo. Si algo terrible ocurriera, podría dañarse parte del edificio, o la vigésimo octava planta, o incluso el primer muro. Pero quizá no la última casa. La suya. La del superviviente.

Disonando con el resto de la decoración, se extiende una vieja alfombra de franjas negras y blancas, semejante a un paso de cebra. Para compensar su hermetismo, al señor Watanabe le gusta imaginar que cruza la calle cuando se adentra en su morada.

Se descalza antes de pasar a la sala, bastante amplia para el promedio de la ciudad. Aunque a estas alturas se lo pueda permitir, aún tiene presente cómo, en los tiempos en que vivía con sus tíos, no podía atravesar su cuarto con la mochila puesta. Jamás lo han incomodado los recintos angostos. Su claustrofobia es vertical. Por eso lo que más aprecia es el techo, que ronda los tres metros y medio, uno por encima de lo acostumbrado. Ese metro que circula sobre su cabeza es, siente Watanabe, el margen donde flotan sus ideas y recuerdos.

Desde el instante mismo en que pisa la sala, intuye que algo no va bien. En su condición de maniático, sabe que cada espacio posee un equilibrio secreto y cualquier desajuste puede perturbarlo. Algunos de los muebles se han movido levemente, lo cual confirma que ha sido un terremoto más violento de lo usual. Watanabe avanza como un detective que investiga el crimen cometido en su propia habitación.

De inmediato divisa el estropicio en su colección de banjos. Algunos se han descolgado de los soportes y yacen sobre la tarima. Varias cuerdas se han soltado de sus puentes. Los mástiles apuntan en todas direcciones, señalando a múltiples culpables. Las cajas de resonancia cantan infinitesimalmente su caída.

El señor Watanabe contempla ese catálogo de instrumentos derrocados. Se agacha a examinarlos y los cuelga. Ninguno parece haber sufrido daños irreparables. Ahora bien, se corrige, ¿hasta qué punto un daño es reparable? ¿No valdría la pena hacer algo diferente?

¿Por qué disimular los desperfectos en sus banjos, y no integrarlos en su restauración? Todas las cosas rotas, piensa, tienen algo en común. Una grieta las une a su pasado.

Acaricia, uno por uno, los instrumentos que se han salvado del desplome. Tiene la convicción de que los objetos que han estado a punto de romperse por cualquier motivo —de resbalar, caer, partirse, chocar con otros— ingresan en una segunda vida. En un estado anfibio que los vuelve significativos, imposibles de tocar igual que antes.

De ahí, quizá, su creciente admiración por el kintsugi. Cuando una cerámica se rompe, los artesanos del kintsugi insertan polvo de oro en cada grieta, subrayando la parte por donde se quebró. Las fracturas y su reparación quedan expuestas en vez de ocultas, y pasan a ocupar un lugar central en la historia del objeto. Poner de manifiesto esa memoria lo ennoblece. Aquello que ha sufrido daños y sobrevivido puede considerarse entonces más valioso, más bello.

Inspeccionando su biblioteca, Watanabe comprueba que se han deslizado unos pocos ejemplares de los anaqueles superiores. ¿Existirá algún patrón en esos movimientos literarios? ¿Conformarán una especie de antología sísmica? ¿Habrá autores más propensos a descolocarse? Se detiene a cotejar si esos libros se corresponden en alguna medida con sus preferencias. El resultado lo sorprende.

Al otro extremo de la estancia, un detalle le provoca un estremecimiento. Encuentra las puertas del *butsudan* entreabiertas. Y un par de objetos, alusivos a sus padres y hermanas, volcados en el pequeño altar. No se atreve a enderezarlos inmediatamente. Tiene la sensación de que eso implicaría llevarles la contraria.

El señor Watanabe se dirige a la cocina. Se sirve una copa de vino para tranquilizarse, o al menos para enriquecer su intranquilidad. Al abrir la despensa, ve que los productos de limpieza y las latas de comida han rodado hasta mezclarse. Sospecha que ese desorden esconde algún sentido. No se le ocurre cuál.

Vuelve a la sala con la copa enrojeciéndole una mano. La vacía con rapidez y se derrumba en el sofá. Se frota con esfuerzo los tobillos, no los siente suyos. Enciende la televisión y se conecta a internet para —ahora sí— empaparse de todas las noticias.

Justo en ese momento distingue sobre la mesita, intacta, odiosa, su tarjeta del metro: el destello de una ciudad anterior donde nada ha sucedido. Los anteojos han resbalado hasta el borde. El sol ya va camino de imitarlos.

Entre la segunda y la tercera copa, Watanabe se entera de los daños causados al noreste del país. Particularmente en la región de Tōhoku, donde está desplegándose un operativo militar. Si hay militares, deduce, tiene que haber más muertos de los que calculan los medios de comunicación. Esta es la cuarta copa. Su malestar desborda el mapa del presente.

Averigua aturdido la magnitud del terremoto que acaba de presenciar: el mayor en la historia del país. Superior incluso al Gran Terremoto de Kantō, que ha venido ejerciendo de límite legendario. Hoy se ha batido un récord que nadie deseaba batir.

El señor Watanabe lee con extrema lentitud, como si al deletrear sus nombres pudiera restaurarlos, la larga lista de lugares rotos. Sumatra, Valdivia, Alaska. Esmeraldas, Arica, Kamchatka. Lisboa. Ciudad de México. Japón, Japón, Japón.

A todo gran seísmo con epicentro en el mar le sigue algo peor. Los tsunamis, le consta, se llamaron maremotos, *seaquakes, raz de marées*. Según dónde golpeasen. Hasta que hubo doscientos mil muertos y un millón de desplazados en la costa indonesia. Ahí estaba el tsunami, siniestramente global.

Consulta diferentes medios de Estados Unidos. Acaba de emitirse una alerta en Hawái y un aviso de vigilancia para la costa oeste. Los seísmos son parte de la historia. ¿O es la historia un pedazo de la ciencia sísmica? Watanabe se imagina un temblor subterráneo propagándose poco a poco, hasta sacudir el planeta entero.

En las pantallas de sus dispositivos, cuyos reflejos se desfiguran en la botella vacía, ve los rascacielos ondulando y buscándose las puntas.

Ve las grietas en las carreteras, masticando el asfalto igual que una dentadura.

Ve los espasmos en las tiendas, los pasillos revolucionados, la mercancía cayendo.

Ve el centrifugado de las casas, las paredes perdiendo sus perpendiculares, el cascabel de las lámparas, la rebelión de las formas, a sus dueños bajo las mesas.

Ve la fuerza absurda del tsunami, su escoba de agua sucia, los aviones flotando en el aeropuerto de Sendai, los automóviles arrastrados como botes, la naturalidad del líquido ahogando la madriguera de la civilización.

Al parecer, se ha paralizado la actividad en una decena de centrales nucleares. Y empiezan a llegar versiones contradictorias sobre la central Daiichi, en la prefectura de Fukushima. A la hora del terremoto, se informa Watanabe, tres de sus reactores estaban operativos. En cuanto fue detectado, los reactores se apagaron automáticamente. Y al apagarse dejaron de generar la corriente que mantiene la refrigeración de la planta, que funciona con agua en ebullición. En condiciones normales se habría puesto en marcha la red externa, pero quedó averiada por el seísmo. Los motores auxiliares comenzaron a funcionar. Y se detuvieron de golpe cuando llegó el tsunami. Simple. O no.

Como si los datos imitaran la onda expansiva de la inundación, Watanabe advierte que la evaluación de daños aumenta a cada minuto: un reloj de agua hirviendo. A juzgar por los comentarios, muchos están leyendo las estimaciones oficiales con la misma desconfianza con que miraban al techo durante el terremoto.

Enseguida se declara el estado de emergencia nuclear en las plantas uno y dos de la central de Fukushima. Se anuncian desalojos en un radio limitado: tres kilómetros a la redonda. Distancia que le trae pésimos recuerdos al señor Watanabe. Sin embargo, el gobierno asegura que no se han producido fugas radiactivas.

Por algún motivo, su teléfono continúa sin señal. En el correo encuentra un mensaje de Carmen, que le escribe desde Madrid. Hacía tiempo que no se comunicaban: las desgracias sirven para eso. Carmen ha visto las noticias y está preocupada. Quiere saber si está bien, si necesita algo. Le cuenta que acaba de encontrar un grupo de Facebook llamado *Españoles en Japón que han vivido el terremoto*. Y termina diciéndole: «No me puedo creer que esto esté pasando un 11 de marzo».

Watanabe envía una concisa respuesta. Le agradece su preocupación y le confirma que está a salvo. Luego envía un segundo mensaje, añadiendo que se alegra mucho de recuperar el contacto e interesándose por sus nietos. De inmediato comienza a redactar un tercer mensaje, aclarando que por supuesto el contacto nunca lo han perdido, pero valora especialmente haber podido comunicarse en un día así, cuando la gente que más nos importa, etcétera. Relee estas líneas, las borra y sale del correo.

Qué remotos parecían, en sus tiempos, los desastres ajenos. Y cómo ahora, mediante estas pantallas que conoce por dentro, resulta inevitable espiarlos. Se pregunta si eso ha incrementado o reducido su sensibilidad. La condición de espectador permanente fabrica un filtro, una amortiguación. Aunque también lo obliga a asistir sin descanso a un dolor ubicuo.

Watanabe enciende el reproductor de música, que se halla conectado a unos altavoces de la estatura de un hombre. Al menos de un hombre de su modesta estatura. Opta por una de sus grabaciones más queridas. Trompeta turbia, piano meditativo, contrabajo humeante. Baja el volumen al mínimo. Cierra los ojos, corta el torrente óptico. Y se sumerge en uno de los ejercicios más placenteros que conoce: escuchar música sin sonido. Recrearla en su mente. No es algo que el señor Watanabe haga con cualquier disco. Siempre elige con sumo cuidado lo que no va a escuchar.

Lo único que escucha, sin embargo, es el teléfono. El teléfono fijo insistiendo desde su dormitorio. Contrariado por la inoportunidad de la llamada, y a la vez consciente de su posible urgencia, se despega con dificultad del sofá. Nota un pinchazo en la cintura. Corre, o casi. Resopla. Descuelga. Responde.

No es ninguna de las voces que hubiera esperado. Tampoco ninguna que él reconozca. Para su sorpresa, se trata de un periodista argentino. Que le da los buenos días y después las buenas tardes. Que le pide disculpas. Que ha pasado la noche trabajando. Que se atropella al darle explicaciones. Que dice apellidarse Quintero o Gancedo. No: Pinedo. Y que intenta congraciarse con él malpronunciando un saludo en japonés.

Esto último irrita a Watanabe, que lo interpreta como un gesto condescendiente, una suerte de souvenir retórico. Para colmo, el periodista argentino se ofrece a hablarle en inglés, cuando él comprende perfectamente el castellano.

De cualquier forma, no se siente con ánimo ni paciencia. Se percata además de que Pinedo sufre una ligera tartamudez que vuelve equívoca la escucha. Alcanza a entender que le, le gustaría mucho, este, entrevistarlo a propósito, a propósito del terremoto y el tsunami, ¿no?, porque está preparando una investigación catastrófica, o sobre las catástrofes de no sé qué, para no sé dónde.

Le extraña que este tipo haya averiguado el número de su casa. Le molesta que pretenda sonsacarle información. Y, sobre todo, ¿para qué demonios entrevistarlo a él? ¿No sería mejor algún político, alguien de la embajada, otro periodista?

Watanabe interrumpe con hostilidad los balbuceos de Pinedo y, en un español que adquiere tonalidades de indignación en sílabas imprevisibles, le recomienda que busque su material sensacionalista en otra parte.

Azorado, Pinedo intenta explicarle que, que no se trata, no se trata en absoluto de eso porque, en serio, al contrario, lo que él está escribiendo, este, en realidad es.

Él deja de escuchar. Responde que no tiene interés en hacer declaraciones. Cuelga el teléfono. Y tira del cable para desconectarlo.

Tras la llamada, el señor Watanabe no logra serenarse. Cruza una y otra vez la vieja alfombra a rayas. Duda si volver a las noticias, comer algo o acostarse. Tal como suele hacer cuando no sabe qué hacer, se pone a retocar sus flores.

Retira las hojas caídas. Desmenuza los pétalos entre las yemas. Renueva el agua del esbelto recipiente, que no se volcó con las sacudidas. Acomoda las flores, procurando que asomen todo lo posible. Reordena las ramitas de sauce. Elige su posición menos por su aspecto que por las sombras que proyectan. Estudia la secreta hidrografía que dibujan. En cuanto deja listo el arreglo, descubre con inquietud que una de las ramitas no llega al agua.

Unas últimas témperas manchan los cristales del ventanal. Los reflejos chapotean. La noche va mojando los rascacielos. Las siluetas humanas pasan, quedan enmarcadas y se pierden. Watanabe se pregunta si acaso estarán viéndolo, si alguien lo observa a él.

De repente, la cuerda de un banjo se suelta y emite una nota estridente que queda reverberando.

Watanabe decide tomar un *ofuro*. Es lo que necesita. Frotar su desnudez y cubrirla de calor. Primero la intemperie, después el amparo. Un baño que lo ablande y disuelva lentamente.

Va desapareciendo en el rectángulo. Intenta que su piel absorba la piedad del agua, el abandono del vapor. Fija la vista en el techo. Se queda inmóvil, atendiendo a ese silencio con gárgaras que producen los baños.

En cuanto sale, se come una manzana y se traga un somnífero.

Es plena madrugada y el cuerpo del señor Watanabe se revuelve en la cama. Sus extremidades flacas y pálidas se agitan como una marioneta con los hilos enredados.

Hace ya más de medio siglo que no duerme sobre un tatami. Una vez jubilado, al regresar a Tokio, se esforzó por readaptarse a los rigores del futón. No tardó en admitir que, acostado de esa forma, se sentía embalsamado. Tantos años en camas occidentales han modificado su concepto del reposo. Después de todo, al soñar cargamos con los lugares donde hemos dormido.

Watanabe descansa con tapones, hábito que adquirió cuando su trabajo lo obligaba a pasar más de cien noches al año en hoteles. En aquella época aprendió que cien noches son mucho más que tres meses y medio. Que forman una unidad de tiempo autónoma, un lapso a partir del cual la noción misma de hogar queda en entredicho. Como él solía decir, cuando se conoce mejor el minibar del hotel que las alacenas de casa, no hay regreso posible.

Por eso no ha abandonado la disciplina de proteger su sueño con unos tapones de goma, suavemente escamados, que penetran en el conducto auditivo hasta producirle un tranquilizador efecto de vacío. Opina Watanabe que acostarse sin ellos fomentaría la creencia de que duerme en casa, mientras que ponérselos implica aceptar que sueña siempre en otra parte.

Es plena madrugada y su cuerpo se revuelve, huye. Hasta que una pesadilla lo expulsa de las sábanas. Una

32

de esas pesadillas que tienen la consistencia de las premoniciones.

Watanabe tantea la mesa de noche. Su móvil, sobresaltado a semejanza suya, acaba de recobrar la señal. De inmediato se desencadena un torrente de textos, mensajes de voz, llamadas perdidas. El aparato repta. Da la impresión de estar sufriendo un ataque convulsivo.

Entre las llamadas, encuentra varias de Mariela desde Buenos Aires. También un mensaje suyo rogándole que, si está en casa, por favor atienda el teléfono. Él le envía un par de líneas tranquilizadoras y promete llamarla pronto.

Súbita asamblea de grillos, la señal móvil parece haberse restablecido en toda la ciudad.

Se incorpora y enciende el televisor del dormitorio, que es de la misma marca que los demás dispositivos de la vivienda. El grosor de la pantalla tiende a cero, como si el peso de las imágenes la hubiera estirado.

Hay novedades sobre la central nuclear de Fukushima. Y ahora sí son alarmantes. El radio de evacuación se ha triplicado, ampliándose hasta los diez kilómetros. Las autoridades admiten la existencia de pequeñas fugas. Han ordenado abrir las válvulas de los reactores, con el fin de rebajar la temperatura y reducir la presión en su interior. El señor Watanabe malinterpreta por un segundo esta frase, la presión en su interior, y se da por aludido.

Por una parte, el gobierno insta a la población a mantener la calma y confiar en las medidas de seguridad. Por otra parte, anuncia que el Primer Ministro viajará para inspeccionar la central de Fukushima, donde las radiaciones ascienden a niveles anómalos, según la Agencia de Seguridad Nuclear.

Watanabe comprende que ya no va a poder dormir. Enciende las luces: las paredes se inundan de una lucidez blanca. Apoya la espalda contra la pared fría. Repasa en su teléfono el *Yomiuri* y el *Asahi*. Y continúa en cada idioma que es capaz de leer.

No tarda en descubrir que muchos medios se traducen entre sí, errores incluidos. En algunos diarios se rumorea acerca de varias explosiones. Otros especulan con la elevación del accidente en la escala internacional. E incluso con la ampliación del radio de evacuación hasta los veinte kilómetros, el doble que hace sólo unas horas.

El terremoto de ayer, lee con estupor, puede haber desplazado un par de metros al país entero. Y trasladado diez o quince centímetros el eje de rotación del planeta. Nada pasa en un solo lugar, piensa entonces, todo pasa en todas partes. De pronto se pregunta si el periodista impertinente que llamó a su casa sabía más que él.

Sin poder contener la inercia de la búsqueda, se dedica a rastrear en YouTube vídeos caseros de la explosión en la planta nuclear. Grabados a distancia, con el pulso inseguro, borrosos.

Ve la forma del humo. Esa forma. El hongo que se abulta. Ese hongo. La cabeza de la nube hinchándose, hinchándose también en su cabeza. Creciendo como un quiste.

Y son esas imágenes, acaso más que las informaciones anteriores, lo que activa sus músculos. Dando un brinco inesperado para su edad, Watanabe abandona la cama.

Camina siguiendo el surco de la luz en el suelo. A través del ventanal comprueba extrañado que, pese a faltar muy poco para la primavera, está nevando mientras amanece. Los copos tienen algo de empeño retrospectivo.

El señor Watanabe rememora sus inviernos en París, cuya arquitectura tanto le agradaba contemplar bajo la nieve. Frente a la hipérbole de los rascacielos piensa en el derrumbe de la belleza, en la desconcertante facilidad con que puede ser destruida. Lo artístico, lo técnico, lo monumental, todo aquello que se postula como perdurable, resulta en última instancia de una fragilidad absurda. Recuerda su embeleso y su angustia al recorrer por primera vez los bulevares parisinos, que él no podía dejar de imaginarse bombardeados, cayendo, inexistentes. Así transitaba por sus rincones en una suerte de trance, visualizándolos tal como podrían haber quedado si la historia se hubiera movido unos centímetros.

Estas visiones lo perseguirían de por vida, volviéndolo más consciente de la drástica amplitud de cada cosa, la posibilidad simultánea de que resista o se desplome. Eso, intuye, podría llamarse emoción.

2. Violet y las alfombras

Me acuerdo de que nevaba cuando lo conocí. No me acuerdo de la fecha ni la dirección exacta, pero sí de la nieve. Qué cursi es la memoria. Sólo guarda los detalles que pueden contarse mejor.

Me acuerdo de la fiesta. No me acuerdo del anfitrión. Me acuerdo de que los padres se habían ido a pasar el fin de semana fuera de la ciudad. No me acuerdo de adónde. Me acuerdo del sofá por el que todos competíamos. No me acuerdo del resto de la casa. Me acuerdo de que era tarde. No me acuerdo de cuánto había bebido. Me acuerdo de que pronto se acabó la comida. No me acuerdo de la ropa de él. Me acuerdo del disgusto al descubrir una mancha de vino en mi blusa nueva. No me acuerdo de si llegué a limpiarla. Me acuerdo de que nos miramos varias veces. No me acuerdo de quién habló primero. Me acuerdo de que se había refugiado en un rincón y sonreía todo el tiempo. No me acuerdo de si eso me pareció una contradicción. Me acuerdo de su cabellera oscura y lacia. No me acuerdo de mi peinado. Me acuerdo de que era el único extranjero. No me acuerdo de quién lo había invitado a la fiesta. Me acuerdo de que, en aquel momento de mi juventud, los hombres extranjeros siempre me parecían más interesantes. No me acuerdo de cuánto me duró la inocencia.

Yoshie había venido a estudiar a París. Decía que le encantaban los idiomas. Aunque hablaba, digamos, uno y medio. Tenía un ansia casi desesperada por viajar, por conocer lugares lo más lejanos posible. Igual que yo, supongo. Ahora que lo pienso, nuestra idea de los viajes se parecía bastante a un plan de huida. Él daba la impresión de ir por ahí poniendo a prueba su identidad, como quien se cambia continuamente de vestido para averiguar su talla. Cuando llegó a la ciudad, *il va sans dire,* tenía idealizada la Sorbona, como todo el que no ha estudiado ahí.

Siendo justa, el ambiente empezaba a ponerse interesante. Muchos teníamos sinceras fantasías de cambio. O sea, todavía nos faltaban unos años para vivir el 68. Eran tiempos muy distintos, parecía que todo estaba por ocurrir. ¡Ni siquiera existía *Libération*! Lo que leíamos, como una especie de biblia alternativa, era *L'Humanité.* Mis amigos y yo nos sentíamos tan importantes, tan convencidos repitiendo sus lemas prosoviéticos.

La cuestión es que a Yoshie lo conocí en una fiesta de estudiantes, con perdón de la redundancia. Ahora las fiestas sólo parecen fiestas, nunca sé cómo explicárselo a mis nietos. En aquella época nos parecía que divertirnos tenía algo de desobediencia a la autoridad. De respuesta política. Sospecho que todo eso era en parte una justificación moralista, porque pretendíamos darle prestigio a nuestro simple deseo de pasarlo bien. O quizá no había otra manera de hacerlo, porque estábamos tan reprimidos que necesitábamos grandes razones para hacer lo que todo joven quiere hacer. Pero en parte era también una verdad generacional. El placer no resultaba fácil, había que ganárselo. Eso pienso cuando veo a mi nieta Colette, tan informada de todos los placeres del mundo y de alguna forma tan conservadora. Francamente, cada vez entiendo menos hacia dónde vamos.

Eh bien, nos presentaron, ya no me acuerdo de quién, y empezamos a conversar. Hablamos y no hablamos. Nos dijimos muy poco y creímos entender mucho. Esa noche, no sé por qué, me sentía especialmente torpe. Era algo más que las copas que me había tomado. Un mareo distinto. Y bastante agradable.

Así que nuestra charla, al menos al principio, no tuvo nada de extraordinario. Hubo, ¿cómo explicarlo?, una aceptación sin palabras. O más bien por debajo de las palabras, que en su caso estaban llenas de pequeños y graciosos errores gramaticales. Era como si tuviéramos demasiado para decirnos, pero no hiciera falta. Él daba la impresión de ser un chico pudoroso. Eso, claro, me atrajo sin remedio. Porque yo, que solía mostrarme tan orgullosa con los hombres, tuve que coquetear mucho más que de costumbre.

Bailamos un buen rato, eso sí. Él mejor que yo. Suele pasar con los hombres retraídos. O no bailan para nada y odian que se lo pidas, o se desquitan bailando mejor que todo el mundo. Yoshie no paraba de moverse. Además de dar vueltas con una agilidad asombrosa, iba esquivando a la gente del suelo. Algunos se habían recostado en la alfombra para descansar, otros para beber más cómodos, y otros para ninguna de esas cosas. Ya un poquito ebria, creo, le pregunté qué había bebido para tener esa energía. Recuerdo perfectamente que me respondió: Nada. ¡Eso tenemos que solucionarlo!, me reí yo. Qué idiota. Él se rio muchísimo. Qué amable. Y qué idiota.

Yoshie no se me pegaba en absoluto, de eso también me acuerdo. Evitaba cualquier roce por debajo del torso. Bailaba conmigo así, en diagonal. Me obligaba a atraerlo, en vez de a marcarle un límite. Tanta formalidad me pareció enigmática. Y también un desafío. Por un momento temí que yo no le gustara. O que no le gustasen las mujeres en general, *disons*. Pero no, yo sabía que no por cómo me miraba. Me miraba de una manera y se comportaba de otra. Hice todo lo posible para forzarlo a hablar. En cuanto se quedó libre el sofá, corrí a sentarme y di varias palmaditas junto a mi cadera. Él acudió, obediente. Fue mi primer triunfo de la noche.

Resultó que estudiaba Economía. Eso, la verdad, no me encantó. Le conté sobre mis estudios de Historia. Él me explicó lo mucho que le habría gustado hacer una carrera de letras. Sobre todo, alguna filología. Yo, todavía ligeramente decepcionada, lamenté que hubiera sacrificado su vocación por algo tan antipático. Yoshie me replicó que, en realidad, las dos especialidades tenían en común más de lo que parecía. Que existían muchas similitudes entre el sistema de una lengua y el sistema productivo de un país. Que ambos tenían sus ciclos de florecimiento y decadencia. Atesoraban un patrimonio. Gestionaban mejor o peor su riqueza. Y negociaban con los valores extranjeros.

Fue la primera vez que me habló más de treinta segundos. Y aunque el tema no era lo que se dice romántico, algo en sus puntos de vista, en la pasión con que los defendía, me atrapó. Como si el cambio de tema lo hubiera transformado en otra persona. O como si pasar a asuntos menos personales le hubiera permitido ser él mismo.

Además (agregó mirándome por fin a los ojos y conjugando toda la frase en presente) si yo no estudio exactamente eso exactamente aquí, quizá jamás conozco a usted.

Como ya no quedaba ni una rodaja de pan y los dos nos moríamos de hambre, le propuse salir a comer algo. En casa sabían que no volvería antes del amanecer. Siempre que iba a una fiesta en la casa de alguien, mis padres preferían que esperase allí hasta el primer metro. Esta medida de precaución era una ventaja para ciertas cosas.

Afuera había dejado de nevar. La calle estaba preciosa, toda alfombrada de blanco. Hacía frío, sí. Pero era un frío de esos que dan euforia, que te provocan ganas de correr. Todavía quedaban algunos noctámbulos porque era fin de semana. *Tiens!*, ya me acuerdo. Estábamos en algún lugar del Marais. Era antes de las reformas de Malraux, creo. El barrio estaba en otras condiciones y tenía una especie de encanto proletario. ¡Encanto proletario! Cómo odiaba de joven las frases que ahora digo.

Caminamos un rato hasta que vimos uno de esos almacenes que no cierran nunca. Compramos una barra de pan, un poco de queso y la botella de vino más barata que encontramos. Un *Grand Cru* seguro que no era. Pedimos que nos la abrieran, y después él apretó fuerte el corcho.

Cuando nos conocimos, Yoshie tenía poco dinero y mucha imaginación para usarlo. Yo también, por supuesto, estaba en una situación distinta a la de hoy. Y mi familia, supongo que con buen criterio, me daba al mes sólo lo indispensable para moverme por la ciudad. Eso me hacía disfrutar con especial avidez de cada mínima cosa. A veces me sorprendo echando en falta aquel estado. Entonces me avergüenzo de ese sentimiento, y me digo que merecería perderlo todo de golpe.

Él insistió en pagar. Yo, como solíamos hacer las chicas en esos años, acepté encantada. Me llamó la atención que Yoshie no entregara el billete directamente. Siguió pasándome hasta que me acostumbré, o quizás hasta que dejó de hacerlo. Jamás lo depositaba en manos de los comerciantes. Eludía el contacto físico, y a la vez parecía preocupado por que no lo tomasen como una descortesía. Se movía, digamos, en una zona ambigua entre la aprensión y el respeto. Lo mismo le ocurría conmigo. Había un nudo ahí, una codicia y una resistencia. Que yo, por lo visto, encontraba excitante. Una ya está demasiado vieja para esos remilgos.

Cargando con el tesoro de nuestra bolsita, buscamos algún banco donde sentarnos. Nos acomodamos uno muy cerca del otro. Esta vez había un buen pretexto. Recuerdo que sentí, aunque suene raro, que el frío nos abrigaba. Yoshie partió la barra casi sin apretarla, justo por la mitad. Comimos en silencio, sonriéndonos con una vergüenza deliciosa. Yo trataba de masticar muy cuidadosamente. El queso es traicionero. En cuanto terminé, comprobé en mi espejito el estado de los dientes y volví a pintarme los labios. Él, al fin, se puso a beber conmigo. Compartir la botella fue el segundo triunfo de la noche. Cuando me tocaba dar otro trago, yo hacía todo lo posible por dejar bien impresa la marca del pintalabios en el vidrio.

Mientras nos pasábamos el vino, nos dedicamos a mirar las estrellas. Que en realidad eran muy pocas, porque el cielo seguía bastante cubierto. Eso terminó siendo una ventaja porque, cada vez que encontrábamos alguna, lo festejábamos como locos.

¿Ve usted?, me dijo Yoshie al borde de la gramática. Esta noche cielo también economiza.

Yo, como hacía siempre que no sabía qué decir, encendí un Gauloises para hacerme la interesante. Entonces él (que aún no fumaba, aunque ya estaba a punto de empezar por mi culpa) sacó de la bolsita unas servilletas de papel. Las dobló y retorció a toda velocidad y armó una flor de origami. Después me pidió la caja de fósforos y quemó los bordes de la flor con suma delicadeza, dando pequeños soplidos para impedir que la llama avanzase.

Cuando quedó conforme con el aspecto de la flor, me la ofreció estirando un brazo de manera exagerada, como si nuestros cuerpos hubieran estado lejos. Yo me quedé mirándola. Era una especie de clavel que humeaba en la noche.

Yoshie hablaba muy bien su mal francés. A medida que nuestra relación progresaba, fui volviéndome adicta a su forma de nombrarme. *Vio—ré.* Cuando no le salía un nombre, él le echaba la culpa al katakana. Pero vete a saber qué era el katakana. Esas pronunciaciones defectuosas tenían un efecto involuntariamente seductor. Me obligaban a prestar a sus palabras una atención que no le prestaba a nadie. Él dudaba y balbuceaba, se concentraba tanto en cada frase que yo tenía la impresión de estar a punto de escuchar algo revelador. Y aunque rara vez lo fuese, ya estaba hipnotizada de antemano. Casi eróticamente receptiva.

Un detalle encantador, ¡todavía puedo oírlo!, era esa tendencia a exhalar el final de las oraciones. Me hacía llegar el calor de su aliento cuando hablaba. Y eso me invitaba a darle el mío. Se parecía a suspirar con un espejo cerca de la boca.

Yoshie tenía una sensibilidad diferente para las entonaciones. Mientras los demás nos centrábamos en el vocabulario, él sintonizaba con otras propiedades de las palabras. Se sobresaltaba sin aparente motivo o encontraba ofensivas ciertas respuestas que al resto de nosotros nos sonaban normales. Él me decía que los franceses enfatizamos todas nuestras opiniones, y que nuestra seguridad lo intimidaba. No es seguridad, le contestaba. Es mal humor.

Yo consideraba esas susceptibilidades, ingenua de mí, como la prueba de una espiritualidad sublime. Después fui conociéndolo mejor. O habituándome a su manera de hablar.

Por supuesto, teníamos malentendidos a la inversa. *Très souvent*, yo creía percibir un contraste entre lo que él me decía y cómo me lo decía. Como si hubiera algún problema de doblaje. Me recordaba a un actor leyendo un texto sin entenderlo del todo. A veces me decía algo dulce y sonaba autoritario. O hacía un comentario de rutina en un tono que a mí me parecía de asombro. O incluso intentaba increpar a alguien, y el otro lo interpretaba como una pregunta.

Cuando no sabía cómo decir algo, o se cansaba de buscar la expresión correcta, se quedaba callado y sonreía. Esos silencios me conquistaban. No hay nada menos sugerente que los discursos amorosos de un hombre. Sus palabras pueden (y suelen) dejarte insatisfecha. Pero un silencio nunca te decepciona.

Si no recuerdo mal, Yoshie llevaba un año en París cuando nos conocimos. Puede que dos. En cuanto le presentaban a alguien, se disculpaba por su francés. Que era mucho mejor de lo que él mismo anunciaba. Presumía de haberlo aprendido en la literatura, el cine y la música de Francia. Debo decir que tenía razones para estar orgulloso. Parecía increíble que, antes de venir, nunca hubiera estudiado nuestra lengua. Yo admiraba su esfuerzo cultural. Evidentemente, eso contribuyó a mi enamoramiento.

Cada día, cada hora, casi en cada oración, al pobre lo mortificaban las preposiciones. Esas manchitas del idioma que vuelven locos a los extranjeros. Los tiempos verbales no le costaban menos trabajo. Al principio siempre agradecía en pretérito. Cuando comprábamos tabaco, por ejemplo, decía antes de irse: Muchas gracias por haberme vendido cigarrillos. O, si pedía cualquier información por la calle: Agradezco la amabilidad que ha tenido conmigo. Los demás se quedaban extrañados.

Tenía fijación con los infinitivos. Para él eran la expresión perfecta del verbo, la más universal. Le chocaban nuestros modos de pasado y futuro. No comprendía por qué había que dividir el tiempo tan rígidamente. Le parecía, yo qué sé, un error filosófico. Por lo visto, en su idioma el pasado es único, continuo, con una sola forma. No lo separan en imperfecto, pluscuamperfecto y todas esas cosas que yo consideraba naturales. Y que de pronto, al tratar de explicárselas, a mí también me resultaban absurdas.

Cuando empezamos a salir, le pedí que me diera clases de japonés. *Ça marchait pas.* Dos novios de esa edad son incapaces de estudiar juntos sin distraerse en otros menesteres. Lo intenté hasta que me vencieron los obstáculos. También la pereza, supongo. Porque él no paraba de mejorar su francés. Me gustaría creer que aquellas cartas de amor que nos cruzábamos, tan febriles y largas, fueron de alguna ayuda.

Aunque su ortografía era un desastre (más o menos como la de cualquier joven francés de hoy) puede decirse que su oído no lo engañaba. Me di cuenta de que vivía buscando sonidos familiares en un alfabeto extraño, inventando una especie de fonética fronteriza. Con el tiempo, yo misma me acostumbré a su manera de vocalizar las palabras más comunes. Cuando alguien las pronunciaba bien, me sonaban previsibles, sin sabor.

Lo que más me gustaba eran nuestros diálogos cotidianos, que se volvían tiernos sin querer. Al salir de su buhardilla, por ejemplo, yo decía: Mi amor, me voy. Y él, en vez de saludar, contestaba: Mi amor, me quedo. A través de esas dulces torpezas, yo trataba de imaginarme cómo era su idioma. Más que hablarlo por mí misma, deseaba deducirlo a través de él. Fui descubriendo que es posible iniciarse en una lengua gracias a los errores que sus hablantes cometen en la nuestra. Igual que en el amor, los errores hablan de nosotros más que los aciertos.

A cambio de todas estas dificultades, Yoshie admiraba la libertad sintáctica del francés. Primero la encontró caótica, incontrolable. Y más tarde inspiradora, revolucionaria. Él estaba seguro de que eso influía de algún modo en la historia francesa. A mí ni se me había ocurrido. Recuerdo que le sorprendía mucho la movilidad de nuestros adjetivos. Él los anteponía siempre, hasta que le hice ver que así sonaba ridículamente poético. ¿Y qué tiene de ridículo sonar poético?, me preguntaba.

Yo no sabía qué responderle. Para ser franca, ya ni siquiera sabía cómo era mi lengua.

Los primeros meses fueron los mejores de nuestra relación. Precisamente cuando no nos conocíamos. Siempre se lo digo a mi nieta, pero no me escucha. ¿Para qué tanta urgencia por conocerse y estar juntos todo el tiempo, cuando lo más interesante es no saber quién es el otro? Las cortesías de Yoshie me resultaban tan seductoras. Las atribuía, qué tonta, a mis propias virtudes. Era tan agradable esa amable inclinación a decirme que sí. Rara vez se negaba a lo que yo le proponía.

Tardé en comprender que, *malgré sa gentillesse,* para él un sí no significaba lo mismo que para mí. Me decía que sí para no decirme que no. Necesitaba el sí para pensar. Entonces empecé a sentir una inseguridad terrible, a dudar de cada cosa que nos decíamos. ¿Está de acuerdo o me sigue la corriente? ¿De verdad quiere lo que dice que quiere? Y sobre todo, ¿me quiere o no me quiere? ¿Sí o no?

Cuando surgieron las primeras tensiones, nos asustamos mucho. Jamás habíamos tenido la menor discusión, así que ninguno de los dos tenía idea de cómo reaccionar. Llegué a pensar que aquello era el fin. Error. Aquello era el auténtico principio. Sin máscaras ni fantasías. Él y yo. Una pareja. Dos tontos. El amor.

Reconozco que, de entrada, me resistía a creer que nuestros desencuentros fuesen verdad. Prefería achacarlos a algún malentendido lingüístico. En un plano ideal yo estaba convencida de que, si hubiéramos compartido idioma materno, habríamos estado de acuerdo siempre. Con su falta de sinceridad me pasaba algo parecido. Cada vez que le descubría alguna mentira, me consolaba pensando que teníamos instintos de afirmación y negación muy diferentes. Él hablaba un francés lleno de síes y escaso de noes. Eso aquí se nota enseguida, porque vivimos dando negativas y refutando al vecino. Para comunicarnos con alguien, necesitamos discrepar.

Discrepar y protestar. Yoshie me lo decía a menudo. Que en Francia la protesta es una forma de felicidad. Como para él esa actitud resultaba inconcebible, me llevaba la contraria con asentimientos parciales. Eso me confundía. O peor, me permitía entender lo que deseaba entender. Él me reprochaba que mis respuestas fuesen siempre tan tajantes. Que no supiera expresarle mis negativas con más tacto. Esa ausencia de ambigüedad, digamos, lo despechaba. Creo que la percibía como una cierta falta de amor.

A medida que iba perfeccionando su manejo de la lengua, Yoshie empezó a lamentarse de que lo que ganaba por un lado lo perdía por otro. Como si su atención al discurso, que ahora era capaz de descifrar entero, lo distrajese del tono, la mirada, la voz. Según él, que resumía cada problema con una fórmula económica, su acumulación de capital lingüístico empobrecía su captación de valores no verbales. Cuanto mejor hablaba mi idioma, más desencuentros teníamos. A veces, en mitad de alguna de nuestras discusiones, él me decía con tristeza: Te entiendo más si entiendo menos.

Aunque tenía una infatigable curiosidad por nuestro país, Yoshie hablaba obsesivamente del suyo. Vivía señalándome las diferencias entre ambos. No me di cuenta de que era japonés, solía bromear, hasta que salí de Japón. Él opinaba que eso que llamamos cultura es invisible en nuestro hábitat. Y que sólo lo ves cuando alguien te observa desde afuera. Es como si una grúa, me decía, retirase de pronto las paredes y el techo de tu casa.

No podía dejar de sentirse extranjero en cada lugar al que íbamos, incluso antes de ser tratado como tal.

Cuando nadie lo miraba raro, él juraba que sí. Tardó en perder esa sensación con mi familia. Aunque pienso que mi padre habría recelado tanto o más de cualquier novio francés, porque creía conocer muy bien las perversas intenciones de sus compatriotas.

Solía ser tímido con la gente nueva. Daba una impresión demasiado seria y tendía a volver trascendente cualquier tema de conversación. Después se desquitaba, y podía ponerse tan *bavard* que parecía otro. Como si hubiera dos personas discrepando en su cuerpo, alternaba temores profundos con atrevimientos repentinos. Igual que la noche que lo conocí. Le costaba hacer amigos. Era fácil simpatizar con él, pero muy difícil intimar. El verdadero drama para Yoshie no era ser presentado, saludar y todas esas cosas que a mí me avergonzaban. Sino el segundo o tercer encuentro con alguien. Ahí ya no sabía bien qué hacer, cuánto acercarse, hasta dónde llegar en las conversaciones. Así que optaba por salir huyendo, con esa discreción suya que lo volvía casi transparente cuando le convenía.

Mis amigas desconfiaban de él. Por supuesto, cuantas más objeciones ponían ellas, más me empeñaba yo en nuestro noviazgo. Mis compañeras en la universidad eran de esa clase de chicas que odian que las agarren del brazo cuando les hablan. Todas querían ser Marie-France Pisier, hacer sufrir a los hombres y aparecer en una escena de Truffaut. La mala fama de los hombres orientales respecto a las mujeres tampoco ayudaba. Recuerdo su cara de espanto cuando Yoshie una vez les preguntó, sin intención de ofenderlas, cómo se debía pedir tal cosa en francés si eras una mujer. Se puso rojo de vergüenza al ver la reacción de mis amigas. Yo traté de salir en su ayuda. Al final la cosa derivó en un debate sobre ideología y gramática. Él se quedó callado.

Un poco machista era, *quand même.* Por eso más tarde empezaron a molestarme los mismos gestos que al principio me habían parecido caballerosos. No sé hasta qué punto él lo entendía cuando intentaba explicárselo. Tampoco estoy segura de quién se acostumbró más al otro. ¿Por qué no me fijé en un compañero de la facultad, por ejemplo, con una educación más cercana a la mía? En el fondo quizá me parecía un desafío doblegarlo, convertirlo. O, peor todavía, algo en sus principios me tranquilizaba.

Sólo una de mis amigas, bastante viajada, me aconsejó que relativizara las advertencias de nuestras compañeras. También me contó un chiste horrible que no he podido olvidar. Me dijo que los hombres occidentales besaban a sus esposas en público y les pegaban en casa, mientras que los orientales preferían abofetearlas en público y acariciarlas en privado. Al final, me temo que todas nos hemos conformado con enamorarnos de hombres que nos parecieron un poco mejores que los de antes. Mejoramos a nuestros novios más que nuestras vidas. A su manera, es un fracaso gracioso.

Durante nuestro primer año, Yoshie seguía escribiéndoles a diario a sus tíos de Tokio. Y los llamaba en cuanto reunía unos francos. Me acuerdo de la gracia que me hacía verlo hablar con ellos, les hacía reverencias por teléfono. Es verdad que al principio yo tenía un montón de prejuicios. Estaba segura de que los japoneses eran siempre distantes y poco afectuosos. Mientras nuestra relación avanzaba, él fue refutando la mayoría de esos tópicos. Debo admitir que eso me desorientó. Si él se parecía tan poco a la caricatura de un japonés, entonces de alguna forma yo estaba en desventaja. Sabía mucho menos sobre él de lo que él sabía sobre mí. La ignorancia estaba de mi lado, la extranjera era yo.

Pensándolo bien, puede que me enamorase de eso. De poder imaginarlo de acuerdo con mis necesidades. Hacer lo mismo con alguien de mi país me habría costado más trabajo. Pero sobre todo me atraía el efecto de novedad que tenían las actividades más simples. Comer, dormir, moverme, gesticular o saludar, todas esas rutinas que yo había dado por sentadas, a su lado adquirían un aire de fascinación y extrañeza. Era como un enamoramiento dentro del enamoramiento.

En general, él toleraba con bastante paciencia los comentarios estereotipados sobre su origen oriental. Sólo había un equívoco que lo perturbaba, y ante el que más de una vez lo vi reaccionar con cierta hostilidad. Que lo confundieran con un chino. Si eso ocurría, Yoshie podía pasarse un buen rato dándole lecciones de historia y geografía a su interlocutor. Lo interesante es que he visto esa misma reacción, o incluso peor, en el caso inverso. A los chinos tampoco les divierte la confusión.

Mi querida *Vio–ré,* me explicaba él, ¡Buda no puede sonreír más de tres veces! Sin entender del todo, yo le preguntaba: ¿Y se puede saber qué diablos pasa la cuarta vez que Buda sonríe? En lugar de traducirme esos refranes suyos, él soltaba una carcajada.

Me enteré tarde de algo mucho más serio. A Yoshie no le gustaba dar detalles sobre sus recuerdos de la guerra. Aunque me había contado algunas cosas sobre su familia, descubrí que me había ocultado una parte esencial de la historia. Siempre creí que Yoshie había pasado las vacaciones del 45 con sus tíos en Tokio, tal como él me dijo, y que el resto de su familia había muerto en Nagasaki. Lo que no me contó en ese momento, y yo ignoré hasta bien entrada nuestra relación, es que él mismo era un superviviente de la bomba.

Lo supe casi por accidente, cenando con amigos. Discutíamos sobre las pruebas atómicas que estábamos haciendo en Argelia. Cuando él lo mencionó así, como al pasar, entre bocado y bocado —Yo estuve en Hiroshima—, me quedé bloqueada. Lo primero que visualicé, sintiéndome una completa estúpida, fueron las cicatrices en su espalda y sus brazos. Esas que supuestamente él se había hecho de niño, por unas quemaduras con agua hirviendo mientras su madre cocinaba. Tuve que salir corriendo al baño para vomitar. Y no logré decir una palabra más durante el resto de la cena. Él me miraba con una mezcla de remordimiento y frialdad. Como diciéndome: Si te ha hecho daño, mucho más daño me hicieron a mí.

Después de las exclamaciones de rigor y un par de comentarios bienintencionados, nuestros amigos intentaron retomar la discusión con aparente normalidad. Fue su manera de digerir (o de no digerir) semejante revelación. O quizá simplemente dieron por hecho que yo lo sabía de sobra.

Yo no hacía otra cosa que aplastar cigarrillos, pensar sin parar y aterrorizarme en silencio. ¿Cómo había sido capaz de ocultarme algo así? ¿Con qué clase de hombre estaba compartiendo mi intimidad, que no había querido contarme lo más importante de la suya? ¿Qué cambiaba esto? ¿Cómo, cuánto nos cambiaba a nosotros?

En cuanto nos quedamos solos, tuvimos una pelea tremenda y una reconciliación maravillosa. Yo lloré muchísimo y después lloramos juntos, que fue la mejor parte. En realidad lloré por dos razones distintas. Por la historia espeluznante que él me estaba contando y que nunca más iba a repetirme. Pero también por no haber merecido antes su confianza. Aunque suene deplorable, sentí tanta compasión por él como por mí.

Yoshie me explicó que no quería de ningún modo reducir su identidad a esa tragedia. Que si me lo hubiera contado antes, habría condicionado toda la relación. Y que él se negaba a vivir, y también a amar, siendo una víctima para los demás. Ya había sufrido suficiente en el pasado, me dijo, como para sacrificar el futuro. Si él se sentía sano, con fuerzas y deseos de vivir su juventud, ¿por qué debía presentarse ante el mundo como un lisiado perpetuo, como alguien incapaz de reconstruir su propia vida?

Por supuesto, insistió, él admiraba a quienes habían decidido contar o escribir sus desgracias, dejando un testimonio de lo que había ocurrido. Pero me preguntó si no me parecía injusto subestimar a quienes habían conseguido dejar atrás el trauma. A todos aquellos que habían luchado por salir del dolor y empezar de nuevo.

Sus argumentos me parecieron muy convincentes. Llegué a la conclusión de que no sólo merecían el mayor respeto, sino también mi aplauso. De que su resistencia a hablar era una forma de dignidad y fortaleza. ¿Quién podía saber mejor que él, que la víctima misma, cuál era la reacción más apropiada?

Desde esa noche, apenas desenterramos el asunto. Yo decidí que ya no quedaban secretos. Que, sabiendo lo que ahora sabía, no podría haber barreras. Confieso que hoy me extraña nuestro silencio. Me pregunto si en realidad ninguno de los dos se sobrepuso. Si acaso él no se atrevía a hablar, y a mí me daba miedo preguntarle.

De lo poco que Yoshie volvió a mencionar, me viene a la memoria otra noche. Paseábamos por la parte alta de Montmartre. La misma que llamaban bohemia. El cielo estaba limpio. Era verano. Hacía ese calor que acaricia. Él alzó la cabeza y se detuvo. Me apretó fuerte el brazo. Y me dijo que las estrellas fugaces lo asustaban. Muy sorprendida, le pregunté por qué. Él respondió que se parecían demasiado a las cosas que cruzan el cielo antes de caerte encima.

Por aquellos años estaba empezando a hablarse de los *hibakusha*. Muchos de ellos, por lo visto, se mostraban poco dispuestos a hablar con los medios o participar en actos públicos. A Yoshie las ceremonias y las grandes declaraciones le parecían un asunto de políticos. Para él la memoria respetuosa era la íntima. La que honra a los muertos, me decía, con el mismo silencio de los muertos. Ninguna lista oficial iba a consolarlo más que los recuerdos que guardaba de su familia.

La política tampoco ayudaba a hablar. Las bombas y los bombardeados apenas se mencionaban en Japón. Aún no existía una denuncia general, era más bien un murmullo abochornado. De hecho, muchas víctimas permanecieron calladas. Siguieron callando incluso después de caer enfermas. *Malheureusement,* todo esto no lo supe por Yoshie. Lo leí años más tarde. Tarde.

Para ser justos, nosotros también teníamos nuestros problemas de memoria. Nuestro propio silencio de posguerra. Por eso me atraía tanto el caso japonés. Salvando las distancias, me recordaba la incomodidad que a muchos les causaba hablar de nuestra colaboración con los nazis. Durante mucho tiempo se discutió (¿seguimos discutiendo?) sobre la necesidad de recordarlo o mirar hacia delante, que hoy es el eufemismo oficial de olvidar.

Las lecturas que más me interesaron en la *fac* eran las que trataban sobre el lamentable régimen de Vichy, que recibió el no menos lamentable nombre de *État Français.* Yo era una niña que estaba aprendiendo a escribir cuando París cayó. Supuestamente, el armisticio con los nazis pretendía evitar unas condiciones de paz peores. De lo que se deduce, me temo, que la paz y la guerra son dos momentos del mismo negocio. Algo así le escuché a Yoshie.

Las condiciones que pactamos y sus consecuencias eran difíciles de empeorar. Debíamos colaborar con Hitler. Permitir que sus tropas ocuparan buena parte de nuestro territorio, incluyendo París y otras grandes ciudades. Aceptar que Alsacia y Lorena quedasen prácticamente anexadas al Tercer Reich. Enviar obreros a Alemania. Resignarnos a que nuestros prisioneros tardaran en volver o no volviesen nunca. Facilitar operaciones militares como las alemanas en Irak o las japonesas en Indochina, a través de nuestras colonias. Para algo controlábamos Líbano y Siria, ¿no?

Pero aún había más. También debíamos poner nuestras fuerzas de seguridad al servicio de la Gestapo y las SS. Ayudarlas a reprimir (¿hay peor traición?) la Resistencia francesa. Hacer propaganda contra los extranjeros. Y cooperar activamente con el Holocausto. Imitar las leyes nazis. Secuestrar a más de diez mil judíos en un solo día, en aquella redada del Vel' d'Hiv que mis hijos no recuerdan y que a la familia Le Pen no le parece responsabilidad de Francia. En fin. La paz.

Comparándolo con el imperio japonés, se me ocurre que nuestro régimen eligió el espanto opuesto. Se vendió al enemigo y se humilló para mantener la ficción del Estado. Su cáscara. La sede del gobierno se trasladó a Vichy. No me sorprende. Una pequeña ciudad tan nuestra. Turismo, aguas termales, hotelitos con encanto. *Bon goût.* Europeidad.

Apenas unos meses antes de las bombas atómicas, el pueblito alemán al que huyó el gabinete de Vichy fue tomado por los americanos. Y también por las tropas de la Francia libre. Si aquí no hubiéramos tenido un poder que los apoyó hasta el final, ¿los nazis se habrían rendido más rápido? ¿Y el imperio japonés? ¿La guerra habría terminado un poco antes? ¿Lo suficiente para que no se tirasen las bombas? Son preguntas que jamás le hice a Yoshie.

El final fue, digamos, bien a la francesa. Laval, fusilado. El mariscal Pétain, condenado a muerte. Aunque De Gaulle le perdonó la vida (¡el respeto a la vida ante todo, *messieurs dames*!). Los que habían apoyado al mariscal fueron reprobados. Entre ellos Schuman, padre de lo que nos encanta llamar Unión Europea.

Hasta donde sé, Schuman evitó cooperar con los nazis y también con la Resistencia. Quizá por eso llegó a ministro de Justicia. De eso me acuerdo bien porque ya leía los periódicos. Negoció nuestra entrada en la OTAN. Y propuso una alianza financiera entre Francia y Alemania. Según él, esa red de intereses evitaría otra guerra. No precisamente un proyecto ilustrado.

Tengo entendido que la beatificación de *monsieur* Schuman está en marcha. El otro día leí por ahí que tienen la documentación en el Vaticano. Un monumento nunca sobra. ¿Y con el Vel' d'Hiv qué hicimos? Derribarlo, por supuesto.

Poco después del derribo del velódromo, creo, empezamos con las pruebas atómicas en Argelia. En general, mis amigos y yo estábamos de acuerdo en criticarlas. No pasó lo mismo cuando la Unión Soviética volvió a sus experimentos nucleares. Muchos de mis antiguos compañeros de la facultad tendían a justificarlos. Yo estaba sensibilizada con la cuestión, digamos, a través de Yoshie. No por lo que él me dijera sobre eso, porque no decía casi nada. Más bien por lo que yo sabía de él, por el secreto que me había revelado.

Para mí, al menos en ese punto, era el momento de aplicar con nuestros admirados camaradas los mismos principios que solíamos emplear con los americanos. Daba igual si las bombas atómicas las fabricaban capitalistas o socialistas. Lo grave era el peligro de repetir el peor pasado. Mis amigos me acusaron de simplista y poco comprometida. No podía comparar a la ligera, me reprochaban, sistemas que no eran comparables.

Muchos años más tarde, con la revolución cubana me pasó algo por el estilo. ¿Cómo es posible que nuestras convicciones más profundas terminen pareciendo, con el tiempo, simples gestos de época o modas generacionales? ¿Será que todos frivolizamos con el pasado? ¿O que nos falta lucidez para ver nuestro propio tiempo con la claridad de las generaciones siguientes?

En la facultad, muchos simpatizábamos con el castrismo. Yoshie no parecía tan convencido. Si no recuerdo mal, sus objeciones tenían que ver con la condición militar de sus líderes. Mis amigos y yo lo considerábamos algo inevitable, dadas las circunstancias de la isla. Y en el fondo hasta deseable, porque así las conquistas de la revolución podrían defenderse mejor de los ataques del imperialismo. A mis compañeros el pacifismo les parecía un modo de colaborar con el enemigo. No pensaban que todas las armas fuesen iguales. Tampoco era lo mismo utilizarlas para oprimir que para liberar. Quizá por eso los hombres de mi generación se sintieron tan lejos del *flower power* de la nueva década. Ahora mi nieta Colette piensa que los años sesenta son lo máximo. No hay quien entienda la historia, francamente.

A Yoshie, que rara vez expresaba sus opiniones políticas de manera directa, las teorías de mis amigos lo incomodaban. Él creía que, por muy nobles que sean los ideales por los que luchan unas armas, tarde o temprano llaman a otras armas rivales. Y que el choque entre ambas acaba generando más dolor. Un bando que dispara por causas nobles, al fin y al cabo, está en inferioridad contra un bando que dispara para imponer el terror.

Una amiga de aquel grupo de estudiantes, por cierto, terminó de alcaldesa en un pueblito de la Provenza. También se ha convertido en una activista lesbiana, cosa que en nuestra juventud no era. Bueno, activista sí. Allí, en Plateau d'Albion, estuvo durante años la base de lanzamiento de los misiles de las fuerzas nucleares francesas. Que, si no me engaño, siguen siendo las más grandes del mundo después de las americanas y las rusas. Todo para evitar guerras peores, faltaría más. Nuestras intenciones siempre son altruistas.

Negociar desarmes totales resultaría *naïf*. Una típica idea de mujeres.

El caso es que, cuando la zona dejó de ser una base, mi amiga Aude comenzó a trabajar con sus vecinos para transformarla en un centro de energía solar. Eso me parece más patriótico que todo lo demás. Dicen que nuestra industria nuclear está en quiebra. Que en los últimos tiempos se ha alimentado del uranio de las armas desmanteladas. Que intervinimos militarmente en Mali para garantizar nuestro suministro de uranio. Y a este paso tendremos que comprarles la electricidad a los británicos, que no paran de invertir en plantas nucleares.

Mi amiga Aude ya no es alcaldesa, no tenemos edad para esos líos. Pero sigue militando en asociaciones ecologistas y por los derechos de la comunidad LGBT. En Facebook cuelga cosas sin parar. Si Facebook hubiera existido cuando estudiábamos, me pregunto cómo habríamos aprobado los exámenes. Una termina comunicándose con cualquier desconocido. Hasta con gente de países en los que jamás ha estado, como me pasó con un muchacho muy simpático de no sé qué periódico de Argentina. Me dijo que algún día, si venía a París, le gustaría entrevistarme en persona. La otra noche me entretuve chateando con él hasta las dos de la mañana. Mi marido pensó que era un antiguo amante. Mejor.

Para ser sincera, esa moda de llamarlos LGBT me suena a un eufemismo técnico. Reducirlos a una sigla los despersonaliza un poco. Pero ella lo escribe siempre así. Ay, Violet, me dice, no seas tan *vieux jeu*. Si yo fuese una anticuada, no le daría *likes* a esas fotos que pone.

Lo del sexo, bueno, eso es otra historia. Todo cambió cuando nos conocimos. Para los dos, creo. De esos temas también hay que hablar, ¿no? Recuerdo muy bien cómo fue con mi primer novio, Olivier. Un *garçon* tan bello. A veces pienso en él más que en mi marido.

Con Olivier perdí la virginidad, quizás un poco más temprano de lo debido. Una cosa es empezar a acostarte con alguien y otra muy diferente es aprender a disfrutar contigo misma. No era que yo quisiese de verdad tener sexo. Simplemente su deseo de hacer el amor era más fuerte que mi deseo de no hacerlo. Darme cuenta de eso tuvo más importancia que el acto en sí. No era la primera vez que él me tocaba ni que veíamos nuestros cuerpos. Pero fue la primera vez que intuí que una pareja consiste en una negociación de deseos. En un incesante (y a veces delicioso) proceso donde termina imponiéndose el deseo más fuerte. El único sexo débil sería ese. El que sólo deseara débilmente las cosas.

Yo estaba enamorada de mi novio. Pero, cómo decirlo, no estaba enamorada de sus ganas de mí. Mis experiencias con el bello Olivier fueron todas bastante parecidas. Una especie de protocolo rápido con el que yo trataba de apasionarme sin saber muy bien cómo. Primero era su deseo imponiéndose a mi no deseo. Después una sensación de pereza, un poco como cuando acabas de despertarte, que se iba transformando en un vago interés. Ese interés iba suscitando un anhelo por sentir. Una necesidad de sentir algo especial. Después venía un conato de placer. Un comienzo de algo quizás intenso, enseguida interrumpido por el éxtasis de él. Ese éxtasis temprano y para mí inexplicable. Después venía cierto sentimiento de fastidio. Con el aparente deber, para colmo, de demostrar satisfacción y ternura. Y al final, menos ganas de una próxima vez. Ni siquiera podía imaginar que la culpa de eso la teníamos los dos.

Entonces conocí a Yoshie. Que no era tan bello, pero era yo no sé qué. Al principio, cuando me acompañaba hasta la casa de mis padres, nos quedábamos en el portal sin poder despedirnos. Buscábamos el rincón con más sombra. Cada vez que oíamos el ascensor permanecíamos inmóviles, tratando de contener la risa. Susurrándonos y, bueno, unas cuantas cosas más. Yo empezaba a tener ganas de que él me propusiera dormir juntos. Sentía una mezcla de deseo y orgullo herido. ¿Acaso yo no le resultaba atractiva? *Et alors?*

Yoshie no sabía si escandalizarse o maravillarse por la facilidad con que aquí, según él, nos íbamos a la cama con alguien que nos gustaba. Demorar ese momento le parecía un acto de entrega, de confianza en el compromiso del otro. Una forma de saber a quién se está deseando. Aunque no me atrevía a desmentirlo por miedo a parecerle una fresca, a mí se me ocurría el argumento contrario. Que ser más impulsivos también podía significar confianza, entrega. La retracción de mi nuevo novio me desconcertaba y me atraía. La malinterpretaba como un comportamiento sofisticado, un poco de *homme fatal.* El ideal para una cinéfila. Comparados con él, los chicos de mi país me parecían demasiado básicos. Se les notaba siempre lo que deseaban. Y eso me provocaba la tentación de negárselo.

Estoy segura de que él todavía era virgen, aunque nunca lo admitió. En cualquier caso, reconozco que la espera terminó convirtiendo la consumación en un gran objetivo. Como si mi verdadera virginidad, la segunda, esa que ahora sí quería perder, estuviera en sus manos. No sé si por estrategia o simple pánico, Yoshie parecía ritualizar cada aproximación erótica. Así recuperé la lentitud del tacto y el sentido de la progresión. Al final, claro, fui yo la que tomó la iniciativa. Para que no se sintiera intimidado, traté de parecer lo más ingenua posible. Sospecho que esa parte no me salió tan bien.

Por diferentes razones, los dos fuimos descubriendo el placer al mismo tiempo. Nuestra primera vez me la ahorro. Pasó todo lo previsible. Aunque también tuve emociones imprevistas. Eso me alentó a seguir insistiendo. Y debo decir que pronto empezó a valer la pena. No tardamos demasiado en cambiar de ritmo y atrevimientos. En ese sentido, nuestra evolución me tomó por sorpresa. No era sólo más. Era otra cosa. Fuimos desarrollando facultades que yo desconocía. A diferencia de Olivier, Yoshie nunca dejó de ser delicado. O supo serlo de una forma más profunda.

En esa época inicial, íbamos por la calle como custodiando un secreto. Sentíamos que habíamos cruzado una línea invisible y decisiva. Una que separaba toda la confusión adolescente de ese otro mundo afilado, peligrosamente concreto, que antes parecía fuera de nuestro alcance. Andábamos siempre deseosos de pasar la noche juntos. Yo buscaba toda clase de pretextos, les contaba a mis padres las más elaboradas (y supongo que inverosímiles) mentiras con tal de dormir en la buhardilla de Yoshie. A estas alturas de mi maternidad, puedo imaginarme hasta qué punto papá adivinaba mis verdaderos planes, y hasta qué punto mamá intercedía cada vez que yo inventaba una fiesta, una amiga o una madrugada de estudio.

O más bien no dormía. La excitación sexual no era el único motivo. También estaba esa energía rara, esa corriente insomne que me impedía cerrar los ojos cuando se hacía tarde y él empezaba a respirar muy hondo a mi lado. Yo atendía a cada ruido de su pecho como si fuera un motor. La euforia era tan fuerte que me parecía un desperdicio pasar varias horas sin pensar en nosotros, sin ser plenamente consciente de su proximidad física.

La buhardilla de Yoshie estaba muy cerca de la Gare du Nord. Todavía la veo con una nitidez que me asombra. Minúscula. Barata. Oscura. Con unas escaleras imposibles. El paraíso. Recuerdo una noche de invierno. Acabábamos de ver una película de Agnès Varda. No, de Chabrol. Una sobre dos primos que viven juntos. Uno de ellos está todo el tiempo de fiesta y aprueba los exámenes. El otro estudia todo el día y fracasa. Creo que me encantó y a él no tanto. Qué tontas se pusieron las películas de Chabrol. Con lo interesantes que eran las primeras. ¿O fui yo la que cambió?

La cuestión es que salíamos del cine, y la buhardilla estaba ocupada por un amigo de Yoshie que había venido de Tokio para hacer turismo. En casa, con mis padres y la celosa de mi hermana, era completamente impensable no ya encerrarnos en mi habitación, sino incluso quedarnos charlando en el salón después de medianoche. La última vez que había llevado un novio a casa, mi padre lo había sometido a una especie de interrogatorio cultural y económico. Durante toda la cena le insistió en que debía releer a Balzac, del que dudo que Olivier conociera más que el nombre. Al final lo remató con el chiste de siempre: Cuando yo era joven, encontraba en Balzac una respuesta a todas mis preocupaciones. Ahora es distinto. No sólo porque los jóvenes como usted son incapaces de entender a Balzac, ¡sino porque ya nada les preocupa! Cuando mi novio salió huyendo, mi madre murmuró: Se lo ve un buen muchacho. Y Olivier no volvió a cenar con nosotros.

Así que Yoshie y yo decidimos, aunque fuese por una vez, reunir todas las monedas que nos quedaban y darnos el lujo de una noche de hostal. Terminamos eligiendo uno bastante horrendo en el Quartier Latin. Que, aunque hoy parezca mentira, por entonces era un barrio donde las cosas se podían pagar. Me acuerdo, ¿será posible?, del cartelito maltrecho en la puerta: *Hotel de la Paix – Tout confort.* Lo único que preguntamos, aparte del precio, fue si la habitación tenía bañera. Nuestra gran fantasía siempre había sido darnos un largo baño juntos, porque en la *chambre de bonne* de Yoshie apenas había un lavabo rudimentario.

Subimos las escaleras corriendo a toda velocidad. Abrimos la puerta entre risas y jadeando. Al entrar en la habitación, no nos fijamos en nada. No evaluamos los detalles, que es lo que una hace ahora en los hoteles, con cara de puntuarlos del uno al diez. Ni inspeccionamos las comodidades. En cuanto cerramos la puerta, a pesar de la corriente helada que se filtraba por los vidrios, simplemente nos quitamos la ropa. Nos besamos a la desesperada. Y fuimos tropezando rumbo al baño. Ahí comprobamos que, en efecto, había una vieja bañera. Sólo había un pequeño inconveniente. Faltaba el tapón.

Con la misma intensidad con la que había subido las escaleras, con esa exageración con que se vive a los veinte años, yo reaccioné como si la ausencia del tapón fuese algo terrible. Mi decepción fue inmensa y sentí todo el invierno en la columna vertebral. Afortunadamente, a Yoshie se le ocurrió una idea mucho más seductora que una pieza de plástico. Salió al dormitorio. Se agachó, desnudo y con los poros en pico, a inspeccionar el enredo de mi ropa. Hizo algo con ella que no pude ver bien. Regresó al baño con mis medias negras. Las anudó. Y fue moldeándolas hasta tapar el hueco del sumidero. Entonces accionó el agua caliente y los dos volvimos a abrazarnos, muertos de frío y de felicidad.

En realidad, la que tiritó aquella noche fui yo. Eso es algo que siempre me extrañó de él. Jamás parecía tener frío, ni siquiera en los peores días de la buhardilla. Como si el invierno no fuese problema suyo. Yo en cambio me congelaba ahí dentro, siempre pidiéndole una manta más. Esa temperatura extrema me gustaba, sin embargo. Me enseñaba a sentir cada movimiento. Nos obligaba a ser la energía del otro.

Ya en esa época, debo reconocer, vivía abrigándome. Mis hijos se burlan de mí. Dicen que sufro las corrientes de aire antes de que lleguen. No es culpa mía que el mundo se haya convertido en un manicomio lleno de aires acondicionados. ¿Alguien puede explicarme quién es el canalla que ha dado la orden de convertir el verano en un invierno artificial? Lo curioso es que, cuando llegaban los meses calientes, Yoshie tampoco se mostraba acalorado. Esa indiferencia me parecía una prueba de coraje.

Otro detalle que me llamaba la atención era su olfato. Yoshie husmeaba a la gente y la clasificaba con criterios imprevisibles. A veces, por ejemplo, me aseguraba que alguien olía a cumpleaños. O que tal persona apestaba a rabia. Según él, yo olía mucho a papel para hacer origami. Yo pensaba que estaba tomándome el pelo.

Éramos tan jóvenes que me dan ganas de llorar. Por no haber sabido que lo éramos. Por haber creído que toda esa fuerza era nuestra. Nos sentíamos tan bien hechos que, cada poco tiempo, necesitábamos acariciarnos para confirmar que era verdad. Que nuestros cuerpos incansables seguían ahí.

No todo era una gloria, claro. Esa fogosidad también tenía sus inconvenientes. El nerviosismo constante, incluso en los momentos que requieren pausa, freno. La tendencia a la posesión. La incapacidad para escuchar realmente al otro antes de tocarlo, o a veces sin tocarlo. Los celos en aumento. Los suyos y los míos.

En perspectiva, tuvimos mucho y puede que no muy buen sexo. Los hombres jóvenes tienden a abusar del romanticismo fuera de la cama y del atletismo dentro de ella. No es que eche en falta ninguna de esas cosas. Estoy segura de que en las décadas siguientes sentí objetivamente más placer. Sobre todo al comienzo de mi matrimonio. Esos fueron los mejores años. Teníamos compromiso, estabilidad y novedad. La combinación perfecta. Lo único que echo de menos *de temps en temps* es perder el control. La fiebre. No se trata tanto de qué hago (o ya no hago) con mi marido. Sino de con qué urgencia. No ansiamos acostarnos, decidimos hacerlo. Lo hacemos mejor y peor.

La buhardilla de Yoshie terminó convirtiéndose en una especie de centro cultural en miniatura. Un club secreto con dos socios. Allí discutíamos sobre cada película que habíamos visto. Leíamos los mismos libros, comprados o prestados o robados. Y consumíamos litros de un brebaje barato que, por identificarlo de algún modo, voy a llamar café.

Yoshie trataba de liquidar lo antes posible sus manuales de Economía, para poder unirse a mis lecturas. Él devoraba páginas a una velocidad increíble. O quizá sólo hojeaba la mitad y tenía el talento de deducir la otra mitad. Yo solía leer a Simone de Beauvoir (todas queríamos ser como ella y ninguna se atrevía). A Françoise Sagan (también queríamos ser como ella, pero no teníamos dinero). O a Nathalie Sarraute (con respetuoso tedio). Cuando me cansaba de un libro, a veces le pedía que me recitase alguno de los cientos de poemitas zen que, me pregunto cómo, él conocía de memoria. Lo más divertido eran sus esfuerzos, no siempre exitosos, por traducírmelos.

Pero sobre todo nos encerrábamos a escuchar discos. Cuando en el mundo había discos de verdad, me refiero. De esos que podían abrazarse y soplarse y crepitaban. Que giraban midiendo el tiempo con un sonido de lluvia. Mi esposo me dice que soy una retro. Y que nuestros nietos recordarán con la misma nostalgia fetichista esos artilugios de ahora que a mí me parecen tan fríos.

Nos veo boca arriba, con los ojos cerrados y un cigarrillo humeando entre los dedos. Escuchando las sinuosidades de Parker alrededor de Porter. El jazz era lo suyo. Mi ídolo era Brassens. *La mauvaise réputation, Les amoureux des bancs publics.* Mis himnos. No es que Brassens cantase nuestras vidas. Es que nosotros hacíamos todo lo posible por vivir como él cantaba. Creo que Yoshie prefería a Brel, aunque no entendiera del todo las letras. Al final, de tanto ponerle mis discos de Brassens, terminó duchándose cada mañana al grito selvático de: *Gare au gori-i-i-ille!*

A veces mis padres nos invitaban al teatro. Como ni él ni yo teníamos presupuesto para eso, sólo íbamos cuando nos pagaban las entradas. Todavía me acuerdo de la noche que vimos a Simone Signoret. Ella estuvo espléndida. La obra era un folletín insoportable. Esto de recordar mejor lo que vi de adolescente que lo que pasó ayer, francamente, me preocupa.

Por algún motivo que nunca llegué a averiguar, él les cayó en gracia. Sobre todo a mamá. Lo trataba más como a un hijo suyo que como a un novio mío. Lo único que desaprobaba era el ruido que Yoshie hacía al sorber la sopa. Las simpatías de papá fueron más técnicas, digamos. En cuanto trató de intimidarlo con uno de sus típicos discursos financieros, Yoshie lo deslumbró con una reflexión sobre las diferencias entre el capitalismo occidental y el asiático. A partir de ese momento, papá consideró que mi nuevo novio llegaría lejos. Lo que no imaginaba era lejos de quién.

Con el tiempo, tuve mi propia copia de las llaves de la buhardilla. Pasaba ahí la mayoría de fines de semana. Cuando abría la puerta, me lo encontraba sentado en las posturas más raras. Siempre me pregunté por su estructura ósea, por la naturaleza de sus rodillas y tobillos. Yoshie solía hacer unos estiramientos exagerados. A mí me inquietaban por su apariencia dolorosa. No puedo pensar bien sin elástico, me decía.

Pese a la falta de espacio, cuando tomábamos el té nos las arreglábamos para desplegar una especie de estera más corta que un tatami. Empecé a acostumbrarme a prescindir de las sillas. Para Yoshie eran un estorbo, un obstáculo entre su cuerpo y la realidad. Su relación con el suelo era diferente a la mía. Me di cuenta de que yo tendía a evitarlo. Como si la gravedad, en el fondo, fuese un inconveniente. Él en cambio obtenía algún tipo de paz aprovechándola. Por muy necesitada de limpieza que estuviese la buhardilla, el suelo siempre parecía impoluto.

Algo que nos facilitaba la vida era su manía de acumular provisiones. A diferencia de las casas de mis amigos que vivían solos, no recuerdo ningún día en que no hubiera comida de sobra. Aunque fuese de última oferta o difícil de masticar. Supongo que esa precaución la heredó de la guerra. Guardaba cada resto y sabía cocinarlo. Envolvía absolutamente todo. Sus técnicas de envoltorio eran de una precisión digna de alguna ingeniería. Hacía que el ahorro pareciese una rama de la ciencia.

Tenía también la costumbre de recolectar y cuidar banjos viejos, como si fueran mascotas abandonadas. Un luthier amigo le regalaba algunos de sus instrumentos más deteriorados, a cambio de una cifra simbólica. Yoshie los coleccionaba con entusiasmo. Cuando las paredes de la buhardilla no alcanzaron para colgar todos los banjos, empezó a meterlos debajo de la cama, dentro de cajas de cartón rellenas de lana. Se pasaba horas afinándolos. Si no los afinas, sufren, me decía. El que sufría era él, por supuesto. Cada vez que los miraba en silencio, se imaginaba un concierto de instrumentos desafinados. Y la idea le resultaba tan intolerable que no tenía más remedio que ponerse a revisarlos, clavija por clavija.

Recuerdo una mañana, en esa cama que se hundía un poco. El crujir de los postigos. La luz sobre mi cara de repente. Los acordes de cuerdas viejas. El mástil posándose en la almohada, junto a mi cabeza. Él cantándome el *bon anniversaire* en voz baja, al oído, mientras entraba en mí.

Al final de cada mes, si nos sobraban algunas monedas, nos dábamos el capricho de ir a bailar a una *boîte*. Cuando teníamos ganas de salir y no había suficiente dinero, que era casi siempre, nuestra diversión era otra. Entrábamos en una *brasserie*. Pedíamos apenas un café. Y jugábamos a adivinar las vidas de las parejas a nuestro alrededor.

Mejor que espiarlas mientras comían, nos concentrábamos en los indicios que dejaban al marcharse. Poco a poco fuimos desarrollando un método de estudio muy preciso. Posición de las botellas y copas en la mesa (tendencia a la estabilidad en el centro, al riesgo en los bordes, a la crisis en las esquinas). Organización del pan, la sal y demás condimentos. Lateralidad predominante, si ambos cónyuges utilizaban la misma mano para servirse. Disposición final de los cubiertos. Cantidad y forma de la suciedad. Distancia de la cuenta con respecto al asiento de la mujer. Y, lo más importante, estado psicológico de la servilleta (crispada, doblada, planchada con cuidado, tirada en cualquier parte, etcétera).

Sentíamos que, por comparación, observar a otros enamorados nos elevaba. Que nos daba la ventaja de querernos y, a la vez, entender cómo se querían los demás. Nunca pensamos que quizá los demás nos observaban a nosotros. Me temo que he perdido ese don para la impunidad. Ahora siempre tengo la sensación de que las parejas jóvenes me miran de reojo. Más bien con desagrado. O, en el más optimista de los casos, con cierta compasión.

Solíamos también ir a leer juntos. Éramos incapaces de salir a la calle sin un libro por si acaso, se nos antojaba una temeridad. Buscábamos las mesas frente a las ventanas. Si hacía buen tiempo, nos sentábamos en algún parque. Podíamos pasarnos la tarde entera callados. Nos gustaba no hablar y saber que podíamos hacerlo. Nos mirábamos con cara de saber exactamente qué estaba leyendo el otro. Aunque, tarde o temprano, terminábamos espiando a alguien. Lo que leíamos era la gente.

Con los gastos de la universidad y el alquiler de su *chambre de bonne,* la verdad es que a Yoshie le quedaba bien poco que administrar. Con tal de no pedirles más ayuda a sus tíos de Tokio, algunos meses me pedía unos francos a mí. Mejor dicho, me rogaba que se los pidiese a papá con algún buen pretexto. Me sorprendió descubrir que, con frecuencia, él los invertía en comprar grandes ramos de flores para mamá. Esos mismos con los que entraba en casa hecho un príncipe, definitivamente convertido en el novio predilecto de mi familia. Tenía tanto olfato para evitar los conflictos que, al cabo de unas pocas visitas, empezó a traer flores también para mi hermana. Ella lo agradeció guardándonos algún que otro secreto.

A medida que nuestra relación progresaba, pasé a vivir entre la casa de mis padres y la buhardilla de Yoshie. De vez en cuando soñábamos con casarnos. Hacíamos planes, cuentas. Jugábamos al futuro. Él llegó a presentarme formalmente a sus tíos, aquel año que vinieron a visitarlo. Estoy tratando de rescatar sus nombres. Ouf, no puede ser. ¡Si él los nombraba todo el tiempo! En fin. Eran educados hasta extremos insólitos. Hablaban poco, sonreían mucho y parecían siempre un tanto incómodos. De pronto, no sé por qué, me acuerdo de que se alojaron en el hotel Delavigne.

¿Cómo habría resultado mi vida, nuestra vida, si hubiéramos concretado aquellas fantasías matrimoniales? No teníamos prisa, por supuesto, y es probable que ninguno de los dos estuviera preparado para un compromiso serio. Después de todo, ambos seguíamos viviendo de nuestras familias. Me refiero más bien al sentido de las bodas. ¿El ritual te transforma? ¿O una transformación te lleva al ritual? Por miedo a lo primero, muchos hombres se resisten. Incluso con un punto de superstición, diría. Por confiar demasiado en lo segundo, tantas mujeres hemos aceptado con naturalidad los compromisos. Antes que en las escenificaciones, hoy confío en las evoluciones amorosas. Eso quizá me haya vuelto más sabia. También una esposa más triste.

Reconozco que, con el tiempo, fui dando síntomas de cierta adicción sentimental. Él disfrutaba alimentándola. A veces te prestaba una atención exquisita, exagerada, única. Te hacía sentir como un verdadero acontecimiento en su existencia. Hasta que de golpe daba la sensación de cansarse y, de un modo sutil, aumentaba la distancia. Entonces una se quedaba ansiosa de volver a ser un acontecimiento.

Se me ocurre que quizás al principio hubo un deslumbramiento mutuo. Y que después él fue sintiendo una especie de desencanto que jamás me confesó. ¿Será por eso que en mi siguiente relación decidí casarme tan rápido? ¿Por pánico a causar la misma decepción? ¿A no estar a la altura de lo que mi marido, igual que Yoshie, creyó ver en mí?

Ahora podría lamentar mi entrega a los hombres que amé. La dedicación no correspondida. El sacrificio de mis propios objetivos. O las generosidades que tuve, sin ir más lejos, con un recién llegado que prefirió despegar sin mí en cuanto tuvo ocasión. Pero después de tantos años de casada, cómo no hacer un poco de autocrítica. Lo hablaba el otro día con mi hija mayor, Adélaïde. Ella cree que mi afán por volcarme en los proyectos ajenos es una especie de excusa para no ocuparme de mis frustraciones. No me lo dijo de una manera tan desagradable, claro. Más bien me hizo sentir que lo pensaba. Evidentemente, Adélaïde necesita razonar así para justificar su propia situación. Al fin y al cabo, no tiene hijos.

En cuanto obtuvo su título universitario, Yoshie se puso a buscar empleo. A mí todavía me faltaba un año para terminar la carrera. Él tenía dos propósitos fundamentales. No depender más de sus tíos y dejar la buhardilla, que era tan maravillosa como incómoda. Me atrevería a decir que ahí, en ese legítimo deseo de progreso, comenzó a fraguarse en secreto nuestra decadencia.

No me acuerdo bien de cómo o a través de quién, Yoshie terminó ofreciéndose a la compañía Me. El famoso fabricante de televisores, tecnología audiovisual y todo eso. Era la época de la resurrección económica de Japón que tanto asombró al mundo. Al mundo que podía comprar cosas, me refiero. Nuestro país ya estaba saliendo de la posguerra. O sea, transformando su depresión en euforia productiva. La prensa de aquel tiempo lo llamaba milagro. Yoshie tenía opiniones menos místicas.

Donc, en Me buscaban empleados para la oficina que iban a abrir en París. Preferentemente japoneses, con francés fluido y conocimientos financieros. Él, como es lógico, les pareció un candidato ideal. De cualquier forma, me sorprendió un poco que consiguiera trabajo tan rápido y sin experiencia previa. Pronto supe que, al contrario de las europeas, las empresas japonesas solían contratar empleados en blanco. Es decir, disponibles para aprender desde cero. Y, por lo tanto, al gusto exacto de sus guías. No sé si atribuirlo a una mayor confianza en la juventud. O simplemente a que, para los japoneses, la competencia empieza antes.

Fuera como fuese, Yoshie tardó poco en comenzar a escalar dentro de la empresa. Trabajaba con rigor y disciplina durante una cantidad de horas impensable. Eso repercutió en nuestra relación para bien y para mal. Al fin teníamos dinero. Pero apenas teníamos tiempo para gastarlo. Memoricé unas cuantas palabras más en japonés, relacionadas con la alienación laboral. *Zangyōsuru.* Hora extra. *Okureru.* Llegar tarde. Y así.

En sólo un par de años, Yoshie pasó de ser un empleado raso en el departamento de gerencia (casi un becario, en realidad) a formar parte del entorno de confianza del gerente, que le tomó cariño. Después se convirtió en su asistente personal. Según él, algo así nunca hubiera podido sucederle en su país. Su ascenso contradecía no sé qué norma casi militar sobre la antigüedad de los trabajadores y los cambios de rango. De todos esos términos que Yoshie mencionaba constantemente, la otra palabra que recuerdo es *kakarichō,* porque me sonaba graciosa.

El gerente. Ese tipo. ¿Cómo se apellidaba? Qué cabeza, mi cabeza. Estoy segura de que, si viera una foto suya, lo reconocería. Un hombre demasiado peinado. Lleno de mínimos movimientos interiores que parecía reprimir antes de que emergieran. Tuvimos que cenar muchas veces con él. Me saludaba con grandes aspavientos. *Oh, mademoiselle Créton, ah, mademoiselle!* Para a continuación ignorarme por completo. Al principio se sobresaltaba cada vez que yo abría la boca. Se quedaba mirándome asombrado, como si ese no fuera mi turno de palabra. Y por lo general evitaba responderme. Yoshie le sonreía al jefe y me miraba de reojo, como entendiéndome y a la vez suplicándome.

El asunto me indignaba tanto que, a la segunda o tercera noche, no paré de dirigirme al gerente. Le hice toda clase de preguntas ridículas, hasta que al fin logré que me contestara con un mínimo de normalidad. Aquellos descaros míos, ahora me doy cuenta que fuera de lugar, terminaron encantándole. O por lo menos divirtiéndole. El gerente se lo decía a Yoshie, como felicitándolo: *Ah, très intelligente! Fille intelligente!* Entonces yo pensaba: ¿Y se puede saber de qué diablos se sorprende?

Casi siempre que cenábamos con él, después de la segunda botella, el gerente nos contaba (con alguna variante) la misma historia presuntamente ejemplar. Que al terminar la guerra, la empresa Me había sido fundada por un tal *monsieur* Matsuoka. ¡De ese nombre sí me acuerdo! Y que el señor Matsuoka había empezado trabajando en un minúsculo taller en Tokio, en el tercer piso (¿o cuarto?) de un centro comercial dañado por las bombas. Y que la empresa se enorgullecía recordando esos modestos inicios, dedicados a la reparación de transistores y piezas eléctricas, cuando hoy era un emporio con sucursales en más de treinta países, etcétera. Y que todo gran emprendimiento debía ser capaz de expandirse con firmeza en círculos concéntricos, bla, bla.

Para ser sincera, nunca supe cuál era la pretendida moraleja de esa historia. ¿Que si alguien trabaja duro se hace millonario? ¿Que en el fondo los japoneses, como los alemanes, son invencibles? ¿O que al terminar una guerra conviene no mirar demasiado atrás y ponerse a invertir?

Yoshie me rogaba que fuera lo más simpática posible con su jefe. Me pedía paciencia por nuestro propio bien. Me hablaba de lo mucho que iba a mejorar nuestra vida, de todas las cosas que podríamos hacer juntos en cuanto ahorrásemos lo suficiente. Eso en cierta manera me hacía sentir utilizada. Como si el futuro de nuestra pareja formara parte de su contrato con la compañía. El gerente nos insistía en que la empresa era una gran familia y cada trabajador, una especie de pariente. Nos hablaba de la unión, el compromiso, el sentido de pertenencia.

A mí ese discurso me parecía más bien una hipocresía. Un pretexto para hacer horas extras en nombre de la familia. Yoshie empezó a ofenderse con mis críticas. Me acusaba de no comprender la cultura laboral de su país. Por ejemplo, en caso de una improbable crisis, me explicaba, la empresa mantendría su principio de conservar su equipo de trabajo. Y lo protegería incluso hasta llegar a la quiebra, si fuese preciso. Antes de despedir a un buen empleado, me decía con absoluta seriedad, el gerente o el propio director general preferirían suicidarse.

A esas cenas de trabajo solía venir más gente del mismo departamento. Era un círculo que orbitaba en torno al jefe. Sólo unos pocos traían a su pareja, casi sin excepción mujeres japonesas. En mi presencia todos hacían el esfuerzo de intentar hablar mi idioma, cortesía que entonces no supe valorar. De vez en cuando yo dejaba caer alguna palabra en su lengua, y ellos me la festejaban igual que si se tratase de una hazaña.

A veces me sentía como la protagonista de *Bonjour tristesse,* tratando de sonar adulta entre esos hombres de negocios cuyas conversaciones me importaban un bledo. En el fondo, yo fantaseaba con imitar más bien a la autora del libro. Vestirme de cualquier manera. Armar escándalos. Volverme loca. No hace falta decir que al final siempre me comportaba como una señorita. Con el paso del tiempo, la gente de la empresa terminó cayéndome mejor. O, por lo menos, ganándose mi respeto. Justo en ese momento, me di cuenta de que Yoshie había cambiado.

Ahora fumaba mucho. Cada vez más. Algunas noches terminaba su paquete antes que yo, y entonces me pedía que le diera del mío. No sé por qué, ese gesto me inquietaba. Como si hubiéramos aprendido las cosas equivocadas del otro. Pienso que no fue sólo la aparición del dinero. Algo más se activó en él, en nosotros. Una especie de ambición, no sabría si llamarla material. ¿Es material la ambición? ¿O lo material es apenas una expresión concreta de otro anhelo? Nuestros sentimientos profundos no cambiaron. Pero fueron llenándose de pequeñas cláusulas. Ahora en cierta forma negociábamos, tomábamos decisiones convenientes para ambos. ¿Estoy siendo moralista? *Peut-être.*

En un par de ocasiones, hasta llegué a tener la impresión de que él coqueteaba con mi hermana, que empezó a prestarle una atención desconocida. Odiaría sonar, como siempre, celosa. No digo que ella se sintiera atraída por el nuevo estatus de Yoshie. Ni mi hermana ni él eran tan vulgares. Se trataba más bien, ¿cómo explicarlo? De su actitud. Ahora él tenía una actitud más ávida, de deseo hacia todo. Y eso quizá lo volvió atractivo para ciertas mujeres que yo encontraba poco interesantes. Con todos los respetos hacia mi hermana, digo. Me preocupó justo eso. Que no me gustaran las mujeres a las que mi novio parecía gustarles.

Aparte de su horario de trabajo, los fines de semana Yoshie empezó a tener encuentros de negocios en cafés. Al principio yo lo acompañaba. Y me iba a leer a otra mesa mientras duraban las reuniones. Me fijé en un detalle que se repetía en todas ellas. Él pedía dos copas fuertes y las pagaba de antemano, pero jamás tocaba la suya. Si la conversación se alargaba, encargaba otra ronda con el mismo procedimiento. Sus interlocutores salían ligeramente ebrios, y él permanecía en un estado de impecable sobriedad. Sólo bebía más tarde, en casa. En cuanto su posible cliente abandonaba el local, Yoshie ordenaba que retirasen su copa. Y pedía un café *noisette* que se bebía muy rápido, como una droga, antes de que llegara su siguiente cita. Pronto dejé de acompañarlo, y me iba al cine o lo esperaba en algún restaurante.

Desde que entró en Me, hablábamos de irnos a vivir juntos definitivamente. Los dos queríamos y no queríamos. Nos parecía la decisión más natural, pero nos daba miedo romper el equilibrio al que habíamos llegado. Convivíamos parte de la semana. Ensayábamos eso que la gente llamaba pareja formal. Y a la vez conservábamos algunos días de distancia que nos permitían confirmar la voluntad de estar juntos.

También estaba el dinero, claro. Aunque ahora él cobraba un buen sueldo, yo deseaba ser parte de nuestra economía. Tenía la convicción de que mi futura familia debía sostenerse en el reparto de las responsabilidades, presupuesto incluido. Si me arrepiento de algo en todos estos años, es de haber terminado cediendo en ese punto. ¿Lo hice por mí, por mi esposo, por mis hijos? Ya ni siquiera podría asegurarlo.

Empecé a dar clases particulares y hacer reemplazos en algunos liceos. El plan era ahorrar durante un par de años más, y luego ponernos a buscar nuestro nido. Solíamos imaginarnos en una casa amplia, vieja y de techos altos que iríamos reformando poco a poco, moldeándola a nuestro gusto. Una casa que fuese como nuestra pareja. Durante aquel período de transición, nunca llegué a instalarme del todo con él, o él nunca me insistió del todo para que lo hiciese.

Mientras seguíamos adelante con los planes para nuestra futura casa, él pudo dejar al fin la buhardilla. Se mudó a un apartamento en el barrio XIII, pequeño aunque bastante agradable, en la rue des Cordelières. Ahí pasamos, creo, nuestros últimos momentos de plenitud. A la entrada había una alfombra a rayas blancas y negras que cruzaba media habitación, y que yo le había regalado para celebrar la mudanza. Recuerdo que esa alfombra me costó un dineral porque, según el vendedor del anticuario, había pertenecido a no sé qué familia imperial de Japón. Me encapriché con ella. El día que se la llevé, alcé la alfombra como si fuese una mascota y exclamé: *Tadaima!* Yoshie sonrió, me besó y contestó: *Okaeri, mes amours!* Son ese tipo de tonterías que, por alguna razón, se te quedan grabadas en la memoria. Él ya ni se acordará, por supuesto. No era esa clase de sentimental.

Recuerdo nuestras mañanas de domingo en el mercado de la rue Mouffetard. Los puestos callejeros. Los colores saltando. Esos aromas que casi podían masticarse. El olor a pescado, como una playa fuera de lugar. A quesos discutiendo entre sí. El brillo de las frutas. Sus cambios de tacto. Nuestras manos palpándolas. Los dedos que se encontraban. Y al fondo, los queridos muros de la iglesia de Saint Médard. Esos mismos muros donde antiguamente, según cuentan, se reunían predicadores, peregrinos e hipnotizadores hasta que las autoridades los expulsaron. Y donde alguien dejó una deliciosa rima burlándose de aquella prohibición:

> En nombre del rey,
> prohibimos a Dios
> hacer más milagros
> en este rincón.

A veces, mientras desayunábamos en el apartamento, nos figurábamos mis muebles y los suyos mezclados. Visualizábamos todas nuestras cosas juntas, con sus formas y bordes rozándose, para ver cómo quedaban. Una de las discrepancias fue, curiosamente, la del televisor. Él había instalado un enorme aparato Me frente al sofá. Y yo siempre le había dicho que jamás, bajo ningún concepto, desearía tener televisión en mi casa. Prefería emplear ese tiempo en leer o escuchar música.

Otra de nuestras diferencias eran los gatos. Según me contó, un verano de su infancia en Nagasaki él había dormido con un gato enfermo en brazos. Y sufrió una reacción tremenda, que se le reproducía cada vez que tocaba alguno. A mí, que tanto adoro a mis gatos, esa limitación me resultaba casi tan grave como su resistencia a tener hijos. Nunca llegamos a profundizar en ese tema. Supongo que, en el fondo, yo confiaba en que él terminaría cambiando de opinión. No teníamos prisa. Había tiempo. Eso creíamos.

Me acuerdo de nuestro último verano. Casualmente, fueron las vacaciones más largas que pasamos juntos.

Había logrado convencerlo, por primera vez desde que trabajaba en la compañía, de que se tomara una semana entera libre. Él se negaba a ausentarse de su puesto. Se sentía más responsable dividiendo las pausas en diminutos bloques que, al final, nunca servían para relajarnos como era debido. Para mí fue un triunfo. ¡Yoshie descansando! Por eso estaba segura de que aquellas vacaciones iban a ser muy importantes para nosotros. Tenía la intuición de que íbamos a consolidarnos. A dar un paso definitivo. A la mierda la intuición.

Hacía tanto sol que parecía líquido. El verano se desbordaba. La luz nos envolvía. Viajábamos en su coche, un Renault Dauphine color crema que acababa de comprarse ahorrando un extra de su sueldo, que había aumentado en el último año. Conducíamos por la ruta que pasaba por Montauban, todavía me acuerdo, entre Burdeos y Montpellier. En aquella época no había las magníficas *autoroutes* de ahora. Se tardaba una eternidad en llegar a los lugares, pero por eso mismo disfrutábamos del camino. Simplemente asumíamos que el desplazamiento era una parte fundamental del viaje. Saberlo te predisponía a la paciencia. Y esa paciencia te hacía entrar en trance.

Fumábamos por la ventanilla. Yo ya había pasado, me parece, de los Gauloises a los Chesterfield. El humo entraba y salía como si fuera tiempo. Así nos recuerdo ese verano. Fumábamos porque éramos felices, éramos felices porque fumábamos. La luz fluía. El sol encendía el campo. Llevábamos la radio puesta, aunque apenas le prestábamos atención. Estábamos demasiado concentrados en nuestro propio zumbido. En escucharnos hacia dentro.

De pronto, algo cambió en los altavoces. Nos invadió un sonido lleno de agitación. Subimos el volumen para retener las referencias. Se trataba, anunciaron, de un joven cuarteto que empezaba a ser valorado entre los entendidos de Inglaterra y Alemania. Ni él ni yo habíamos oído mencionarlo jamás. Supongo que eso resume cuánto nos quedaba por delante en nuestras vidas. No habíamos escuchado *Love Me Do*.

Alrededor de nosotros, los jóvenes de entonces, circulaba una electricidad difícil de explicar. Todo tenía algo de primer verano en mucho tiempo. Habíamos dejado atrás una posguerra mundial. Las guerras de Indochina y Argelia, que se perdieron. Acabábamos de firmar los acuerdos de Evian, después de haber matado a cientos de miles de argelinos. Y la independencia de nuestras colonias ya era un hecho. Lo cual significó un alivio para muchos de nosotros, que nos avergonzábamos de opinar sobre el imperialismo en los cafés mientras nuestro país se comportaba como el más decadente de los imperios. Creíamos que el mundo podía mejorar. Incluso el capitalismo fingía que le importaban las clases medias. Fue en ese clima de desconcertante felicidad, de ansiedad por los placeres postergados, que mi generación pasó del jazz al rock.

Recuerdo claramente esos días en la costa. El pescado fresco que devorábamos con el hambre que da el mar. El vino blanco iluminando la risa de Yoshie. Su torso moviéndose bajo el sol en la playa de Palavas-les-Flots. Esa manera suya de no doblar los brazos al correr.

Allí buceé por primera vez. La experiencia nos gustó tanto que compramos dos equipos de buceo. Una tarde, mientras caía el sol y la gente se marchaba, nos sumergimos desnudos. Empezamos a jugar, a tocarnos bajo el agua. Y al final no pudimos resistir la tentación. Fue también, cómo olvidarlo, mi primera vez en el agua. Veía el mundo entero en cámara lenta, justo antes de que mi vida se acelerase para siempre. En cuanto él eyaculó, volví a sumergir la cabeza. Y vi pasar a mi lado una medusa de semen que, poco a poco, fue deshaciéndose en el mar.

Aquellas vacaciones miramos mucho el cielo. Si no me equivoco, nunca antes nos habíamos confesado reacciones tan opuestas. A mí el espacio me da vértigo. Su belleza me angustia. A Yoshie en cambio le recordaba que nada importa demasiado. Mirarlo fijamente me hace pensar en distancias imposibles de recorrer, y eso me pone melancólica. Esa misma amplitud a él le sugería que pertenecemos a algo mucho más grande que nosotros mismos. Yo veía mi finitud. Él, la continuidad de todo. Yo le hablaba de urgencias y anhelos. Él, de alivios y paciencia.

En un momento del debate, fui a buscar la linterna del coche. La encendí. La dirigí al cielo. Y mostrándole cómo el pequeño haz de luz se perdía no muy lejos de nosotros, le grité: ¿Ves? No llegamos.

Unos meses después vino todo el asunto del traslado. La compañía Me llevaba algún tiempo incrementando su presencia en Estados Unidos, donde tenía cada vez más negocios. Fue entonces cuando a Yoshie le hicieron una propuesta completamente irrechazable, según él. Encargarse del departamento de marketing, o algo parecido, en la nueva sucursal de Nueva York. Cuando me lo contó, lloré de orgullo por él y pánico por nosotros. Discutimos bastante sobre el viaje. De un lado estaba su empresa, del otro mis clases y mi familia. Él no podía quedarse, yo no quería irme.

Aquellas vacaciones miramos mucho el cielo. Si no me equivoco, nunca antes nos habíamos confesado reacciones tan opuestas. A mí el espacio me da vértigo. Su belleza me angustia. A Yoshie en cambio le recordaba que nada importa demasiado. Mirarlo fijamente me hace pensar en distancias imposibles de recorrer, y eso me pone melancólica. Esa misma amplitud a él le sugería que pertenecemos a algo mucho más grande que nosotros mismos. Yo veía mi finitud. Él, la continuidad de todo. Yo le hablaba de urgencias y anhelos. Él, de alivios y paciencia.

La despedida fue tan dramática que me da risa. Nos hicimos promesas de todo tipo. Planeamos nuestros próximos encuentros. Nos repetimos una y otra vez que aquel desafío tan sólo reafirmaría nuestra relación y nos uniría más que nunca. Iban a ser apenas un año o dos de prueba, nos decíamos. Si el nuevo trabajo no funcionaba, él volvería aquí. Y si la cosa marchaba, entonces yo quizá podría mudarme a Nueva York. Buscar empleo allá. O a lo mejor casarnos, ya veríamos. Pasado el primer shock, empecé a ilusionarme con la idea. Hasta me puse a estudiar inglés.

Los primeros meses estuvieron llenos de cartas fogosas y llamadas interminables. Escribirle a Yoshie era el momento más ansiado del día. Ahí, sentada, sola, me parecía que él me escuchaba y me comprendía. Su ausencia lo convirtió en el interlocutor perfecto. Leer sus palabras, redactadas con esa gramática que tanto habíamos trabajado juntos, me producía una maravillosa mezcla de alegría y nostalgia. En cierto sentido, aquella manera desesperada de comunicarnos revitalizó nuestras emociones. Sufrir por amor, lo confieso, me hacía sentir selecta. Como si mi historia personal fuese más intensa que la de mis amigos. Con la lejanía, comencé a recordar a mi novio mejor de lo que era. Sus virtudes crecieron. Los defectos se fueron difuminando. Por decirlo de algún modo, me enamoré de no verlo.

Después de su partida, ocurrió algo extraño con la ciudad. Me costó reconocer los lugares por los que tantas veces habíamos paseado. Cada barrio, cada calle, cada esquina (y París abusa de las esquinas) parecía haberse vaciado de contenido. Que era precisamente la mutua compañía, la suma de nuestras miradas. Sin el punto de vista extranjero de Yoshie, ya no sabía cómo mirar mi propia ciudad.

En aquel período empecé a experimentar algo hasta entonces desconocido para mí, y que en adelante se repetiría con demasiada frecuencia. La sensación de soledad en la soledad. La certeza lamentable de que, cuando estaba a solas, en realidad no estaba con nadie interesante. Antes de conocernos me encantaba ir por mi cuenta al cine, a los cafés, al parque. Ahora esas actividades me resultaban arduas y un tanto absurdas. Una especie de parodia de lo que habíamos sido. Mis amigas opinaban que me había convertido en una mujer dependiente y necesitaba readaptarme. Yo sospechaba que me lo decían por envidia, porque jamás habían tenido una pareja tan simbiótica como la nuestra.

Cuando hablábamos por teléfono, Yoshie me respondía que seguía estando aquí conmigo. Igual que, para él, yo siempre estaba presente ahí. Mi imagen lo acompañaba a todas partes en su nueva ciudad, me insistía, y cada vez que descubría algún lugar me lo mostraba mentalmente. Lo miraba en nombre de los dos. Él disfrutaba acumulando todo lo que pronto íbamos a conocer juntos. Y me pedía, susurrándome al otro lado de la línea, que mientras tanto hiciera lo mismo. Yo le creía porque quería creerle. Puede que él lo creyera también. Acaso la fe de uno alimentaba la del otro.

Por fin llegó el momento de organizar mi esperada visita a Nueva York. Nuestro plan era pasar el verano juntos. Reunir todos los días de vacaciones que se pudiera, y recorrer la costa oeste en coche (¡rojo, que sea rojo!, le había suplicado entusiasmada). Imaginarnos por las rutas de California, despeinándonos, me provocaba una dicha desmesurada. Al principio, Yoshie participaba en todos los detalles con su diligencia habitual. Pero, a medida que mis propuestas e iniciativas aumentaron, él fue delegando en mí todas las decisiones. Cuando viajamos juntos, mi marido me acusa de pretender controlar cada cosa. Me parece muy interesante, considerando que a él se lo podría acusar de lo contrario. De vivir en la pura indiferencia. *Ça suffit.*

Las vacaciones se acercaban, y el comportamiento de Yoshie se volvió extraño. Empezó a alternar gentilezas exageradas con intervalos de silencio. Algunas veces tardaba en contestar mis cartas. Y otras sonaba demasiado efusivo, con una elocuencia poco natural en él. Yo pasaba de la euforia a la angustia. Había días en que reconocía de inmediato el tono tierno de siempre, y días en que su voz me sonaba ajena. Como la de alguien imitándolo. Nunca estaba segura de cuál de mis dos novios iba a encontrarme en el teléfono. El apasionado o el pasivo. El seductor o el ausente.

Él me explicaba que su nuevo cargo estaba exigiéndole una dedicación insospechada. Que las responsabilidades eran mayores de lo que había supuesto. Y que estaba intentando adelantar todo el trabajo posible para despejarse el verano. Despejarse el verano, eso decía. Como si mi llegada fuese otro evento en su agenda. Lo peor es que se mostraba preocupado por saber si yo sufría. Esa condescendencia era nueva. Y alarmante. De vez en cuando le hacía ciertas preguntas, y él parecía esquivarlas.

Tonta de mí, todavía tardé un poco en comprender (pero no perdonar) el motivo de sus vaivenes. Supongo que él tenía miedo de lastimarme hablando. Y de esperanzarme callando. No sé por qué buscamos explicaciones complicadas para problemas obvios. Tal como lo veo ahora, que tantos secretos han pasado por mi dormitorio, el verdadero problema no es la mentira en sí. Lo terrible es la cadena de ocultamientos, disimulos y omisiones que se necesitan para sostener la primera mentira. Todo eso que al final nos hace ver que no conocemos a nadie. Tampoco a nuestros íntimos.

Ya muy cerca de la fecha prevista para mi viaje, Yoshie admitió la verdad. Yo me sentí morir y a la vez liberada. Me acuerdo bien de esa sensación. Él me pidió que viajara a Nueva York igual. Que terminásemos de hablar en persona, con calma. Y que le permitiese encargarse de mis gastos. Yo me negué indignada. Me parecía el vuelo más humillante del mundo. Y con una impulsividad que quizás he perdido, preferí cortar de raíz la comunicación con él. Dejé de responder sus cartas y llamadas. *J'avais touché le fond.*

Durante cierto tiempo, no sabría decir cuánto, se esforzó por mantener el contacto conmigo. Pero eso de jugar a ser amigos se me antojaba una cobardía. Las cosas duelen menos si son claras. Seguí sin dirigirle la palabra hasta que se rindió. Sufrí lo necesario y continué con mi vida. Nunca más he vuelto a hablar con él.

¿Cuánto pudo influir aquella historia en la velocidad de todo lo que ocurrió después? Conocí a mi marido apenas ocho meses antes de casarnos. Nos fuimos a vivir juntos inmediatamente, en una oleada de imprudencia que llamábamos amor. Sentí que no había felicidad mayor que dejar de pensar cada paso. No quise preparar más el futuro. Elegí zambullirme en él.

Nuestros tres hijos llegaron casi uno detrás del otro. Aunque pueda sonar raro, para mí fue la única manera posible de ser madre. En mi primera juventud había tenido tantas reticencias, razones y prejuicios errados al respecto, que sólo así fui capaz de entregarme a una familia. Compensé las dudas con la acción. Me sobrepuse al miedo dejando de centrarme en mí misma. Si hubiera sabido cuánto alivio hay en cuidar a otros, hasta qué punto la vida propia se clarifica y reordena gracias a las vidas de las que nos hacemos responsables, habría tenido hijos mucho antes.

Yoshie no deseaba comprometerse en serio. Esa inmadurez, de alguna forma, me parece coherente. Peor hubiera sido llegar hasta el final y después salir corriendo. En mi generación, las dificultades de los hombres *engagés* para comprometerse en otros campos resulta paradójica. Como si, en ellos, la historia personal refutase la política. Supongo que no hay revolución que aguante esas contradicciones.

Siendo sincera (¿soy sincera?) a veces temo que el desinterés de mi hija Adélaïde por la maternidad no implique sólo una postura ideológica, más o menos inspirada en la educación que le hemos dado sobre sus libertades como mujer. Sino también algún rechazo hacia el tipo de madre que yo he sido. Según mi esposo, tiendo a ser sobreprotectora. Eso ha tenido, en su opinión, efectos negativos en nuestras dos hijas. La menor nos ha salido más bien sumisa. Y la mayor, con un exceso de desapego. Una me ha obedecido demasiado. La otra vive contradiciéndome.

Adélaïde está tan ocupada con sus clases y congresos que nos resulta difícil verla, aparte de esas visitas casi protocolarias los domingos al mediodía. Más que sus padres, nos sentimos dos turnos de sus tutorías. A Muriel tampoco se la ve muy capaz de dejar ese pueblito soporífero donde mi yerno tiene a toda su familia. Las vistas son encantadoras. Y no niego que haya verduras excelentes. Por lo demás, me pregunto qué diablos hace mi hija ahí. ¿Y qué esperar de nuestro hijo Jean-Pierre? Desde que se separó, el pobre se enamora cada año. Sus actividades más urgentes son iniciar relaciones y romperlas. Así que su atención suele estar en otra parte.

Para colmo, mi nieta Colette acaba de casarse. Es lo que más me impresiona. ¿Cuándo nos hemos vuelto tan,

tan viejos? Sé que a partir de ahora mi nieta apenas va a venir a casa. Por lo menos hasta que tenga hijos.

Me ofende escuchar que soy demandante. Siento que esa acusación me simplifica. Siempre he intentado estar muy presente para mis hijos, y al mismo tiempo no pesarles. Representar un apoyo, nunca una carga. ¿Habré fallado en eso? ¿O falla su padre juzgándome? A las chicas de hoy la vida familiar parece abrumarlas un poco. Como si hubieran notado de golpe ciertos pesos que en realidad cargaron sus abuelas y madres. Trato de repetirme que eso no es culpa nuestra.

Cuando me mortifican estos pensamientos, llamo a Adélaïde y ella me tranquiliza. Con demasiado énfasis. Como si la inquietara ser descubierta. Mientras va a no sé dónde, siempre corriendo, me insiste en que he sido una madre maravillosa para los tres. Dedicada y comunicativa. Que si ella ha elegido no tener hijos, se trata de una decisión individual que nada tiene que ver con nosotros. Más aún, que si ella no se ve formando una familia, es entre otras cosas porque sabe que nunca sería tan buena madre como yo. Escuchar eso me daña. Me hace sentir castigada por errores que no conozco bien. Cada vez que hablo con mis hijos, termino sospechando que saben de mí más cosas que yo misma. Justo las que yo más necesitaría saber.

Mi esposo, bueno. La vieja historia. Se ausenta como un héroe. Si se queda en casa, pone cara de haber abandonado a las tropas de Normandía. De la investigación, eso lo tengo asumido, no se va a jubilar nunca. No lo pasamos mal juntos. Conozco matrimonios bastante peores. Después de tantos años, nos ponemos de acuerdo sin hablar. Tenemos negociaciones tácitas. Incluso nos peleamos sin levantar la voz.

Con nuestros hijos le pasa más o menos lo mismo. Se interesa a distancia. Confunde los detalles. Les pregunta por cosas que ya pasaron. Hay que ponerse en su lugar.

Cuando alguien decide cargar sobre sus hombros la salud de la humanidad entera, una gripe en la familia debe de ser muy poca cosa.

Más de una vez me ha reprochado que no entiendo su entrega profesional. Mentira. Lo que me cuesta entender no es que adore su trabajo, sino que esa adoración le deje tan poco espacio para amar a los demás. Personalmente, no estar disponible cuando mis seres queridos me necesitaban me habría hecho sufrir. Me asombra que tantos hombres acepten algo que, tarde o temprano, termina volviéndose contra ellos.

Según él, yo pienso así porque nunca he tenido una vocación demasiado clara. Y porque, en determinado momento, elegí dejar mi trabajo. Esa teoría me confunde. Cuando miro atrás, no tengo la sensación de haberlo decidido realmente. Más bien siento que las circunstancias, las necesidades familiares, determinados hábitos de pareja, terminaron empujándonos a nuestros respectivos lugares. Que nuestra vida fue inclinándose en una dirección inevitable y, en el fondo, desfavorable para mí. ¿Me estoy engañando?

De lo que estoy segura, en cualquier caso, es de no haber deseado jamás depender económicamente de nadie. Eso fue sucediéndonos muy poco a poco. Y ahora me arrepiento. La palabra *mantenida* no la consiento. ¡Como si el dinero fuera lo único necesario para mantener a una familia! Cuando era joven, me preguntaba a menudo si debería haber buscado algún empleo estable antes de quedarme embarazada de Adélaïde. Si debí defender más mis clases después del nacimiento de Muriel y, sobre todo, de Jean-Pierre. Ahora intento no plantearme ese tipo de cosas. El problema es que ahora tengo mucho más tiempo que antes para pensarlas.

À mon âge, francamente, prefiero no calcular hace ya cuánto que no veo a Yoshie. Contar años me da pavor. Aunque sé que los años se burlan de quien los niega. Me acuerdo de Gide. Nada daña más nuestra felicidad, decía, que el recuerdo de nuestra felicidad. No estoy segura de si es verdad. ¿A qué edad lo escribió? A veces los viejos sólo somos felices recordando. Por eso terminamos escondiendo los peores recuerdos debajo de la alfombra. Al fin y al cabo, hay una sola cosa segura. Que este presente, esta edad mía, es la única de mi vida que no veré con distancia. No voy a poder acordarme de ahora.

Me acuerdo de todo, y todo parece tan lejano. No sólo él. También yo misma en aquel tiempo. Mi vida sin mi familia. Es como si tus hijos construyeran tu futuro y también lo acaparasen. Como si levantaran una barrera infranqueable respecto a tu pasado anterior a ellos. Todo lo anterior a ellos, mejor dicho, se convierte en un tiempo inverosímil. Por eso hacía tanto que no pensaba en Yoshie. Pero últimamente, con todo lo que ha sucedido en Japón, apenas puedo pensar en otra cosa.

No es que de pronto lo eche de menos. Tampoco echo de menos mi juventud. Si por arte de magia me permitiesen repetir alguna edad, estoy segura de que evitaría ser demasiado joven. Añoro como mucho mis circunstancias de entonces. O mi falta de circunstancias. Todo lo que pude haber sido cuando todavía no era nadie. Si pudiera retroceder a aquella época, lo único que haría es quedarme inmóvil, maravillada, contemplando la amplitud brutal del porvenir. Es lo más parecido a la felicidad que se me ocurre.

Si últimamente pienso en él, ¿por qué no intento localizarlo? Es difícil de explicar. Tengo miedo de no estar en sus recuerdos. Ni siquiera sabría qué decirle, cómo. Porque no existe el idioma del pasado.

¿O sí?

3. El tamaño de la isla

Yoshie Watanabe se crio en Nagasaki, la ciudad de su infancia y sus olvidos. Se habían trasladado allí porque su padre, Tsutomu, trabajaba como ingeniero naval para un *zaibatsu* fabricante de armamento. La mudanza a Nagasaki no supuso un cambio drástico para la familia. Después de todo, se hallaba en la misma región y a una prefectura de distancia de su Kokura natal, por entonces productora de arsenales militares.

Si bien Tsutomu trabajaba en exceso —como su propio hermano solía reprocharle desde Tokio— la familia había gozado de una posición desahogada. La guerra complicó la situación: más horas, menos ganancias, peor comida.

El señor Watanabe recuerda cómo el arroz con batata se volvió recurrente a lo largo de la guerra. Cuando preguntaba por qué no cenaban otra cosa, su madre le respondía que la batata tenía propiedades mágicas que hacían invencibles a los niños. Hasta el día de hoy, no puede reprimir una leve turbación cada vez que mastica uno de esos tubérculos.

Sólo algunos fines de semana reaparecía, colorido y jugoso, el pescado. Y, rara vez, unos trocitos de carne. Sorpresas en el arroz que su madre, Shinoe, dosificaba con astucia. Ni muy seguidas (por la escasez y los precios) ni demasiado espaciadas (para que los niños no perdiesen la expectativa). Shinoe había logrado plantear esa carencia como un juego.

En casa les había inculcado un principio que nadie osaba incumplir: jamás debía tirarse nada, aunque estuviera roto o pareciera viejo. Es un crimen tirarlo, les repetía ella, podría ser útil. Su padre solía reírse de aquella manía de preservar cada cosa. Watanabe tardaría años, como mínimo hasta vivir solo, en comprender a qué se refería su madre. Si uno no sabe darle uso a algo, el inútil es uno.

Vivían los cinco al norte de la ciudad, en un antiguo edificio con maderas y azulejos, cerca de la facultad de Medicina. Las campanas de la catedral de Urakami le anunciaban a Yoshie que debía concluir el desayuno y partir hacia la escuela con sus dos hermanas menores, Nagae y Sadako. Su padre —que los había educado en un budismo sin ortodoxias, basando sus enseñanzas en poemitas zen— les decía que tener al Dios de los católicos zumbando en las orejas tampoco estaba de más, porque nunca se sabe a qué dioses puedes necesitar. Los hermanos llegaban a la escuela unos minutos antes de las ocho y media. Ser puntual, les insistía Tsutomu, significa estar temprano. Justo a la hora ya estás llegando tarde.

Yoshie tendía a llevarse bien con sus compañeros. Tenía el carisma suficiente para llamar su atención y la timidez necesaria para evitar su rencor. Era un buen estudiante sin excesivo empeño por serlo, lo cual permitía que sus notas pasasen más o menos desapercibidas. Su único enemigo era Yukio Yamamoto, un niño de peinados vehementes e incansable competitividad, siempre dispuesto a adular a los profesores e intimidar a los compañeros. Lo mejor que se le ocurre al señor Watanabe sobre él es que le enseñó a odiar. Lo cual, estima, no fue poca lección.

La otra lección fue la de sus manos. Él prefería la izquierda, la notaba más ágil y precisa. Dibujaba animales a los que la derecha no podía aspirar. Hasta que sus maestros le hicieron ver que escribir con la mano equivocada era una forma de traición.

En su primer año de clase, un militar se había presentado para desplegar un mapa de Asia. El imperio de Japón aparecía coloreado en rojo y abarcaba diversos territorios de China. El militar, recuerda Watanabe, les habló de hombres chinos que se comían a sus hijos, de niñas chinas que golpeaban a sus madres, de niños chinos que escupían a sus padres, de maestros chinos que torturaban a sus alumnos. Pero la mayoría de ellos, les explicó el militar, no deseaba vivir de esa manera bárbara. Ellos envidian nuestra gloriosa nación, dijo. Por eso combatimos allí. Para liberarlos de su desgracia y que puedan vivir como nosotros.

A partir del curso siguiente, el director de la escuela comenzó a entrar en el aula para informar a los alumnos en persona de las hazañas del ejército patrio. Las batallas donde afrontaban una seria desventaja, o incluso aquellas que parecían perdidas, finalizaban felizmente en victoria. La guerra siempre estaba a punto de ganarse. Y el enemigo, a punto de postrarse frente al emperador. A Yoshie lo entusiasmaba esa imagen: miles y miles de soldados americanos en fila, arrodillándose.

Durante la pausa del mediodía, los hermanos devoraban las bolas de arroz y la patata hervida que Shinoe les había preparado. Y que muchos empezaban a codiciar, en especial desde que Yukio Yamamoto se dedicó a difundir el menú de los Watanabe entre sus compañeros. A la velocidad del hambre, antes del recreo los niños recitaban: «Hemos nacido gracias a Su Majestad Imperial y por Su Majestad Imperial moriremos. Si Su Majestad Imperial nos concede un solo grano de arroz, no lo desperdiciaremos». Aún en su primer año, Nagae a veces lloraba porque echaba de menos a su madre. Y Sadako le cantaba al oído.

En las clases de gimnasia, Yoshie fingía hacer flexiones. Se quedaba colgando con los brazos estirados, incapaz de elevarse por encima de la barra de hierro. Y, en cuanto el profesor les daba la espalda, jugaba con sus amigos al ping-pong imaginario. El primero que llegase a diez puntos podía tirarle del pelo a quien quisiera. Yukio reaccionó consiguiendo una pelota real y empezó a organizar campeonatos en el recreo, que muy pronto acabaron con los partidos invisibles de Yoshie. Sus hermanitas, mientras, hacían muñecas de paja en el patio. Las muñecas eran los enemigos y ellas los apuñalaban con lanzas de bambú.

Si algo entusiasmaba a Yoshie, era salir de excursión. Cuanto más lejos estuviese un lugar, más interesante se lo imaginaba. Esto lo conducía a frecuentes desilusiones. Quizá sean dos, rememora el señor Watanabe, las excursiones inolvidables de su infancia. La primera, con toda la familia, a la ciudad de Shimabara. Sus cuarenta kilómetros de distancia respecto a Nagasaki le parecieron una inmensidad aquel día. Lo que más le impresionó fue sin duda el volcán.

La última erupción del monte Unzen, según le contó su padre, se había producido un siglo y medio atrás. Y había causado el mayor desastre volcánico de la historia. Ahora, sin embargo, estaba en paz. Ya había descargado toda su furia. Yoshie miraba el monte Unzen a lo lejos, con una mezcla de fascinación e incredulidad.

Si un volcán ya no puede explotar, le preguntó a su padre, ¿entonces para qué sirve? Los volcanes no sirven para nada, le contestó Tsutomu. Él seguía sin entender cómo algo tan grande podía ser inútil. ¿Y por qué sigue ahí?, insistió. Su madre intervino para aclararle que las montañas escupen fuego cuando están vivas y dejan de hacerlo cuando mueren. Este nuevo dato aumentó el estupor de Yoshie. ¿Así que las montañas estaban vivas?

La segunda excursión, algún tiempo después, fue muy diferente. El domingo 5 de agosto del año 45, emprendió con su padre un breve viaje a la ciudad de Hiroshima, en la región vecina de Chūgoku. El objetivo era conseguir repuestos para el astillero de Nagasaki. Para Yoshie, que le había rogado acompañarlo en tantas ocasiones, se trataba de la prueba de cuánto había crecido: ¡papá y yo, trabajando! También le facilitaba una excusa ideal para eludir, durante un par de días, los deberes escolares que le habían impuesto para las vacaciones.

Ante las repetidas objeciones de Shinoe —que consideraba peligroso desplazarse a una ciudad que era base naval y punto de encuentro de las tropas imperiales— Tsutomu le recordó que Hiroshima no había sufrido bombardeos. Eso demostraba, le explicó a su esposa, que tampoco representaba un blanco prioritario para el enemigo. De hecho, puntualizó, ni siquiera era un lugar más peligroso que la propia Nagasaki, donde habían atacado los puertos y fábricas de municiones del suroeste. Por no hablar de los trece estudiantes bombardeados la semana pasada en la universidad. Así que no había razones para alarmarse por un simple viaje en tren.

Cuando Shinoe se arrodilló (en un exabrupto que permanecería en la mente del señor Watanabe como la imagen más nítida de su madre) suplicándole a su esposo que no saliera, o que reconsiderase al menos la decisión de llevarse al niño con él, Tsutomu se limitó a dictaminar: No podemos dejar de vivir porque haya guerra.

A las ocho y cuarto de la mañana siguiente, cuando el B-29 *Enola Gay,* así bautizado en honor de la madre del piloto (¿qué sentimientos abrigaría exactamente hacia su progenitora?) lanzó su bomba de uranio *Little Boy* al inicio de la jornada laboral, Yoshie caminaba con su padre a unos tres kilómetros del centro de la explosión.

Venían de cruzar el puente Kanko. La gente se esforzaba por mantener su rutina. Las tiendas acababan de abrir, aunque no les quedaba mucho para vender. Observado desde el mirador de la memoria del señor Watanabe, su padre avanza con urgencia de lunes. O quién sabe si con cierta inquietud. Él apenas podía seguirle el ritmo. Dos pasos suyos equivalían a uno de Tsutomu. Para colmo, un zapato le lastimaba el pie.

Poco antes habían vuelto a sonar las alarmas. Nadie les prestó demasiada atención. Los aviones del enemigo pasaban casi a diario, arrojando panfletos que él tenía prohibido leer. En aquel tiempo uno no dejaba de hacer lo que debía por cosas como esa. Simplemente mantenía algunas precauciones —agua, cortafuegos, botiquín— y seguía adelante. De hecho, las alarmas ya habían sonado otras dos veces por la noche. Su padre había continuado desvistiéndose (su barriga con pliegues, sus axilas con pelos) y lo había ayudado a ponerse el yukata. Luego, con el cansancio del viaje, los dos se habían dormido. Los ronquidos de Tsutomu los protegían. Con semejante escándalo, nada ni nadie se atrevería a acercárseles.

De pronto Yoshie oyó motores a lo lejos. Levantó la cabeza, proyectándose sombra con la palma de la mano.

Era un avión. Uno solo. Hacía poco ruido. Ni siquiera daba miedo. No se parecía para nada a aquellos escuadrones que tanto lo intimidaban. Tsutomu tampoco mostró ningún temor. Aunque el hijo notó, cree notar ahora Watanabe, cómo su padre le apretaba la mano.

Yoshie lo vio pasar. Durante unos segundos. Como una maqueta con sus partes. Un modelo de cuatro hélices. Con un brillo de plata. Le encantó.

El zapato le lastimaba cada vez más el pie. Yoshie detuvo la marcha. Su padre le ordenó que caminase. Él se soltó de su mano. Corrió a apoyarse en un muro. Y se agachó para acomodarse el calzado. Ese muro pintado de amarillo. Su padre lo esperaba más adelante, en la esquina, con gesto de impaciencia. Pronunció su nombre. Le ordenó que se diera prisa.

El avión dejó caer algo. Un rastro en el cielo sin nubes. Sólo un rastro en el cielo.

El flash abarcó el horizonte. Luz de radiografía. Los huesos. La ceguera.

Barrido por una ola que calcinaba, Yoshie saltó por los aires. La detonación se expandía y no tenía final.

Después, un vaciamiento. La oscuridad en mitad de la mañana. El negativo del cielo.

Cuando Yoshie abrió los ojos, la oscuridad era tanta que pensó que estaba muerto. Que la muerte era así. Pero el panorama empezó a despejarse y pronto reconoció el cuerpo de su padre a varios metros de distancia, con la cabeza bajo el tronco de un árbol arrancado, y entonces entendió que él seguía vivo.

Tosió. Escupió. Se palpó las extremidades. No vio más que unas heridas en las manos y los brazos. La piel de la espalda le ardía. Sentía pinchazos en los músculos, como si hubiera estado forzándolos durante horas.

La incredulidad lo aturdía más que el golpe. El muro. Ese muro de color amarillo. El zapato, el padre, la desobediencia.

De inmediato vio el hongo y un resplandor que ascendía.

Quiso mover el tronco de ese árbol. Por alguna razón quizá relacionada con los cómics que solía leer, conjetura Watanabe, se sorprendió sinceramente de no poder hacerlo. Intentó despertar a su padre. No fue capaz, recuerda, de mirarlo a la cara. Lo llamó varias veces.

No tardó en comprobar que no había respuesta. Ninguna reacción. Cero movimiento. Se tendió junto a él e imitó su inmovilidad durante un rato, como en espera de que ese gesto los uniese y los instalase en un mismo estado.

Sólo en ese momento se dio cuenta de los gritos a su alrededor, el fuego, las crepitaciones, los crujidos, las caídas. Había más. Mucho más. El foco se había ampliado de golpe.

Ensordecido por todas las cosas rotas, Yoshie vagó en busca de asistencia. Quería que lo ayudasen a mover el árbol. Los edificios ya no estaban ahí. Sólo se mantenía alguno que otro, en equilibrios no previstos por su arquitectura. De la ciudad, rememora Watanabe, quedaba el hueco. Su plano borrado. Hiroshima era una cicatriz del tamaño de Hiroshima.

Yoshie oteó el horizonte. Alcanzó a divisar, misteriosamente en pie, la cúpula del Centro de Promoción Industrial. La misma que su padre le había señalado con orgullo la tarde anterior. Esa que aún estaba lejos de convertirse en símbolo.

Todo lo que había sido de madera ardía. Cada casa tenía su propio incendio. Un viento de chimenea, de horno abriéndose, empezó a soplar. Por precaución o acaso por instinto, Yoshie echó a caminar evitando la zona más destruida. Y también, aunque eso no pudiera saberlo, la que más radiaciones había soportado.

En su camino en busca de la ayuda que nadie podía darle, vio sombras de carbón. Siluetas en los muros. Vio quemadas cosas que ni siquiera sabía que podían quemarse. Nada había conservado sus colores, como si el hongo se los hubiera llevado. Escombros y cuerpos se confundían. Todo era pedazo. Una especie de rompecabezas, visualiza hoy Watanabe, concebido para no armarse. Vio la misma expresión en todas las caras junto a las que iba pasando. Un mismo cadáver repitiéndose.

No tenía saliva, se le perdía la lengua. De pronto oyó el fluir de un manantial. Avanzó hacia un grupo de niños, más o menos de su edad, con las cabezas en torno a una tubería que dejaba escapar un chorro de agua. Su sonido era música. En cuanto Yoshie intentó acercarse, los demás niños se lo impidieron con empujones, arañazos y patadas. Sus lenguas de perro se movían sin parar. Uno de ellos alzó la cabeza y lo miró de costado. La inflamación de sus párpados no le dejaba abrir los ojos.

Yoshie fue descubriendo que casi no quedaban caras como las caras. Se tocó la frente, la nariz, el mentón. Todo aparentaba estar en su lugar. Lo único que le molestaba eran las heridas en los brazos. Y ese picor en la espalda. Muchos pasaban corriendo a su lado. Los cabellos como leña. Las mejillas como globos. Los ojos en una línea. Se tiraban al río de cabeza. Otros frenaban y se hundían en los tanques de agua. Sintió hacia todos ellos, aún lo recuerda, más rechazo que lástima. Menos compasión que asco.

Pensó en volver al árbol y quedarse cuidando el cuerpo de su padre. Miró a su alrededor. Se dio cuenta de que ni siquiera podía ver de dónde había partido. A cada paso que daba, creía oír la voz de Tsutomu entre otras voces. Su grito entre todos los gritos. Cuando intentaba seguirlo, iba perdiendo claridad hasta que desaparecía. Aquí y allá se cruzaba con gente pidiendo auxilio, braceando entre despojos. Pero Yoshie no se detuvo para ayudar a nadie. Sólo siguió de largo, en trance, caminando junto al río.

Unos destellos en el suelo llamaron su atención. Una olla brillaba a la luz de agosto. El sol cocinándose ahí. Todo el verano dentro de la olla. Yoshie se asomó lentamente al fondo y confirmó que su cara seguía siendo su cara. Entre los cascotes encontró también un reloj de bolsillo con las agujas en forma de flecha. Se agachó a recogerlo. La esfera de cristal no tenía ni un rasguño, pero el engranaje se había detenido. Intentó darle cuerda. Por mucho que las mirase, las agujas seguían marcando siempre la misma hora. Ocho quince. Ocho quince. Lo guarda desde entonces. No ha intentado arreglarlo.

En la lejanía, de repente, Yoshie vio caer una lluvia de color negro. Como pintada gota por gota. Al señor Watanabe le cuesta reconocer la fascinación con que admiró esa lluvia cuyo significado ignoraba. ¿Puede seguir teniendo alguna belleza en su memoria? ¿Merece ser recordada como en aquel momento la contempló?

Enseguida el aire empezó a refrescarse. Un arcoíris envolvió los restos de la ciudad y pareció anudarlos igual que una bolsa de basura. Cuando Yoshie bajó la mirada de nuevo, vio pasar al galope un caballo en llamas.

A orillas del Ōta, por fin, Yoshie encontró refugio en una escuela. Las ruinas del edificio estaban siendo transformadas en un puesto de socorro. Un hospital sin camas ni doctores, donde la gente llegaba para tenderse en el suelo. O, en los casos de más gravedad, sobre algún pupitre. A Yoshie lo tranquilizó que se tratara de una escuela. Era el único lugar con el que, en cierto modo, podía identificarse. Una pared conservaba dibujos de los alumnos. Su hermanita Nagae, pensó él, dibujaba mejor.

Una mujer le ofreció agua. Y, sin rastro de sorpresa, le dijo: Tienes sangre en un ojo. Aunque no le dolía, Yoshie corrió a lavarse al río. Se limpió con facilidad. La sangre no era suya. A su lado flotaban lentamente los cuerpos.

Su objetivo al entrar en el puesto de socorro era pedir ayuda para recoger a su padre. Pronto advirtió que nadie estaba en condiciones de hacerlo. Lo que vio en aquel lugar el señor Watanabe jamás ha podido contarlo. No por falta de palabras, sino de sentido. Todo estaba mezclado con todo.

Más que las supuraciones, que Yoshie evitaba mirar, le impactaron las espaldas de las mujeres. Muchas habían quedado marcadas según los vestidos que llevasen puestos en el instante de la explosión. Los de colores oscuros, aprendió, se habían impreso en sus pieles. Los de colores claros, por haber absorbido menos energía, les habían dejado menos mancha. Así supo que, además del muro en el que se había apoyado por casualidad, ir vestido de blanco lo había protegido.

Ropa y piel se enredaban en jirones que le producían más repugnancia que las propias llagas. También le llamaron la atención las cabezas de muchos hombres, que daban la impresión de haberse cortado el cabello justo por encima de las orejas, porque llevaban una gorra cuando la bomba explotó. La piel se había vuelto el centro del pánico. Era, gritaban, como si estuvieran arrancándosela.

Apenas quedaban médicos. Muchos parecían en el mismo estado que los enfermos a quienes cuidaban. La barrera entre sus cuerpos y los de sus pacientes había caído. Los puestos con agua caliente y tiras de tela, dos lujos que escaseaban, hacían de quirófanos. Los heridos solían empeorar tras las curas. Contraían infecciones que se multiplicaban al hervor del verano. Reducidos a su química, morían pronunciando la palabra *agua*. Yoshie no comprendía por qué, en lugar de atenderlos primero, se dejaba agonizar a los que estaban peor.

Pilas y pilas cremadas frente al puente Sakae, el puente Kyo, el puente Hijiyama, al ritmo de una legión de fósforos. El olor de esas hogueras trastornaría para siempre su olfato.

Al contrario de lo que podría suponerse, rememora Watanabe, en el refugio muchos se preocupaban por detalles aparentemente sin importancia. Hallar unos *takaba* entre los escombros, o al menos un par de calcetines, podía ser motivo de consuelo. Cualquier minucia cobraba, durante unos instantes, la urgencia de un salvavidas. Era eso. Y hablar. Hablar con alguien. Contarle. Constatar si aquello había sucedido de verdad. Cada uno narraba, una y otra vez, el mismo minuto. Como el reloj que Yoshie había encontrado.

Un oficinista salió despedido contra una cajonera que le sirvió de parapeto.

Un adolescente ignoraba como cada mañana las protestas de su madre, encerrado en el baño que se convertiría en búnker.

Una anciana había alcanzado a cubrirse la cabeza con la olla en la que planeaba cocer unas verduras.

A un policía que salía de su casa le había dado tiempo, mientras el resplandor se expandía, de rodar hasta el hueco de las escaleras.

Dos niños que barrían los cortafuegos de su escuela cayeron uno encima del otro, y pudieron ayudarse a emerger de los cascotes.

Una mujer tendía la ropa de su familia y los muros de la azotea la protegieron. Continuaba abrazada a una camiseta.

Un funcionario había logrado escapar del vagón de su tranvía y, frente a la parada, se encontró con una fila de cadáveres clavando las uñas en el hombro siguiente.

Una profesora de música había sido salvada por su piano, esperando a una alumna que jamás llegó. Muchos vecinos la acusaban de traidora a la patria cuando la escuchaban tocar.

Un hombre no decía nada y sólo caminaba en círculos, en círculos, sin escuchar a nadie.

Todo el mundo hablaba del silbido. El silbido antes de aquello. Una delicadeza antes de la aniquilación. A algunos se les había perforado el tímpano y seguían escuchándolo.

Cada cual creyó que habían bombardeado exclusivamente su casa, su oficina, su fábrica, su escuela. Después de la explosión, contaban, les extrañó que nadie viniera a socorrerlos. ¿Cómo podían ignorarlos tanto? Quizás así, resume Watanabe, funcionen las desgracias. Uno se las apropia de tal manera que no puede creer que no haya sido el único. Que haya otros nos reconforta y a la vez nos ofende.

Cuando lograron desenterrarse y miraron a su alrededor, lo que vieron no tenía ningún nombre. ¿Dónde estaban los cráteres? ¿Qué era toda esa nada? No había marco. Era un no entender y temer cualquier cosa. Eso decían sin palabras, y continuaban buscándolas.

De pronto Yoshie vio a una chica tomando notas hecha un ovillo. Era acaso la única persona del refugio que había encontrado un rincón para observar su propio sufrimiento. Watanabe la recuerda bien porque, esa noche, ella le consiguió una manta para dormir. Y porque se llamaba Sadako, igual que una de sus hermanas.

Los rumores empezaban a propagarse como los incendios. Algunos hablaban de cincuenta mil muertos o cien mil o incluso más. Cantidades que Yoshie no era capaz de imaginar con exactitud. Y que años más tarde, ya experto en cifras, seguiría sin poder concebir.

Nada de eso, sin embargo, comunicaron aquel día los partes de guerra. Se decidió que resistiesen hasta el final de algo que ignoraban. En el refugio se intercambiaban una y otra vez las mismas preguntas. ¿Qué clase de arma los había atacado? ¿Qué habían hecho ellos para recibir semejante castigo? Nada, se repetían, nada en absoluto. Se habían limitado a obedecer a sus familias. Que habían obedecido a las autoridades. Que habían obedecido al emperador. Que había obedecido a los designios del cielo.

Lo que más falta hacía era líquido y sombra. Se organizaron cadenas para llenar recipientes en el Ōta. Yoshie se acercó. De inmediato le pasaron un barreño que no pudo sostener. Alguien se lo quitó de las manos y continuó la cadena.

Las llamas tenían forma de olas. Se agolpaban frente al río, como esperando su turno para cruzarlo. Un tsunami de fuego.

Muchos perdían la mirada en dirección al lugar donde siempre había estado la arboleda. La tierra era un desnudo. Nadie podía creer que los árboles de Villa Izumi hubieran dejado realmente de existir. Los pinos que quedaban parecían paraguas cerrándose.

Necesitaban sombra para los quemados. Apilaban maderas y otros restos, que no tardaban en derrumbarse. Ni una sola nube amortiguaba los rayos. ¿Qué era el buen tiempo? El sol golpeaba. El sol.

Mientras el bombardero *Enola Gay* se distanciaba del cielo de Hiroshima, su copiloto, el capitán Lewis, susurró: Dios mío, ¿qué hemos hecho?

El coronel Tibbets, su piloto, respondió: Lo que debíamos.

Todo un país volaba en uno u otro asiento.

Día y medio después, sin haber logrado aún contactar con su familia, Yoshie fue incluido en la lista de pasajeros del tren que partiría a Nagasaki a la mañana siguiente. Por su ubicación en la ciudad, la estación no había sufrido destrozos que impidieran su funcionamiento y algunos trenes comenzaban a reanudar sus servicios. Los residentes, las embarazadas y los niños tenían prioridad. Él sólo pensaba en volver con su madre y sus hermanas. Consultaba la hora a cada rato. Le parecía que todos los relojes se habían contagiado del suyo.

Esa noche la recuerda muy bien el señor Watanabe. La ansiedad y el miedo le impedían cerrar los ojos. La ausencia de luces amplificaba los sonidos de la oscuridad. El eco de las oraciones por los muertos, *namu amida butsu, namu amida butsu,* se alternaba con los gritos de *agua, agua.* Los huesos chisporroteaban junto al río. Y, más allá, un cuchillo de silencio. Ni siquiera se oía a esos insectos que tanto le interesaban. Un verano sin insectos no podía ser verano. Yoshie intentaba tranquilizarse repitiendo las sílabas de su madre, *haha, haha,* e imaginando su cuarto.

En mitad de la madrugada empezó a oler a sardinas. A sardinas asadas. Se incorporó de un salto y se aproximó a la orilla. Entonces vio que eran cuerpos incinerándose. Regresó a su baldosa del refugio y se acurrucó bajo la manta. Un hombre que dormitaba a su lado abrió mucho los ojos. Yoshie tuvo la impresión de que la noche se volcaba en ellos. Lo peor, murmuró el hombre, es que de esto no se puede despertar.

Mientras los rastros de claridad se insinuaban, sus bostezos crecían. Muy pronto, en cuanto el sol saliese, iría a la estación. Sólo tenía que esperar un poco. Resistir otro rato, unos minutos, nada. Le costaba pensar. La cabeza pesaba. Los párpados caían. Pensó en pedirle al hombre de al lado que lo ayudara a mantenerse en vela. La claridad llegaba. Las imágenes se iban. Justo antes del alba, el sueño lo venció.

Al despertar, le llevó un momento comprender qué hacía ahí, qué le había pasado al mundo de la vigilia. Se incorporó de golpe. Sus articulaciones crujieron. Dormir a la intemperie no era como él se había figurado. Muchos ya estaban en pie. Yoshie preguntó la hora y echó a correr hacia la estación, que se hallaba al otro lado del río.

El primer puente estaba dañado. Habían bloqueado el acceso con troncos. Las siluetas de los barrotes, sombras al revés, habían quedado en blanco sobre el suelo. Para no demorarse en un rodeo hasta el próximo puente, Yoshie sopesó la posibilidad de nadar. Pero entonces apenas sabía hacerlo. Y la idea de flotar entre cadáveres lo aterraba.

Continuó avanzando hasta que se topó con unos muchachos que se deslizaban por un par de vigas atravesadas en V. Cuando llegaban al centro del río, sólo tenían que dar unas brazadas antes de sujetarse a la siguiente viga. Los imitó con cautela. Los muchachos se burlaron de su lentitud. Le gritaban que se ahogaría y que se lo llevaría la corriente.

Con los pantalones chorreando, Yoshie corrió a toda velocidad. Se apresuró a cruzar el puente Enko, ya muy cerca de la estación de trenes. La reconoció. La vio aumentar de tamaño. La tuvo enfrente. Alcanzó la entrada. Recorrió el pasillo. Se abrió paso. Llegó al andén sin aire. Y comprobó que su tren acababa de marcharse, dejándolo en Hiroshima.

A falta de otro plan, regresó al puesto de socorro. Dentro del edificio ya no quedaban víveres ni espacio para acostarse. El hombre de al lado lo recibió con una caricia en el flequillo y no le hizo preguntas.

Unos camiones militares vinieron para llevarse a muchos heridos a la isla de Ninoshima. Le extrañó ver que se resistían. Como si, en lugar de atendiéndolos, estuvieran secuestrándolos.

Pronto llegaron más camiones. Junto con un grupo de niños y mujeres con bebés, trasladaron a Yoshie a un centro de acogida en Eba, al sur de la ciudad. Un soldado les aseguró que desde allí intentarían localizar a sus familias. La chica que le había conseguido la manta, Sadako, le sonrió a lo lejos.

De camino a Eba, conoció a dos alumnos de la escuela donde se había refugiado. Uno de ellos se encontraba muy enfermo. No podía ingerir nada porque vomitaba en el acto. Pero continuaba aferrado a la cajita con el almuerzo que le había preparado su madre, antes de salir a colaborar con las tareas de seguridad y mantenimiento. Viendo que no probaba bocado, su compañero le pidió permiso para comerse su almuerzo si se moría. Él respondió que lo iba a pensar.

Otro niño le contó que, a diferencia de varios amigos, sus padres habían decidido no sacarlo de la ciudad. Consideraban que su deber era seguir estudiando en cuanto terminasen las vacaciones. Y que la vida debía continuar. Eso mismo, recordó Yoshie, le había dicho su padre.

A la mañana siguiente, muchos de los pasajeros del tren que él había perdido morirían en Nagasaki junto con su madre, sus hermanas y decenas de miles de personas. El B-29 *Bockscar*, pilotado por el mayor Sweeney, lanzaría una bomba de plutonio en las proximidades de la fábrica de armas Mitsubishi. Esta segunda bomba, bautizada *Fat Man* presuntamente en honor de Winston Churchill, generaría una esfera de fuego cuya temperatura superaría la del sol. Un sol hecho pedazos. *Fat Man*. Acaso exista algún vínculo, reflexiona Watanabe, entre humanizar a una bomba y deshumanizar a una población.

Su familia no tendría la fortuna de salvarse gracias al terreno. A un lado del monte, la supervivencia. Al otro, el vacío. La explosión fue en el valle de Urakami, sobre una pista de tenis en desuso junto a la facultad de Medicina, justo a medio kilómetro de la catedral cuyas campanas oía Yoshie cada mañana.

En los alrededores del centro de acogida había un campo con pozos de agua, desperdicios, trozos de maquinaria y espaldas que salían a flote. Con su vaivén, las moscas huían y se acercaban de nuevo. Desconfiaban del agua, igual que Yoshie. Tenía un color que él jamás había visto. Mezcla de aceite, barro y sangre.

Las moscas protagonizaban los días. Zumbaban con la insistencia de un presagio. Las atraían sólo determinadas zonas de la piel de los heridos, como si supieran que una parte de ellos ya había muerto. Por muy bien que los médicos curasen las quemaduras, sus pacientes se licuaban por dentro. La anatomía humana ya no era lo que ellos habían estudiado. La bomba los había devuelto a la ignorancia.

Aunque hoy él mismo se sorprenda, el señor Watanabe no olvida hasta qué punto llegó a acostumbrarse al sufrimiento de los demás. En sus juegos de infancia había aprendido que, cuando se repetía muchas veces una palabra, terminaba perdiendo su significado. La repetición del dolor parecía funcionar igual. ¿Qué querían decir *náusea, sangre, muerto*? Cuerpos sin daño se desplomaban de golpe. Los apilaban, los rociaban de combustible y ardían.

Una tarde Yoshie vio cómo una de las enfermas ayudaba con el parto de una compañera. En ese momento averiguó cómo se hacían los niños y cuánto le habían mentido en casa. A la mañana siguiente, la matrona amaneció muerta. Traer una vida y perderla eran el mismo oficio. El verano insistía en lucir su azul, agudizando la frustración entre los refugiados. Como si en las desgracias se esperase una opinión del cielo.

De aquella estancia al sur de Hiroshima, Watanabe retiene la densidad de la rabia. Una especie de pasta que se adhería a la gente y la unía. Se trataba de una solidaridad a la inversa, cuyo efecto no era tanto compadecer a cada víctima como odiar con unanimidad al enemigo.

Algunas madres fueron quedándose sin leche. Los bebés comenzaron a migrar de pecho en pecho, mamando unas gotas de cada mujer. Ahora los niños pertenecían a todas las madres. O ya nadie pertenecía a nadie. De las muchas maldiciones que Yoshie escuchó en ese lugar, una en particular permanece en su oído. La pronunció una madre con el cadáver de su hijo en brazos, sin proferir insultos ni levantar la voz: Les deseo esto mismo. Esto mismo.

Ante la incredulidad de los supervivientes, aún tendría que pasar otra semana —y un conato de motín cuando el Ministerio de Guerra declaró su intención de combatir hasta el último hombre— para que las autoridades comunicaran su rendición. Palabra que, de cualquier forma, el emperador Hirohito se abstuvo de pronunciar durante su discurso en la radio. El primero que reveló su voz al mundo. Y el último que un emperador dirigiría al país, si Watanabe no recuerda mal, hasta la catástrofe de Fukushima.

La bandera se había convertido en un halo de sangre sobre un fondo de huesos. Los imperios caen, las montañas quedan.

Aun así, piensa, a los Aliados les constaba que Japón claudicaría pronto. Los términos de su derrota llevaban negociándose un par de meses. Su aviación y su marina se hallaban bajo mínimos. Sus ciudades eran atacadas a diario. Los alimentos escaseaban y los transportes empezaban a colapsarse. Las islas del Pacífico estaban tomadas. Truman, Stalin y Churchill se habían reunido junto a los restos de Berlín para gestionar la posguerra. El Tercer Reich ya se había rendido. ¿Qué incertidumbre cabía?

Acaso allá por marzo, concede Watanabe, durante los bombardeos de Tokio, su país siguiera siendo un enemigo al que temer. Incluso en junio, hasta la batalla de Okinawa, podía mantenerse alguna reserva. Pero, definitivamente, no en verano. No aquel agosto. No el día 6. Ni el 9.

Los informes de ambos bandos, como sabría mucho después, así lo certificaban. El propio almirante Leahy, autoridad de las Fuerzas Armadas de Estados Unidos y asesor de la Casa Blanca, reconocería antes de su muerte que las bombas atómicas no habían sido necesarias para ganar la guerra. Salvar al mundo, advertir al mundo. ¿Qué diferencia había?

Se sospechaba que los nazis, antes de ser vencidos, estaban experimentando con energía nuclear. Ambos bandos combatían también desde sus laboratorios. Por supuesto, esa fue una razón para construir la bomba. No para tirarla. Quizá por eso los científicos que habían contribuido a su invención, Einstein incluido, emprendieron una campaña contra su uso. Antes de recibir el Nobel y convertirse en activista del desarme, Seaborg pidió al gobierno que mostrara su poder en alguna isla sin población. Sus consejos fueron desoídos. Ya no los necesitaban.

Tras cuatro años de enfrentamiento, más de cien mil soldados estadounidenses y un millón de soldados japoneses habían muerto en el frente del Pacífico. Los civiles, duda Watanabe, ¿cómo se computan? El combate por todos los continentes había llegado a su fin. Los Aliados proclamaron que la paz y la concordia volvían a reinar. Los demás interrogantes quedaron tan abolidos como las dos ciudades. El terror había terminado. Un segundo terror acababa de inaugurarse.

A principios de septiembre, tras indagaciones entre ruinas y cuerpos de las que preferiría no acordarse, Yoshie corroboró que ninguno de sus familiares en Nagasaki había sobrevivido. A veces todavía se pregunta si sintieron dolor o se desvanecieron en el acto. Si trataron de correr o dijeron algún nombre.

Sus tíos paternos Ineko y Shiro, que desde hacía años residían en Tokio, consiguieron localizarlo. Se hicieron cargo de él. Así fue como se trasladó a vivir a la capital, que poco a poco iniciaba su reconstrucción. Los restos y los túneles rodeaban su nuevo hogar.

Al llegar a Tokio, según su tía Ineko se encargaría de recordarle, Yoshie se pasó varias semanas durmiendo, devorando un yōkan tras otro y guardando un silencio impenetrable. Cuando volvió a hablar, no pronunció una sola palabra acerca de los días en Hiroshima. Tampoco sus tíos juzgaron aconsejable para su bienestar referirse a ello. El olvido era un medicamento que requería una dosis diaria.

Casi enfrente de la casa había una antigua comisaría repleta de soldados ocupantes. A la entrada flameaba una bandera estrellada que sus tíos daban muestras de repudiar, y que Yoshie encontraba pese a todo luminosa, llena de cielo. Fue la misma temporada que probó el helado: esas bolas multicolores que desaparecían en las ininteligibles bocas de los americanos. No le resultó fácil convencer a Shiro para que le comprase uno. De acuerdo con su tío, haber perdido la guerra no era razón

113

para imitar las costumbres del enemigo. A partir de entonces inauguró un capricho que sigue acompañándolo, el de elegir los postres en función de su color.

Se trataba también de la primera vez que dormía en casa ajena. Que merodeaba un dormitorio, una cocina, un baño diferentes. Que podía explorar estantes, abrir cajones. Fue un hallazgo de consecuencias incalculables.

En cuanto se le presentaba la oportunidad, Yoshie procuraba acceder a la vivienda de algún vecino o compañero de clase. Nada le producía mayor curiosidad, pudor y placer que espiar su interior. Conocer otras casas —que siempre encontraba más interesantes que la suya— le confirmaba que se podía vivir de otro modo. Entre muebles, espacios, normas nuevas. A punto de cumplir diez años, sin haberse asomado a las fronteras de su isla, Watanabe acababa de convertirse en emigrante.

Le extrañó descubrir que, a diferencia de lo que había imaginado, no todas las ciudades en guerra habían tenido su bomba atómica. Se lo reveló el tío Shiro con visible incomodidad, justo antes de explicarle que había temas que no eran adecuados para niños. Aún mayor asombro le produjo averiguar en su escuela que, de hecho, sólo la habían sufrido dos ciudades en el mundo. Yoshie no pudo reprimir un absurdo orgullo al pensar que él conocía ambas. Nadie en su clase podía decir lo mismo. Ignoraba que en Tokio vivían entre cinco y diez mil *hibakusha*.

Como obedeciendo a un eficaz adiestramiento en la omisión, repasa Watanabe, sus compañeros apenas le hicieron preguntas al respecto. Los profesores, en especial al principio, lo trataban con una benevolencia que le resultaba de lo más agradable. Ni siquiera lo reprendían al ver cómo se pasaba horas ausente, desligado de cuanto lo rodeaba, garabateando ojos y más ojos. Una almendra con una espiral negra dentro.

En cierta ocasión, un profesor quiso saber bajo qué forma del mundo natural les gustaría renacer. Los alumnos invocaron con entusiasmo todo género de zoologías. Cuando le tocó el turno a Yoshie, como la tía Ineko se encargaría de narrarle durante el resto de su vida, él respondió que le gustaría transformarse en arena. Y no en cualquier arena: en la del fondo del mar, especificó, para que nadie pudiera pisarlo.

Las únicas clases que captaban su atención eran las de Matemática y las de Lengua. Dos buenas formas de distraerse pensando. Las de Historia, aunque muy diferentes a las que había recibido en Nagasaki, tampoco estaban mal. Los manuales contenían ilustraciones bien bonitas. En uno de ellos se enumeraban de la siguiente manera, que Yoshie memorizaría pronto, las grandes adversidades que el pueblo japonés había enfrentado: «Incendios, terremotos, tsunamis, virus, guerras, disturbios y otras». Otras. Aquella era, sin duda, la categoría más temible.

Cuando algún profesor —muy rara vez, muy al pasar— mencionaba la guerra, aludía a las bombas como si se tratara de desastres naturales. Las citaba con cierta neutralidad de calendario, para delimitar el actual período de reconstrucción y paz. Nadie había tirado las bombas. Simplemente habían caído. Por eso Yoshie tardaría en saber que si Hiroshima quedó a salvo de los ataques anteriores, tal como había observado su padre, fue precisamente para verificar con impecable exactitud la destrucción causada por una explosión atómica.

Acaba de cumplirse un mes del terremoto y el tsunami. El desastre en la central de Fukushima se ha convertido en referencia ineludible de cualquier información, debate e incluso fantasía del país. La Agencia de Seguridad Nuclear ha elevado el accidente al máximo nivel en la escala internacional. Nivel siete: el mismo que alcanzó Chernóbil hace un cuarto de siglo. Es primavera.

El señor Watanabe se indigna a diario con la confusión entre ambas catástrofes, la sísmica y la atómica, que suelen mencionarse en un plano equivalente. Como fenómeno natural, argumenta en sus discusiones, un terremoto es inevitable. Una central nuclear, igual que una bomba, es un producto voluntario. Sus devastaciones no pueden compararse.

La propia noción de desastre natural le suena cada vez más tramposa. Un terremoto o un tsunami ocurren por sí solos. Hasta ahí, la desgracia. Pero, antes de que ocurran, las medidas de precaución se planean. Se financian. Se desarrollan. Y la reacción ante ellos depende del entrenamiento y, en particular, de las autoridades. Todos esos factores bajo nuestro control mitigan o multiplican los daños. En la extraña aritmética de la catástrofe, una magnitud 7 en Haití es superior a otra de 9 en Japón. La verdadera noticia, opina Watanabe, debería ser esa.

A lo largo de este largo mes, las informaciones sobre la central de Fukushima han ido erigiendo una escalera de alarmas, desmentidos y omisiones. Él la ha subido paso a paso. Ahora mira hacia abajo con el vértigo del escalador que comete el desliz de calibrar lo ascendido.

Durante el fin de semana posterior al terremoto, más de doscientas mil personas fueron evacuadas en las inmediaciones de la central. Si la explosión en el primer reactor había dejado cuatro heridos, una nueva explosión en el tercer reactor causó otros once. La empresa eléctrica aseguró que la temperatura se estaba estabilizando y la emergencia podía darse por finalizada. Ese mismo día, recuerda Watanabe, otra explosión en el reactor dos reventó parte del contenedor del núcleo. La Agencia de Seguridad Nuclear no tuvo más remedio que admitir la probabilidad de una fuga radiactiva.

En aquel momento llovía sobre Tokio. Él escuchaba la radio con la mirada fija en el ventanal: las gotas crecían, chocaban, se fusionaban. Colonizaban la imagen y deformaban el mundo. A partir de esa noticia, la lluvia comenzó a ser digna de temor. Los vientos y sus inciertas direcciones trasladaban augurios como en tiempos ancestrales. Cuando los indicadores de radiación atmosférica se elevaron durante algunas horas, un pánico silencioso (esa especialidad nacional, piensa Watanabe) se apoderó de la ciudad. Sus vecinos retornaron con rapidez. En los ascensores se intercambiaban miradas de astronautas a punto de despegar.

Al día siguiente las autoridades solicitaron a la ciudadanía, en un radio de treinta kilómetros alrededor de la central, que se abstuviese de abrir puertas y ventanas. Todo empezaba a dividirse en *uchi* y *soto,* dentro y fuera. Ese día hubo fuego en el edificio del reactor cuatro. Las llamas fueron sofocadas con la colaboración del ejército estadounidense.

Casi a la vez, se confirmaron las emanaciones radiactivas por el incendio en un depósito de combustible. El presidente de Seguridad Nuclear de Francia, leyó Watanabe en *Le Monde,* declaró que el sistema de contención ya no era hermético, y que a su juicio el accidente había ascendido al penúltimo nivel de la escala. A los franceses, resopla él, conviene escucharlos con atención: no en vano son el país europeo con más pruebas atómicas.

Al día siguiente se avistaron columnas de humo junto al reactor tres. A causa de la radiación, los helicópteros apenas pudieron acercarse a volcar agua. El comisario europeo de Energía calificó la situación de literalmente apocalíptica. Este adverbio alarmó al señor Watanabe más que ningún otro dato.

El director del Organismo Internacional de Energía Atómica, para colmo japonés, acusó al comisario de alarmista. Mientras tanto, el líder estadounidense de la Comisión Reguladora Nuclear reconoció que las radiaciones estaban alcanzando niveles extremos. Las mascarillas se multiplicaron. A semejanza de un pulmón, las calles de Tokio se llenaban y vaciaban de golpe. Todos acudían al trabajo, pero pocos salían por la noche. Como si el ocio resultase más radiactivo que la productividad.

Al día siguiente los termómetros se desplomaron, en una súbita helada que reflejó la temperatura colectiva. El gobierno comunicó que la demanda de electricidad estaba superando los límites actuales de suministro, y advirtió que un apagón podría afectar a millones de familias. Se decretaron recortes energéticos. Los transportes redujeron sus servicios. Lo único que hubiera faltado, se dice Watanabe, era vivir esto a oscuras.

Los hoteles se llenaron de trabajadores incapaces de regresar a sus domicilios, apretados en unas pocas plantas para minimizar el consumo. Según solía decirle el señor gerente en sus años de formación en París, siempre hay alguien que hace negocio con la escasez de negocios. La ciudad volvió a palidecer para evitar el apagón masivo. Las linternas, pilas y velas ocuparon los bolsillos y las conversaciones.

Aquella noche de anómalo silencio, Watanabe comprobó que el temor a las tinieblas era mayor que el miedo a la lluvia ácida. Como si ese fuera el último peldaño. Como si de la oscuridad no se saliese. La imposibilidad de encender las calefacciones lo retrotrajo a los inviernos parisinos y a su *chambre de bonne,* cuando el frío era parte del lenguaje comunitario.

Justo al cumplirse una semana del terremoto, un centenar de bomberos tokiotas se desplazó a Fukushima para rociar la central nuclear con cañones de agua. En especial el reactor tres, que contiene plutonio. El elemento letal de la bomba de Nagasaki.

Al día siguiente, tras hallarse restos radiactivos en algunos alimentos de las prefecturas de Ibaraki y Fukushima, se prohibió la venta de productos de esa zona. Aun así, el gobierno aseguró que la contaminación no suponía un riesgo inmediato para la salud de los consumidores. El señor Watanabe entrecerró los ojos al releer *inmediato.*

La población corrió a engullir algas kelp, cuyo contenido en yodo evita la absorción de elementos radiactivos. El estómago tiene su oscura memoria: algo similar había sucedido con el miso en Hiroshima. El arroz y el pan empezaron a escasear por primera vez desde la posguerra. En los supermercados los clientes evitaban las espinacas y la leche, tan sospechosos como un portavoz oficial.

Al día siguiente el gobierno anunció que cerraría la central nuclear de Fukushima. Como si hasta entonces, se asombra Watanabe, hubiera podido caber alguna duda. En las gasolineras se agotó el combustible. De repente el petróleo, antes caro y contaminante, parecía amigable y necesario. Ya lo decía su gerente en París, etcétera.

Cuando se detectaron rastros de radiactividad en una depuradora de Tokio, las autoridades municipales ordenaron que los niños dejasen de beber agua corriente. El agua embotellada se volvió un artículo de primera necesidad, a veces imposible de encontrar en los comercios.

De pronto todo aquello que se daba por sentado, y que era casi invisible, adquirió un carácter de amenaza. Nada de lo esencial, piensa, está en nuestras manos. Nos lo han quitado mientras trabajábamos o veíamos televisión. De esto último, claro, no puede quejarse.

Esa misma noche siguió por la televisión pública, en el Me ultrafino de su dormitorio, las maniobras kamikazes de los operarios. Eran las primeras imágenes que se difundían del operativo en Fukushima: cascos fuera de foco, uniformes reflectantes, altavoces confusos, sirenas nocturnas, máscaras antigás. Son héroes, considera Watanabe, y ese es el problema. Cuando una nación publicita el heroísmo, ninguno de sus ciudadanos está a salvo.

Al día siguiente dos de los operarios fueron hospitalizados por exponerse a unos niveles excesivos de radiación. Los héroes no protegen a nadie, sólo se anticipan. Funcionan como sismógrafos.

Ya eran seis las prefecturas, incluida la de Tokio, con indicios de contaminación en el agua. Él invirtió las botellas que le quedaban en litros de té verde.

Al día siguiente la Agencia Meteorológica de Japón anunció que los cerezos habían empezado a florecer.

Al principio del desastre, la mayoría de sus conocidos se resistió a creer que la central corriese verdadero peligro de estallar. Él lo creyó enseguida. Presuponer lo peor le produce un malsano alivio. Hay quien prefiere pronosticar el menor de los males, y graduar su expectativa a medida que los hechos se oscurecen. A él esa estrategia lo sume en la ansiedad. Se siente como un venado bajo el último sol, moviéndose con la línea de la sombra.

Cuando comenzó a hablarse del riesgo de fugas en Fukushima, su entorno lo atribuyó a la propaganda extranjera. Y, más en específico, a la competencia nuclear de los franceses. Después de todo, muchos de los países que manifiestan su solidaridad son los mismos que están prohibiendo las importaciones japonesas y luchando por ocupar su posición en el mercado. Aquellas barbaridades que publicaban los medios occidentales no podían ser ciertas. El país no funcionaba tan mal. Su tecnología no podía fallar así, como cualquier otra.

A decir verdad, el propio Watanabe participa de esta convicción. Para él la industria nacional es intrínsecamente superior a las demás. De este modo combaten dos fuerzas, el sueño del progreso y la pesadilla nuclear. Dejarse vencer por la segunda no sólo significaría una derrota, sino una regresión. La perfección organizativa del país ha resultado ser su punto débil: carece de respuesta frente al imprevisto.

Sin embargo, desde que se ha demostrado cómo la falta de murallas adecuadas para grandes tsunamis permitió que el agua penetrase en la central, inundando los instrumentales y provocando una cadena de desperfectos, el desengaño crece a ritmo de marea. Al parecer, existían algunas deficiencias en su diseño. Su administración interna y la supervisión externa están siendo acusadas de irregularidades. Según se ha revelado estas semanas, no solamente las olas más altas alcanzaron los reactores. Otras menos espectaculares anularon los generadores de emergencia, que de forma inexplicable se hallaban instalados en un sótano.

Las olas, lee Watanabe sintiendo que el cerebro se le inunda, igualaron a las del tsunami de 1896. Han dispuesto de más de un siglo para protegerse ante otras similares. Muchas de las muertes sucedieron en un último acto de confianza, con las víctimas recurriendo a los mismos refugios que en ocasiones anteriores los habían salvado, o corriendo a guarecerse inútilmente tras las barreras de la costa.

Estos hallazgos han dado pie a una indefensión generalizada. Como si él y sus compatriotas corrieran también sin sentido, intentando evitar que les caiga encima la catarata de la verdad.

A lo largo de toda la costa, lápidas centenarias advierten sobre el alcance de los tsunamis. En el diminuto pueblo de Aneyoshi, por ejemplo, aún puede leerse una de las inscripciones: *Que nadie construya su casa más allá de este punto.* Este año las olas, se entera Watanabe, se detuvieron a unos pocos metros de ella. Casi ningún pueblo ha atendido a sus lápidas. Durante su expansión después de la guerra, la mayoría fue bajando de las montañas y acercándose a la orilla.

Una vez jubilado, al establecerse de nuevo en Tokio, el señor Watanabe comprendió que el choque cultural de volver era mayor que el de irse. Descubrió que no entendía algunos giros de sus compatriotas más jóvenes. Y que para ellos sonaba fatalmente antiguo.

La peor afrenta tuvo lugar cuando un muchacho con una gorra girada hacia atrás, ante su pregunta sobre cierta dirección en el centro, lo tomó por un descendiente de japoneses que no dominaba la lengua y le respondió en inglés.

Bonita gorra, refunfuñó él, sobreactuando su acento tokiota mientras se alejaba.

Durante los primeros meses notó que, en determinadas circunstancias, tendía a reaccionar como un latino. Esa proverbial mesura que había llamado la atención de los hispanohablantes parecía haber sido reemplazada, a ojos de sus paisanos, por una irremediable elocuencia. Si se pasaba de parada en un transporte, daba un brinco y avanzaba hacia la puerta con brusquedad, mientras los demás pasajeros lo observaban igual que a un desequilibrado. Solía hablar por teléfono en voz muy alta, para molestia de su inaudible prójimo.

Conforme los idiomas extranjeros entraron en su vida, Watanabe tomó conciencia de hasta qué punto su habla materna restringía la posibilidad de improvisar en busca del tema, de merodear una frase a la espera de algún centro. La flexibilidad del castellano, muy en particular la *blableta* argentina, era un imposible estructural en japonés. Superados el vértigo y la incertidumbre, con los años aprendería a disfrutar de esas sinuosidades. Que terminarían modificando, está seguro, incluso su manera de caminar. Ahora sospecha que sus andares lo delatan tanto como su entonación.

En cuanto su escritorio estuvo listo, lo primero que hizo fue darse el gusto de situar el ratón a la izquierda del teclado.

Pese a los precios y a los consejos de sus amistades, tomó la decisión de instalarse en el hiperactivo barrio de Shinjuku. Entre otros motivos, por la facilidad de sus comunicaciones. Lo único para lo que se siente cada vez más tacaño es el tiempo. Para perder el tiempo, opina Watanabe, se requiere más rigor que para aprovecharlo: la oferta es infinita.

Frente a las numerosas objeciones que ha escuchado, mantiene la convicción de que vivir en el centro es, aparte de muy práctico, el mejor modo de no residir en ninguna parte. Su equidistancia lo convierte en una frontera múltiple. El centro le parece menos un punto fijo que un eje de giro. Las corrientes confluyen en él por un instante, sólo para dispersarse en todas direcciones. Con el paso de las mudanzas, Watanabe ha percibido que la imagen occidental del núcleo urbano difiere de la suya. En lugar de algo lleno, para él representa un vacío dinámico.

Cerca de su domicilio se despliega la estación de trenes con sus centenares de salidas, que conducen a otros tantos mundos. El señor Watanabe aún la recuerda en reconstrucción durante su infancia. Sabe que prácticamente ninguno de los viajeros que la frecuentan la ha visto en ese estado. Cuando compara aquellas ruinas con su energía actual, tiene la impresión de estar visualizando todo un país: se ha levantado a costa de olvidar sus cimientos, como un rascacielos sostenido en el aire. La estación de Shinjuku está poblada de *nojuku,* *homeless* o mendigos, dependiendo del idioma de quien aparte los ojos.

Aunque casi haya dejado de mandar cartas, la proximidad de la oficina de Correos lo reconforta. Cada individuo, intuye Watanabe, es un náufrago potencial. Cuantas más opciones tenga para pedir auxilio, más feliz será aislándose. Lo único que lo inquieta es la contigüidad con los distritos de Chiyoda y Minato, donde aún tienen sus sedes varias compañías de la competencia. En ocasiones pasa junto a ellas y se detiene a vigilar el trasiego de empleados, proveedores, ejecutivos, cargos públicos. Que le resulten desconocidos le produce una mezcla de alivio y despecho. Los veteranos siempre le parecen más viejos que él mismo.

Ahora bien, por encima de cualquier otro factor, ha elegido este barrio por la presencia extranjera. Casi todas las nacionalidades y razas posibles superponen sus trayectorias, como el dibujo a mano de un remolino. A estas alturas de su propia desorientación, Watanabe sería incapaz de habitar una zona demasiado pura. Sus ciudades anteriores lo han habituado a las mezclas. Lo hacen sentirse en varios lugares a la vez. En Japón, puede decirse, no hay nada menos japonés que Tokio. Esa es acaso una forma sublime de capitalidad.

Sus amistades dan el barrio por invadido: en los alrededores se acumulan hoteles y turistas. A él no le desagrada esa invasión. Sin el nervioso asombro de los nuevos visitantes, apenas repararía en su entorno.

El barrio ofrece innumerables entretenimientos nocturnos, algunos de ellos decentes. Sus luces y ruidos parecen tan incansables como sus consumidores. Más que una zona con videojuegos y máquinas tragamonedas, él tiene la impresión de que la propia zona es un videojuego que funciona con monedas de todo tipo. En este sentido, la considera transparente: sus contrastes delatan a quienes la transitan. Durante el día los ejecutivos trabajan aquí, producen, ejercen de ciudadanos responsables. Y por la noche derrochan, invierten en vicio, financian la explotación.

Menos por escrúpulos que por precaución cardiovascular, el señor Watanabe se mantiene alejado de ciertos locales. Cena en pequeñas *izakaya,* donde pide una ración de sashimi acompañada de verduras en salsa de sésamo. O, cuando se permite algún exceso, buñuelos de pulpo con pan frito. Ha adelgazado desde su regreso. Tras décadas de adaptaciones gastronómicas, le alegra haber recuperado este paisaje de lámparas de papel y turbiedad de pecera. Echaba de menos limpiarse con un *oshibori* antes del primer bocado. En este país, suele decir Watanabe, siempre hemos sabido lavarnos las manos.

Cada vez más mujeres trabajadoras entran, a menudo solas, para sentarse cerca de él. Lo intriga verlas así de absortas en sus propios asuntos, seguras de su espacio, tan diferentes a las muchachas de su época. Por un instante intercambian sonrisas (algo intimidada la suya, con un toque de nieta las de ellas) y cada cual empieza a masticar su vida.

Salvo excepción mayúscula (y el terremoto sin duda ha sido la más penosa) pasa un par de horas en el Somewhere Jazz Bar, uno de los infinitos establecimientos apiñados en el área de Golden Gai. Casi ilocalizable entre el enjambre de letreros, se oculta en una de las pocas callejuelas que aún le recuerdan a la ciudad de posguerra que le tocó caminar, antes de los ensanchamientos masivos.

El señor Watanabe acostumbra tomarse una o dos copas en el Somewhere —digamos más bien tres— después de la cena. Cuando entra de día, tiene la cautela de empezar pidiendo té: le parece de pésimo gusto emborracharse antes de que anochezca. Sus minúsculas dimensiones, con asientos para media docena de clientes más los estoicos de la barra, propician un cóctel de intimidad y recelo. Si el local está lleno, él espera lo necesario. No quiere un bar. Quiere su bar.

Uno de sus clientes es Ryu Murakami, autor de novelas que le gustaría leer; director de un lacónico film sadomasoquista del que Watanabe apenas recuerda una sucesión de vibradores, angustias, espejos; y presentador de un programa sobre economía que ha visto de manera esporádica.

Murakami es oriundo de Sasebo, en la prefectura de Nagasaki, a menos de cien kilómetros de su pueblo natal. Esa pequeña ciudad fue destruida durante la guerra y llegó a figurar entre los objetivos de la bomba atómica. Quedó ocupada por las fuerzas vencedoras y, hasta donde Watanabe tiene noticia, continúa siendo una base estadounidense. Ambos han conversado escuetamente sobre sus recuerdos de Kyūshū, muy anteriores al flamante tren bala, y sus aprendizajes en Estados Unidos. Nada demasiado en detalle, por supuesto: ninguno de los dos es partidario de chapotear en copa ajena.

Murakami le ha contado que, aunque ahora reside en Yokohama, pasa varias noches por semana en un hotel de Tokio, donde escribe y mantiene una discreta oficina. A primera vista, Murakami se le antoja un hombre que hace esfuerzos por demostrar su singularidad, como si estuviera harto de que lo confundan con el otro. En más de una ocasión lo ha visto firmar algún libro de su homónimo, quizá para evitar esa tediosa explicación que lleva repitiendo media vida.

Entre los asiduos del Somewhere Jazz Bar está también un joven traductor alemán, de acento desconcertante y notable fluidez en japonés, al que suele encontrar tomando notas o discutiendo de política. Se presenta siempre con un sombrero anticuado que pareciera salido de una tienda de disfraces, cubriendo unos mechones que Watanabe —sobre todo a partir de la segunda copa— atribuye a una peluca. El joven alemán es dueño de un perrito negro, de orejas triangulares, que lo espera educadamente frente a la puerta.

Al atender a pocos clientes a la vez, los camareros no se convierten en conversadores de paso, sino en confidentes estables: lo que sirven es su oído. El camarero vespertino del Somewhere (a quien él ha llegado a conocer mejor, quizá porque los ritmos de la tarde son más pausados y reflexivos) se obstina en hacerse llamar John, aunque nació en un pueblito al sur de Nagoya. Watanabe no le ha preguntado por su verdadero nombre, lo cual de alguna forma parece agradecer.

John posee la destreza de servir las copas haciéndolas girar sobre la barra. A veces lo hace con lentitud astral. Y otras con energía olímpica, como si ese gesto tuviera sus marcas oficiales. Para el señor Watanabe supone un ritual de advertencia antes de comenzar a beber: quien entra a un bar no ignora que la verticalidad es un arte. Si a algún cliente nuevo se le ocurre detener el giro de su copa, preocupado por una posible caída que jamás ha tenido lugar, John se ofende de manera silenciosa e irreversible.

A su derecha, entre manos que van y vienen como en una partida de ping-pong, guarda un tablero de shogi donde juega contra sí mismo. Subdividiendo su atención, mientras atiende a unos clientes y dialoga con otros, John supervisa de reojo los movimientos de su más temible rival. Al caer la noche, cuando concluye su jornada de trabajo, se cambia de camisa, se acoda al otro lado de la barra para beber un scotch y no tolera que nadie lo interrumpa.

Al fondo del Somewhere hay un par de tablones con forma de trapecio. Los tablones se retiran y conducen a un subsuelo donde se almacenan mercancías. De vez en cuando John desaparece por ese agujero. Watanabe lo imagina como unas catacumbas que ocultan historias inconfesables. Pero se teme que, si pudiese bajar y satisfacer su curiosidad, quedaría seriamente decepcionado.

Cuando piensa en sus lazos con Hiroshima y Nagasaki, el señor Watanabe tiene la sensación de haber muerto dos veces y haber nacido tres. Por eso, según el día, se siente el hombre con mejor o peor fortuna del mundo. En general, le molesta escuchar que ha tenido suerte. Y que asocien su experiencia con semejante noción, que encuentra cínicamente incompleta. *Fukushima* significa justo eso, isla de la suerte. Y en Fukushima ha habido algo más que mala suerte.

La fortuna misma, por otra parte, depende del lugar desde el que se la nombre. Él siempre había creído en la buena ventura del amarillo. El color del sol, del oro, de aquel muro que lo había protegido de la explosión. Hasta que descubrió con estupor que, en muchos países, era un color aciago. El de la enfermedad, la traición, el sensacionalismo.

También se le antojan supersticiosas, como colgadas de un ángulo de la religiosidad, las teorías sobre el destino. Si se viese forzado a declarar una creencia, quizás elegiría la contradicción. Duda que exista alguna verdad mayor. En perspectiva, toda su vida ha sido un plan y un accidente. Un camino y sus desvíos. Un don con sus cargas.

La doble supervivencia (la primera pese a haber estado ahí, la segunda por no haber estado) le provoca cierta culpa y vergüenza. Por no haber hecho nada especial para salvarse, ni por aquellos que no se salvaron. Se trata de algo similar a lo que experimentó en su último día de escuela: en vez de orgulloso por haberla terminado, se sintió un usurpador pensando que sus hermanas apenas habían podido empezarla.

Cuando terminó la guerra, se esforzó por continuar haciendo su vida (literalmente haciéndola: vivir le parecía una actividad artesanal y trabajosa) con la mayor naturalidad posible. Intentó seguir respirando, caminando, hablando, tocando las cosas. Pero se percató de que esas cosas habían cambiado de tacto, volumen, peso. Era una alteración en la consistencia del mundo.

El señor Watanabe recuerda cómo de niño, tras el lanzamiento de ambas *genbaku,* abrigó la sospecha de ser inmortal. El razonamiento más obvio se le abría camino en forma de misterio. Si cada individuo era inexperto en morir, ¿por qué todos estaban tan seguros de que morirían? ¿Y si él era una excepción, un error, un olvido de la naturaleza? En esa época llegó a dudar de aquel poemita del maestro Hakuin que, entre los muchos que le había enseñado su padre, se convertiría en uno de sus predilectos:

> Oh joven, joven,
> si temes a la muerte,
> ¡muérete ya!
> Si mueres una vez, nunca tendrás
> que volver a morir.

Su interpretación infantil del poemita había sido, en cierta forma, bélica: los jóvenes valientes no debían temer a la muerte bajo ningún concepto. Alcanzada la edad juvenil, su lectura pasó a ser más bien irónica. Con desafiante humor, el viejo maestro estaba exhortando a sus discípulos a abandonar la prisa propia de su edad. Una vez entrado en la madurez, sin embargo, creyó estar seguro de que el poema nombraba la muerte en un sentido figurado: todo joven debía adentrarse en su propia finitud y vivir en ella. Lo que esos versos estaban diciendo era, en otras palabras, que de la revelación de la mortalidad nunca se vuelve.

Durante largo tiempo, Watanabe estuvo esperando enfermar de gravedad o sufrir secuelas parecidas a las de otros. Cuando comprobó que no le sucedía, se fue acentuando su sensación fantasmagórica. Hoy lo sorprende haber llegado a viejo, como si hubiera sido incapaz de refutar del todo a aquel niño inmortal. Se ha convertido en el perplejo espectador de la permanencia de su cuerpo. Después de todo, el hombre más longevo del mundo es un superviviente de Auschwitz. Quizás ese hombre, piensa, perdió su forma de morir.

Muy en el fondo, él no se considera un auténtico *hibakusha*. Se siente algo distinto, más lateral, no necesariamente menos doloroso. Pero las víctimas, se pregunta, ¿siempre se consideran víctimas? ¿Identificarse como tales supone una reacción espontánea o más bien un incómodo proceso?

Si para él los verdaderos *hibakusha* son aquellos que enfermaron mortalmente, en su caso los daños resultan de una equívoca invisibilidad. Quizá por eso nunca se decidió a inscribirse en los censos de víctimas. Ni a reclamar al Estado una indemnización que, desde el punto de vista económico, podía darse el lujo de rechazar. Un poco más de dinero, se justificaba, no le devolvería a su familia. Y en cierto sentido le hubiera atribuido un precio. Las muertes de los suyos eran únicas. No merecían confundirse en un trámite con tantas otras, ahogarse en la contabilidad de una lista sin fin. Al menos eso solía argumentar. Así que prefirió seguir moviéndose. Olvidar lo inolvidable.

Ahora, hacia el final de sus días, se pregunta si sus viajes habrán sido la búsqueda de un presente deslizante. Igual que un corredor que empujara la meta, convertida en alfombra, con la punta de los pies.

A medida que avanzaba en sus estudios secundarios, una indefinida sensación de encierro fue apoderándose de él. Necesitaba salir, aunque no sabía exactamente de dónde ni mucho menos adónde. El señor Watanabe recuerda con nitidez la primera ocasión en que sintió la necesidad de ir a otro país. Se dirigía en tren al colegio. El vagón circulaba en silencio a través de la ciudad, que completaba sus últimas fases de reconstrucción. Nuevos edificios a prueba de terremotos, incendios y otras catástrofes surgían de sus cenizas precedentes. Una vez más, Tokio se empecinaba en renacer. Como si el país entero, emulando el interior de sus viviendas, fuese una lógica móvil. Materia desmontable.

De alguna forma, reflexiona, la eficiente restauración de Tokio traicionó el principio del kintsugi: se llevó a cabo sin dejar rastro de los bombardeos. A este restablecimiento contribuyó una diferencia radical con respecto a Hiroshima y Nagasaki. Por inmensa que resultase la devastación de la capital, que abarcó un cuarenta por ciento de su superficie, los ataques tuvieron un final visible. Quedaron delimitados en el espacio y sobre todo en el tiempo. Los tokiotas entendían qué les había ocurrido. Por lo que, al menos teóricamente, sabían cómo dejarlo atrás.

Yoshie se dirigía en tren al colegio. El vagón circulaba en silencio a través de la ciudad. Los pasajeros se concentraban en simular que dormían para no abrir los ojos, no abrir los ojos para evitar mirar, no mirar para no incomodar a nadie. De pronto, entre la multitud de cabezas orientadas al suelo, ajenas a las formas truncadas que desfilaban por las ventanillas, Yoshie divisó una cabeza alzada y atenta al paisaje. Se trataba del único extranjero del vagón. Y no apartaba los ojos de aquella sucesión de edificios a medias. Él se adhirió a esa mirada, recuperó la suya por medio de ella. Intuyó qué deseaba hacer en el futuro: saber mirar así por la ventana.

La segunda ocasión en que Watanabe recuerda haber sentido la necesidad de marcharse al extranjero fue cuando las tropas comunistas de Corea del Norte, equipadas por soviéticos y chinos, cruzaron el temido paralelo 38; y las fuerzas estadounidenses, que habían permanecido en suelo japonés, respondieron movilizándose a Corea del Sur.

Imposible olvidar el clima de psicosis que precedió a aquel momento. Como ahora, las noticias eran goteras públicas que se filtraban por el techo de cada hogar. Nadie estaba a salvo. No quedaba *uchi* y *soto*. La Guerra Fría iniciaba su escalada y los soviéticos se jactaban de haber logrado su primera bomba. En los meses siguientes se supo, como mínimo, de tres pruebas nucleares a su cargo.

Mientras aquel año se arrastraba hacia las Navidades, el presidente Truman —en una conferencia de prensa que sus tíos consiguieron sintonizar en la radio de unos vecinos— amenazó con utilizar armas atómicas en Corea contra militares o civiles. Cuando la emisión terminó, los anfitriones apagaron la radio, sonrieron a sus invitados y prepararon en silencio una ensalada de algas y una sopa de miso bien caliente.

Esa misma noche, la tía Ineko se quedó completamente afónica. Un modo tan suyo de emitir y omitir su opinión. Incluso el tío Shiro, hombre de proverbial mesura, atravesó un período de pánico. El peso recayó en su único sobrino. De la noche a la mañana, o así lo recuerda él, su tío empezó a alarmarse por cosas que nunca le habían preocupado. Que Yoshie saliera solo a la calle. Que no indicase el lugar exacto al que pensaba dirigirse. Que no detallase los nombres de sus amigos. Que volviera después del atardecer.

Yoshie atribuyó esta conducta a su propio crecimiento: dejar de ser niño es lo más cruel que puede hacérsele a un tutor. A medida que fue madurando, tendió a asociarla con el envejecimiento de su tío Shiro. Todo parece más frágil cuando uno se vuelve frágil. Hoy, sin embargo, el señor Watanabe la considera otro efecto de la guerra. De la posibilidad de que llegase a Tokio. Y, en particular, de que un sobrino en edad adolescente terminara siendo llamado a filas. Estas secuelas invisibles, reflexiona, duran mucho más. Al fin y al cabo, nadie puede poner remedio a algo que oficialmente no existe.

Mientras el frente se extendía por la península coreana, y Seúl era capturada y liberada sin tregua, Yoshie observaba de camino al colegio la proliferación nerviosa de los edificios, la ansiedad por construir cada rincón de la ciudad. Como si el urbanismo se anticipara a su propia destrucción.

En materia de guerra, él se ha planteado infinidad de veces qué resulta más sanguinario, la agilidad de lo automático o la insistencia de lo manual. Cuando comenzó a hacerlo, en Corea ya habían caído miles de soldados estadounidenses, casi siempre de manera laboriosa. Congelaciones, cruces cuerpo a cuerpo, bayonetas nocturnas. Los soldados chinos, que carecían de radiorreceptores, aterraban al enemigo asaltándolo en mitad del sueño, al toque de corneta. Tradicionales y tecnológicos. Pacientes y veloces. Norteños y sureños. Comunistas y capitalistas. Atacantes y atacados. Todos tenían miedo, todos estaban muertos.

Hacia el final de sus estudios secundarios, Yoshie se enteró del suicidio de Tamiki Hara, que el día de la bomba había regresado a Hiroshima para depositar las cenizas de su esposa. Hara, uno de los pocos autores capaces de vencer la censura del *General Headquarters,* había escrito: «Dentro de mí siempre hay un ruido de algo que estalla». Seis años después de sobrevivir a la *genbaku,* cerca de su casa en Tokio, se había arrojado a las vías del tren.

Un par de años más tarde, Yoshie ingresaría en la universidad y subrayaría el siguiente pasaje en uno de los libros de Hara: «Siento celos de la gente capaz de hacerse cargo de su vida sin demora. Pero los que aparecen ante mí son los que miran con desánimo las vías. Gente rota que, aunque se retuerza y pelee, ya ha sido arrojada a una fosa de la que jamás podrá escapar. ¿Acaso a mi sombra no le gustaría desaparecer pronto?». El señor Watanabe se pregunta a menudo si, aquel agosto a orillas del Ōta, se habrá cruzado con él sin haberlo reconocido.

Yoshie albergaba la esperanza de que al ingresar en la universidad, en un entorno más afín y estimulante, su malestar se desvanecería. Pero lo único que hizo fue llenarse de teorías y argumentos. Cursó en Waseda el primer año de Francés, su idioma preferido y quizás idealizado, sin encontrar antídoto para la asfixia que lo asediaba. El clamor de sus hormonas tampoco lo ayudaba a serenarse. Cada conocida, cada vecina, cada viandante encarnaba el retrato de las ocasiones perdidas, que en su caso eran todas. El único alivio —al margen de sus recurrentes excursiones al baño— parecía residir en el laberinto de la gramática extranjera, en el jardín de su fonética, en el tesoro de otro léxico.

A mediados de aquel curso, el ejército estadounidense ejecutó su mayor prueba atómica en el atolón Bikini, provocando una explosión subterránea mil veces más potente (mil, se repite Watanabe) que la bomba de Hiroshima. Acababa de amanecer y, de acuerdo con los habitantes de las islas aledañas, pareció la salida de un segundo sol. Tres islotes y la barrera de coral que los circundaba desaparecieron. Como si se tratase de una ovación final, la bomba fue bautizada *Bravo*. Era marzo, otra vez marzo, piensa. Gracias a unos compañeros de facultad más informados que él, averiguó que las potencias mundiales habían probado en esa zona al menos veinte bombas desde el fin de la guerra. Enterarse de esto lo impresionó casi tanto como no haberlo sabido antes.

A punto de concluir el primer año de Francés, aprovechando las buenas calificaciones, Yoshie comunicó en casa su intención de continuar con sus estudios en París, ciudad con la que soñaba y que desconocía por completo. Al principio sus tíos se negaron con firmeza: no había suficiente dinero ni razones para hacer semejante cosa. Tenían puestas demasiadas esperanzas en él como para ponerlas en riesgo por un capricho.

Frente a las súplicas de Yoshie (que incluyeron un solemne arrodillamiento al estilo de su madre, un ataque de depresión algo premeditado y un conato de huelga de hambre) Ineko intercedió como negociadora. Una vez repuesto del disgusto, Shiro aceptó sufragar su educación en París. Con la inamovible condición, según declararía textualmente, de que no estudiase Lengua y Literatura, sino algo serio y con futuro. Su tío siempre hablaba del futuro. Así fue como el señor Watanabe eligió, o fue invitado a elegir, la carrera de Economía.

Al final del verano Yoshie ya caminaba por París, contemplando con éxtasis los bulevares y con espanto el precio de los alquileres. Durante aquella temporada de extravíos y balbuceos le habría resultado difícil creer que, en esas mismas calles, encontraría el primer amor de su nómada vida.

Casi una década más tarde, una mañana nubosa, mientras hojeaba *L'Humanité* en cierto café de la rue Pascal, se topó con una noticia que lo sobresaltó. El periódico cubrió ambas tazas. Los ojos de Violet asomaron por encima del libro, como dos notas sobre un pentagrama. Ella le preguntó si todo marchaba bien. Él sonrió y se quedó mirando lejos.

Un joven reportero apellidado Oé, informaba aquel recuadro, había viajado a Hiroshima para cubrir la conferencia mundial contra las armas nucleares. El encuentro había estado a punto de anularse por las divisiones políticas. Mientras se recrudecían los enfrentamientos entre consejeros locales y nacionales, delegados socialistas y comunistas, representantes chinos y soviéticos, la gente continuaba llegando para la Marcha por la Paz. Otro de los cronistas allí presentes describía la situación como una guerra entre pacifistas. Harto de discursos y reuniones, Oé había decidido recoger el testimonio de los propios olvidados del 6 de agosto del 45, protagonistas de sus artículos. Ya no le interesaban los eventos oficiales. Lo único que le importaba eran esas vidas.

Watanabe había nacido el mismo año que Oé, en una región vecina, a sólo una prefectura de distancia. A raíz de estas triviales coincidencias fue desarrollando cierta fijación con aquel joven, a quien llegaría a considerar una especie de gemelo antagónico. Ambos oriundos de ciudades próximas a Hiroshima, criados en el nacionalismo militar. Opuestos en sus maneras de enfrentarse al pasado.

Su paisano hablaba de la lección que el mundo podía extraer de la tragedia atómica. Del respeto a las víctimas. La dignidad de los supervivientes. Estos conceptos se repetían con la mejor intención. El problema era que él, personalmente, se sentía muy lejos de irradiar esas presuntas lecciones. No percibía en sí mismo ningún ennoblecimiento por todo lo sufrido, todo lo perdido. Lo único que retenía, con salvaje claridad, era el temor, el daño, el rencor, la vergüenza.

Poco después de la publicación de aquella noticia, la compañía Me le propuso un traslado y un ascenso.

Pese a su compromiso cada vez más formal con Violet, a quien imaginaba como su futura esposa, él no dudó en aceptar. Ya encontrarían juntos una solución. Ninguna distancia podría vencerlos. Vació su apartamento de París y se marchó a Nueva York de inmediato.

Hace algún tiempo que la vida sexual del señor Watanabe podría calificarse de pasiva, si bien él prefiere considerarse un voyeur entusiasta. Al contrario de lo que hubiera creído durante su juventud, esto le parece menos una renuncia que un refinamiento: a menor energía, mayor sutileza en la producción de placeres. Poder no hacer, intuye, es el gran atributo de la potencia.

Conforme el vigor ha ido menguando (sin que, para su extrañeza, el deseo lo hiciese en igual medida) Watanabe ha descubierto que el onanismo es una rutina mental. Un reflejo más asociado con las ideas fijas que con el aparatoso orgasmo. Por eso ahora se masturba visualmente. Sin tocarse de forma obligatoria. Imaginando que toca a alguien que tiene el tacto de la ausencia.

Su sexualidad ha sobrevivido a su extinción, de la que hoy es testigo. Cualquier espectador disfruta del apocalipsis, a condición de que suceda en un lugar lejano. La lejanía facilita la excitación por cosas que de cerca resultarían difíciles de mirar. En este punto, ha comprobado Watanabe, el ciudadano y el pornógrafo coinciden.

Según aprendió en sus tiempos de estudiante, la escatología investiga lo fisiológico y el fin. Lo más profundo del cuerpo y el más allá de la muerte. Quizá por eso los ancianos comprendan el sexo mejor que nadie: conocen su propia finitud.

El auténtico voyeur tiene la convicción de que su actividad es tan radical como cualquier otra. De que el atrevimiento no consiste en intervenir, sino en mirar hasta el final. Sólo nos fascina, piensa, aquello que en algún sentido tememos. He ahí por qué el sexo nos obsesiona tanto y lo practicamos tan poco. Somos —concluye mientras ingresa en su web porno predilecta— depravados por omisión.

Al señor Watanabe lo intriga el incremento de los *sōshoku danshi* o herbívoros, que renuncian al sexo para abrazar un celibato lúdico. Hombres introvertidos y delicados que se niegan a competir en términos carnales. Su incomodidad incluye el capital sexual. Como si la burbuja financiera y el negocio de la virilidad se estuvieran pinchando al mismo tiempo.

De acuerdo con las estadísticas que ha leído, casi la mitad de los solteros menores de treinta y cinco son vírgenes. Proporción que no deja de aumentar en el país. A este ritmo, Japón tendría una fecha de extinción bastante exacta. Proyectando los índices de natalidad y mortalidad, los investigadores la sitúan el 16 de agosto de 3766. Justo el aniversario número 1.821, calcula Watanabe, de la derrota en la guerra.

A la vez que descienden los contactos físicos, la oferta de productos sexuales continúa creciendo. Una especie de libido platónica. La consecuencia natural de este consumo, deduce, sería su autoanulación. Un capitalismo sin clientes.

Sus colegas veteranos se mantienen, no obstante, al otro extremo del mercado. Muchos de ellos siguen mostrando un indeclinable entusiasmo por las prostitutas. Más que atentar contra sus principios, eso jamás ha conseguido motivarlo. La transacción de base anula la incertidumbre, motor de su apetito.

Watanabe recuerda que, poco después de marcharse a París, se anunció la ley que abolía los barrios con licencia para la prostitución. Junto a la tecnología, ya se había convertido en el mayor negocio nacional.

Los burdeles tokiotas se transformaron en baños y continuaron siendo tolerados bajo el rótulo de *Soaplands,* más propio de un supermercado. No lejos de su casa, de hecho, se encuentra el distrito de Kabukichō. Allí abundan los clubes nocturnos y *love hotels.* Más de un conocido acude, según tiene entendido, para calmar eso que los hombres de su generación denominan soledad.

Trabajar con la soledad, dar por sentada la ausencia, le atrae más que evitarla. Entre el intimidante repertorio de juguetes disponibles hoy en día, los paquetitos con piezas de lencería usada le llaman la atención. Muchos contienen la foto de su antigua dueña, del cuerpo que rodearon. También se ofrecen zapatos visiblemente gastados. A menudo son más caros que un modelo nuevo. Se venera la experiencia del objeto, como en el kintsugi.

Desde que es viejo —desde que los demás lo catalogan como tal— le produce un intenso desasosiego salir en primavera, como ahora, y contemplar a los jóvenes. No por el doloroso abismo entre ellos y él. Sino por la sospecha de que muchos de esos cuerpos en flor envejecerán sin ser lo suficientemente acariciados. Cuando lo entiendan, ya será tarde y estarán de su lado. Del lado que ve pasar, con melancólica envidia, a los siguientes cuerpos jóvenes.

En los libros y películas que encuentra, el señor Watanabe rara vez se identifica con los instintos de los personajes de su edad, en apariencia desesperados por un último coito. La reacción de su cuerpo ha sido otra. Ya no siente el impulso de antaño; sí la curiosidad. Esa es la fuerza que continúa alerta en su organismo, siempre a la búsqueda de algo indeterminado.

A diferencia de algunos amigos fetichistas, el cine erótico le produce irritación. Sus omisiones no sólo le parecen de la máxima torpeza —como si cada plano fuese víctima de su cómico empecinamiento en ocultar—

sino gravemente equivocadas. El mero supuesto de verlo *todo,* opina, es de por sí irrealizable. Se muestre lo que se muestre, quedará la sensación de que podríamos haber visto otra cosa. En este sentido, el cine erótico se sustenta en una falacia: la de que exhibir la cópula significa el fin de la ocultación.

Con el paso de los años, el señor Watanabe cree haber hallado una suerte de pureza en el porno, que lo libera de la tiranía de la autocontemplación. Y le permite entregarse a una lujuriosa otredad, a un deseo despojado de un ego protagonista. La liturgia comienza por seleccionar aquello con lo que se excitará, el placer superior de organizar su placer.

No cualquier material lo satisface, por supuesto. La industria nacional nunca ha sido particularmente de su agrado. Haberse tocado en países extranjeros, frente a diversas sensibilidades pornográficas, le ha hecho tomar conciencia de las restricciones de la tradición autóctona. En ella las fantasías, a su gusto, suelen transcurrir en una misma dirección: acosos, forzamientos, dominaciones, sumisiones, gemidos ultrajados. Y, en general, una triste sensación de incomodidad. En cuanto al pixelado genital, admite estar cambiando de opinión. Lo que antes consideraba un ridículo remilgo, hoy empieza a parecerle un ingenioso recurso para renovar el misterio.

Tras aquel entusiasmo *indie* y las peluquerías exuberantes de sus primeras épocas, Watanabe dejó de prestar atención al cine equis, impasible ante las cirugías en serie y los vibradores de cristal. Su idea de la piel fue mudando con la textura de las imágenes. Los despreocupados, porosos pliegues de los setenta. El festival cromático de los ochenta. Los brillos pretenciosos de los noventa. La aséptica blancura del siglo veintiuno. Hasta la reconciliadora imperfección del porno casero.

A medida que iba desmotivándose con la industria, se acostumbró a quitarles el sonido a las películas. Cualquier transgresión se volvía entonces parodia: las miradas provocativas, los gestos de los amantes, los vaivenes de su anatomía. Sin voces, las imágenes carecían de sustancia. Así fue como averiguó que la pornografía es un género musical.

A su criterio, el mando a distancia tampoco favoreció la educación de los pornógrafos. La posibilidad de adelantar la imagen empobreció el deseo. Al poder omitirse partes de la experiencia, se descartaban esas transiciones que propiciaban todo lo demás. La facilidad para congelar una imagen introdujo otra aberración: la de que cada instante dejase de ser efímero. Ahora bien, reconoce, la función de rebobinado es sublime. No hace más que reproducir la obsesión de la memoria.

La narrativa equis jamás lo ha convencido. Sus estúpidos guiones tienden a neutralizar su propósito, dejando igual de insatisfechos a quienes esperaban una historia y a quienes preferían ahorrársela. Las escenas de coitos sin contexto lo frustran todavía más. Para él sin personaje no hay identidad, y sin identidad no hay dónde fijar el deseo.

Tras el advenimiento del porno internauta, las filmaciones íntimas —donde no existe pretensión de relato y las identidades individuales son el punto de partida— colmaron muchas de sus inquietudes. Pero no fue hasta el hallazgo de las webcams caseras, con su lentitud e incertidumbre radical, cuando el señor Watanabe alcanzó la plenitud mirona.

Durante las últimas semanas, el suelo de la población ha temblado más que nunca. Cada pequeña réplica del terremoto de marzo ha convertido el miedo en una disyuntiva política: asustarse ya es una cuestión de Estado.

En la calle las miradas, nota Watanabe, cruzan interrogatorios. ¿Confías o temes? ¿Patriota o no? Por lo que observa en sus conversaciones, algo parece roto en el frágil cordón que une al pueblo con sus presuntos representantes.

Al menos que él recuerde, es la segunda vez que el país entero duda del país, de su relato acerca de sí mismo. Algunos de los lugares donde ha residido, en particular los hispanohablantes, viven en la sospecha permanente y un furioso autoescarnio. Esa costumbre, que al principio interpretó como una debilidad, se le ha revelado una fortaleza.

El señor Watanabe no deja de ponerse al día, o confundirse, con la prensa de medio mundo. Primero de manera nebulosa, y después con cierta nitidez, ha visto gestarse un combate informativo. Como en otras ocasiones, tiene la impresión de que han ido configurándose dos grandes ejes internacionales.

Cree distinguir un eje franco-alemán, de tendencia alarmista. Sus medios de comunicación suelen mostrar una mayor crudeza en sus pronósticos, lo cual los convierte en una valiosa fuente alternativa. Buena parte de su cuerpo diplomático ha cerrado embajadas, cancelado comunicaciones aéreas o abandonado Tokio para desplazarse al oeste, hasta Osaka o Kioto.

También identifica un eje anglo-hispano que ha procurado mantener cierta normalidad en los transportes, y se muestra más cauto en sus noticias o más dócil con las versiones oficiales. Aunque en teoría sus embajadas continúan activas, no pocos diplomáticos han huido por precaución, contradiciendo a sus gobiernos. Entre las más ilustres contradicciones destaca la recomendación que el propio presidente de Estados Unidos —el país que mayor colaboración está ofreciendo ante la emergencia— ha dirigido a sus ciudadanos residentes: alejarse de la central nuclear un mínimo de ochenta kilómetros para ponerse a salvo.

Dentro de cada eje se aprecian a su vez bandos periodísticos, muy desiguales en fuerzas. Junto a las coberturas que aspiran a la imparcialidad, no resulta difícil detectar las piezas afines a las multinacionales energéticas, cuando no dictadas por ellas. Sus argumentos, enmascarados bajo una apariencia científica, suelen ser los mismos: reducción en las evaluaciones de daños, refutación de informes independientes con datos obtenidos de los gobiernos, desmitificación de los discursos antinucleares. Con el impacto aún reciente, puede que a corto plazo se impongan los primeros; el largo plazo será de los segundos. Dentro de algunos años, predice Watanabe, habrá ingentes inversiones para publicitar la reconstrucción y recuperación de lo dañado. El nuevo bienestar previo al negocio.

Las redes sociales, esa especie de ola universal que el señor Watanabe se obstina en ignorar, han amplificado los extremos. Son capaces de derribar cualquier muralla oficial. Y también de propagar falsas alarmas. Tuits de lo más variopintos, que van de la denuncia valiente al delirio apocalíptico, han empezado a reproducirse en los diarios junto a noticias contrastadas por agencias. Sus razones tendrán, imagina él, que ni siquiera entiende muy bien cómo funciona Twitter.

En lugar de *gaijin,* ha oído que algunos vecinos llaman a los extranjeros *flyjin,* por su rapidez para salir volando. Cada inmigrante que abandona Japón es visto como el desertor de una patria que jamás lo ha integrado. Un forastero seguirá siéndolo siempre, ya se sabe, sin importar cuánto tiempo lleve en el país. A Watanabe eso le parece una limitación y una ventaja. En el fondo, no hay mayor hospitalidad que la de una tierra que, en vez de exigirte pertenencias impostadas, te permite seguir siendo extranjero. Si los occidentales que conoce en Tokio compartiesen su idea, dejarían de entornar cómicamente los ojos al sonreírle.

Dudando de su lengua materna, no termina de explicarse por qué la palabra *gaijin* —literalmente persona exterior— venció en el habla cotidiana a *gaikokujin,* algo retórica pero mucho más exacta: persona de un país extranjero. Condición que no impide sumarse al interior de la tierra adoptiva. Una vez más, la cultura binaria dividiendo la realidad en dentro y fuera. El señor Watanabe se pregunta en qué lugar quedarían quienes ocupan ambos espacios y ninguno. Dónde estaría él mismo a estas alturas. Cómo llamar a una isla dentro de una isla.

Existiría también la opción, un tanto cómica, de emplear el término *gaijin-san.* No le molestaría en absoluto que lo llamaran así. Señor Extranjero.

A partir de Fukushima, se ha desencadenado un segundo tsunami: el del miedo global. Y una segunda explosión: la del dinero corriendo. Otra mezcla tóxica. La prensa hace recuentos de enterradas catástrofes internacionales. La nube química de una planta indo-americana en Bhopal; el vertido de una compañía sueca en Aznalcóllar; el derrame de un petrolero americano en Alaska. Y un venenoso etcétera que concluye invariablemente en Chernóbil.

La canciller alemana, se informa Watanabe mientras prueba su primera copa en el Somewhere, ha ordenado inspeccionar las centrales del país y aplazar la ley que prorroga las más antiguas. La ministra suiza de Energía suspenderá las autorizaciones para construir otras nuevas. Los ecologistas españoles exigen cerrar la de Garoña. Su reactor, idéntico a uno de los de Fukushima, se puso en marcha el mismo año y fue construido por la misma empresa. El gobierno chileno ha tenido que dar explicaciones sobre un acuerdo con Estados Unidos para el adiestramiento de personal nuclear.

Washington, a su vez, ha decidido reevaluar la seguridad de sus instalaciones.

De pronto todo el mundo parece preso de un rapto de lucidez. Sólo lo necesario, piensa, hasta reajustar la balanza que pesa el temor y los negocios.

Cada medida respecto al accidente —y a la estabilidad del sistema financiero japonés— ha estado respaldada por el Fondo Monetario Internacional. Dada su trayectoria directiva, el señor Watanabe no ignora dónde se toman las decisiones y cuáles son las prioridades. Por eso no le extraña que el G7 y el Banco Central Europeo se hayan unido para intervenir los mercados cambiarios, más fáciles de controlar que las fugas radiactivas.

Tampoco le sorprende que el responsable de la descontaminación en Chernóbil critique, por su falta de independencia, al Organismo Internacional de Energía Atómica. El mismo experto denuncia —y esto sí logra asombrarlo— que el tercer reactor de Fukushima utiliza una peligrosa combinación de óxidos de uranio y plutonio, con la que cierta empresa francesa está experimentando por su alto rendimiento. Uranio, recita de manera automática, sesenta y cuatro kilos en Hiroshima. Plutonio, seis en Nagasaki.

Pese a semejantes precedentes, piensa mientras John hace girar su segunda copa, y a que una de las pruebas en el Pacífico intoxicó el pescado de Tokio, los sucesivos gobiernos han fomentado la energía nuclear. La han bendecido con leyes, presupuestos, boletines, presentándola como condición para el crecimiento del país. Lo cual ha resultado trágicamente cierto. Esta especie de inmolación elevada a progreso, considera Watanabe, obedece por supuesto a una red de intereses, pero también a una desmemoria defensiva. Como si, al ignorar los antecedentes, sus consecuencias hicieran menos daño.

148

Sorbe el pequeño hielo que resiste al fondo. Lo pule con la punta de la lengua, se tatúa un escalofrío en el paladar. John lo vigila de reojo, atento al nivel del líquido.

Antes del 11 de marzo, retrocede, ¿qué nos trajo hasta aquí? ¿Cómo llegamos a confiar en la energía atómica? Cuando Eisenhower pregonó sus bondades, el Estado japonés lanzó su promoción. Aquella campaña, según averiguaría en Nueva York, se financió con fondos americanos. Y fue apoyada por los dueños de la prensa y —como muy bien le consta al señor Watanabe— la primera televisión de Japón. El resultado fue un enjambre de cincuenta reactores en una isla sísmica.

Mientras contempla la caída del alcohol sobre su tercera copa, repasa las alianzas entre gobernantes y patronal energética. No hace falta mucha inventiva, ni siquiera beber demasiado, para sospechar quiénes donaban fondos para obras públicas. El ejército ha ido reconstruyéndose, al margen del pacifismo constitucional. Tampoco los tres principios antinucleares han impedido la presencia de armas atómicas estadounidenses en el territorio soberano. La diplomacia, piensa, es el arte de decir sí al no.

Acostumbrado a hacer buenos negocios en ellas, Watanabe está seguro de que ninguna potencia renunciará a la energía nuclear. No hasta que las instalaciones envejezcan todo lo posible, y su remodelación se vuelva más cara que su cierre. Ese será el momento de un supuesto giro ecologista de los organismos internacionales.

En realidad, esta conveniencia económica resulta discutible. Basta un solo accidente en una sola planta para arruinar no sólo muchas vidas, sino también los balances de cuentas. Los trabajos en Fukushima costarán una fortuna. Las estimaciones rondan los cien mil millones de dólares. Él se huele que la cifra será mayor. Probablemente irán ampliándola de forma planificada y gradual. En círculos concéntricos.

Según tiene entendido, la extracción del uranio requiere grandes cantidades de combustible. La energía nuclear depende por tanto de otra a la que simula reemplazar. Las compañías eléctricas han organizado un negocio genialmente absurdo. Es incapaz de mantener su propia sostenibilidad, eleva el precio para el consumidor y bloquea el desarrollo de alternativas más baratas. Países que arden bajo el sol y no ven el horizonte. Rodeados de agua, sin saber nadar.

Siendo la ingenuidad uno de los pocos vicios en que preferiría no incurrir, él reconoce las complicaciones de una hipotética renuncia nuclear. Al país le costaría resistir en la élite económica. A menos que, para mantener el ritmo industrial y cubrir la demanda energética, aumentase su consumo de petróleo y carbón. Lo cual incrementaría sus emisiones contaminantes, incumpliendo aún más los acuerdos suscritos. El envejecimiento no facilita la ecuación.

Sólo quedarían, razona Watanabe, tres caminos. Un sereno decrecimiento, que supondría acaso el auténtico final de las fantasías imperiales de la isla. Un cambio drástico en las políticas de inmigración, con la consiguiente revolución cultural. O una inversión masiva en energías renovables, lo que transformaría su perfil productivo. ¿Serían capaces de construir una identidad verde a partir de Fukushima, igual que Hiroshima y Nagasaki se refundaron partiendo del desastre?

Todos estos cálculos ocultan el problema democrático. Ningún país del mundo permite a sus ciudadanos tomar decisiones sobre sus propios recursos energéticos, y ni siquiera les cuenta la verdad acerca de su gestión. La energía nuclear, se inspira concluyendo la tercera copa de la noche, es anacrónica: pertenece a la era de los grandes secretos.

Sin embargo, se contradice enseguida, el problema involucra a la población. ¿Estaríamos realmente dispuestos a consumir menos energía? En una encuesta de hace un par de años, si no recuerda mal, el apoyo nacional a los reactores atómicos superó el ochenta por ciento. Después del accidente, esa opinión tampoco parece haber dado un gran vuelco. El *Asahi* acaba de publicar otra encuesta donde casi el sesenta por ciento mantiene su apoyo. ¿Quizá preferimos seguir igual, y culpar a las autoridades en caso de desgracia?

El señor Watanabe se pone en pie. Nota un leve mareo. Paga sus consumiciones y sale del Somewhere.

En el taxi consulta una vez más su teléfono. Aunque el asunto ahora parezca una frivolidad, no puede evitar leer todo lo que encuentra sobre la absorción de Sanyo por Panasonic. Luego repasa los rumores sobre una fusión entre Hitachi y Mitsubishi. Se veía venir, piensa. Cuando eructa suavemente, los ojos del taxista lo interceptan en el retrovisor.

La vida social del señor Watanabe es cada vez más es-
cueta. Una o dos cenas al mes con sus amigos sanos,
cuyo número disminuye con abominable regularidad.
Los encuentros de antiguos directivos de la compañía.
Llamadas esporádicas a Madrid y Buenos Aires. Muy
rara vez, a Nueva York. Alguna que otra charla en el
Somewhere Jazz Bar. Minúsculas sonrisas al cruzarse
con un rostro conocido por la calle.

Desde que ha vuelto a Tokio tiende a preferir las
amistades recientes. El hecho de no compartir un largo
camino con ellas le resulta liberador. Las relaciones ba-
sadas en el pasado lo atemorizan. Sabe que representan
uno de los mayores riesgos del exilio. Una amable car-
coma del presente.

Por lo demás, se relaciona de manera sigilosa y
cordial con sus vecinos, en particular con el señor y la
señora Furuya. Los Furuya son un matrimonio tan encantador como desorientado. En esa edad difícil en que
el vacío de los hijos aún domina la casa, y sus dueños
no se consideran lo bastante jóvenes para improvisar
otra vida ni lo bastante viejos para comportarse como
tales. Ella con sus livianos bolsos, él con su hospitala-
ria calva. Ella siempre paseando a su perrito, que da
muestras de entender sus órdenes verbales. Él haciendo el esfuerzo de salir a correr por el parque, al otro
lado de la estación de trenes, cada mañana de sol.
Cuando Watanabe se cruza en el ascensor con ellos,
aunque podrían ser más bien sus hijos, lo roza la idea
de que le hubiese gustado tener unos padres así.

Otras vecinas con quienes intercambia gentilezas son las dos jóvenes extranjeras que conviven en un estudio de las plantas inferiores. Watanabe no está seguro de si son amigas, socias, amantes o una envidiable mezcla de las tres cosas. Se dedican a algún oficio que requiere un consumo voraz de lápices. No hablan ningún idioma que él reconozca. Una de ellas es alta y atlética, de una alegría cuya intensidad parece provenir de sus abdominales. La otra es bajita, de silueta sedentaria, y al moverse transmite la impresión de mantener algún conflicto con sus pechos. Como si los considerase un obstáculo para la inteligencia. En las últimas festividades, ambas subieron a ofrecerle un bizcocho de aspecto centroeuropeo o quizás escandinavo. Él quiso regalarles un banjo que ellas rechazaron con delicadeza.

Poco partidario de reproducirse, e incapacitado durante la mayor parte de su vida para cuidar de una mascota por sus constantes viajes, Watanabe ha desarrollado cierta inclinación por las plantas. Ese es su humilde modo de transmitir vida. Siente que se comunica con sus plantas en un idioma precultural y singularmente sincero. Lo que se dicen a diario es nada más y nada menos que agua, aire, sol, viento, primavera. Mucho más, siendo franco, de lo que les confesaría a sus vecinos.

Según viene observando, las mascotas han adquirido un abrumador protagonismo sentimental. Se han erigido en sustitutos —por no decir versiones optimizadas, a medida— de las relaciones personales. De ahí la desesperación en las postrimerías del terremoto, cuando se organizaron brigadas específicas para la búsqueda de las mascotas extraviadas. Él siempre ha dudado un poco del consuelo emocional de los animales domésticos. Tiene la impresión de que sitúan a sus dueños siempre al borde de la pérdida. En este sentido, pertenece quizás a una minoría antropológica: la de los seres humanos que, a pesar de todo, prefieren a los seres humanos.

Esta mañana de sol y dudas, el señor Watanabe ha salido a caminar hasta el parque Yoyogi. La residencia de los oficiales americanos estuvo allí durante su infancia. Quizá por eso sigue produciéndole un raro placer visitar el parque, como si estuviera reconquistándolo. A paso vivo suele tardar unos tres cuartos de hora: justo lo recomendado por el médico. Desde que ha dejado de practicar aikido, es su única gimnasia. Si a la vuelta se siente fatigado, regresará en la línea Yamanote y hará transbordo en la línea Oedo.

Por el camino se cruza con varios transeúntes sosteniendo una mascota con adoración y extrañeza. Durante los últimos años ha asistido con interés a la expansión del negocio animal, que él supone más rentable que el de la tecnología, si se comparan las inversiones. El alquiler de mascotas no deja de proliferar. Esta costumbre le parece cada vez más lógica desde que ha vuelto a Tokio. La ciudad se ha convertido en un lugar sembrado de obstáculos y peligros para los animales: una selva al revés.

En el florecimiento del sector, razona, actúa el factor urbanístico. Incluso si la administración de la vivienda los admite, sus exiguas dimensiones dificultan cada movimiento. El factor emocional no es menos influyente. Se accede al bálsamo inmediato del contacto físico, junto a una completa ausencia de responsabilidades. Se paga por gozar fugazmente de un amor incondicional. Una amable prostitución de naturaleza no erótica. Una afectofilia.

Cerca del parque Yoyogi, al que en este momento ingresa Watanabe, funciona un área de alquiler animal. Sus clientes, por lo general hombres maduros, pueden sentarse a acariciar a más de veinte especies o llevárselas de excursión entre el follaje. Media hora de jugueteo con cuadrúpedos cuesta unos mil yenes. Una hora de libre merodeo, alrededor de cuatro mil. Mientras roza con la punta de los dedos la corteza de los árboles, Watanabe calcula cuántos yenes harían falta para cubrir las horas solitarias de un adulto promedio.

En cuanto sale del parque, se detiene frente a las cajitas de dulces que este año casi nadie ha comprado para los pícnics de primavera. Los paneles de los grandes almacenes Takashimaya siguen informando, en japonés, inglés y chino, sobre el florecimiento de los cerezos. Más allá de su excelente marketing, que ha logrado empaquetar el ciclo natural en un producto, le consta el entusiasmo con que muchos participan del *sakura*. Pero esta vez la luz cae más pesada, con otra densidad. Como si el fabricante hubiera alterado la fórmula.

Watanabe se considera básicamente atérmico. La calidez primaveral se le antoja tan mítica como los desiertos de las películas o las estepas rusas. Apenas nota vagas corrientes y tenues ondas en la piel. Ignora si es algún tipo de secuela atómica. Tampoco quiere averiguarlo. Lo toma como un modo personal de estar, o no estar, en el mundo. Quizá por eso ha aprendido a afilar el resto de sus sentidos y aplicarlos a los cambios de estación. Hoy los gorjeos en las ramas, el color de las flores le hablan de abril.

Los timbrazos del teléfono del dormitorio lo sobresaltan. En parte porque ya casi nadie llama a su número fijo, y en parte porque le suenan raros. Siempre ha tenido la impresión de que, según desde dónde y para qué lo llamen, el sonido del teléfono reverbera de manera distinta. Como si el aparato registrase las distancias, urgencias y propósitos: un sismógrafo de voces.

El periodista de Buenos Aires, el tal Pinedo, al parecer no se da por vencido. Los argentinos, piensa Watanabe, no saben rendirse. Peligroso carácter que le recuerda al japonés.

Pinedo le da los buenos días y las buenas tardes, se disculpa por la nueva llamada y luego insiste en su idea. Vuelve a decirle, con la misma ligera tartamudez aunque menos nervioso que en la ocasión anterior, que de veras le interesaría mucho, este, entrevistarlo solamente un ratito porque, en fin, porque él en realidad está investigando toda la situación de, o sea, el desastre de ahora sería sólo el punto de partida, y bueno, y además tienen una gran amiga en común que seguro le.

Él interviene justo en este punto. Ni amigos comunes ni nada, le responde. Aparte de indiscreto, afirma Watanabe, le parece inútil que hablen de esto ahora, semanas más tarde, cuando las consecuencias del terremoto ya no son ninguna novedad.

Pinedo especifica que, que no le interesa el terremoto ni el tsunami, lo que a él le interesa es la, la central nuclear, y. Como a todos, replica Watanabe, como a todos. Pinedo intenta defenderse y matiza que esto es muy diferente, un reportaje de fondo, ¿no?, el tema está mucho más, más enfocado en la memoria colectiva, digamos, no es una cosa de actualidad, lo que él anda estudiando son, son las reacciones de distintos países frente a las catástrofes y los, los genocidios cuando las circunstancias no.

Más alterado de lo que suponía, el señor Watanabe vuelve a interrumpirlo. Le dice que no tiene nada que comentar al respecto. Le desea suerte con su trabajo. Y se despide bruscamente.

La taquicardia que le queda se asemeja al pitido de una línea cuando alguien cuelga al otro lado.

Mientras anochece, revisa las noticias en diversos diarios latinoamericanos. Leer sobre su país en otro idioma le causa siempre un efecto de incómoda claridad. Como si todo fuese mucho más lejano y sencillo.

En los alrededores de Fukushima, se informa Watanabe, aún quedan cadáveres en el suelo. Nadie se encarga de ellos por falta de recursos y por miedo a algún contagio. Muchos refugiados, que continúan amontonándose en centros de acogida, se muestran furiosos porque las autoridades han enterrado los cuerpos de sus seres queridos sin permiso previo, cuando su religión requería incinerarlos. El recuento de víctimas desde el 11 de marzo ya asciende a más de diez mil muertos, y casi veinte mil desaparecidos.

Este último dato propulsa a Watanabe fuera del sofá. Cruza la vieja alfombra a rayas. Se dirige al vestidor. Reorganiza perchas y cajones. Es una actividad que lo ayuda a acomodar sus pensamientos, ordenarlos por tamaño. Mueve su ropa a toda velocidad. La misma a la que decidió, hace tantos años, abandonar París para marcharse al peor, al mejor lugar posible.

4. Lorrie y las cicatrices

Fui decididamente joven la mitad de mi vida. Y, al día siguiente, me di cuenta de que estaba envejeciendo. Creo que él apareció justo en ese punto. Quizá por eso todo sucedió tan rápido. Éramos dos personas que empezaban a saber qué hace el tiempo contigo si te quedas esperando.

Tuvimos la extravagancia de conocernos en un funeral. Estábamos en el Green-Wood Cemetery. Olía a lluvia pero no llovía. El difunto, si no recuerdo mal, pertenecía al departamento de comunicación de la embajada japonesa. Supongo que ambos lo habíamos tratado en nuestros trabajos. Como de costumbre, yo escuchaba los pésames. No podía evitar analizarlos y hacerme una idea de quienes los decían. Deformación profesional, mecanismo de defensa, curiosidad malsana. *Whatever you call it.* Me fijaba en cada uno como si estuviese a punto de entrevistarlo. Desde los que hablaban con seguridad, como si la vulnerabilidad los aterrase. Hasta los que se derrumbaban sin pudor, para mí los más sabios.

Yo tenía, ya sabes, una sensación de fuera de contexto. O todo lo contrario. Al final, en un cementerio estás más en contexto que nunca. Así que me aparté para tomarme un respiro. Me distraje con esas cosas en las que piensas cada vez que ves un ataúd. Tonterías del trabajo, el cumpleaños de un amigo, cambiar de zapatos, las próximas elecciones, pedir turno en la peluquería, el vestido de tu sobrina, cualquier cosa que te saque de ahí. De golpe sentí la ansiedad propia de los funerales. Esas ganas de salir corriendo a cambiar tu vida cuando, por un minuto, te parece que has comprendido algo.

Justo entonces me topé con Yoshie. Nos miramos y nos sonreímos. No estoy segura de si echamos a andar juntos, o si ya caminábamos en paralelo. Nos alejamos del grupo con la supuesta intención de fumar. Y no sé muy bien cómo, sin mediar casi palabra, empezamos a besarnos y tocarnos.

Al separarnos para volver a la ceremonia, él me preguntó cuál era mi nombre. Y lo repitió varias veces, Lorrie, Lorrie (o más bien *Lohie Lohie*). Como tratando de entenderlo bien o saborearlo.

Para ser sincera, más que una atracción específica hacia él, sentí que recibía una orden de mi cuerpo y la obedecía. Nunca se lo confesé a Yoshie. Pero me temo que en ese instante habría hecho lo mismo con casi cualquier tipo agradable que me hubiese mirado con deseo. Imagino que fue una especie de reacción. Una protesta física ante el entorno. De hecho, ya me había ocurrido. No lo de dejarme manosear por el primero que pasa por ahí. Lo de ponerme *horny* en un cementerio, digo.

Él llevaba unos años viviendo en Nueva York. Con algunas excepciones, ya hablaba un inglés decente. Hablar cualquier otro idioma, en realidad, me parece admirable. Él tendía a exhibir su esfuerzo lingüístico, como solemos hacer los que no somos bilingües. Yoshie todavía era capaz de maravillarse por cada cosa que escuchaba. En mitad de la charla, sin aparente motivo, podía poner una cara de asombro o felicidad. Y tú sabías que no era por lo que estabas diciéndole, sino porque había vuelto a ser consciente de la lengua en la que estaba comunicándose.

Le costaba quizás aceptar la ironía. Gracias a sus dificultades, aprendí que mi idioma abusa de ella. O la usa con fines tan diversos como la diplomacia, el eufemismo o el insulto. Él lo atribuía a que América es un imperio moderno, entrenado en la negociación. Yo le contestaba que la culpa era de Henry James.

Yoshie tenía problemas con los *phrasal,* que confundía de forma hilarante. En vez de *switch on,* podía decirte *turn on.* En vez de *run out, run over.* Y así. Más que impedir la comunicación entre nosotros, aquellos malentendidos alimentaban mi imaginación. Para él, por ejemplo, estábamos en *New Oak.* La idea de vivir en una especie de bosque me encantaba. Otros clásicos suyos eran pronunciar *peace* como *piss, Coke* como *cock.* A través de esos deslices, cualquier tema inocente podía volverse atrevido.

Una noche, en un cine del Upper West Side, recuerdo que confundió *pop corn* con *soft porn.* Estábamos en el Thalia. No, era el New Yorker. Con aquel suelo inclinado y aquellas decoraciones mitológicas, tan adorablemente pretenciosas como nosotros. La vendedora de palomitas se quedó mirándonos perpleja. Y él seguía insistiéndole en que los dos teníamos muchas, muchas ganas de *soft porn.* Lo siento, señor, balbuceó la chica, aquí no tenemos nada de eso. ¡Por supuesto que tienen!, contestó Yoshie indignado. ¿Para qué cree usted que ha venido toda esta gente?

Pero lo que más desconcierto le causaba eran las entonaciones. En un sentido musical, jamás dejó de sonar extranjero. Lo cual me parecía sexi. Según él, en inglés enumeramos e incluso narramos en tono interrogativo. Como para confirmar que el otro sigue entendiendo. Yoshie lo atribuía a una mezcla de espíritu didáctico e inseguridad muy propia de los anglosajones. Él tenía teorías para todo. Especialmente para lo que ignoraba.

En lo de la inseguridad no se equivocaba tanto. Yo tenía esta cara, pocas curvas y cierta desconfianza ha cia mi cuerpo. Podía pasarme el día ayunando. Y de golpe comerme media docena de barritas Milky Way. En cuanto terminaba de masticarlas, corría a cepillarme los dientes. Lo hacía rápido y con culpa, lastimándome las encías. Era como si quisiese borrar no sólo cualquier rastro de comida. Sino el recuerdo de haber comido. En aquel tiempo estaba más flaca que ahora. Me gustaba ocupar poco espacio mientras hablaba. Tenía la intuición, y alguna vez la compartí con Yoshie, de que existía un vínculo entre la delgadez y la agudeza.

Me temo que, cuando nos conocimos, yo todavía estaba demasiado obsesionada con no envejecer. Con mantenerme joven justo cuando empezaba a dejar de serlo. Desde mi adolescencia, no sé por qué, yo me veía como una de esas personas que traslucen la vejez que les espera. Igual que dos hojas de papel superponiéndose. Una fina y nueva encima, otra seca debajo. Esa trampa en la que caemos, por muy feministas que nos creamos, en cuanto bajamos un poco la guardia. Ahora me da risa pensar en lo que yo consideraba ser vieja. Una risa triste.

Es verdad que los demás también han cambiado su punto de vista. Nos hemos vuelto un poco más comprensivos, o mucho más hipócritas, con el tema de la edad. Hoy ya no hay mujeres viejas. Nadie se atrevería a llamarnos así en público. Ahora todas somos jóvenes tardías. O maduras felices, en estado de presunta conquista de nuestra libertad. *Go fuck yourself, darling*. Somos viejas. Y punto. Y estamos orgullosas. Bueno, no tanto. Me encantaría volver a tener, no sé. No digo veinte. Eso sería muy desagradable. Ni siquiera treinta. Pero sí cuarenta y tantos o cincuenta. Si alguien me lo ofreciese, no elegiría nacer de nuevo. Tan sólo pediría una segunda madurez. Cuánto mejor sabría aprovecharla, Dios mío.

Del extenso y patético repertorio de comentarios que los hombres suelen permitirse hacer sobre el físico de las mujeres, uno de los que más odio es el de que una está muy bien *para su edad*. No porque eso se diga mucho menos de los hombres. Ni porque, a mis años, ya sólo reciba ese tipo de cumplidos. Sino porque carece por completo de lógica. ¿Acaso las mujeres de mi generación somos las únicas que tenemos edad? ¿No tienen también las chicas jóvenes una edad muy específica, que determina nuestra opinión sobre su aspecto? ¿Ellas no están mejor o peor para su edad? ¿O son un maldito absoluto, hasta que de repente envejecen como nosotras?

Mi idea sobre la vejez es otra. No depender de nadie para comprar comida o ir al baño. Mientras pueda hacerlo, personalmente me importa una mierda cuántos años tengo. Después, no sé. Si la cosa se pone muy fea, una tiene sus recursos. Prefiero no pensar demasiado en eso. Mientras tanto, mis adorables sobrinos vienen a visitarme y se preocupan por mí. Yo intento no mostrarles lo ansiosa que estoy por recibirlos. Sé que entonces vendrían con menos ganas. Y ya tienen bastante con cuidar al pobre Ralph, que en su estado necesita atención permanente.

Mi hermano Ralph y yo nos criamos en Washington Heights, como la mayoría de los Solomon. Nuestros padres eran liberales para todo lo secundario. Conservadores en lo esencial. Y judíos muy a su manera. Yo soñaba con entrar en el Hunter College, igual que mis amigas progresistas sin ganas de seguir vírgenes. A veces también fantaseaba con estudiar Física en el Swarthmore College, o con cosas incluso más extrañas.

Desafortunadamente, mis padres escucharon los consejos del abuelo Usher, que antes de que yo naciera había sido *shammes* de una sinagoga. Su última respuesta, mientras sacaba la pipa de su cavernaria boca, solía ser la siguiente: Cuando te decidas a hablar en serio, querida, seguiremos conversando. Así que consiguieron una beca y me mandaron a estudiar Artes Liberales en el Barnard College. Que era más caro y perseguía las faldas que superasen las dos pulgadas exactas por encima de nuestras libidinosas rodillas.

Tras soportar un curso entero de conducta estoica, en el que asistí con autorización a algunas clases en Columbia, me negué a seguir obedeciendo los planes familiares. Gracias a un par de dramas bien escenificados, que incluyeron barrocas amenazas de suicidio que no pensaba cumplir, logré salirme con la mía. Y terminé estudiando Periodismo en NYU, que acababa de volverse mixta del todo. Fueron años, por decirlo de alguna forma, sumamente reveladores para mis aprendizajes extraacadémicos.

Después de graduarme, pasé algún tiempo en Stinson Beach y en Topanga Canyon, California. Allí me dediqué a leer sobre budismo y a otras actividades que preferiría no describir. No tardé demasiado en cansarme y regresé a Nueva York. Empecé a participar en revistas tribales que hoy ya nadie recuerda. Me postulé para cada trabajo del que tuve noticia. Colaboré con toda clase de publicaciones, la más sofisticada de las cuales fue un semanario dirigido a la industria de comestibles, donde mi misión consistía en evaluar los productos enlatados. Al año siguiente conseguí mi primer empleo estable en un periódico sensacionalista que, por dignidad profesional, voy a permitirme la hipocresía de omitir.

Aunque odiaba aquel panfleto con toda mi alma, lo cierto es que me permitió cobrar un salario y emanciparme definitivamente. Trabajar ahí dentro significó un auténtico entrenamiento del nervio profesional. Ya sabes, el instinto de lanzarte sobre la noticia, sea cual sea. Hacerla sonar más urgente, decisiva y polémica de lo que es en realidad. Escribir con un ojo en los acontecimientos y otro en los lectores. Redactar textos abiertos, de estructura flexible, por si algo cambia a último momento (y siempre cambia algo a último momento). Fueron lecciones de periodismo salvaje.

Lo que más me intrigaba era que las víctimas de aquellas tragedias, o bien sus familiares, pareciesen tan dispuestos a concedernos entrevistas. Nunca pude identificar la razón exacta de ese comportamiento. ¿Los presionábamos demasiado? ¿Necesitaban hacer algún tipo de terapia? ¿Habían pasado toda su vida sintiendo que no le importaban a nadie? ¿O simplemente eran más cínicos de lo que yo suponía?

Fue un poco más tarde cuando entré en el *New York Mercury*. Tuve que pasar por todos los escalafones de la redacción, empezando por puestos como chica encargada del café, mecanógrafa suplente o cazadora de erratas. Con un poco de suerte y excesiva paciencia, me estabilicé como redactora cultural. Que era mi segunda sección preferida después de la política, el punto fuerte del *Mercury* y probablemente el motivo por el que la gente compraba nuestro periódico. El trabajo me gustó de inmediato. Me pareció una forma ideal de escribir sin escribir. De intervenir en la vida cultural sin la pose ridícula de eso que llaman Creador.

Aquel periódico hablaba de un mundo diferente al de hoy. Un mundo en el que los grupos críticos eran una minoría, como siempre. Pero una minoría (y para mí esta es la diferencia) que creía de verdad en la posibilidad de enfrentarse al sistema. En que las cosas, por jodidas que estuviesen, podían ser distintas. Mis sobrinos me reprochan mi pesimismo. Me insisten en que las calles ya no son el lugar de la rebeldía. Cuando les pregunto a sus hijos dónde están ahora los jóvenes insumisos, sólo me hablan de redes sociales, aplicaciones móviles y esas cosas.

¿Cómo demonios esperan tanto del negocio de la tecnología? ¿No se dan cuenta de que está en manos de las grandes corporaciones de telecomunicación? Claro, me contestan ellos, igual que los periódicos como el tuyo dependían de empresas editoriales. Y eso no impedía que intentaras discutir el sistema desde dentro. No sé, no sé.

La redacción del *Mercury* era una especie de asamblea con máquinas de escribir. Ahí dentro había demócratas, socialistas, anarquistas, socialdemócratas, comunistas convencidos y no tanto, liberales moderados e intransigentes, marxistas pro y antisoviéticos, simpatizantes de las Panteras Negras *(my fault!)* y algún que otro maoísta. Nadie muy del agrado de mi hermano. Y, entre tanto varón que confundía revolución con testosterona, cada vez más compañeras. Dos o tres de ellas tenían contacto con grupos feministas de combate. Lo mío, siendo honesta, nunca fue tan radical. A veces me conformaba con que mis compañeros no hablaran de mis piernas mientras discutíamos sobre un artículo.

Antes de que yo entrase, en la primera época del periódico, solía colaborar gente como el economista Paul Sweezy. El eterno candidato Norman Thomas. Upton Sinclair, James Baldwin y otros escritores. El hijo de Ring Lardner, uno de los héroes de la redacción. Activistas como Ella Winter, Paul Robeson o Bayard Rustin. Incluso el por entonces prometedor novelista Norman Mailer. Quien, contra todos los indicios, alguna vez fue joven.

Por mi parte, hice todo lo posible por conocer en persona a mis autores favoritos. Logré entrevistar a Susan Sontag, que mostró más interés por mi pelo que por mis preguntas de principiante. A Robin Morgan, que me firmó uno de los pocos autógrafos que he pedido. A Kurt Vonnegut, que puso como condición que habláramos descalzos. O a Mary McCarthy, que cocinó para mí y terminó emborrachándome.

Recuerdo que llegamos a publicar dos largas entrevistas con Lennon (particularmente sobre conflictos como el arresto de John Sinclair) y Bowie (sobre sexo, drogas y sexo). Por desgracia, ninguna de ellas me tocó a mí, pese a lo mucho que le supliqué a mi jefe. Se las dieron a otro tipo que llevaba más tiempo en la sección. Y dos grandes bolas colgando.

El *Mercury* era respetado por su cobertura de la política internacional. Y también (o eso intentábamos) por nuestra información digamos ácida sobre la cultura. La idea era trasladar a un medio de masas el estilo insolente del *East Village Other.* O en menor medida *Rat,* que yo leía con una mezcla de admiración e irritación por su pornografía para hombres hetero. (Al menos hasta que un grupo de trabajadoras se amotinó y tomó la redacción por la fuerza.)

En política nacional, el foco estaba puesto en las luchas por los derechos civiles. Nos distinguíamos por hacer eso que hoy llaman periodismo independiente. Es decir, con más ideas que dinero. El periódico siempre fue más o menos crítico con la Guerra Fría. Más allá de Vietnam (que en aquel tiempo era el subtexto de casi todo lo que uno decía, escribía o pensaba) nos oponíamos a las pruebas nucleares, cosa que sorprendió positivamente a Yoshie.

También parecíamos apoyar, no sé con qué grado de conocimiento, los movimientos anticoloniales en África y Asia. Ahí teníamos unos cuantos corresponsales veteranos. Aunque les pagaban menos, aceptaban escribir para nosotros porque les publicábamos reportajes de una extensión impensable en otros sitios.

Mientras fui ascendiendo en la redacción, vi surgir y extinguirse movimientos estudiantiles en los que me hubiera encantado participar en mis tiempos universitarios. Intentaban construir un espacio político alejado de los partidos y el estilo de la vieja izquierda. Creían más en la acción en las calles que en las instituciones. A veces yo escribía sobre las actividades culturales que organizaban. A mis jefes les parecía importante. Pensaban que era una manera inteligente de convertir a los activistas de las nuevas generaciones en futuros compradores del periódico.

Eso me hacía sentir vagamente culpable, como si de alguna forma los estuviera traicionando o aprovechándome de ellos. Bueno, quizás es lo que hacía. Y debo decir que ninguno de estos escrúpulos me impidió seguir haciéndolo.

Cuando llegó la siguiente generación de redactoras, noté que ya no creían en un feminismo sereno ni en la meritocracia. Parecían, básicamente, *fed up with all that.* Incluyendo esos chicos tan amables (nuestros amantes, novios, hermanos) que decían apoyar la *Women's Lib* mientras nos convertían en objetos.

Aunque se suponía que debía enseñarles a las recién llegadas cómo funcionaba la redacción, en realidad fui yo quien aprendió de ellas. Pronto el periódico empezó a publicar algunos reportajes sobre discriminación y acoso laboral a las mujeres. Para nuestro orgullo, lograron bastante repercusión. Lo cual tenía su gracia, considerando que en el *Mercury* habíamos tenido casos bastante parecidos a los que denunciábamos.

En aquel momento ya tenía mi independencia. Y, por así decirlo, cierta desorientación vital que despertaba un retorcido interés en algunos hombres. Parecían acercarse para poner en orden mi vida. Y, cuando descubrían que mi desorden en realidad me gustaba, salían huyendo. Mis relaciones nunca duraban demasiado. Al menos hasta que conocí a Yoshie. Me sorprendió llevarme tan bien con un empresario. No era mi tipo de hombre. Quizá por eso funcionó, tuve que replantearme el concepto que tenía de mí misma. Las personas como yo (o sea, sin dinero) le causábamos un gran alivio. Decía que éramos los únicos que no intentábamos hablarle de negocios.

Por alguna razón, siempre he sido consciente de una obviedad que contradice el mito del destino amoroso. Las parejas son fruto del azar. El hombre con el que acabas formando una familia, comprando una casa y celebrando tus cumpleaños no es alguien que has elegido después de un cuidadoso casting. La mayoría de las veces, simplemente es el tipo que estaba ahí o que aparece cuando cumples más de treinta y quieres un poco de estabilidad emocional. Eso es todo.

En mi generación muchos nos convencimos de la necesidad de ser infieles. De que es una forma bastante razonable de sentir, cada cierto tiempo, que hemos elegido a nuestra pareja. Que no seguimos juntos por miedo o represión, sino por voluntad. Si es así, tanta más felicidad para ambos. Y en caso de que no, ya era hora de saberlo. Así solíamos pensar. Sin duda, nos divertimos. Y me temo que algunas nos hemos quedado solas.

En general, Yoshie estaba bastante adaptado a los códigos occidentales. Había vivido en Europa y todo eso. Había tenido una especie de novia a esa edad en que nada es serio y todo parece demasiado importante. Aquella chica que, según me contó, nunca quiso venir a verlo cuando dejó Francia. De vez en cuando le daban unos ataques autoritarios que me ponían frenética. Si intentaba ponerse samurái conmigo, lo dejaba con la palabra en la boca y me largaba. Por alguna razón, él lo encontraba fascinante. Como si no terminase de creer que yo pudiera hacerle semejante cosa, y de vez en cuando necesitase repetirlo. Su resistencia me halagaba. Tenía que gustarle mucho para que mis reacciones no lo ahuyentasen.

Por entonces yo era una objetora del matrimonio y del contrato de posesión que implica. Me parecía que la familia esclavizaba a las mujeres más que el capitalismo. Personalmente, siempre estuve en contra de la procreación. Con mis sobrinos (y después con sus hijos) tuve suficiente para desfogar mi escaso instinto maternal. Si ser una mujer trabajadora tenía sus complicaciones, no quería ni imaginarme cómo era ser una madre trabajadora. Mis amigas con hijos me decían que estaba equivocada. Que los hijos al final te liberan. De ti misma, tu ego y tus fantasmas. Mis hijos son mis fantasmas, les respondía. Llevo toda la vida criándolos.

En eso me entendía muy bien con Yoshie. Su experiencia parecía haberle mostrado la arbitrariedad (y también el terror) de seguir poblando este mundo. Como si hubiese desarrollado la certeza de que cada familia, de una manera u otra, está cerca del exterminio. Pese a todo, a veces me imaginaba una vida con hijos. Para ser exacta, me visualizaba con hijas. Intuyo que se trataba de otra forma de narcisismo. Esas posibles hijas eran, más o menos, yo misma de niña.

Yo no quería un bebé y él no quería dejarme embarazada. Eso me producía un alivio muy sexual. Un alivio que, a su vez, me hacía sentir culpable. Era difícil evitar la culpa por no desear lo que no deseabas. La tiranía de la descendencia aparecía por todas partes. En mi familia. En mi trabajo. En mi círculo social. En los medios. En las teorías biológicas. En el arte. Y también en mi mente, por supuesto. Por eso, a partir de cierta edad, ser feliz sin hijos empezó a parecerme un invisible acto de rebeldía. No sé, o ya no recuerdo, hasta qué punto Yoshie compartía estos razonamientos. Pero nos comportábamos de forma parecida en compañía de otros.

A ambos nos abrumaba el despotismo de las parejas que te imponen a sus descendientes como centro y tema único. Existen razones prácticas para que eso suceda, claro. Pero son la coartada que facilita todo lo otro. La presión moral. El señalamiento de aquellos a quienes en teoría nos falta algo. Lo interesante es que el acoso nunca funciona al revés. Nadie sin hijos trata de imponer su posición a los demás ni proponerse como modelo.

Sin embargo, estando como estoy muy cerca del final del show, tampoco puedo escapar de ciertas dudas. ¿Con hijos sentiría el mismo miedo que ahora? ¿Esta soledad era inevitable?

Hasta mi historia con Yoshie, yo había tendido a separar el amor del sexo. Pensaba que mezclarlos podía resultar fatal. Se trataba de un principio ideológico, un mecanismo de protección o puede que ambas cosas. Me daba la impresión de que algunos hombres (por desgracia, aquellos con los que a menudo me divertía más en la cama) gozaban de manera negativa. Como si el rechazo los excitase más que la adoración. Como si sólo la distancia les permitiera desinhibirse, llegar más lejos. Justo allí donde deseábamos llegar las chicas enamoradas.

Sin la carga de grandes emociones o responsabilidades, si no me equivoco, ellos encontraban más fácil acostarse con nosotras. Sumergirse sin pensar. Entrar y salir. Por esa misma regla, con una pequeña dosis de desprecio, el placer alcanzaba su máximo. Okay. Te guste o no, podría tener sentido. Pero se me ocurre otra explicación. Acaso para algunos esa excitación provenía de lo contrario. Del orgullo herido. De la rabia sexual que les causaba no ser tan únicos para nosotras.

Yo solía tener mis aventuras, claro, y prefería ir *right to the point*. Al menos con los hombres. Con las chicas que a veces me atraían, el ritmo era distinto. No porque fueran puritanas (de hecho, solían ser más imaginativas en el dormitorio). Sino porque con ellas se podía combinar el cariño con el deseo sin sufrir grandes daños. Pero pronto descubrí que lo importante con los hombres no era tanto el sexo mismo como su posibilidad. Para mantener su atención, resultaba menos efectivo acostarte con ellos que comportarte como si fueras muy capaz de hacerlo.

Aún recuerdo bien nuestra primera cita en mi casa. Habían pasado unos días desde nuestro extraño encuentro en el funeral. Nos habíamos visto para tomar un café (un café y un té). Y quizá para comprobar que no estábamos tan locos como indicaba nuestro comportamiento en el cementerio. Los dos parecíamos mucho más tímidos. Cuando no conoces a alguien, la ausencia de expectativa actúa como estímulo. Ninguna osadía puede dañar una imagen que todavía no tienes.

Ahora, en cambio, había antecedentes entre nosotros. Nos sentamos en el sofá sin saber qué decirnos, cómo empezar eso mismo para lo que antes no habíamos necesitado el menor protocolo. Yoshie miraba al techo y me sonreía de perfil.

Busqué, como siempre, el auxilio de la música. Puse mucho cuidado en no elegir algo demasiado sensual. Eso sólo habría aumentado nuestro bloqueo. Como si una voz nos hubiera ordenado desde el tocadiscos: Adelante, jóvenes, pueden ustedes tocarse. Terminé poniendo un disco de Phil Ochs, mi ídolo de entonces. Su voz irónica y combativa me dio fuerzas para burlarme de mi miedo.

Hay quienes piensan, supongo, que las canciones del pobre Ochs quedaron perdidas en otra época. Muy bien, cantaré esta. *And a migrant worker sweats underneath the blazin' sun / He's fallen on his knees but his work is never done / He begs someone to listen but nobody seems to care… / Yes, it must have been another land / That couldn't happen in the USA!* O esta otra. *I love Puerto*

174

Ricans and Negros / as long as they don't move next door / So love me, love me, love me, I'm a liberal! En cuanto a esta, prefiero no preguntarme si habla del futuro. *What this country / really needs is apartheid… / Back to the good old days / God save the king!*

Pero no. Sigo pensando que, a pesar de todo, hay cosas imposibles en este país. *Él* jamás ganaría, lo sé. No lo permitiríamos. Jamás elegiríamos un muro como símbolo de esta tierra de inmigrantes. Ni a un tipo que cree que el cambio climático es un cuento chino, vive rodeado de negacionistas y trabaja para lobbies energéticos. Que pretende expandir nuestro poder atómico, asegura que en hora y media aprendes todo lo que necesitas saber sobre misiles, y que espera tener acceso al botón nuclear.

Mientras sonaba el disco, me fui a llenar dos copas hasta el borde. Cuando volví al sofá, me encontré a Yoshie sin camisa. Ahora estaba muy serio. Y vi sus cicatrices.

A estas alturas del combate, como la mayoría de mis amigos, llevo unos cuantos quirófanos encima. El apéndice. El stent en la arteria. Esa válvula en el pulmón por la que me obligaron a dejar mis cigarrillos. Células cancerígenas en el cuello del útero. Dos abortos. Ninguno de ellos con Yoshie. (Él estaba convencido de ser estéril, y era como si sus espermatozoides salieran sugestionados.) Y aquel quiste en el pecho que cambió todas mis percepciones. También la del placer. Y que probablemente condicionó mi manera de relacionarme con Yoshie.

Un par de años antes de conocernos, me operaron de una mastitis. Sé que ese problema es común en las mujeres que amamantan. Pero a mí me pasó sin tener hijos. No puedo dejar de interpretarlo como una ironía. El asunto es que sufrí una inflamación. Me dieron antibióticos pero no funcionaron. Y terminó saliéndome un bulto bastante grande. Fui a ver a mi ginecólogo sola. No quería preocupar a nadie ni dramatizar antes de tiempo. De hecho, esa noche tenía otra cita muy diferente con un periodista realmente apuesto. Decidí mantenerla sin saber qué pasaría. Me pareció que cancelarla era colaborar con los malos augurios.

En cuanto el ginecólogo me palpó, quiso saber si había alguien esperándome fuera del consultorio. Hizo una llamada urgente a un colega que trabajaba en una clínica. Ordenó a su asistente que me pidiera un taxi. Y me aconsejó avisar a algún familiar que pudiera acompañarme. Yo le dije que *no way.* Pertenezco a una de esas familias que reaccionan ante cualquier problema de salud enfermándose más que el propio enfermo. Así que tomé el taxi a la clínica. Desde allí hablé un momento con mi madre, igual que cada día, sin mencionarle el tema. Esperé mientras fingía leer. Me hicieron la biopsia, me dolió. Después salí. Me cambié de ropa, tomé otro taxi, paré en una farmacia para comprar lo que me habían recetado. Y me fui a cenar con mi apuesto periodista, que no pudo tocarme la teta izquierda.

Pasé la semana siguiente pensando en otra cosa mientras me hablaban. Por encima del terror estaba la perplejidad. Como si, en vez de una emergencia médica, fuera víctima de un grave malentendido y estuviera viviendo la vida de otra persona. No podía creer que mi futuro dependiese de una sola palabra. En casa bebía hasta derrumbarme en el sofá. Era la única manera de cerrar los ojos.

Cuando me comunicaron que sólo se trataba de una mastitis con infección expandida, el alivio fue tan grande que en cierta forma me liberó de mi propio cuerpo. Mi cuerpo ya no era algo esencialmente mío, sino una especie de accidente. Un espacio mucho más relacionado con la supervivencia que con la belleza. O con la belleza de la supervivencia. Los médicos me advirtieron que el pecho quedaría dañado, porque había que cortar en tres lugares. Yo les contesté que no me ganaba la vida con mi físico, sino con mi cabeza. Y firmé mi ingreso en el quirófano.

Me seccionaron la parte inferior del pecho izquierdo. En cuanto me recuperé, visité a un cirujano. Su única propuesta fue vaciarlo por completo y rellenarlo con silicona. Sólo entonces supe que la silicona no puede abarcar sólo una parte. Es una pieza entera. Literalmente, la silicona es todo. Para colmo me recomendó operarme las dos, si quería una simetría perfecta. No me interesó. Significaba quitar algo sano para poner un bloque de basura. Me pareció que, en el fondo, estaban proponiéndome otra clase de enfermedad.

Durante un tiempo me hicieron mamografías y ecografías cada seis meses. Después una vez al año. Después cada vez menos. Al principio, el corte y las cicatrices se veían bastante. Ahora se notan sobre todo cuando estoy acostada. Hay un hueco ahí. Un hueco lleno de sentido. De pie también se me nota un poquito, porque ese pecho está más caído que el otro. Le falta base. Ningún hombre ha expresado rechazo hacia esa asimetría. Sé que no soy un bombón. Mis atractivos, supongo, envejecen mejor que dos tetas. Que una teta y dos tercios, para ser exacta. O a lo mejor esa rareza les gusta. ¿Por qué no? Llamémoslo mi encanto zurdo.

La cicatriz grande, justo en la base del pecho izquierdo, se ha convertido en el punto más importante de mi cuerpo. En su memoria sensible. Lo cantó el viejo Cohen, *There is a crack in everything / That's how the light gets in.* El otro día leí un reportaje sobre la última sesión de Marilyn. Ahí supe que la diva de las divas, incluso *ella,* tenía una cicatriz en el vientre. La habían operado de la vesícula. ¡Así que Marilyn también tenía vesícula! Lo que vio aquel fotógrafo que la retrató casi desnuda (ningún desnudo es total, si lo piensas bien) no aparece en las fotos. Sin embargo, eso era lo que la distinguía. No su trasero. O sus tetas, que tampoco eran nada del otro mundo. Sino el corte. Su marca. Ese tipo salvó a Marilyn antes de su muerte. La transformó de nuevo en Norma Jean.

Aquella noche, cuando volví al sofá con dos copas hasta el borde, me encontré a Yoshie sin camisa. Y me mostró sus cicatrices. Un fino entramado en sus antebrazos y su espalda. Como un ramaje interno. Parecía transportar un árbol. Luego él vio las mías. Las tocó. Las besó. Las bendijo. Nos sentimos livianos, un poco feos y muy bellos. Dos supervivientes.

Más tarde, con la respiración de nuevo tranquila, repasamos en la cama los defectos de nuestros cuerpos. Cada uno guio al otro por esos detalles que a veces nos avergonzaban. Y fuimos reconociéndonos mutuamente. Yo le confesé cómo me disgustaban mis pies grandes, mis nalgas lisas, mis demasiados lunares, mis muslos flácidos. Nos reímos tanto de mí que nos caímos al suelo.

Debo decir que, a su manera, él también era raro. No pasaba frío sin ropa ni se acaloraba con la transpiración. Tenía una flexibilidad exagerada, poco masculina. Acostado parecía más bajo que de pie. Sus dos mitades no tenían un aspecto del todo proporcionado. Su cuerpo guardaba otro tipo de equilibrio. Ahí estaba lo zurdo. Como tocar con la otra mano.

De esa madrugada también recuerdo que Yoshie aprendió a pronunciar *thigh,* que él solía confundir con *tight.* Yo le decía en broma que, si insistía en llamar tenso al muslo, el mío no iba a servirle de ejemplo. Él se puso a practicar la palabra presionando mi muslo con su dedo índice, como si fuera una pizarra escolar. Según él, desde entonces no pudo evitar imaginarse mis piernas cada vez que la decía. Me divierte pensar que, de alguna forma, todos los muslos que ha tocado son también los míos.

Mientras se nos cerraban los ojos, con nuestras piernas enredadas, tuve la sensación de que el colchón cambiaba de espesor. Como si respirase al mismo ritmo que nosotros.

Nunca entendí cómo él, pese a fumar como yo, tenía semejante olfato. Yoshie olía entre líneas. O sea, interpretando. Deducía el cuerpo a partir de la ropa. La fruta por la cáscara. Me pregunto si tuvo algo que ver con la otra filia que descubrimos juntos. Nos excitaban los supermercados. Sí. Los supermercados. Sobre todo de noche, cuando la luz blanca parecía delatarnos. A él le enloquecía la acumulación de olores agradables y desagradables, de materias exquisitas y rancias, de suciedad e higiene.

Yo no alcanzaba a distinguir tantos matices. Pero encontraba muy estimulante aquella mezcla de sordidez, deseo y capitalismo. Darte cuenta de todo lo que podías llevarte a casa, devorar, introducir en tu cuerpo. Siempre he tenido la sospecha de que en las grandes superficies no pagas por los productos, que a escala industrial tienden al coste cero. Sino por esa orgía de posibilidades. Que te deja con la impresión de haber sido, por unos minutos, lujuriosamente libre. Sin ese espejismo erótico, el consumo sería fácil de reprimir.

Para ser sincera, nunca llegamos a hacerlo en un supermercado. El pudor terminaba venciéndonos. Así que me conformaba con unos rápidos toqueteos entre las estanterías. Y apretaba mis piernas hasta llegar a casa, intentando retener esa maravillosa corriente. Pero una parte siempre se perdía por el camino. Al final no podíamos evitar cierta insatisfacción. Es la segunda regla del consumo.

A él lo intrigaba mi hábito de pintarme las uñas después de masturbarme. Como si se tratara de dos momentos de un mismo impulso. Para mí, tocarse es lo contrario de la suciedad. Te limpia, te resetea. La autosatisfacción te saca brillo.

¿Retraído con la gente nueva? ¿Demasiado serio? En absoluto. Yoshie era bastante extrovertido. Lo cual, no sé por qué, me sorprendió. Me temo que era sólo otro estúpido cliché sobre los japoneses. Quizás alguien podía malinterpretar sus silencios iniciales. Pronto descubrí que esa discreción le servía para ganarse la benevolencia de los demás, que se quedaban maravillados al conocer su lado sociable.

Su seducción consistía en que cada uno de nosotros quedaba vanidosamente convencido de haber logrado intimar con un tímido sin remedio. Este recurso, no sé hasta qué punto consciente, le servía también para simpatizar con personas poco afines. Incluido mi hermano Ralph, que llegó a tenerle un afecto casi inexplicable, considerando las serias diferencias que los separaban. Ninguna de mis parejas anteriores le había caído bien. Tampoco era de extrañar. Los tipos con los que yo salía eran la antítesis de mi familia.

Más que silencioso, creo que Yoshie era un conversador con efecto retardado. Siempre tenía mucho que decir sobre las cosas. Aunque rara vez lo decía mientras estaban sucediendo. Para mí no era prudencia, sino pánico al error. Prefería callar a equivocarse. Quería estar seguro de que sus opiniones iban a ser mejores que las tuyas. Así se ahorraba discusiones. Eso formaba parte de sus habilidades como economista. El problema era que las discusiones formaban parte de mis necesidades como periodista.

Él alternaba largos intervalos de paz con repentinos estallidos de furia. En eso nos complementábamos. Mi mal carácter se moderaba con esa especie de imperturbabilidad que te transmitía casi sin excepción. A cambio, él podía desahogarse de vez en cuando sin demasiada resistencia. Suelo tener tantas pequeñas fricciones a lo largo del día que llego a casa sin fuerzas para grandes batallas.

Lo mejor eran sus carcajadas al reconciliarnos. Había algo primitivamente sexual (¿eyaculador?) en su felicidad después de una pelea. Siempre he pensado que la gente se ríe como es. Que podemos fingir una mirada, impostar la voz, controlar nuestros movimientos. Pero es muy difícil reírse de otra manera. Conozco risas igual de nerviosas que sus dueños. Risas de boca cerrada, que ocultan más de lo que muestran. Risas estridentes, desesperadas por llamar la atención. Algunas extrañamente largas, que no quieren terminar, como si estuvieran huyendo del dolor. Otras que van subiendo poco a poco, porque necesitan entrar en confianza. Otras que resuenan una vez, cortan el aire y se cierran con rapidez de navaja. Otras roncas por haber vivido mucho. Ninguna de estas risas se parecía a la de Yoshie.

En su trato diario con los otros, él apenas hablaba de su país. Llevaba casi media vida fuera. Creo que era un tema que, excepto en su círculo más íntimo, le producía cierta incomodidad. Como si de alguna forma se sintiera señalado. O hubiese fracasado en la adaptación a su nuevo mundo. Vivía con la obsesión de integrarse lo mejor posible. Solía relativizar las diferencias entre nuestras culturas, prefería destacar lo que teníamos en común. Yo lo veía como un hermoso acto de entrega. Hoy tengo mis dudas. Porque había algo propio, de sus raíces profundas, que renunciaba a compartir. Lo único que mencionaba todo el tiempo de su tierra eran sus tíos, a quienes veneraba.

Supe que él era una víctima de la bomba casi desde el principio. Me lo contó de golpe, a propósito de sus cicatrices. Me quedé en shock. *Speechless.* No pude evitar sentirme culpable. Y después agradecida. Ese secreto nos unía más. Si él había querido confiarme algo así, era improbable que en adelante me ocultara otros asuntos mucho menos delicados. Siendo tan joven, me pareció un razonamiento correcto. Aún no comprendía que a veces, cuando decimos una verdad difícil, nos sentimos más libres para empezar a mentir.

Creo que Yoshie intentaba, por encima de todo, evitar la compasión de los demás. Era algo que no soportaba. Tenía un método abrupto pero efectivo. En cuanto empezaba a relacionarse con alguien, le hacía saber su historia con absoluta calma. Dejaba que le hiciera las preguntas habituales. Las respondía de manera breve. Y jamás volvía a tocar el tema. Así obtenía un respeto implícito que no requería lamentos ni más explicaciones.

Le iba muy bien en su trabajo. Y estaba muy orgulloso (hasta extremos cómicos) del puesto que ocupaba. Era *marketing director* de la oficina que Me, el fabricante de televisores, tenía en Lower Manhattan. Admito que al principio me extrañó que un superviviente atómico deseara vivir en América. Y que mostrase tanto interés por nuestro modo de vida y nuestra música, particularmente el jazz. En eso estábamos lejos de coincidir. Yo prefería el rock duro y la canción protesta.

Otra de las cosas que me sorprendieron fue el fanatismo de Yoshie por mi equipo de béisbol de toda la vida, los Mets. Claro que entonces no tenía idea de que los japoneses adoran el béisbol. Y por supuesto ni siquiera imaginaba que en japonés *hamburger* se dice *ambaga*. O que a la *beer* la llaman *biru*. Esas cosas las aprendí pronto. Tardé bastante más en deducir que, para él, se trataba de una especie de desafío íntimo. Si conseguía pertenecer al mundo de su antiguo enemigo, a lo mejor podría vencer al fantasma y dejarlo definitivamente atrás.

El nombre de su empresa me llamó la atención, claro. ¿Cómo olvidarse de Me? Yoshie me contó que el fundador, con gran visión comercial, había aprovechado que esa palabra —aparte de *yo* en inglés— significa *ojo* en japonés. Eso aseguraba que todos los clientes reconoceríamos sus televisores, aparte de aprender una palabra básica en su idioma. Lo interesante es que en el mío (y no sé si el fundador de Me también lo pensó o se trata de una extraña casualidad) *eye* suena igual que *I*. Como si, en ese punto, el inglés hubiese tenido una intuición japonesa.

Quizás hubiera algo más en la conducta de Yoshie. Otro interés menos amable. Las compañías japonesas, en especial las tecnológicas, se desvivían por superar a las americanas y alemanas. Puede que derrotar a las marcas occidentales fuese un asunto de orgullo de posguerra. No por nada, Japón es más pequeño que California y produce tanto como Alemania e Inglaterra juntas. Tiene la mayor longevidad y la menor mortalidad infantil. O sea, han nacido para seguir ahí. Él se limitaba a llamarlo desarrollo.

El otro día leí que las compañías japonesas estaban invirtiendo más que nunca. Y que habían superado su récord, cincuenta o cien billones o algo así. Muchas de las empresas que compraron eran americanas. Estaba, por ejemplo, una famosa empresa de seguros de vida. Y una farmacéutica que se especializa en trastornos del sistema nervioso. Se me ocurre que ambas cosas tienen que ver con la guerra.

Cuando Yoshie y yo empezamos a ir en serio, algunos elementos de la cultura japonesa acababan de convertirse en productos de consumo aquí. De pronto lo japonés equivalía a algo perfecto y exquisito. Ya sabes, si tu radio la habían fabricado en Osaka, se iba a escuchar mejor que cualquier baratija de Detroit. Estábamos en pleno desarrollo del *so-called* milagro japonés. Las páginas financieras de los periódicos no paraban de hablar de eso. Recuerdo que los artículos eran elogiosos, aunque también sonaban ligeramente preocupados. Nuestro exenemigo y actual aliado comenzaba a ser una dura competencia. Según los expertos, su crecimiento era en el fondo sospechoso. Deberíamos hacer algo para detenerlos, parecían insinuar.

Hasta donde puedo entender, allí tanto el Estado como las empresas hacían enormes inversiones para estimular la economía. Casi todas las potencias estaban haciéndolo, al revés que el estúpido modelo de hoy. Quiero decir, el mantra del negocio era algo así como: ¡Háganse ricos como nosotros! El de ahora sería: Que nadie más aparte de nosotros lo intente. Por eso dudo que, en cualquier otro período, él hubiera podido ascender tan rápido. La gente con suerte (y en especial sin suerte) depende del esfuerzo o del azar tanto como de la política.

Dicho eso, Yoshie era una máquina de producir. Una oficina viviente. Su más eficiente explotador. Ni siquiera daba la impresión de cansarse realmente. Él y sus compañeros nos recordaron cómo es el capitalismo. Pero también tenían, creo, otra lógica. Comparado con el funcionamiento del periódico, en Me los individuos se mantenían en segundo plano. La iniciativa individual parecía importarles menos que el funcionamiento del equipo.

Yo encontraba muy sabia esta filosofía, aunque un tanto angustiante. Ninguna tarea dependía del todo de ti. Nadie podía cambiar nada por su cuenta. Lo angustiante es lo contrario, me contestaba él. Pretender cambiarlo todo. Creer que debes. Creer que puedes. No hay engaño peor.

Resultaba imposible no sentirme halagada por la cortés delicadeza de Yoshie. Después de tantos tipos intentando presionarte o imponerte su voluntad, era todo un alivio. Con el tiempo fui dándome cuenta de que le costaba decir que no. Y que eso no siempre significaba que estuviera de acuerdo conmigo. ¿Cómo demonios funciona una sociedad donde insistir es de mal gusto y, al mismo tiempo, fracasar está prohibido? Me parecía una combinación terrible. La suma de un problema japonés y un problema americano.

Por lo que pude observar en los empleados de la compañía, tuve la impresión de que, si los japoneses habían sido educados para combatir hasta la muerte al enemigo, también lo estaban para mostrarle respeto, lealtad e incluso admiración tan pronto como fuese declarado amigo. Yoshie me presentó a muchos compatriotas que, con tal de omitir el tema de las bombas con un americano, desviaban cualquier conversación. Él mismo lo consideraba un gesto de buena voluntad. Yo en cambio lo encontraba humillante para ambas partes. Al parecer, éramos capaces de destruirnos mutuamente, pero no de lamentarlo juntos.

Que yo recuerde, sólo una vez logré que uno de sus colegas, aquel viejo amigo suyo, Kamamoto o Yomamoto o algo así, mencionase el asunto en mi presencia. Yo estaba convencida de que esos momentos de franqueza significaban un avance en las relaciones entre ambos países. Aproveché la ocasión y me aventuré a sugerir que, considerando lo que había sucedido, cierto rencor de su gente hacia nosotros me parecía inevitable. El amigo de Yoshie negaba una y otra vez con la cabeza, sin dejar de sonreírme.

Lo que todos los hombres de bien de mi pueblo desean, *madam,* me decía Yomamoto o Kamamoto con una impresionante solemnidad, en especial los que hemos sufrido la peor de las experiencias, es ser los únicos que la conozcan. (Él lo llamaba *el desastre.* A mí me sonaba demasiado vago para algo tan concreto como dos bombas atómicas.) Lo que los japoneses deseamos, *dear madam,* me repetía Kamamoto o Yomamoto, es que el desastre represente una lección para el mundo, para que así no pueda volver a suceder. Ese es nuestro ejemplo y nuestra responsabilidad. Por eso considero la fraternidad mucho más útil que cualquier sentimiento negativo.

Mientras su amigo me hablaba, Yoshie lo miraba fijamente y guardaba silencio.

Ninguna escuela americana, pensaba yo, podría haberlo hecho mejor.

Por muchos liberales que tuviese a su alrededor, Yoshie tendía a evitar las críticas hacia nuestro país. Tampoco daba discursos pacifistas cuando salíamos con mis compañeros del periódico. Cuando nos poníamos a debatir sobre política internacional, lo único que hacía era vigilarme de reojo con una mezcla de incomodidad, ironía y amor. Entonces yo sentía deseos de abrazarlo fuerte y llevármelo a la cama.

Eso sí. Cuando alguien (por ejemplo mi querido hermano Ralph) se refería a la *World War II* en términos heroicos, la cosa cambiaba. Ante cualquier amago de justificar las bombas, explicarlas por el contexto bélico, el ataque a Pearl Harbor, el ultimátum de Potsdam o la doctrina del mal necesario, él liquidaba la discusión con una sobriedad que me causaba escalofríos.

Yoshie no se molestaba en criticar la monstruosa desproporción de los exterminios nucleares. En señalar la diferencia entre víctimas militares y civiles. En argumentar que las bombas podrían haberse lanzado sobre objetivos exclusivamente materiales. O en un horario de menos movimiento, para que alrededor de la zona cero no murieran niños. Ni en citar el protocolo de Ginebra y los tratados de La Haya. Ni siquiera nombraba a su familia, que estaba siempre al fondo de todos sus silencios.

186

Nada de eso. Él se limitaba a recordarnos que, después de varias décadas de paz, nuestro país seguía teniendo un montón de bases militares en el suyo. Que continuaba haciendo, igual que Francia, toda clase de pruebas atómicas. Y que ese tipo de decisiones no obedecía a ninguna emergencia histórica, sino a los mismos viejos intereses. Los que existían antes y después de la guerra.

Algunos compañeros en la redacción, de hecho, no sabían que las bases militares en Okinawa ocupaban una quinta parte de la isla principal. Que sus habitantes estaban obligados a vivir con el antiguo ejército enemigo y, peor aún, su armamento nuclear. Esto me hizo preguntarme sobre *what the hell* estábamos informando en nuestro periódico.

Desde que conocí a Yoshie, admito que yo misma traté de documentarme un poco. Había tantas cosas de las que aquí no hablábamos. Me asombró enterarme de que todavía controlábamos varios aeródromos japoneses, incluso en Tokio. Invité a un experto en seguridad aeronáutica a escribir sobre los de Chofu y Tachikawa. Terminamos devolviéndolos treinta años más tarde. Si no me equivoco, Yokota sigue siendo base nuestra.

Esta clase de datos desconocidos para mí, o demasiado olvidados, me llevó a deducir que la censura no se había aplicado sólo en Japón. De una forma quizá más sutil y encubierta, pero igual de eficaz. Nadie nos informó honestamente sobre nuestras acciones después de ganar la guerra. Ni, por supuesto, sobre las consecuencias de las bombas. Para nosotros el secreto militar siempre ha sido mucho, mucho más importante que la democracia.

Pienso por ejemplo en la guerra de Corea, cuando yo era una niña. Uno de los pocos medios que se atrevió a criticarla fue el *National Guardian*. Eso contaban los veteranos de la redacción. La acusación de antipatriotas fue lo más suave que escucharon sus periodistas. (Me temo que nuestra fobia roja es tan incurable como el antisemitismo ruso.) Probablemente hoy ningún medio importante se arriesgaría a mantener una línea editorial como esa. Ningún consejo de administración se lo permitiría.

También estaba, claro, el negocio político del anticomunismo. Igual que el macartismo en Hollywood, terminaba justificando cualquier represalia. Como se supone que somos el gran ejemplo democrático, no podemos admitir nuestros autoritarismos. Oh, no. Aquí siempre actuamos por la libertad, la prosperidad y la seguridad (al menos por una de las tres). Y si la cosa se pone muy fea, tenemos los magnicidios. Eso a Yoshie lo impresionaba. Me decía que no conocía otra potencia occidental que hubiera asesinado a tantos presidentes. Ignoro la estadística exacta. Creo que prefiero no saberla.

La estrategia de comunicación en la Guerra Fría estaba clara. Superar a los soviéticos en materia atómica. Y venderle a la opinión pública las bondades del poder nuclear. Ya sabes, el cuento de *Atoms for Peace,* los superhéroes de *Astro Boy,* el saludable desarrollo de nuestros aliados. Así nos fueron imponiendo las armas nucleares, que oficialmente habían dejado de ser las más sanguinarias de la historia. Ahora sólo eran garantías de paz. Si estabas en contra, eras un antipatriota o un comunista.

Recuerdo cuando se cumplieron diez años de la Bomba Zar. Yo estaba cada vez más implicada en mi relación con Yoshie. Faltaba poco para irnos a vivir juntos. Ese día publicamos en el *Mercury* un especial sobre aquella prueba que, aunque la hayamos olvidado, fue la mayor explosión del mundo. Tres mil veces superior a la bomba de Hiroshima. Lo dices y suena a la típica errata a la hora del cierre, cuando los dedos corren demasiado y se te escapa algún cero. Pero no. Estoy segura, porque fue el título de una de nuestras columnas. Tres mil veces Hiroshima.

Era el peor momento de la Guerra Fría y los soviéticos buscaban algo impactante para demostrarnos su fuerza. Querían contestar a los misiles que habíamos desarrollado y a nuestras pruebas en el Pacífico. Eso me pareció la evidencia de que la virtud disuasoria de las armas nucleares era un fracaso, una mentira o ambas cosas. No hacían más que incentivar la ansiedad defensiva del otro bando. Y estimular por tanto su potencia ofensiva, que a su vez estimulaba la nuestra. A este círculo interminable lo llamamos protección.

El radio de destrucción fue, no sé, suficiente para hacer desaparecer varias ciudades americanas al instante. El hongo (y este dato también lo destacamos en el especial) alcanzó la altura de siete montes Everest. La onda expansiva causó un temblor que percibieron los sismógrafos del planeta entero. Sé que aquella vez no mató a nadie, porque fue un experimento en un archipiélago ártico. Pero saberlo no calmaba mi angustia. Me impresionaba pensar en todo ese otro dolor. El que pudo haberse causado en cualquier otro lugar.

Me pregunto qué clase de duelo merecen las tragedias nonatas. Las que sabes que podrían haber ocurrido. Siento que responder a esa pregunta sería un logro político.

Una vez que entró en confianza con Yoshie, mi hermano (que además de conservador es un hombre tremendamente bien informado, *esa* clase de conservador) empezó a criticar el imperialismo japonés. En este país nos encanta, casi diría que nos excita, detectar barbaries extranjeras. Quizá porque nos sirven de coartada para seguir cometiendo las nuestras con el mayor entusiasmo.

Así que Ralph nos invitaba a comer y, entre bocado y bocado, hablaba de las torturas de Nanjing. Del dolor que Japón había causado en China y en Corea. Incluyendo (y lo decía mirándome a mí, porque sabía muy bien cómo me perturbaban esas cosas) las esclavas sexuales coreanas que fueron explotadas por los soldados japoneses. Hubo casi cien mil de esas mujeres. Las llamaron *comfort women*. Confieso que, hasta entonces, apenas había oído sobre ello. Tampoco tenía idea de cómo demonios lo sabía mi hermano.

Repasando esa parte de la historia, me vi obligada a replantearme mis puntos de vista. Me di cuenta de que no sólo nos habían contado mal la guerra en ambos bandos. También nos habían inducido a agruparnos en dos simplificaciones extremas. Por un lado estaba la gran narrativa del vencedor. El arsenal completo de justificaciones para esas bombas que habían destrozado a varias generaciones. Esa era por supuesto la versión que, si eras progresista, debías rechazar. Nuestro deber consistía en desconfiar del discurso dominante, que nos santificaba como salvadores y eludía los conflictos de nuestras decisiones.

Por otro lado, estaban las versiones condescendientes. El desastre causado por nuestro ejército servía así de pretexto para silenciar los crímenes cometidos por el bando perdedor. Esa era la versión que, si eras progresista, debías reproducir con mayor o menor ignorancia histórica. Cuando empecé a conocer estas cuestiones, o cuando el mundo comenzó a recordarlas, los silencios de los vencidos cobraron para mí otro significado. También mis propias opiniones. Mi pasión por alinearme. Y hasta mi fe en la humanidad. Que, para ser honesta, nunca había sido particularmente grande.

Cuando intentaba discutir con él sobre nuestra ocupación militar de Japón, Ralph no dejaba de mencionar la anexión de Corea, que había sufrido décadas de colonialismo. Me recordaba cómo las tropas japonesas habían invadido sus campos, sometido a los agricultores y expropiado sus cultivos. Cómo la resistencia al invasor había ido creciendo, mientras se les prohibía usar su idioma e incluso se los forzaba a adoptar nombres japoneses. Cómo se habían cambiado las leyes que limitaban el ingreso de coreanos, para poder traerse a un montón de ellos y obligarlos a trabajar en fábricas de armas y minas de carbón. Si estuviéramos haciendo todo eso en Vietnam, me decía mi hermano, ¿tú qué dirías?

En uno de sus ataques de sinceridad, Ralph le contó a Yoshie que en el clímax de la guerra (esa era la palabra que solía emplear mi hermano, *clímax*) todos en su escuela repetían el canto de nuestros aliados chinos contra el invasor japonés.

> Los que deseáis ser libres, ¡levantaos!
> ¡Con nuestra carne y nuestra propia sangre
> construyamos la nueva Gran Muralla!
> La patria enfrenta su mayor peligro
> y al final rugiremos: ¡levantaos!
> ¡Son millones que laten al unísono
> desafiando las balas enemigas!
> ¡Desafiando las balas enemigas,
> marchemos y marchemos adelante!

De tanto escuchárselo en casa, aún muy pequeña, llegué a aprenderlo de memoria. También lo cantaban las niñas ricas que hacían colectas por el centro. Ese mismo canto que más tarde (¿no es irónico?) se convirtió en el himno de la China comunista.

Pese a las bajas y la escasez, mi hermano parecía extrañamente enamorado de los años de la guerra. Claro que, por edad, nunca llegaron a llamarlo a filas. Y en realidad tampoco hubieran podido, porque tenía una rodilla destrozada por el *football*. Durante bastante tiempo, atribuí esa nostalgia a su ideología. Ahora tengo una teoría más simple. Aquellos fueron sus años de iniciación y descubrimientos. Estaba creciendo rápido. Empezaba a sentirse un hombre. Aunque el mundo estuviera hecho pedazos, estaba comenzando para él.

Ralph tuvo la osadía de afirmar, delante de Yoshie, que las autoridades japonesas tenían tanta o más responsabilidad que las americanas en el lanzamiento de las bombas. Que habían ignorado el ultimátum de los Aliados. El plazo terminaba el 3 de agosto, insistía mi hermano, y el emperador había tenido otros tres días para rendirse, si le hubieran importado las vidas de su gente.

En vez de refutarlas, Yoshie admitía de entrada la mayoría de estas cosas. Eso dejaba a Ralph respirando por la boca, desconcertado por su renuncia al contrataque. Entonces Yoshie añadía, en un susurro, que no era el sufrimiento de los vecinos asiáticos, y menos aún la falta de democracia en la región, lo que había llevado a América a tirar las bombas. Y que habían terminado matando a muchos de esos coreanos traídos por la fuerza.

Un momento, un momento, lo interrumpía mi hermano. Murieron algunos coreanos que no estaban en guerra con nosotros, de acuerdo. Y, si no me equivoco, sus cuerpos fueron abandonados y devorados por las aves de rapiña. Quiero decir, ¿qué respeto se mostró por ellos? ¿Cómo se puede reclamar compasión al enemigo cuando…?

Y en cualquier caso, concluía Yoshie sin perder la calma, ninguna masacre debería fundamentarse en otra anterior, porque eso nos obligaría a continuar la misma guerra para siempre.

En este punto yo estaba bastante de acuerdo. Más que el final de la *World War II,* para mí las bombas habían sido el principio de la *World War III.* Por eso solía replicarle a mi hermano que, desde agosto del 45, el mundo en general y nuestro país en particular eran lugares menos seguros.

Ralph reaccionaba defendiendo que, por muy extrema que fuese la solución atómica, objetivamente había salvado muchas otras vidas (tanto americanas como japonesas) que se habrían perdido de continuar la guerra. Y que esas vidas también merecían ser tenidas en consideración cuando se hablaba de las bombas.

Esa lógica contable me sacaba de quicio. Es imposible saber cuánto más hubiera tardado el enemigo en rendirse. Así que jamás sabremos si lo habría hecho después de perder a toda esa gente que mi hermano daba por salvada. Comparar un cadáver real con una muerte hipotética me parece un ejercicio indecente. Pero, sobre todo, para mí el problema no debía reducirse a la maldita estadística, que es lo que solemos hacer aquí cuando algo parece demasiado complejo. Supongo que el aspecto ético entra en la ecuación. Y el asunto es la premeditación del exterminio. Nuestros líderes sabían de antemano que buena parte de la población moriría con las bombas. No fueron víctimas colaterales, bajas inevitables en la batalla ni nada de eso. Eran muertes que se daban por hechas antes del ataque. Hablamos entonces de una eliminación deliberada. Yo ahí veía una diferencia cualitativa.

Mi hermano opinaba, en cambio, que no había ninguna diferencia esencial entre morir por una bomba, una herida de bala o atropellado por un tanque. Según él, precisamente por respeto al valor de cada vida, una muerte era una muerte en cualquier caso. Recuerdo que una noche, mientras mis sobrinos dormían, nos dijo justo eso: *In the end, every single death is one death.*

Yoshie intervino para decir que quizá no hubiera diferencia para el que muere. Al menos para el que muere al instante, porque en Hiroshima y Nagasaki muchos agonizaron o enfermaron lentamente. Pero que había un verdadero abismo para las familias que velan a sus muertos. Y para la sociedad que, lo sepa o no, hace el duelo con ellas.

Creo que, cuando mi hermano intentaba justificar el genocidio atómico, en realidad estaba reaccionando con miedo. Si reconocía la gravedad de lo que nuestro país había hecho, inmediatamente quedábamos en posición de temer algún tipo de venganza. Cuanto peores hubieran sido nuestras acciones militares, peores podrían ser las consecuencias para nosotros. De ahí la ardorosa defensa de sus argumentos. Como si fueran puestos de combate.

Aquella actitud por desgracia era, hoy me parece verlo con claridad, el paso previo al pánico post 9/11. Había emociones básicas que sólo conocíamos por la tele. Nos costaba imaginarlas fuera de ese marco. Tirando bombas allá lejos, nos explicaban en la posguerra, habíamos terminado de salvar al mundo. Desde que los ataques cayeron sobre nuestra propia ciudad, el objetivo pasó a ser salvarnos a nosotros mismos.

Ralph rechazaba la palabra *genocidio*. Y me reprochaba seriamente que yo la usase para algo que no fuese la Shoah. Él aseguraba, con bastante ingenio, que un bombardeo atómico producía más bien un *omnicidio*. Bien, protestaba yo, eso es incluso peor. ¡Matar de golpe a todo el mundo, sin ninguna distinción!

Él me respondía, en ese tono suyo entre el abogado de éxito y el segundo padre: Te equivocas, mi querida, te equivocas. A pesar de todo, es preferible. ¿O hubieras preferido que seleccionásemos a las víctimas según su raza, religión o clase? Nosotros jamás haríamos una cosa así. Mira, la *A-Bomb* podrá ser lo brutal que quieras. Pero al menos responde a un concepto radicalmente democrático de la guerra. No establece diferencias ni privilegios entre quienes la sufren. ¿Acaso no estás harta de que las víctimas civiles, como las llaman los medios como el tuyo, en realidad sean los pobres? Parece mentira que seas tan *lefty*, hermanita.

Llevarle la contraria a Ralph, ya sabes, resulta difícil. Lleva la autoridad en la sangre, como el abuelo Usher. Discutir le gusta casi tanto como tener razón. Nuestra madre contaba que, de niño, mi hermano no se peleaba con sus compañeros porque fuese incapaz de debatir con ellos. Más bien les pegaba para obligarlos a debatir. Les soltaba un puñetazo para que escucharan con atención sus argumentos. Y, si seguían sin estar de acuerdo, les pedía disculpas por el puñetazo.

Igual que el resto de nuestra familia, mi hermano detestaba con todo su corazón las comparaciones de cualquier matanza con lo que hicieron los nazis. Algo que, para mi gusto, se puso ciertamente demasiado de moda. A Ralph le parecía inaceptable incluso como metáfora, y puedo comprender por qué. Si todo es comparable a Auschwitz, me decía indignado, vamos a terminar acostumbrándonos a Auschwitz. Y nos va a parecer una matanza más, algo normal en tiempos de guerra. Yo nunca me atrevía a cruzar esa línea cuando discutíamos. Estaba demasiado sola en mis puntos de vista.

A propósito de discriminaciones (que hoy tampoco tenemos precisamente solucionadas aquí) Ralph solía recordarme unas declaraciones del primer ministro japonés. Quiero decir, el de entonces. ¿Cómo demonios se llamaba? No puedo soportar que mi teléfono sepa más cosas que yo. En fin, el tipo había tenido la ocurrencia de afirmar que nuestro país tenía un futuro menos sólido que el suyo, porque la diversidad étnica nos debilitaría. ¿Puedes creerlo? Como en aquel momento ya no estaba con Yoshie, no pude preguntarle su opinión.

Otro punto de polémica era el pacifismo elemental que, según Ralph, mi novio y yo defendíamos. Mi hermano insistía en que la posición de Japón ahora resultaba demasiado cómoda. Que se oponía a la guerra y las armas nucleares. Pero aceptaba la alianza con nuestro país y su protección militar. Que la diplomacia japonesa se beneficiaba de esa ambigüedad. Yoshie le contestaba que eso no era ambigüedad, sino impotencia.

A pesar de sus discrepancias, Ralph y Yoshie nunca llegaban a enfadarse realmente. Se limitaban a poner en práctica otro rito de la virilidad. Intercambiaban convicciones sin modificarlas ni una sola pulgada. Lo curioso es que mi hermano, cuando Yoshie estaba ausente, siempre lo defendió frente a nuestra familia.

En casa, a solas, después del trabajo, Yoshie bajaba la guardia. Y solía mostrarme algunas ideas que él parecía considerar más íntimas que su ropa interior. Entonces me confesaba que, como economista, pensaba que la segunda revolución industrial había terminado en el 45. Y que la guerra había consistido en solventar la hegemonía entre las potencias posindustriales. Según él, no se había tratado del fascismo contra la democracia. Ni de unas culturas contra otras. *Money is a war,* me decía muy serio. *And every war is for money.*

A veces Yoshie me hablaba de su terror durante el bombardeo. Que, en términos físicos, se parecía al pánico en un terremoto. La insignificancia de tu cuerpo. La inminencia permanente de la repetición. La sensación que se te queda pegada a los sentidos. Como cuando tus oídos siguen oyendo la alarma después de apagarla, me decía.

Desde que terminé mis estudios, y hasta que viví con Yoshie, nunca volví a saber cómo era despertarse con el sonido de una alarma. Él se levantaba muy temprano por obligación. Y sospecho que también por vocación. De joven, yo estaba convencida de que madrugar era un castigo divino. La última miseria. El fin de toda felicidad. Al menos, durante unos minutos. En cuanto me duchaba y me tomaba el primer café (bueno, el segundo) descubría que no estaba tan mal. Descubrimiento que me encargaba de olvidar lo antes posible.

Los horarios de un periodista son los del periodismo. Es decir, todos a la vez y ninguno en particular. Tu día deja de dividirse en horas. Tu semana deja de dividirse en días. La jornada se convierte en una cacería elástica. En una fiebre que sólo se calma cuando capturas la presa. Durante muchos años, disfruté de ese ritmo dependiente del caos. Si alguien me hubiera pronosticado mis rutinas de hoy, con los desayunos al amanecer, las pequeñas compras matinales y mis amadas plantas, habría apostado mi dinero a que mentía más que Nixon.

Me encantaba no saber qué esperar de mi trabajo. Mantenerme alerta en la redacción, en la calle, en mi casa. Observar a la gente sin ser vista. Ir en taxis detrás de taxis o correr como loca para interceptar a alguien. Recibir una llamada de la redacción y tener que improvisar mi equipaje. Mejorar una frase justo antes de entrar en imprenta. Salir a cenar tarde y emborracharme un poco después de un cierre difícil. Pasarme madrugadas desgrabando entrevistas. El continuo juego con el filo de los plazos. La excitación de sentir que no llegaba, y al final llegar. La adrenalina como forma de amor.

El periodismo es un oficio ciclotímico, igual que quienes lo ejercen. Nos movemos a diario entre la euforia y la depresión. La decepción rápida y el siguiente hallazgo. Hay mucha gente así, pero nosotros tenemos la perfecta excusa profesional. Drogadictos de la primicia. Yonquis del *deadline.* Eso tiene, imagino, consecuencias en nuestra forma de relacionarnos. Si alguien no me parecía nuevo, diferente, incluso difícil (digno de algún tipo de investigación, digamos) me resultaba imposible sentirme atraída. ¿Era yo tan sorprendente, tan especial para los demás? Cruel pregunta.

Registrar cada cosa interesante que veía o escuchaba. Tomar nota de todo, por si acaso. Esa era mi forma de esquivar las fases depresivas. No siempre sabía para qué anotaba algo, pero hacerlo me daba una mezcla de seguridad e inspiración. Escribir te hace sentir viva, mucho más que al revés. Terminé siendo incapaz de leer un libro, ver una película, hablar con alguien sin imaginarme que tarde o temprano me tocaría escribir algún artículo. O una necrológica. Al fin y al cabo, de algo me sirvió. Muchos de los datos que menciono los anoté entonces.

No podría decir exactamente cuándo me cansé de esa vida. Si fui perdiendo el entusiasmo poco a poco. O si un día me di cuenta de que ya no la disfrutaba. Sé que, si pudiera retroceder a mis años anteriores a Yoshie, volvería a ser periodista. Si fuera joven hoy, en cambio, quizá me buscaría otro trabajo. Se lo decía a ese chico argentino que me entrevistó. Hoy las noticias no importan mucho. Ya nada importa mucho, en realidad. Sea lo que sea, hay un billón de otras cosas esperando su clic. ¿Cómo se puede escribir de verdad, hacer buen periodismo, sin tomarse la realidad en serio? ¿Sin la esperanza de entenderla antes de pasar al tema siguiente?

Aunque sintiera la misma vocación de mis inicios, no tengo idea de qué haría en esta jungla de medios concentrados, grandes corporaciones y fondos de inversión. Cómo me ganaría la vida con la precariedad, los contratos basura, los despidos baratos. Ahora el asunto no es quién te lee, sino quién te financia. Ese es tu público. La gente ya no quiere pagar por la mejor información. Pueden gastar fortunas en esos aparatos donde la leen. Pero por lo que están leyendo, ni un centavo. El presupuesto de un periódico no sale de su audiencia. Algún día inventarán los medios de comunicación sin público.

¿Y qué decir de las herramientas tecnológicas? La urgencia y las presiones han crecido tanto o más que ellas. Si haces un balance realista, la explotación ha aumentado. Lo sé, lo sé. Sueno como una vieja. El mundo nunca ha sido un lugar agradable. ¿Entonces de dónde demonios salían antes mis esperanzas?

Me pregunto si estas preocupaciones les parecen ridículas a los hijos de mis sobrinos. Parecen conocer tan bien el presente, encajan de forma tan natural en él. La más joven, de hecho, sueña con convertirse en periodista. Bendita sea.

Porque este oficio es despreciable y hermoso. Cuando lo haces mal, se nota tanto como una obra mediocre. Después de todo, ver arte es un arte.

Recuerdo que, en los tiempos en que yo estaba empezando, el tic fundamental era el imperativo. Si no lo utilizabas por lo menos media docena de veces para incitar al lector, significaba que la obra no te había gustado o que eras peligrosamente incapaz de conectar con la clase media.

La segunda regla consistía en comenzar con alguna interrogación, a ser posible retórica, para generar una sensación de misterio. Esto se volvía casi obligatorio si estabas escribiendo acerca de un grupo de cámara, un sociólogo francés, un filósofo del lenguaje o alguna de esas cosas que espantan al público.

El tercer recurso consistía en perpetrar las comparaciones más extravagantes y contradictorias que pudieras. Ocurrencias del tipo: «El Andy Warhol del medievalismo». «El Joe Frazier de la paz». «La Virginia Woolf de las vedettes». «Una magistral mezcla de Fellini, Engels y Micky Mouse», o «Un explosivo encuentro entre Proust, Eva Perón y Kareem Abdul-Jabbar».

Pero lo más urgente, sin duda, era comentar los clásicos desde lo camp y el glam. ¿Cómo hubiera sonado Haydn con los labios pintados y vestido de cuero? ¿Qué habría sido de Tolstói si hubiese tenido debilidad por los chicos con lentejuelas? ¿Hasta qué punto un par de grafitis mejorarían la Capilla Sixtina? De pronto esas preguntas se volvieron trascendentales. Llegó un punto en que el posmarxismo, la semiótica o la antropología estructural sólo eran aceptables si servían para dar a conocer a un grupo punk.

En el pequeño reino de la crítica underground, el empleo de conceptos decadentes como *contenido, conclusión* o (aún peor) *mensaje* estaba prohibido. Los considerábamos distorsiones que adulteraban la experiencia estética. Trampas del puritanismo académico. Podían acabar con tu prestigio en un solo fin de semana.

Todo aquello tenía, por supuesto, un sentido sexual. Esperábamos gozar sin prejuicios del arte, igual que necesitábamos joder sin preocuparnos tanto. Nos habíamos hartado de guardar las distancias y las formas. Reclamábamos piel. Queríamos tocar. Conquistar nuestros sentidos, así como luchábamos por la autoridad sobre nuestros cuerpos.

Sí, había llegado la hora de asaltar los panteones de la alta cultura con los bajos instintos. Lo que nunca imaginamos es que los segundos reemplazarían a los primeros. Como me dijo un viejo amigo que colaboraba en el *Mercury*, esa maravillosa ola logró que muchos teóricos perdieran sus prejuicios, y que otros tantos diletantes conservasen los suyos.

Nos divertimos comentando juntos la moda fisiológica, que parece estar volviendo. La prensa cultural se convirtió en una celebración del dolor. Si una novela no te removía las tripas, no la habías leído. Si un disco no te dejaba sorda, no lo habías escuchado. Si no sentías que los actores se arrancaban la piel sobre el escenario, no eras digna de la emoción teatral. *And so on.* Llegué a pensar que, en vez de escuelas de arte, sólo tendríamos cursos de enfermería.

Me pregunto si ese fenómeno tuvo algo que ver con la tortura de Vietnam y la agonía del Watergate. Si lo piensas, la renuncia de Nixon activó un plan de curación retórica. En la opinión pública todo era reconciliación nacional y primeros auxilios. Nuestro nuevo presidente, ya sabes, hablaba de curar las heridas. De acabar con el mal sueño. «Mi conciencia me dice que no debo prolongar las pesadillas que reabren un capítulo cerrado», recitaba. «Mi conciencia me dice que cierre y selle el libro», repetía. La política, los medios y la psicología se unieron en un simulacro de sanación exprés. Y todos cooperamos en alguna medida.

Encendías la tele, abrías un periódico, y nadie había hecho nada malo. O lo había hecho por el bien común. Nadie era de verdad culpable. O era tan culpable como víctima. La justicia importaba menos que el perdón. Entonces ibas a tu terapeuta y te decía que debías ser menos dura contigo misma. Eso significaba que, si profundizabas en exceso, todo el mundo podía terminar implicado. Empezando por ti, tu familia, tus amigos. Así que convenía colaborar un poco.

Siendo justos, el de Ford es un gran récord. Consiguió ser vicepresidente y presidente sin que nadie lo votara. Con él ciertamente acabaron los últimos coletazos de Vietnam. A esas alturas, supongo que cualquier otro habría hecho lo mismo. Incluyendo abandonar a nuestros aliados del sur, que quedaron en manos de los mismos enemigos del norte que habían matado con nuestras armas. En su breve mandato, también tuvo tiempo de absolver a su jefe sin un juicio de por medio.

A mi hermano le pareció lo mínimo que merecía alguien que había sacrificado su cargo por el bien de la nación. Y que había traído a casa a los prisioneros de guerra. Y que había salvado las relaciones con China. En aquellos momentos, según él, necesitábamos un líder fuerte. Como aprendí con Yoshie, los occidentales vivimos obsesionados con el liderazgo. Y no nos damos cuenta de que los líderes suelen mandar para otros.

Más que vivir del periodismo, digamos que sobreviví con él. Sé que hoy eso sería un lujo. Lo cierto es que, durante unos cuantos años, llegar a fin de mes no fue tarea fácil. A duras penas llegaba a pagar mi apartamento de una habitación, media cocina y algo así como un baño. Tampoco podía permitirme ir a terapia con regularidad, como hizo mi madre toda su vida. Mi madre tenía la convicción de que el psicoanalista era tan importante para su supervivencia como el carnicero.

Yoshie desconfiaba, con silencioso horror, de los psicoanalistas. Le parecía que no podían ayudarte. Y que, si te ayudaban, te sentías peor. Yo le explicaba que te enseñan a pensar en tus problemas. ¿Más todavía?, se preocupaba él. Yo lo acusaba de ser un caso ejemplar de resistencia a la terapia. Resistir es bueno, me contestaba él.

Por falta de fondos, más que de la *therapy of the self,* me convertí en una asidua de la *self-therapy.* Que consiste básicamente en hacerme a mí misma las preguntas más incómodas o bochornosas que se me ocurran. Suele funcionarme. Creo.

En algún punto de nuestra relación, que para mi sorpresa iba cada vez más en serio, Yoshie y yo decidimos irnos a vivir juntos. Diría que fue un paso fundamental para los dos. Como individuos, quiero decir. Él no había vivido formalmente con nadie. O eso decía. Y yo me había prometido, hacía ya mucho tiempo, no volver a hacerlo nunca más.

En California, cuando aún era demasiado joven para saber que lo era, había tenido una mala experiencia con un novio dominante. Mi convivencia con él fue un infierno consentido. Eso me parecía disculpable con veinte. Pero con treinta y tantos, ni hablar. Lo que más miedo me daba era que Yoshie no respetase mi espacio. Que no aceptase mis costumbres desordenadas, mis horarios imprevisibles, mis viajes para el periódico. Yo estaba enamorada y casi segura de que saldría mal. Contra todo pronóstico, no ocurrió así.

Cuando nos conocimos, yo estaba viviendo en una zona de Queens a la que muchos taxistas de Manhattan se negaban a ir por la noche. *I just don't do Queens, madam,* te decían los *motherfuckers.* Adoro esa parte de la ciudad. Su sopa de identidades. Mis recuerdos allí. Y odio a esa gente que, cuando le contabas dónde vivías, te respondía: Oh, ya veo. Aunque se muevan sin parar, en Nueva York siempre ha habido tres zonas. La *Wow.* La *Qué bien.* Y la *Ya veo.*

A Yoshie, que estaba ansioso por que nos mudáramos a Manhattan, le costó aceptar mi única condición. Vivir en cualquier lugar que pudiésemos pagar a medias. Es decir, que fuese tan suyo como mío a todos los efectos. La idea de depender de su dinero para pagar mi propia casa me horrorizaba. Él tenía las clásicas fantasías céntricas. Las grandes avenidas del Midtown. La fatuidad del Upper East Side. En aquel tiempo, la compañía Me no dejaba de crecer. Acababa de lanzar aquellos viejos televisores color con sistema Cromesonic. A mí sus éxitos me alegraban, seguro. Pero ese era su presupuesto, no el mío.

Antes de tomar la decisión definitiva, llegamos a considerar el West Side. Si no recuerdo mal, estudiamos varias opciones ahí. Ninguna nos encantó. O ninguna tenía espacio suficiente para su colección de banjos. Era un área a la que estaban mudándose cada vez más latinos. Cuando pedí consejo a mis contactos, algunos me dijeron que estaba decayendo. ¿Decayendo desde qué blancas alturas? Me temo que eso ya no me lo explicaron.

Al final terminamos eligiendo un apartamento bastante amplio al sur de Central Harlem, que era lo máximo que yo podía permitirme. Estábamos a un paseo del Apollo Theater y del Spanish Harlem. Y no tan lejos, en realidad, del barrio de mi familia. Al que no hubiera vuelto ni loca, por cierto.

A él le gustaba más la casa que la zona. No podía imaginarse que en el futuro llegarían algunos yuppies más. Irónicamente, ahora toda el área se está volviendo cool. Es decir, cara. Es decir, está en vías de momificación. El mismo viejo método de siempre. Construyen, encarecen, plantan unos cuantos árboles y echan a los vecinos. Restaurantes de afro-fusión, oh sí. Barbacoas y niños jugando, oh no. La especulación inmobiliaria es una mancha tóxica persiguiendo la espalda de las ciudades, que tienen que salir corriendo para seguir vivas.

Yoshie parecía asustado con la perspectiva de mudarnos al barrio. No había salido del Downtown y los alrededores de Central Park. Dudo que hubiera oído hablar del Harlem Renaissance, el New Negro y los demás movimientos culturales. Creo que ni siquiera distinguía muy bien entre Harlem y el Bronx. Para él, Manhattan se terminaba en la maldita calle 96. Tuve que insistir. Le dije que, si de verdad quería adaptarse a la ciudad, debía vivirla en las cuatro direcciones. Me pregunto si tenía además algún tipo de prejuicio racial. Imagino que él jamás lo habría reconocido.

Aparte de la criminalidad, para ser honesta, a no mucha distancia de nuestro nuevo hogar se escondía (o se exhibía) la prostitución del barrio. Chicas afroamericanas, algunas quizá menores, esperando en los bares y rondando lentamente las esquinas, como si a cada paso envejecieran. Las veías encontrarse con blancos que iban a hacer *uptown* lo que no sabían merecer *downtown*. Frente a aquellas escenas me venían a la memoria los versos de Claude McKay, que en su momento significaron tanto.

A través de la noche, hasta que estalle
la última nieve sobre el suelo blanco,
las oscuras, expuestas chicas de pies cansados
vagan de calle en calle con sus leves calzados…
¡Oh alma mía, sus pies, sus agotados pies
merodeando por Harlem, siempre de calle en calle!

Esos bastardos se tomaban la zona como coto de caza. Solían ser precisamente ellos (al margen de los fanáticos del jazz, algunos artistas bohemios y unos pocos chiflados como nosotros) los que más decían adorar Harlem.

En lo que a mí respecta, mi idea del barrio se parecía a la extraña identidad del escritor Jean Toomer. Quien, gracias a la mezcla de sus orígenes, fue considerado negro y blanco y ninguna de las dos cosas, dependiendo de quién lo mirase. Me temo que mi aspiración resultaba un tanto ingenua, siendo como yo era una inconfundible representante de eso que llaman buena familia judía.

Recuerdo que, al principio de nuestra vida allí, me costaba evitar cierta incomodidad al entablar conversaciones con desconocidos. Me obligaba a mí misma a sobreactuar estúpidamente mi amabilidad. Como si, en vez del respeto corriente, necesitasen una consideración fuera de lo común. Pretendía transmitirles unos supuestos principios de igualdad que en realidad no pueden exhibirse al instante. Sólo demostrarse y aplicarse a largo plazo.

Pronto me di cuenta de que mi involuntaria condescendencia (¿hasta qué punto involuntaria?) los incomodaba a ellos también. No parecía importarles una mierda si yo era liberal, firmaba manifiestos o me consideraba más o menos sensible a los derechos civiles. Lo único que parecían esperar de mí es que los dejase en paz. Eso me resultaba frustrante. Sólo cuando me relajé y aprendí a ser ligeramente maleducada con todo el mundo, latinos y afroamericanos incluidos, me sentí una vecina más.

Una noche, después de cenar en el centro y ver una película de Cassavetes, no sé cuál, Yoshie y yo volvimos dando un paseo. Acabábamos de irnos a vivir juntos. Era verano. Estábamos felices y razonablemente ebrios. Así que, en vez de ir en metro o en taxi, decidimos regresar a pie. Tardamos más de lo previsto en llegar a nuestro nuevo barrio, o quizás era un día laborable. Porque la avenida se quedó desierta. A la altura de la calle 115 o así, con mi típica exaltación noctámbula, le propuse una última copa antes de irnos a la cama. Pese a tener ya bastante sueño, Yoshie aceptó con la benevolencia de las parejas que están empezando.

La película, acabo de recordarlo, contaba la historia de dos personas muy distintas y lejanas que terminan enamorándose inesperadamente. Cassavetes trabajaba con la técnica de la memoria motora. Se trata, más o menos, de fijar movimientos y acciones mediante la repetición continua. Hasta que los actores terminan incorporándolos a su comportamiento. Como si fueran parte de su identidad y no un papel. Me pregunto si podemos también funcionar al revés. Si cuando omitimos algo, y repetimos ese olvido muchas veces, el recuerdo en cuestión desaparece de nuestra memoria.

En fin, entramos a tomarnos un trago en un club cerca de casa. Ya no había música en vivo y quedaba poca gente. En otras palabras, éramos los únicos clientes de otro color. Nadie nos dijo nada. Nadie nos molestó. Pero Yoshie me confesó que le impresionaron las miradas que recibimos, cómo los cuerpos se quedaban inmóviles en cuanto entrábamos en su campo visual, la interrupción de las charlas a medida que nos adentrábamos en el local. Cuando el barman nos sirvió las copas, la barra que nos separaba me pareció mucho más ancha que antes.

A Yoshie le preocupaba llamar la atención de nuestros vecinos. Se sentía demasiado consciente de su físico, sus trajes, su acento, su dieta. Temía comenzar de nuevo todo el proceso de adaptación. Como si la tarea de pasar desapercibido en América hubiera retrocedido a la primera casilla. Ciertamente, durante un par de meses nos observaron con suspicacia. Yo sólo era una blanca que se creía libre y esas cosas burguesas. Pero a él lo veían como a un doble intruso, venido de tan lejos y con su portafolios. Poco a poco se acostumbraron a su presencia. Dejaron de mirarlo de reojo. Empezaron a darle conversación en las tiendas. A saludarlo por la calle. A bromear con él. Y al final supo el nombre de cada vendedor y camarero del barrio.

Cuando salíamos a hacer cualquier cosa, él siempre terminaba presentándome a alguien. Utilizaba el slang afro para entrar en confianza. Si veía a una niña por la calle, por ejemplo, era capaz de decirle: *Isn't it a bit late for a beauty like ya, honeychild?* Y la niña decía: *You ain't got to worry, sir, I'm a big girl.* Y él contestaba: *You ain't no bigger than a minute, honeychild!* Con el tiempo, Yoshie terminó volviéndose más fan de Harlem que yo misma. Se comportaba como si trasladarnos allí hubiera sido idea suya. A veces me parecía que lo creía realmente.

La música de Harlem lo enloquecía. No sólo la de esos locales donde íbamos los fines de semana, muchos de los cuales ya no existen. Según él, el barrio tenía un ritmo subterráneo. Una percusión propia bajo sus calles. Que parecía presagiar alguna danza o algún milagro que nunca ocurría. De hecho, fue paseando juntos como se le ocurrió el famoso anuncio de las pelotitas de colores, que avanzaban rebotando por la Quinta Avenida hasta desembocar en Harlem. Ahí las pelotitas se transformaban en bolas de helado de múltiples sabores que los niños probaban riendo. Luego esas imágenes quedaban enmarcadas en un televisor. El plano se abría. Y entonces aparecían varias familias de distintas razas y clases, cenando mientras veían el final del anuncio en la televisión.

Los comentaristas elogiaron su propuesta inclusiva, su imaginario interracial, su metáfora de la tecnología como utopía igualitaria, etcétera. Yo me quedé perpleja. Esas eran mis convicciones, no las suyas. Si no recuerdo mal, aquel año las ventas de los televisores Me se duplicaron en todo el país. Yoshie solía decirme que la publicidad es una predicción que aspira a confirmarse retrospectivamente. Para que algo se venda, hay que decir que está vendiéndose.

Una vez resuelta la incertidumbre de la vivienda, no tuvimos grandes problemas para organizarnos. Como cualquier pareja que se respeta, supongo, sólo nos peleábamos por tonterías.

La discrepancia más seria que recuerdo fue la decoración. A mí me gustan las cosas por pares o en serie. Yoshie concebía todo por unidades. Lo impar no lo inquietaba. A él le encantaba lo tenue, a mí lo nítido. Él prefería las cosas móviles, multiuso. Yo tendía a los objetos estáticos. Prefiero no saber qué decía todo esto de nosotros.

Otra extravagancia suya fue la de traerse la vieja alfombra blanca y negra, que yo encontraba horrible. Insistió en extenderla en mitad de nuestra sala. Yo cedí. Como había ganado la batalla del barrio, dejé que él se saliera con la suya en esos detalles.

Su obsesión por los banjos lo convirtió, como él mismo me enseñó a decir, en un *otaku*. Sus instrumentos comenzaron a invadir cada pared de nuestra casa. Yo le decía en broma (o no tanto) que estaba tratando de conquistar mi territorio con armas de mi propio país. Tenía una colección amplia y, me imagino, valiosa. Me contó con orgullo que los instrumentos franceses los había robado, cuando era muy joven y no tenía dinero, en las tiendas de música de París. Yo le envidiaba esas aventuras. ¿Quién no querría vivir en París? Los franceses, querida, los franceses, me contestaba él. Solíamos repetir que iríamos juntos. Nunca lo hicimos.

Creo que fue por esa época cuando descubrimos al banjista Charlie Tagawa, que pasó a ser uno de sus ídolos. Ambos eran inmigrantes japoneses y habían estudiado Economía. El único reparo de Yoshie era el nombre. ¡Zenzo, se llama Zenzo!, rezongaba, ¿se puede saber qué tiene de malo? Decía que, cuando tuviera algún viaje de negocios a California, intentaría conocerlo en persona. Quién sabe si lo consiguió.

Por más que fuimos aprendiendo a disfrutar la música del otro, la única que de verdad compartíamos era la de los Beatles. Bueno, no del todo. Estábamos de acuerdo en que *Abbey Road* superaba a *Pepper*. Ahora bien, yo era más partidaria de John. Admiraba en particular al Lennon maduro, politizado y feminista que se había atrevido a romper con el negocio del entretenimiento. Que se había negado a ser esclavo de su imagen adolescente. Que, en vez de conformarse con una joven groupie, se había casado con una artista mayor que él y no exactamente hermosa. Que nos había enseñado que no somos los mismos a los veinte que a los treinta. Y ahora, para colmo, vivía en mi ciudad.

Yoshie prefería a George, porque era el extranjero del grupo. El que les recordaba a los otros que, además de Occidente, estaba Oriente. Según él, Harrison mostraba más interés por la India que Yoko Ono por su Japón natal. De todas formas, tomar como modelos filosóficos a las estrellas de rock le parecía tonto. Por eso defendía a Paul. Decía que el mesianismo o la excentricidad también eran adolescentes. Que a un músico le exigía buena música. Que los violines de Lennon sonaban más cursis que los de McCartney. Y que *Band on the Run* era muy superior a *Mind Games,* por mencionar dos álbumes que acababan de salir. A Ringo, ya sabes, lo queríamos mucho.

Compartir casa no sólo le dio un extraordinario impulso al inglés de Yoshie, que se volvió maniáticamente preciso en su manera de hablarme. Sino también a la idea que cada uno tenía del otro. Ambos perdimos algo de esa confianza ciega que une a los extranjeros. Y ganamos cierto tipo de reciprocidad. Todo se fue volviendo verbal entre nosotros, más argumentativo y menos intuitivo. Éramos capaces de comunicarnos mejor que nunca, con una plenitud nueva. Igual que podíamos disentir con mayor conocimiento y susceptibilidad.

Después de mudarnos, él comenzó a expresar puntos de vista, objeciones e incluso quejas inesperadas para mí. Eso pudo deberse, por supuesto, a los roces naturales de la convivencia. Aunque yo sentí que la razón era sobre todo lingüística. Además de conmigo, él se había ido a vivir con mi idioma. Ya no era su herramienta de trabajo. Ahora sabía cómo dormía, bostezaba y se lavaba los dientes el inglés.

Yoshie entró en una fase de entusiasmo gramatical. Podía captar los juegos de palabras y estaba ansioso por inventar los suyos. Se reenamoró, digamos, de mi lengua. Eso compensaba el leve despecho de que ya apenas me necesitase para manejarla. Todavía conservo la pizarra que me regaló. Coloqué el caballete junto a mi mesa de trabajo, y nos acostumbramos a dejarnos mensajes. A menudo esos mensajes no se referían a cuestiones prácticas. Eran más bien una forma de comunicación en clave, de pensamiento en equipo. Uno de los dos garabateaba una frase suelta. Y el otro la reescribía al pasar por ahí. Así se iba transformando, hasta convertirse en el resumen de algo que no comprendíamos muy bien.

Cuando decidimos vivir juntos, ambos sabíamos que tendríamos que ausentarnos con frecuencia. Yo para cubrir eventos en otras ciudades, hacer entrevistas o documentarme para algún reportaje. Y él para visitar filiales de Me, asistir a sesiones creativas o reunirse con inversores, accionistas o lo que fuese (nunca distingo muy bien a la gente que gana mucho más que yo). Al principio temí que nuestros viajes pudieran convertirse en un problema para la convivencia. Terminaron trayéndonos menos conflictos que alivios.

Esas pequeñas interrupciones eran una especie de sistema de ventilación. Nos mantenían frescos, listos para renovar la alegría del reencuentro. Nos recordaban lo afortunados que éramos por compartir tiempo y espacio. Que no hay cercanía sin distancia. Por otro lado, es cierto, nos veíamos obligados a hacer constantes readaptaciones. Quien regresa a casa no suele esperar lo mismo que quien le da la bienvenida. Eso dificultaba cierta fluidez sólo alcanzable en el día a día. Nuestra intimidad a veces se comportaba como un animal asustadizo, replegándose con cada ausencia.

Si la mutua compañía no tenía el efecto deseado, un poco de hierba nunca estaba de más. Fumar en silencio nos reunía de nuevo. Nos llenaba de ideas y preguntas que viajaban en el humo. En esa época yo me inclinaba más por las drogas estimulantes, que en mi gremio eran tan habituales como las máquinas de escribir. Te daban los reflejos necesarios para sentir que eras más rápida que la actualidad. El espejismo no duraba más de un par de horas, claro. Pero con eso ya tenías medio artículo. De vez en cuando, Yoshie prefería los alucinógenos. Eran el contrapeso ideal para su mundo lleno de cifras, cuentas y otras realidades engañosamente tangibles.

Debo admitir que nuestros horarios opuestos me causaban cierto grado de tensión nocturna. De alguna forma, yo vivía su somnolencia como una deserción. Me sentía abandonada en mi mejor momento, en pleno pico de euforia por el trabajo recién entregado. El final de la jornada para mí era apenas el comienzo de mi noche. Para él la noche, en cambio, era el final de todo. Durante los fines de semana y las vacaciones, el jet-lag conyugal se reducía. Tampoco demasiado, porque el organismo de Yoshie era un mecanismo puntual. Él estaba casado con su horario. Eso sentía yo. En realidad, ninguno de los dos estaba dispuesto a divorciarse de sus propias rutinas. Quizá por eso mismo nos hicimos poco daño.

Una vez, a la vuelta de un viaje, noté a Yoshie particularmente raro. No ensimismado como de costumbre. Ni angustiado por alguna complicación laboral. Parecía más bien haber venido con otra cara, otra voz, otra clase de movimientos. Como uno de esos actores que sobreactúan la naturalidad, o su idea estereotipada de la naturalidad. Después de cenar en silencio, abrí la segunda botella de vino y le pregunté qué pasaba. Entonces él, casi en el acto, me confesó que había tenido una aventura no sé dónde.

Mientras yo llenaba las dos copas, quise saber ante todo si había sido algo importante. Si sentía algo especial por esa persona. Él me aseguró que no. Que había sido el desahogo de unas semanas duras, de informes negativos y negociaciones fracasadas. Mientras me terminaba el vino, le pregunté si aquello podía continuar. Si estábamos hablando de una relación a mis espaldas. Él me juró que para nada, que apenas la conocía y se había acostado con ella sólo una vez (o sólo en este viaje, especificó estúpidamente, como si el número exacto de coitos fuese un asunto digno del mayor interés).

Entonces me levanté muy despacio de la mesa. Estrellé mi copa contra el suelo. Le di una patada a mi silla. Y le pregunté para qué demonios me lo había contado. Para hacer estas cosas, le grité, hay que ser más maduro. Se confiesan si son serias. Y si no lo son, se carga con ellas sin hundir al otro. Eso también es generosidad, le dije.

Y se lo dije con franqueza. Sobre todo considerando que yo misma había tenido alguna historia aquí y allá, y jamás había permitido que eso se interpusiera en nuestro amor.

Después le pedí que retirara las cosas de la mesa y barriese un poco. Y fui a darme una ducha.

Yoshie parecía reacio a las manifestaciones. Cuando lo conocí, me sonreía con escepticismo al saber que iba a alguna. No es que estuviera en contra de las causas que defendíamos. Más bien rechazaba la idea de que cortar el tráfico y ocupar las calles tuviese verdadera utilidad. O quizá desconfiaba de cualquier iniciativa de una *angry crowd*. Me encantaría creer que Harlem y yo lo hicimos cambiar de opinión.

Junto a varios compañeros del periódico, yo solía acudir a las protestas por los derechos civiles. No se trataba sólo de la dignidad de los ciudadanos afroamericanos. En realidad (y me pregunto si los manifestantes nos dábamos cuenta de eso) se trataba de la dignidad de la nación entera. No respetar a los negros significaba no respetarnos a nosotros mismos, no entender nuestro propio país. En ese sentido, el racismo es una ofensa autodestructiva.

Algo parecido pensaba, y sigo pensando, de las luchas feministas. No hablo simplemente de conseguir plena igualdad para las mujeres. Estoy hablando de dejar de mutilarnos como sociedad. De comprender, de una maldita vez, que *them* es parte de *us*.

213

¿Cómo no recordar ahora al elegantemente indignado James Baldwin? Un tipo capaz de escribir con igual perspicacia sobre negros y blancos. Mujeres y hombres. Gays, heteros, bis. Sigue sin haber muchos como él. Hoy abundan los grupos que hablan sólo de su grupo. Baldwin apareció cuando aún nos escandalizaba que un autor negro hablase de gays blancos (y cuando ningún *straight* blanco tenía la menor intención de averiguar si existían siquiera los gays negros). Y, sobre todo, cuando parecía imposible amar sin que importase en absoluto tu color. ¿Es posible ahora?

El otro territorio obviamente era Vietnam. El paciente doctor King, influido por esas juventudes del Black Power con las que nunca llegó a entenderse, fue subiendo de tono. Hasta que se posicionó contra la guerra y le pegaron un tiro. Igual que a Ali le prohibieron seguir boxeando. Por ser un hombre fuerte que no quería disparar. Creo que en ese momento muchas mujeres blancas ampliamos nuestro foco. Cuando vimos la relación entre racismo, militarismo y patriarcado.

Eran los malos viejos tiempos de Stokely Carmichael perdiendo la cuenta de sus arrestos. Y contestando, a la pregunta de si temía volver a la cárcel, que él había nacido en una cárcel. De haber oído que tendríamos un presidente afroamericano, habría muerto de un ataque de risa. Todavía recordábamos los carteles en Arkansas: *Race mixing is communism.* Qué fácil es avergonzarse hoy de ellos. Me pregunto si somos capaces de detectar sus equivalentes actuales.

Habría dado lo que fuera por entrevistar a Angela Davis. Antes de que la metiesen en prisión y Nixon la llamase terrorista, el gobernador Reagan (exacto, *ese* Reagan) había ordenado que la expulsasen de la universidad. Si todo afroamericano sufría discriminaciones, una activista negra vivía dos veces discriminada. Tres, contando su lesbianismo. Me temo que eso incluía a sus propios compañeros de lucha.

Lo apasionante del Watergate fue que democratizó la discusión política. Prácticamente todo el mundo, de cualquier raza, ideología o clase, parecía tener su opinión. Disponíamos de una montaña diaria de noticias, cintas secretas y emisiones televisivas. La cobertura era tan masiva que ya no había una élite de expertos. Había millones de espectadores prestando mucha atención. ¿Fue un arrebato de compromiso por parte de la audiencia? ¿O una ampliación del *show business* a la política?

Creo que el problema con Vietnam (y con la mayoría de nuestras guerras) fue que pasaba lo contrario. Había una minoría empeñada en informarse, por lo general dedicada al activismo. El resto de la gente sabía relativamente poco. Y tampoco quería saber demasiado.

Hasta que vieron en la prensa la foto de la niña del napalm, en Vietnam para muchos los niños no morían. Todo eso quedaba lejos de nuestros dormitorios. Pero aquel llanto corriendo hacia delante, hacia nosotros, era la encarnación de nuestras pesadillas. La niña tenía la espalda abrasada. Y en la foto su espalda no se ve. El pasado no se ve. Sólo un presente insoportable, exigiendo explicaciones. Esa elipsis en la foto, que va del ojo a la memoria, fue puro periodismo. Algunos dudaron de la conveniencia de publicarla. No por la violencia, sino por el desnudo de la niña. En materia de masacres civiles, ya sabes, conviene no caer en la impudicia.

Al principio el presidente creyó que se trataba de un montaje. Para él cualquier imagen era un autorretrato. Finalmente la niña se salvó, y ahora es ciudadana canadiense. Cada vez vive más cerca de nosotros.

Puede que el Watergate parezca un juego de niños si lo comparas con lo que sabemos de la CIA y el FBI. Con las filtraciones de Wikileaks y Snowden (que por cierto vivió en una de nuestras bases en Japón). O con las evidencias de que, además de espiar a terroristas, espiamos a los presidentes de nuestros aliados. Pero quizás el Watergate haya sido el comienzo de lo serio. El abismo entre el shock que nos provocaron aquellas grabaciones, y nuestra cara de *lo sabía* al leer todo lo que nos hacen, te muestra con claridad el recorrido. Nos hemos acostumbrado a espiar a los amigos. Y sobre todo a que nos espíen.

Aunque Yoshie amaba los televisores, en casa apenas veía televisión. Creía menos en los contenidos que en la caja que los envolvía. Me pregunto si a Nixon le sucedía algo así. La presencia de su imagen le preocupaba mucho más que su discurso. Lo relevante no era decirle la verdad a su público, sino estar visible para él. Olvidó que el deseo narrativo nunca descansa. Que los espectadores necesitamos un desarrollo del argumento y un buen desenlace.

Ni siquiera mi novio pudo resistirse a un thriller político en tiempo real. Mientras veíamos en directo las sesiones de la comisión investigadora (*needless to say,* en un flamante modelo Me a todo color) Yoshie me dijo algo. Dijo que daba la impresión de que América estaba intentando limpiarse la sangre de Vietnam con los papeles del Watergate. El napalm, los fumigados químicos y las bombas de racimo, con unas cuantas cintas ilegales. Su comentario me sonó poco habitual en él.

Caí en la cuenta de que, esa misma semana, uno de los abogados de Nixon había llamado al senador Inouye «ese japonesito». Aparte de pertenecer a la comisión del Watergate, el senador Inouye era el más importante político americano de raíces japonesas. Y un héroe de guerra que había perdido un brazo peleando contra los nazis.

El abogado terminó disculpándose. Y, en otra exhibición de diplomacia, añadió que a él no le habría molestado que lo llamaran «ese americanito». Por alguna

razón, seguía creyendo que el senador era menos americano que él. Imagino el brazo derecho de Mr. Inouye,
perdido en un rincón del campo de batalla, alzando
lentamente su dedo mayor.

Antes de Yoshie, reconozco haber firmado una misiva
contra el pago de impuestos (como varios amigos que
ahora ganan seis cifras al año) en protesta por la guerra.
Nos enfurecía que gastasen más dinero en matar vietna-
mitas que en combatir la pobreza de este país. Lo que
pasara en Saigón cuando las tropas se largasen, me temo,
no figuraba en nuestros planes.

Las *beat fans* buscábamos una copia, aunque fuese
robada, de los poemas antibélicos que Diane di Prima
había reunido en su editorial. Esa mujer daba la impresión de vivir muchas vidas, todas ellas agotadoras. Y el
cuadernito prohibido de Lenore Kandel. Un tribunal de
San Francisco acababa de declararlo blasfemo y obsceno.
Naturalmente, eso aumentó sus ventas cuando volvió a
circular. Imposible olvidar aquel buda en la cubierta co-
pulando con una joven de envidiable flexibilidad. En
agradecimiento por el éxito que la censura le había proporcionado, la autora donó parte de sus ganancias a la
policía. Cada vez que nos cruzábamos con un agente, mis
amigas y yo le recitábamos un poema. Nos sentíamos
una mezcla de Gandhi y Patti Smith.

En las universidades todo el mundo parecía trastornado. O quizá los estudiantes entraron en razón de
golpe, como en aquel levantamiento de Columbia. Incluso en la universidad donde Ralph daba clases (cuyos
alumnos de Políticas se jactaban de ser apolíticos) hubo
un motín. No recuerdo muy bien qué ocurrió. Sé que se
alzaron contra la autoridad (*¡Levantaos! ¡Levantaos!*) y
ocuparon el decanato para exigir cambios en el regla-
mento. En realidad, los chicos tomaron el despacho del

decano de varones y las chicas, el de mujeres. Supongo que cada revolución tiene sus límites.

Yoshie solía decirme que por mucho que yo protestase leyendo los periódicos, las malas noticias me vivificaban. Que no podía empezar el día sin mi ración de disgustos. Y bromeaba (o no tanto) con que nuestra vida sexual dependía de ello. Porque me entraban ganas, y me ponía más fogosa, después de maldecir sobre asuntos políticos.

Sus inclinaciones personales, y por supuesto financieras, eran más moderadas. Le parecía que cualquier declaración demasiado enfática terminaba chapoteando inevitablemente en el ridículo. Yo aprendí a esperar un poco antes de hacer las mías. Y él, hasta donde se lo permitía su carácter, fue radicalizándose.

Conseguí que me acompañase a algunas manifestaciones. A una o dos por el fin de la guerra, si no me equivoco. Y a las protestas contra las pruebas atómicas. El problema estaba expandiéndose al mundo entero. Yoshie decía que su país era el único que había sufrido las bombas, pero no el único que conocía los daños nucleares. Que cada lugar donde vivió había padecido, provocado o temido una de esas explosiones. Que todo era una cuestión de círculos concéntricos.

Un día le pregunté si podíamos hacer una entrevista sobre el tema para el periódico. Él me contestó que prefería volver nadando a su pueblo natal.

Algún tiempo atrás, se habían manifestado grupos de mujeres en distintas ciudades. Eran madres de familia, sin partidos políticos, y se hacían llamar Women Strike for Peace. Son las primeras protestas femeninas de las que tengo memoria. En Nevada se habían detectado contaminaciones en la leche materna. En la leche materna. Me pregunto cuántas mujeres de Nevada pensaron en las de Nagasaki. Quizá muchas, quizá pocas. En ese estado se hicieron decenas de pruebas al aire libre (por no mencionar las que hubo bajo tierra). Las tropas se quedaban ahí, a unas pocas millas de la explosión. Dicen que las nubes atómicas podían verse desde Las Vegas.

Por entonces ni siquiera había ocurrido lo de Three Mile Island. Si sumas los afectados de esa catástrofe, los vecinos cercanos a centrales, minas de uranio o experimentos atómicos, y los oficiales que participaron en todas las maniobras, descubres que más de un millón de americanos han estado expuestos a radiaciones nucleares.

Lo que más miedo me daba era el engaño público. La ocultación de lo que podía sucedernos. Siempre que alguien miente por nuestro bien, da la casualidad de que su negocio está en juego.

No hay por qué preocuparse, nos decían, mientras en Three Mile Island el núcleo de un reactor se derretía y los gases radiactivos empezaban a salir. Limpiar el área costó un billón de dólares. Energías rentables.

El desgaste de las parejas es algo misterioso. No sabemos cuándo llega ni por qué. Lo único que sabemos es que las encuentra indefensas. Como una de esas catástrofes naturales que empeoran por causas humanas. En mi caso con Yoshie, no podría decir exactamente qué pasó. Vivíamos tranquilos. Nos coordinábamos mejor que nunca. Cuando estábamos juntos, dábamos una inquietante apariencia de felicidad.

Cada cosa se volvió previsible. Los gestos, las respuestas, los domingos. Las peleas, las disculpas, nuestras posturas en la cama. Las novedades se terminaron. Moríamos de paz. Entonces me di cuenta. No sabía vivir sin adrenalina, y ya no digamos amar.

Te pasas años construyendo ceremonias a tu medida con alguien, hasta que reconoces que en realidad ya no te gusta. Que estás enamorada del ritual. Pero te sientes incapaz de separarte. Y dedicas el resto de tu vida a cultivar el ritual perfecto con la persona equivocada.

Para ser justa, la situación en el trabajo tampoco me ayudó a recuperar las ilusiones. O quizá simplemente me confirmó lo que ya sentía. El *Mercury* fue perdiendo circulación, se endeudó. Y al final inició una ronda de despidos. El clima en la redacción se volvió hostil. Ya no salíamos a tomar cervezas juntos, ni íbamos a las manifestaciones. Nos quedábamos trabajando hasta muy tarde. Todos queríamos demostrar que nos sacrificábamos más que nuestro vecino de escritorio.

Los veteranos del periódico nos pasamos una temporada con la espalda pegada a la pared, viendo cómo echaban a otros compañeros y repitiéndonos que eso no podía pasarnos a nosotros. Fingíamos indignarnos con cada baja. Y respirábamos aliviados. Parecíamos un puto poema de Brecht. Sobrevivieron los más jóvenes, que cobraban mucho menos. Y unos cuantos antiguos empleados cuyo despido (como el mío) resultaba caro. Yo me sentía afortunada y miserable. O sea, asalariada.

Por todas partes se extendían los recortes de presupuesto, los ajustes de personal, los contratos precarios. El mundo entero estaba, por así decirlo, preparando el terreno para el aterrizaje de Reagan y Thatcher. La pareja dorada. Aunque las cosas en Me no llegaron a caer tan bajo, la recesión y la crisis del petróleo también les afectó. Dentro de esa calma a la que Yoshie se aferraba (y que podía ponerme tan nerviosa) se lo veía más preocupado de lo normal. A veces él volvía después de la cena. Y no me encontraba en casa.

La noche siguiente a la renuncia de Nixon, organicé una fiesta con un grupo de amigos. Yoshie estaba de viaje no sé dónde. Y adelantó la hora de su vuelo de vuelta. Recibimos a los invitados en nuestro apartamento de Harlem. Les servimos todo lo que teníamos en la cocina. Debatimos, nos emborrachamos, cantamos, nos drogamos, bailamos, caímos exhaustos. Y al levantarnos tarde al día siguiente (¿era fin de semana?) vi con desagradable claridad, pese al dolor de cabeza o a través de ese dolor, lo que fallaba hacía tiempo. Tuve una sensación, no sé, de despertar repentino. Como cuando estás soñando y alguien sube de golpe las persianas.

Aún aguantamos otro verano más. Pero esa mañana supe que se había acabado. El resto sólo fue ver venir el final y dejar que nos atropellase. Tanto habíamos esperado que comenzase una nueva etapa en el país, y apenas pudimos celebrarla. Me pregunto hasta qué punto las expectativas políticas sirven para rellenar nuestros huecos. Si un rechazo compartido mantiene más la unión que la mayor de las virtudes.

Fui yo quien tomó la iniciativa. Le planteé a Yoshie mis dudas y desencantos. Al principio él se mostró sorprendido. Interpretó mi actitud como una agresión. Y negó la seriedad de nuestra crisis. En el último año debió de estar conviviendo con otra mujer. Con una parecida a mí, pero mucho más feliz.

A partir de ese momento, tuvimos discusiones duras. Él oscilaba entre el rencor y una indiferencia sobreactuada. Yo intenté ser paciente. Si no me había mentido, esa iba a ser la primera vez que lo dejaban. Su ego masculino acababa de perder la virginidad. Y quizá de ganar algo difícil de definir, y que sólo se adquiere cuando te dejan.

Creo que me había aburrido un poco de nuestra vida en común, o había empezado a fijarme en otra gente, o ambas cosas. Y tengo la intuición de que él también, por más que no tuviera el coraje de admitirlo. Me atraía en particular un joven becario con el que últimamente coqueteaba en la redacción. Me reía con él mucho más que con mi novio. Para mí esa siempre ha sido *la* señal.

Yoshie no comprendía mi aparente falta de voluntad para luchar por nuestra relación. Él me hablaba de fortaleza, resistencia, perseverancia. Intenté explicarle que para mí una pareja no era como una batalla que uno se negaba a perder del todo. Cuando dejaba de funcionar, alejarse era lo menos sangriento para ambas partes. Nunca he considerado más respetuoso agonizar que cortar el sufrimiento.

Poco a poco, él aceptó la situación. O al menos dejó de oponerse a lo inevitable. Un día regresé de cubrir un evento en Philly. Y descubrí que, sin previo aviso, se había llevado sus cosas. Quiero decir, *todas*. La mitad de nuestra casa había quedado milimétricamente vacía. Y tan limpia. Como si nadie hubiera estado allí conmigo. Lo que más me impactó fue contemplar las paredes sin banjos, con leves perforaciones. Y el hueco de la alfombra en el centro. Dejó sus llaves sobre mi lado de la cama.

No tardé en saber que Yoshie se había ido a un loft en Tribeca o el Soho, no estoy segura. Yo me mudé a mi actual apartamento en Brooklyn, cerca del canal Gowanus. Lo localicé gracias a ese joven becario con el que al final no pasó casi nada.

En aquel período, batí mi récord personal de barritas de chocolate. Y, por primera vez en mi vida adulta, escuché a mi madre preguntarme si había engordado. *Believe or not,* mi padre declaró cierta simpatía por mi exnovio. Por decirlo de manera suave, nunca se había esforzado demasiado por expresársela.

Ralph se mostró muy apenado por nuestra ruptura. Incluso me pareció notar que sus ojos se humedecían cuando se lo conté. Me abrazó fuerte y me dijo que podía quedarme en su casa el tiempo que quisiera. Nunca sabes qué va a sentir mi hermano.

Si la memoria no me engaña, nos separamos definitivamente durante esas primarias que terminó ganando Carter. Sus discursos no me enamoraban. Aunque lo prefería a un guardaespaldas de Nixon. Todo a mi alrededor parecía en crisis, a punto de cambiar.

Harto de perder dinero, uno de los dueños del *Mercury* decidió vender su parte. Varios jefes de sección se asociaron para comprarla. Eso cambió la dinámica interna. Los contenidos de opinión aumentaron y los informativos disminuyeron. Era nuestro nuevo estilo. Y era más barato. La línea editorial fue subiendo de tono. Cada vez dábamos mayor espacio a los movimientos combativos, pero resultaba más difícil discrepar de los jefes. Algunos compañeros proclamaban orgullosos que no éramos periodistas, sino activistas públicos. Las cifras siguieron cayendo al mismo ritmo que los ánimos.

Por esa época, para colmo, Phil Ochs se suicidó. Según él, había muerto mucho antes. Más tarde se supo que el FBI tenía un informe de quinientas páginas sobre sus actividades. Siguió figurando como individuo peligroso después de muerto.

Igual que el país, comencé otra vida. Volví a cruzarme con Richard. Creo que siempre nos habíamos gustado. Sólo que, cuando él estaba disponible, yo estaba con alguien y viceversa. Teníamos una cuenta pendiente. Aunque solía presumir de chica libre, aún no había aprendido a estar sola. Esquivaba el duelo saltando al siguiente ataque de entusiasmo. ¿Qué parte de mí se identificaba en eso con Yoshie? Después las cosas con Richard salieron como salieron. Esa sería otra historia.

Mientras tanto, Carter mostraba más habilidad captando simpatías que tomando decisiones. Quizá sea el único tipo que ha gobernado mejor después de dejar el cargo. Mi hermano, que obviamente había votado a

Ford, solía bromear diciendo que la longevidad de ambos era una venganza por la brevedad de sus mandatos. Hubo algunas buenas noticias, pese a todo. Los acuerdos de paz entre Israel y Egipto. O el tratado con los soviéticos para limitar las armas nucleares. Lamenté no poder festejarlo con Yoshie.

Después de un silencio prudencial, volvimos a encontrarnos. Ambos preferimos evitar las preguntas sobre la vida sentimental del otro. No hubo grandes reproches. Todo tan civilizado. O sea, con pánico al dolor.

Mantuvimos un trato razonablemente cordial mientras estuvo por aquí. Cada mes de diciembre, Ralph le enviaba un christmas con dibujos de mis sobrinos. Lo invité a uno de mis cumpleaños. Y me temo que fue inolvidable. El verano del 77. Ya sabes, aquella maldita ola de calor. El gran apagón. Los incendios, los crímenes, el caos. Las calles destrozadas en Brooklyn.

Mis invitados acababan apenas de llegar, cuando cayó la noche. Una noche absoluta dentro y fuera. Richard encendió todas las velas que teníamos y dijo que el apartamento entero era mi tarta de cumpleaños. Esa madrugada detuvieron a tanta gente que ya no sabían dónde meterla. Tampoco entiendo cómo la identificaron a oscuras. Mis invitados tuvieron que dormir en el suelo. Yoshie y yo estuvimos de acuerdo en que aquello confirmaba que no convenía vernos demasiado.

La compañía eléctrica declaró que tanta oscuridad sólo podía ser cosa de Dios. La voluntad divina no afectó al sur de Queens, donde providencialmente operaba otra compañía.

Tuve noticias de Yoshie hasta que se marchó a Latinoamérica. Después perdimos el contacto. No fue lo único que perdí. De pronto todo el mundo parecía joven, excepto yo. Siempre lo había sido, *debía* seguir siéndolo. Hasta mis drogas (que ya apenas tomaba) empezaron a sonar anticuadas. Los medios no paraban de hablar del crack. Lo veías en la calle. O veías sus efectos.

Los editoriales del periódico se moderaron. Criticábamos a Reagan, pero sonábamos cautelosamente demócratas. Las ventas remontaron un poco y volvieron a caer en picado. Los pagos de los sueldos se atrasaban. Los despidos se hicieron más frecuentes.

Antes del fin, el último intento de los jefes fue acercarnos a los nuevos partidos verdes. Me pidieron que empezase a escribir sobre arte y ecología. De hecho, me gustó. A nuestros lectores, al parecer, no tanto. El *Mercury* terminó declarándose en quiebra. Y cerró definitivamente. Casi todas las cosas que hay en mi memoria han cerrado.

Por suerte, llevaba muchos años en el oficio. Tenía un nombre, como suele decirse. Así que conseguí arreglármelas. Seguí escribiendo como free lance para distintos medios, unos mejores y otros peores. Incluyendo algunas revistas que me recordaron a las de mis comienzos. Entonces me di cuenta de que había envejecido más que mi trabajo.

No hemos vuelto a saber nada el uno del otro. Para ser honesta, ni siquiera estoy muy segura de qué fue de él. Vi su nombre por ahí un par de veces. Eso es todo. Me asombra lo importante que parece la gente en tu vida, y la naturalidad con la que deja de serlo.

Sigo viviendo sola, en el mismo pequeño apartamento, en una de las zonas menos caras de Brooklyn. No tengo grandes gastos ni grandes ahorros. Pienso que puedo sentirme orgullosa de eso. Es todo lo que me queda de la revolución.

A veces me cuesta creer cuánto han cambiado estas calles. Todavía recuerdo cómo eran en mi juventud. Travestis, putas, delincuentes, clubes baratos. Para hacerse respetar por su *buncha sonofabitchs,* los niños estaban obligados a gritar: *Areyakiddin me?* Y a escupir a ambos lados de sus zapatos. Qué tiempos. Peores, supongo. Nada que ver con estos locales indie, sus artistas tatuados y sus patios traseros con cerveza artesanal.

Aquel Brooklyn áspero está siendo expulsado de Brooklyn. En realidad, no ha desaparecido. Sólo lo han alejado un poco de nuestra vista. A los nuevos vecinos no les gustan las sorpresas.

Cerca de mi casa hay un canal tóxico. No sé muy bien por qué, el agua podrida me hace pensar más en el pasado que una corriente limpia. Ese feo canal, lleno de talleres y depósitos, tuvo su esplendor. Que acabó cuando las mercancías dejaron de circular en barcos. Hoy es polución y espera, una mezcla de desecho y oportunidad. En cuanto cruzas un puente cualquiera, todo vuelve al presente.

Sé que al fondo de esas aguas hay voces. De quienes las navegaron, las ensuciaron o las miraron. Voces estancadas. Algún día tocará removerlas. Cada cosa que veo me habla de lo que ya no puedo ver. Mi ciudad es un eco.

Por eso me ha sobresaltado recordar así a Yoshie. No había vuelto a pensar en él desde que me contactó aquel colega argentino y me mandó un montón de preguntas. Algunas eran demasiado personales. De cualquier forma, le conté casi todo lo que sabía. Llamémoslo solidaridad gremial.

Pero esta vez no sólo imaginé su cara. La de ayer, que no existe. De repente también pude escuchar su voz. Volvió a mí como un gas. Fue apenas un momento, en la cocina, leyendo la noticia sobre el bonsái.

Al parecer, en el Arboretum de Washington tenemos un pino blanco de cuatro siglos. Lo donó un maestro jardinero desde Japón para nuestro bicentenario. Más o menos cuando me separé de Yoshie. En cuatrocientos años, ese pino ha resistido toda clase de cosas. Se supo poco de él hasta unos meses antes del 9/11. Aquel año, en primavera, dos hermanos japoneses se presentaron en el Arboretum para ver el bonsái de su abuelo.

La familia había tenido un vivero en Hiroshima, apenas a dos millas de la zona cero. El árbol fue lo bastante fuerte como para sobrevivir a la bomba. Fuerte y afortunado. Cuentan que estaba plantado detrás de un grueso muro que lo protegió de la onda expansiva. He visto en la prensa las fotos que le tomaron después de la explosión. Ahí aparece entre escombros, intacto, el pequeño pino.

Si es increíble que nos regalaran un árbol como ese, no menos increíble es que haya duplicado su esperanza de vida. Y que haya pasado una décima parte de su historia trasplantado en Washington. Para que durase tanto, ha tenido que cuidarlo mucha gente. No sé qué significa eso. *But hell.*

5. Ojo adentro

La tarde que aterrizó en Nueva York por primera vez en su vida, recuerda el señor Watanabe, se dirigió a su hotel del Financial District acompañado por el representante de la empresa, quien lo observaba con el recelo con que se estudia a un superior de la misma edad.

Durante el trayecto desde el aeropuerto —que todos, inimaginablemente, seguían llamando Idlewild en lugar de Kennedy— divisó al fin la silueta de aquella ciudad que para él sólo había sido un manojo de leyendas, fotografías y prejuicios. Ese cúmulo de imágenes previas le hizo sentir que, antes de verla, ya formaba parte de su pasado. Al contrario de lo que había supuesto, la visión de la Nueva York real le produjo un eco onírico, más ficcional que el de cualquier película.

Mientras absorbía hipnotizado el East River a través de la ventanilla, su anfitrión murmuró en un japonés de inconfundible entonación sureña: Sí, es horrible. Pero uno se acostumbra.

Su entrada en el hotel, cuyo nombre ha olvidado, no fue precisamente gloriosa. Debido a algún tipo de malentendido con la reserva, habían registrado su llegada para el día siguiente. Y, al tener ocupación completa, le comunicaron que por desgracia les resultaría imposible ofrecerle alojamiento esa misma noche, *terribly sorry, our deepest apologies* y todo lo demás. Enrojecido de bochorno, el representante de Me se deshizo en lamentos y explicaciones ante el flamante director de marketing de la sucursal. Aunque acaso también, conjetura Watanabe, se regocijó en secreto.

Tras encontrar otro hotel cercano y despedirse de su molesto anfitrión, alegando una fatiga que de hecho era cierta, decidió que saldría a caminar un rato y cenaría en el primer lugar que le llamase la atención. Entonces, mientras vagaba por el Soho, en un transitorio acceso de locura, el señor Watanabe fue deteniéndose en los hoteles que encontraba a su paso y reservándolos uno tras otro. En cada *front desk* ofrecía, con su aún precario inglés, una versión distinta de su aterrizaje, atribuyéndose una identidad y profesión diferentes. En todos los casos, concluía asegurando que volvería de inmediato con su equipaje para formalizar el pago y el resto de trámites.

De esta manera, sonríe recordando desde Tokio, se sintió varios viajeros en la misma ciudad, varios huéspedes en una misma noche, siempre recién llegado.

Una vez instalado en Nueva York, Watanabe vivió una etapa de fascinación conflictiva. Pese a sus reparos familiares y políticos, no podía evitar un cosquilleo de admiración frente a los emblemas de aquella nación que había devastado a la suya. Paseó mirando al cielo. Sintió que se ensanchaba en las grandes avenidas. Se aficionó a los domingos de jogging en el Central Park. Se mareó en la cumbre del Empire State. Cenó en cada club de jazz que le recomendaron. Y cruzó el Brooklyn Bridge al atardecer con la impresión de que, al modo de un émbolo, el puente iba inyectándole la noche a la isla de Manhattan.

Sin embargo, como un último bastión interno, se negó a visitar la Estatua de la Libertad.

La experiencia de trabajar en el país que lo había bombardeado, esperaba Watanabe, tendría un efecto liberador. Cuando pensaba en ello, se imaginaba a un niño aterrado por los monstruos de su habitación hasta que, de golpe, mira debajo de la cama y mete el cuerpo. Nueva York era una ciudad tan joven y expectante como él mismo. Llena de gente rara que lo hacía sentirse en casa. En los círculos que empezó a frecuentar, no dejaba de cruzarse con personas que se declaraban horrorizadas ante el recuerdo de las bombas y se creían en el deber de sobreactuar su autocrítica nacional. Algo muy propio, considera, incluso se diría que folclórico, de la progresía estadounidense.

Esta clase de interlocutores, que Lorrie le presentaría a menudo, tendía a tratarlo con una deferencia que en un primer momento le resultó redentora. Y, andando el tiempo, humillante. A sus ojos él era, estaba obligado a ser en esencia una víctima. Un individuo cuya perpetua condición de damnificado evidenciaban, con sus palmaditas de compasión, todos aquellos que no lo eran en absoluto. Y que quedaban sutilmente exculpados gracias a su solidaridad, sin exponerse a una verdadera discusión.

El señor Watanabe fue percatándose de que por lo general sus conocidos, incluidos aquellos con mejores intenciones, necesitaban localizar el bien y el mal de forma excluyente. Más que debates, buscaban analgésicos. Una vez señalados con claridad héroes y villanos, víctimas y verdugos, al margen de quiénes fueran según cada cual (los nazis, los fascistas, los japoneses, los comunistas, los antipatriotas, los bombarderos estadounidenses) parecían quedar satisfechos.

Si él se atrevía a sugerir la corresponsabilidad de las autoridades de su país natal, que habían declarado la guerra a Estados Unidos, decidido prolongarla hasta límites temerarios y tardado días en rendirse tras los ataques atómicos, sus interlocutores reaccionaban con incomodidad, repentinamente autorizados a adoptar una posición controvertida. A él lo atormentaba un dilema de otra naturaleza. El mismo que pesaba sobre generaciones enteras de japoneses y alemanes: las bombas que en teoría habían salvado al mundo habían acabado con ellos.

A medida que se integraba en su nuevo entorno, la ira que le despertaba la guerra fue impregnándose de perplejidad. Repudiaba la versión que sus amigos estadounidenses habían aprendido acerca de las *genbaku*. Y no podía evitar entenderla: ellos tampoco habían recibido una educación imparcial. El irritante hermano de Lorrie, que terminaría ganándose su respeto, le había enseñado a comprender la sensibilidad del país mucho mejor que esos periodistas demócratas que ella le presentaba con orgullo.

Lo que parecía imperar en los medios, escuelas y familias de aquella tierra que tan bien lo recibió, recuerda Watanabe, era una especie de culpa defensiva. Una autojustificación elevada a principio militar: aquello había sido terrible y necesario. Aparte de terminar con la peor de las guerras, las bombas habían clausurado para siempre la posibilidad de repetirla. Así se había explicado y así lo creía sinceramente la mayoría de la sociedad. Por eso sólo conviviendo con el antiguo enemigo, considera Watanabe, aprendió que la memoria es más que resistir al olvido. Tampoco puede olvidarse de qué forma se recuerda.

Quizá su mayor sobresalto en la ciudad fue reencontrarse con Yukio Yamamoto, su antiguo compañero y rival en la escuela de Nagasaki. Durante un almuerzo en el Lower East Side con empresarios e inversores de la comunidad japonesa, el señor Watanabe recibió demasiadas noticias al mismo tiempo. Que Yukio había sobrevivido; que se dedicaba también al negocio de la tecnología audiovisual; que se había convertido en un atlético treintañero con el cráneo engominado y gafas a la moda; y que acababa de mudarse a Nueva York para trabajar en la competencia. A veces nuestra vida, piensa, parece manipulada por un guionista satírico.

En cuanto ambos intercambiaron reverencias y palabras de pretendido afecto, él sintió descongelarse, siniestramente intacta, la enemistad de siempre. Así comprobó que los odios —acaso más que los amores— nacen con vocación de supervivencia. Sería interesante investigar, se le ocurre distrayéndose por completo del disco que escuchaba, hasta qué punto eso influye en los ciclos de la guerra. Yukio Yamamoto parecía más o menos al tanto de su vida, por lo que fue capaz de comportarse con sospechosa normalidad. Él no logró evitar las muecas nerviosas ni el temblor de la voz.

Obligados por razones profesionales a concurrir a los mismos eventos y recepciones, ambos fueron desarrollando una insalubre vigilancia. La aversión por el otro, sin embargo, se manifestaba de modos muy distintos. Como en los días de escuela, Yukio Yamamoto tendía a difamarlo y subestimar sus méritos. Él en cambio prefería degradarlo por comparación, mostrándose educado hasta niveles insultantes. Confiaba en que, si bien a corto plazo los ataques de su adversario podían perjudicar su imagen frente a algunos colegas, la propia zafiedad de esa estrategia terminaría operando en contra de su autor. No se trataba en absoluto, admite Watanabe, de una conducta pacífica. Lo que él deseaba desesperada, suplicantemente, era que sus buenos modales destruyeran con lentitud al enemigo.

Según descubriría en las reuniones sociales del gremio, Yukio Yamamoto parecía basar parte de su prestigio personal en su condición de *hibakusha,* instrumentalizándola con exquisita demagogia y apelando a la mala conciencia yanqui como vía de negocio. Watanabe no recuerda una sola oportunidad (incluidos un par de cócteles a los que asistió con Lorrie) en que Yukio dejara de deslizar alguna alusión, más o menos oblicua, a sus padecimientos durante la guerra. Para de inmediato declarar, en cuanto obtenía la atención y admiración de los presentes, que prefería no hablar de eso por respeto a la paz entre ambos pueblos.

Si él mismo no llevaba a cabo esas maniobras, se pregunta Watanabe apagando la música de golpe, ¿era por genuino buen gusto o más bien por pánico al estigma? ¿Por consideración hacia las víctimas que no habían tenido la fortuna de reconstruir sus vidas? ¿O quizá porque, callando, en cierto sentido arrancaba los recuerdos dañados de su nuevo presente?

Durante aquel período, comenzó a mantener una relación cada vez más compleja con la figura de su padre. Tsutomu había sido víctima de una horrenda masacre y, al mismo tiempo, empleado de una empresa que fabricó el armamento para la guerra que lo había matado. Muchos años después, por una infidencia de la tía Ineko, descubrió que su padre había hecho ciertas amistades entre los mandos del ejército imperial. Su complicidad con quienes tomaron decisiones sobre la vida y la muerte, por tanto, había sido mayor de lo que él creía. El señor Watanabe se juró que jamás se lo revelaría a nadie. Que ese secreto familiar moriría con él.

La mezcla de veneración y reproche que le profesa a su padre, salvando las distancias, le recuerda la gloria de Masuji Ibuse. Antes de escribir uno de los libros fundamentales sobre las víctimas de Hiroshima, prefectura donde se había criado, Ibuse trabajó en el departamento de propaganda del Ministerio de Guerra. Es decir, redactando panfletos para alentar al pueblo a continuar soportando la cruzada que lo conduciría al exterminio. De un modo u otro, la nación estaba abocada a la rendición. Pero, sin la intensa labor de aquel departamento, quién sabe si lo habría hecho antes. Quizá lo suficiente para evitar las bombas. Por eso él interpreta la gran novela de Ibuse como el reverso y la expiación de aquellos panfletos. La otra escritura de la guerra.

A Watanabe siempre le ha costado visitar su Kokura natal, salvada por casualidad de ambas bombas atómicas. Hacia el final de la guerra, como sabría más tarde, las autoridades militares estadounidenses se enfrentaron a un dilema estratégico. Las bombas convencionales habían arrasado con eficacia las mayores ciudades del enemigo. Esto las tornaba inútiles para culminar el Proyecto Manhattan, cuyos descomunales presupuestos e investigaciones exigían alguna aplicación.

¿Dónde probar entonces aquella nueva arma que, de acuerdo con los informes, estaba destinada a revolucionar la historia bélica? Se estudiaron con sumo cuidado las escasas ciudades aún en pie. El 6 de agosto, varios aviones se adelantaron para inspeccionar las condiciones de visibilidad en Hiroshima. Según los planes alternativos de la aviación, si esa mañana el cielo hubiera amanecido nublado, la bomba habría sido arrojada sobre su ciudad natal.

Tres días después, el extenso arsenal de Kokura ya se había convertido en objetivo prioritario. Pero el segundo bombardero se topó con la niebla, un cielo encapotado y la humareda vecina de Yawata, en llamas desde el día anterior. Tras sobrevolar su ciudad con las compuertas abiertas hasta el límite del combustible, el bombardero efectuó un desvío. Y terminó destruyendo la localidad industrial más cercana, Nagasaki, junto con la fábrica de armas Mitsubishi. Causando así la muerte del resto de su familia. Llamarlo razonamiento, siente él, tiene algo de crimen en sí mismo.

La última decisión obedeció a la atmósfera. Al ánimo del cielo. Resulta inconcebible, rumia Watanabe, que una destrucción tan planificada depositase su factor básico —*qué* destruir— en manos del azar. En este

237

sentido, o al final de cualquier sentido, Hiroshima y Nagasaki no sólo fueron objeto de la aniquilación, sino de una forma definitiva de arbitrariedad.

Acaso él se parezca demasiado a Kokura. A salvo y no. Sorprendido en el mapa entre Hiroshima y Nagasaki. Vinculado, a través de su difunto padre, con las armas de la peor guerra. Se habla menos de Nagasaki porque Hiroshima se le adelantó en el horror. Y nadie se acuerda de Kokura, piensa, porque Nagasaki tuvo la desgracia de sustituirla. Su memoria tiene el molde de una ciudad postergada.

El señor Watanabe siente a menudo que en su interior bulle una marmita de emociones contrapuestas, y él se encuentra sujeto de manera aleatoria a los giros de la poción. Qué relación guarda esto con su dificultad para asentarse en un lugar, o posicionarse de manera firme respecto a las cuestiones que más le importan, continúa siendo un misterio para él mismo. Paradójicamente, esta indefinición define su carácter. Lejos de encontrar alivio en ellos, los matices lo asedian y refutan sin descanso.

Los hombres indefinidos quedan expulsados de la épica. Su única batalla es la tensión. La imposibilidad de reposar en un punto y confiar en las propias coordenadas. Quizá los dubitativos, se dice Watanabe, seamos menos útiles para el Estado. Las certezas mayúsculas suelen conducir a algún género de destrucción. ¿Y si su conducta itinerante fuese una especie de antídoto? ¿Una artimaña para que, en caso de catástrofe, alguna de sus vidas sobreviva?

A estas alturas, siendo franco, Watanabe se arrepiente de no haber vuelto a Nagasaki cuando el espanto aún estaba fresco. Teme haber hecho con la ciudad de su infancia lo que otros hicieron con las víctimas: apartar la vista lo antes posible. Como si, al mirarlas, pudieran contagiarse de su condición.

Además del pánico a las radiaciones —sobre cuyos efectos tanto escucharía— durante largo tiempo creyó que, al ausentarse de Nagasaki, protegía su recuerdo prenuclear. Ese que conservaba en una luminosa cápsula de juegos, afectos e ignorancias. Sin la erosión del futuro.

El mundo entero solía reducir aquel lugar a su destrucción. Bastaba nombrarlo para que la bomba volviese a caer, en un rebobinado sin fin. Comprendió que decir dónde se había criado lo dejaba sin escapatoria. Si mencionaba la bomba, contribuía a una asociación asfixiante. Y si la omitía, lo tomaban por cínico o proamericano. La ciudad había quedado cubierta por su propio topónimo, *capa larga*. Ya nadie podía verla.

El señor Watanabe pertenece —le asombra sintetizarlo así— a la última generación que recuerda las bombas. Muy pronto no habrá un solo individuo sobre la faz de la tierra que haya estado ahí. Entonces Hiroshima y Nagasaki serán sólo cosas rotas que nadie vio romperse. Qué mal, se dice, qué bien.

Con el paso de los años y la superposición de las imágenes, su memoria también empieza a parecerle una película. Su vivencia directa de la *genbaku* ha sido atravesada por la iconografía ajena y las ficciones colectivas.

Mientras que Hiroshima atesora un panteón de libros, documentales e incluso manga, Nagasaki ha recibido menos homenajes. Carga con su bomba. Y con su relegamiento en el horror. Definitivamente, medita Watanabe, si hay una ciudad difícil, merecedora de amor —un amor intrincado— esa es Nagasaki.

Hoy lamenta haber considerado que su experiencia, en cierto modo, lo eximía de ir a los lugares del dolor. Piensa que ya es muy tarde para remediarlo. Para él carecería de sentido visitarlos ahora, cuando el daño original es casi imperceptible y ambos se han convertido en un museo de sus propias tragedias. Se han universalizado tanto que ya no son los suyos. Como le explica a cada turista interesado, Hiroshima significa *isla grande*. Algo pequeño que se agiganta. ¿Qué tamaño tiene una isla en realidad? ¿Es posible separarla del mar que la rodea y toca otras orillas? ¿Acaso no están todos los países unidos por el agua, la memoria y el dinero?

Ahora bien, no hay distancia que escape del conflicto. Porque él, para qué negarlo, se informa de manera obsesiva acerca de las ciudades que elude. Se comporta igual que un animal fascinado por un pozo: merodeando el hueco. Está al tanto de los resplandecientes bulevares de Hiroshima y Nagasaki, sus confiados rascacielos, sus impecables parques, sus cafeterías cool, sus tiendas de diseño, sus monumentos a la paz, sus niños felices (¡felices!), sus jardines de flores blancas.

Dicen que en ningún sitio del país hay tantos bares como en Hiroshima. ¿Alguien tiene el menor derecho a juzgarla? De no haber mirado hacia delante, ¿quién habría levantado todo eso? Lo único que tendrían es un montón de escombros. Watanabe piensa a menudo en los médicos de aquellos días. Si un buen soldado hace la guerra más larga, un buen médico ayuda a deshacerla.

Le consta que Nagasaki conserva la campana de la catedral, indicio mudo de aquel estruendo. Que sus alcaldes redactan manifiestos y convocan protestas contra las pruebas nucleares, se hagan donde se hagan. Y que, cada 6 de agosto, el delta de Hiroshima se cubre de linternas con los nombres de los muertos: la memoria permanente es la del río. Eso le hace dudar de sus pasos. A veces tiene la espectral sensación de haber incumplido una promesa que no llegó a hacer.

Pero ¿y si todavía estuviera a tiempo de honrar otros lugares? ¿De pisar alguna tierra que esté siendo abandonada hoy?

El señor Watanabe se levanta. Se llena los bolsillos, da un par de portazos y sale al Somewhere. Necesita sopesar la idea que acaba de ocurrírsele.

En cuanto lo ve aparecer, John lo saluda con una inclinación y saca un vaso para hacerlo girar. Él alza una mano. La posa sobre la barra. Y se acerca para hablarle al oído. Quiero ver el subsuelo, le dice.

Vuelve a casa evitando las líneas rectas, procurando que sus pensamientos y sus pies trabajen al unísono.

La ciudad ha recobrado una apariencia de orden: vuelve a ser posible caminar con el espejismo de que el mundo es un lugar seguro. La tarde va quemando los reflejos.

Al atravesar una de las hormigueantes peatonales de Sanchome, se topa con un cuarteto de cuerdas. Dos muchachos y dos muchachas con aspecto de estudiantes, concentrados en tocar con la mayor delicadeza. Como si toda Tokio estuviese escuchándolos. O acaso, se corrige Watanabe, con la libertad de saber que nadie los escucha. Ralentiza el paso sin darse cuenta, hasta rozar la quietud.

De golpe, al fondo de la peatonal, irrumpe una ambulancia. La sirena rebota de un lado a otro como una bola de pinball. Se abre un surco en el gentío. El joven cuarteto se afana en continuar tocando, a pesar del ruido que empieza a devorar las cuerdas. Esas cuerdas frotadas cada vez con más convicción, cada vez más fuerte, cada vez más en vano.

La sirena pasa junto a la música y la eclipsa. Los brazos de los músicos trazan perpendiculares inaudibles, sus dedos trepan por los mástiles igual que marineros en la tempestad.

La ambulancia se aleja. Poco a poco, la partitura emerge. Las olas del gentío vuelven a reunirse.

El señor Watanabe no reanuda la marcha. Se queda ahí, con una pierna alzada en forma de corchea, escuchándolos tocar.

Cuando concluye el movimiento de la pieza y también el del pie, él ya ha confirmado una decisión que, en algún sentido, ha estado posponiendo toda su vida.

A la entrada del edificio saluda a los señores Furuya, que salen a pasear al perrito. Engarzada entre sus dos amores, ella sujeta con un brazo la correa y con el otro a su marido. Por alguna razón, Watanabe siente envidia del perro.

Introduce la llave, abre la puerta, atraviesa el vestíbulo, introduce otra vez la llave, abre la segunda puerta e irrumpe en su apartamento. Al fondo de la sala, el silencio lo espera tendido en el sofá.

Descalzo y resuelto, Watanabe pisa la alfombra a rayas como quien cruza en rojo la calle.

Se prepara un té que no contribuirá a aplacar su nerviosismo, pero al menos lo restringirá a unas dimensiones concretas: ahí, en esa taza, flota su ansiedad. Se la bebe. La absorbe. La metaboliza.

Entonces se conecta a internet y, con la respiración agitada, se pone a buscar vuelos.

Una vez comprado su vuelo, Watanabe recurre a la pornografía para serenarse un poco. En el océano del sexo internauta, las webcams caseras se han convertido en su isla. En ella los objetos de deseo se transforman en sujetos parlantes. Sus imágenes jamás pueden adelantarse, detenerse o repetirse obedeciendo al capricho de los observadores: mediante un juego de inversión, los observados imponen su voluntad. Aquí personaje, guionista y director coinciden. Algo así como el otro lado de una cámara subjetiva, alimentándose de las reacciones externas.

Lo que más le entusiasma de estas emisiones es su mezcla de comunicación, porno y trivialidad, repartidas en proporciones imprevisibles. La imposibilidad de pronosticar la exposición carnal —a veces veloz, otras demorada, en ocasiones nula— lo devuelve a un estado de candor: ¿se desvestirá?, ¿se tocará?, ¿aparecerá alguien más?, ¿harán algo? En esas pantallas, ha aprendido Watanabe, cada desnudo recupera su importancia, restituyendo la incrédula alegría de ver asomar un pecho, una nalga, un testículo. Las cámaras caseras son pura vida en la ventana. Pueden complacer o frustrar, deleitar o ignorar al vecino, regalarte compañía o dejarte solo.

En su atento estudio de las cams, el señor Watanabe ha advertido que los emisores más jóvenes suelen anteponer la exhibición al placer. Copulan para que los miren, en lugar de dejarse mirar mientras copulan. Los de edad madura tienden a revolcarse con despreocupación, mientras son espiados por desconocidos a quienes fingen olvidar. Los primeros, dueños de una belleza que supera sus facultades, actúan con vehemente premeditación y cambian sin cesar de postura. Se esfuerzan, piensa él, por ser convencionales. Capaces de negociar con su fealdad, los segundos adoptan poses relajadas, gimen sin patrones, llegan al éxtasis con naturalidad. En su desconcertante sencillez, resultan transgresores.

Por razones muy diversas, Watanabe prefiere las cams que emiten en inglés, francés o español. No se le ocurre un modo más estimulante e interactivo de practicar el *listening,* el *writing* y el *speaking*. Mediante la frecuentación de unos mismos emisores, no sólo ha terminado familiarizándose con sus cuerpos como si durmiera con ellos, sino también conociendo sus costumbres, manías y peculiaridades lingüísticas.

Una de sus emisoras predilectas, una estudiante universitaria de California que responde al sobrenombre de Kate Mmhh, les tiene terminantemente prohibido a sus mirones que la llamen puta. Una cosa, sostiene ella, es ejercer por un momento la libertad de comportarse como una puta, y otra muy distinta es ser catalogada como tal. Ahí está la diferencia, razona Kate, entre parecer y ser, entre jugar y que te usen. Un día Watanabe le preguntó qué pasaría entonces si alguien jugara a llamarla puta, sin pensar que lo sea de verdad. Kate Mmhh se tomó unos segundos antes de responderle que, en ese caso, agradecería el uso de las comillas.

Otra de sus preferidas, una señora latinoamericana casada con un voluminoso y peludo individuo que participa a veces de las emisiones, se declara enemiga de los diminutivos. No acepta bajo ningún concepto que los empleen para dirigirse a ella. *Perra,* según quién y cómo, de acuerdo. Ahora bien: *perrita,* ni hablar. A otra con ese hueso edulcorante.

Watanabe sigue a una joven andaluza cuya conducta oscila entre la pedantería verbal y el narcisismo sexual (en caso de que no sean lo mismo). Su nick es Perséfone y utiliza adjetivos como *benevolente, contumaz* o *excelso* mientras se desnuda. Cuando algún participante del chat insinúa que sus pechos no son naturales, ella contesta acusándolo de *escéptico* o incluso de *insidioso.* Sin motivo aparente, alterna semejante vocabulario con afirmaciones tales como «me faltan más dedos dentro» o «soy virgen por atrás». A él estos exabruptos se le antojan el culmen del estilo: la obscenidad sólo es posible junto al pudor, como fuerza de contraste. Perséfone tiene novio y cree profundamente en la fidelidad.

Cuando una cam le agrada, él escribe comentarios un tanto insólitos, en parte a causa de sus deslices gramaticales. Estas intervenciones logran que algunos usuarios empiecen a prestar más atención al chat que a las imágenes, pequeña conquista que aviva la libido de Watanabe. Unos lo encuentran ridículo, otros le siguen el juego y algunos lo acusan de aguafiestas o incluso piden su expulsión. Estos últimos reaccionan a la defensiva ante cualquier observación ajena al sexo, demostrando que los insultos pueden resultar menos escandalosos que los cambios de tema.

El señor Watanabe no es partidario de una excesiva promiscuidad en lo que a webcams porno se refiere. Cambiar de una a otra constantemente no le produce el mismo efecto que revisitar aquellas con las que siente mayor afinidad: una de sus condiciones para excitarse es conocer a quien se exhibe. Encuentra una distancia similar entre un *striptease* de club y espiar a los vecinos mientras se desvisten.

Este año, por ejemplo, se ha vuelto adicto a una pareja residente en alguna ciudad checa, que se expresa en inglés con sintaxis eslava. Cada gesto reconocible, como las risas nerviosas de la muchacha o las muecas desmitificadoras del novio durante sus travesuras en la azotea, refuerza la convivencia con ellos. Gracias a las múltiples orientaciones de la cámara, Watanabe se ha hecho una idea del plano de la casa que habitan sus desconocidos checos. Es lo más parecido, siente él, a estar en pareja a solas.

La situación en la central nuclear de Fukushima no deja de empeorar. O al menos las noticias son cada vez peores. O quizá, sospecha Watanabe, la información va pareciéndose cada vez más a la realidad. En cierto sentido, preferiría conocer menos detalles sobre el caso. Pero no puede evitar la compulsión de informarse. Saber más significa protegerse mejor, piensa, y también temer más.

Según los asesores en derechos humanos de Naciones Unidas, lee Watanabe, el lobby nuclear ha conseguido que las autoridades sanitarias descuiden a las víctimas de catástrofes como estas. Un acuerdo suscrito entre la Organización Mundial de la Salud y la Agencia Internacional de la Energía Atómica hace ya medio siglo, averigua estupefacto, tiene mucho que ver con el asunto. ¿Cómo no se ha enterado antes? ¿Por qué no está todo el planeta discutiendo al respecto? En los países con mayor actividad nuclear, al parecer, los estudios oficiales carecen de independencia. Y en algunos de ellos, por ejemplo Francia, el secretismo sigue siendo infranqueable.

La cumbre sobre Chernóbil, que acaba de finalizar en Kiev para conmemorar el vigésimo quinto aniversario de la catástrofe, no anuncia conclusiones más esperanzadoras. Los organismos encargados de controlar a las empresas, denuncian los científicos, están plagados de miembros que provienen de la propia industria. En Fukushima han incumplido, no precisamente por primera vez, su responsabilidad de vigilar la gestión de las centrales.

El señor Watanabe piensa en la repetición de las tragedias, o en la tragedia como repetición. Intenta recordar aquellos versos de un humanista francés que encabezan el libro de Oé sobre Hiroshima. Los supo durante años. Insiste por orgullo, revuelve en su memoria como un niño en una lata que acaba de vaciarse. Al final se da por vencido, busca el libro en su estantería y relee:

¿Quién podrá comprender,
en las generaciones del futuro,
que caímos de nuevo en las tinieblas
después de ver la luz?

Cierra el libro y repasa su plan. Volar mañana mismo hasta Sendai, el aeropuerto activo más próximo a la central de Fukushima. Y, una vez aterrizado, alquilar un coche. Ignora dónde se alojará exactamente. Por una vez, prefiere improvisar. Quiere viajar a ciegas. O, mejor dicho, todo lo contrario.

Watanabe reordena sus papeles, que ya se encontraban en neurótico orden. Luego prepara un sucinto equipaje. Encima de la ropa, a modo de sombrero repentino, posa el libro de Oé.

Las últimas flores que compró van camino de marchitarse. Tiene la impresión de que han tardado en declinar menos que de costumbre, como si la primavera las hubiese sumido en un estado de apresuramiento. Una de las flores parece a punto de reptar en dirección al ventanal. El señor Watanabe la observa sin decidirse a enderezarla. Así, encorvada, tiene algo de prójimo. Como una criatura sorda y sin embargo empeñada en continuar escuchando a la luz.

Después de la cena, Watanabe enciende el televisor de la sala para ver un documental sobre el aniversario del desastre en Chernóbil. Como todavía quedan unos minutos para que empiece, se dedica a hacer zapping sin prestar atención.

De pronto, en un canal deportivo británico, se cruza con un jinete hablando en japonés. El galope de la lengua materna lo reclama, y vuelve a concentrarse en la pantalla ultrafina. Se trata de un reportaje sobre un jinete olímpico llamado Hiroshi, que planea convertirse en el participante más longevo de los juegos de Londres. Lo ves en su caballo, exclama entusiasmada la locutora, y no parece que tenga setenta. Eso no es un elogio, protesta el señor Watanabe.

Hiroshi, escucha, nació con el bombardeo de Pearl Harbor. Desciende de piratas medievales. Estudió Economía. Vivió en Estados Unidos. Se dedicó a la industria ortopédica. Después de jubilarse regresó a los caballos, su pasión de juventud. Hiroshi vio bailar a los caballos en Europa, explica su esposa, y se enamoró. Sólo come animales marinos. Pesa lo mismo desde hace cuarenta años. Todas las noches hace estiramientos. Si tienes objetivos, declara el jinete, te sientes siempre joven. Watanabe se frota los ojos. La última frase de la locutora es, textualmente: *Hiroshi goes like a bomb.* Él se levanta a tomar una aspirina.

Mira entonces la hora, y corre a cambiar de canal. Llega justo a tiempo para unas palabras introductorias sobre el documental y la planta de Chernóbil. Más conocida en tiempos soviéticos, recuerda el presentador, como la central nuclear Vladímir Ilich Lenin. El señor Watanabe había olvidado por completo ese dato, que le parece tan revelador como su propio olvido.

Con el semblante profesionalmente compungido, el presentador añade una mención de última hora, comparando aquel caso con el de Fukushima. Los dos únicos de la historia, especifica, que han alcanzado el nivel siete en la escala nuclear. Watanabe se alarma al escuchar que las autoridades de Chernóbil consideran a Fukushima una región hermana, y han decidido instalar una placa alusiva como recordatorio de la desgracia que une a ambos pueblos.

Las instalaciones, comienza a narrar la voz en off, se encontraban a menos de veinte kilómetros de Chernóbil, cuyo nombre parece provenir de una artemisa local y, según algunos lingüistas, significa *pasto negro*. Otra vez veinte kilómetros, piensa él. Ese radio que esconde los peores silencios. Los pastos más oscuros.

Se levanta y se sirve una copa de vino, quizá para contrarrestar la claridad mental que le ha provocado la aspirina.

Más allá de la emisión de una energía letal, prosigue la voz en off, vincular el accidente de Chernóbil con las bombas atómicas resulta ciertamente oportuno, si consideramos tres factores fundamentales. El primero de ellos, político. En Hiroshima y Nagasaki se oficializó la era atómica de la lucha entre potencias, la obsesión paranoide por los sistemas de defensa militar. El segundo factor pertenece a la estadística. El número de bajas en un caso y de evacuados en el otro fue bastante similar. Los males descubiertos a largo plazo también son comparables.

Watanabe percibe la pátina de alcohol erosionando sus encías.

Quizás el tercer factor resulte menos conocido, concluye la voz. La magnitud de la planta de Chernóbil estaba directamente relacionada con las necesidades de un complejo defensivo, por entonces secreto, llamado Chernóbil-2 o Duga-3. Este monumental radar, compuesto por una antena de baja frecuencia de ciento cincuenta metros de estatura y medio kilómetro de longitud, más otra de alta frecuencia de cien metros de (Watanabe se distrae o se confunde intentando visualizar semejantes antenas, que él se figura como hipertrofiados insectos) y consumía un tercio de la energía producida por toda la central.

Tras el accidente, los físicos calcularon que existía un diez por ciento de probabilidades de que, en un plazo de dos semanas, tuviese lugar una explosión nuclear de dimensiones inimaginables. Dicha explosión (escucha Watanabe sin reaccionar, como si estuviera asistiendo a una ciencia ficción disparatada) habría equivalido a unas cuarenta bombas de Hiroshima juntas, y habría convertido a Europa entera en territorio inhabitable.

Cuando nuestra especie, predice la voz, se haya extinguido dentro de miles de años (eso, tose Watanabe, siendo absurdamente optimistas) los isótopos radiactivos de Chernóbil seguirán vivos en el aire (si la palabra justa es *vivos,* acota llevándose la copa a los labios). Por esta razón, los expertos coinciden en señalar que atravesamos una nueva época geológica, el Antropoceno. La era en que la actividad humana ha dejado una cicatriz en los estratos, legible para siempre en acantilados y cuevas (hay que estar muy viejo, se dice tragando, para haber visto dos épocas geológicas). Los residuos de las pruebas atómicas son su marca imborrable en todo el planeta.

Sin embargo, matiza la voz, en Chernóbil se liberaron radiaciones muy diferentes (el vino corroyendo sus encías, rodeando sus implantes de titanio) con menor carga de rayos gamma y mayores dosis de cesio, yodo y estroncio. Los cuales resultan más dañinos a corta distancia. Las autoridades permitieron que el ganado pastara en la misma dirección en que el viento había esparcido las emisiones, y tampoco desecharon las cosechas potencialmente contaminadas.

Buena parte de los alrededores, insiste la voz, jamás volverá a habitarse. A los vecinos de Kopachi (mientras las imágenes muestran una vista aérea, Watanabe agacha la cabeza para llenarse la copa) se les aseguró que podrían regresar pronto a sus hogares (el líquido cae fuera del recipiente, varias gotas enrojecen la mesa). Sus casas fueron derruidas y enterradas. Hoy lo único que queda del pueblo son estos montículos cubiertos de maleza, sobre los que se clavaron las célebres advertencias con el símbolo amarillo *(yellow, kiiro, jaune)*. Curiosamente, observa la voz con un deje de sorna un tanto inadecuado, en la antigua lengua eslava Kopachi significa *enterrador*.

Después de la catástrofe, recapitula la voz recobrando su gravedad, la central de Chernóbil siguió siendo utilizada casi quince años más. Tan sólo se paralizaron las obras del quinto reactor, cuyo esqueleto rodeado de grúas recibe hoy a los visitantes. Durante su último período se incendió una turbina del segundo reactor. Llegó a estudiarse la posibilidad de sustituirlo. Pero para entonces Ucrania ya era una república independiente, con jóvenes parlamentarios que cuestionaban su futuro energético.

El señor Watanabe estira un brazo e —igual que acostumbraba hacer con la pornografía— anula el sonido. Por la pantalla desfilan activistas, políticos, intelectuales. Se pregunta si, antes de la independencia, había menos objetores de la energía atómica o menos posibilidades de mostrarlos. Vacía su copa. Vuelve a activar el sonido del televisor. Su escucha de la voz se alterna con el discurrir de sus propios pensamientos. Ambos se superponen.

Chernóbil es un reino dividido en provincias nucleares que se administran según su nivel tóxico. Hace mucho que su moneda corriente pasó del rublo al roentgen, especifica la voz, unidad de medida clásica de la radiactividad que (la radiactividad ya es un clásico). Para cruzar de una provincia a otra, se requiere un control de pasaporte. La zona de exclusión, que abarca un radio de treinta (veinte, treinta) sólo con autorización militar. Nadie sale si supera los límites de radiación. Sus aduanas están equipadas con medidores Geiger y potentes duchas capaces de eliminar cualquier (exclusión, militares, duchas, eliminar: la mezcla no podría sonar peor).

El reino nuclear de Chernóbil tiene también sus héroes. Los bomberos que, aquella madrugada de abril de 1986, evitaron que las llamas se propagasen. Todos ellos completaron su misión ignorando de qué se trataba en realidad y sin la protección necesaria para (de haber sido informados, ¿cuántos habrían ido?). Ninguno de aquellos jóvenes fuertes y saludables, narra la voz, sobrevivió más de dos semanas. Sus restos permanecen en ataúdes aislantes de acero y hormigón. Incluso a cierta distancia de sus sepulcros, los índices de radiactividad se disparan de tal modo que nadie puede acercarse para rendirles tributo. (Muy pocos héroes, piensa, se parecen tanto a la tragedia de su patria.)

Aunque el accidente tuvo lugar en territorio hoy ucraniano, fue Bielorrusia la que recibió la mayor parte de la contaminación. Y es la que continúa sufriendo, explica la voz, sus peores consecuencias. Las deficiencias mentales, disfunciones psíquicas y mutaciones genéticas no han dejado de aumentar. Comparándolos antes y después de Chernóbil, los casos de cáncer se han multiplicado por setenta y cuatro (¿habrá oído bien la cifra?). Las tierras rusas con alta contaminación no llegan al uno por ciento. Las bielorrusas ascienden al veintitrés. Por eso en (lo más irónico es que Bielorrusia no tiene ni una sola central en su territorio. Simplemente el desastre cruzó la frontera).

El día del accidente, se registraron índices elevados de radiación en Alemania, Austria, Polonia y Rumania. Cuatro días después, en Suiza e Italia. Dos días más tarde, en Francia, Bélgica, Holanda, Gran Bretaña y Grecia. Al día siguiente, en Israel, Kuwait y Turquía. Proyectadas a gran altura, describe la voz, las sustancias se dispersaron por el globo hasta ser detectadas incluso en China, India, Estados Unidos, Japón. En un par de semanas, Chernóbil se convirtió en un problema a escala planetaria. Lo vecino y lo lejano dejaron entonces de tener sentido para las (precisamente por eso, siempre ha opinado que lo económico no puede separarse de lo ecuménico. No lo cree por solidaridad: le consta como observador de los negocios del mundo).

En cualquier caso, se pregunta planteándose apagar el televisor, sin las bombas atómicas y la publicidad nuclear, ¿hubieran existido centrales como las de Chernóbil o Fukushima?

Estaba todo hinchado, recuerda un testigo. Casi no tenía ojos, recuerda otro. Me pedía agua y más agua, recuerda otro, los doctores le daban leche. No nos explicaban qué tenía, recuerda otro. Los médicos y las enfermeras también se morían, recuerda otro. Cuando movía la cabeza, recuerda otro, se le quedaban mechones en la almohada. No he vuelto a dormir bien, dice otro. Nuestros reactores eran los más seguros, dice otro. La energía mala trae muerte, dice otro, la buena trae luz. Creí que ya había pasado lo peor, dice otro. Lo que más daño me hace no es el pasado, dice otro, es el futuro. (Todo tan familiar, tan remoto y cercano.) Bielorrusia, informa de pronto la voz, pondrá en marcha el proyecto para construir su primera central nuclear. El Organismo Internacional de Energía Atómica apoya la iniciativa. Su director actual es japonés y asesorará al país en cada.

La botella se ha acabado. El documental, no. En el centro de ese desajuste, el cuerpo del señor Watanabe se resiste a levantarse. Le pesa lo que ve y lo que ha bebido.

Ahora el programa se centra en la obra de ingeniería cuya función será sumergir los restos de la planta, que perduran como una brasa que nadie sabe apagar. En los meses posteriores a la catástrofe, retrocede el relato (y él tiene la sensación de que esto lo cuenta otra voz, o quizá la misma voz en un día más húmedo y propenso al resfrío, ¿en qué piensan los locutores mientras narran desgracias?, ¿se distraen?, ¿se involucran?, ¿se distancian en defensa propia?) de gigantesco parche provisional, se construyó el sarcófago de acero y hormigón que avistamos en esta toma aérea.

Este precario sarcófago, continúa la voz (esa otra voz), única protección y no ofrece garantías a medio plazo. Fue concebido para durar apenas treinta años. Es decir, hasta 2016. Hoy está plagado de grietas. Se calcula (¿quién?, ¿cómo?) defectuosa supera ya los doscientos metros cuadrados, por donde se filtran aerosoles radiactivos. Cuando el viento sopla desde el norte, en el sur se detectan emisiones de uranio, plutonio y cesio. (Hasta el viento lo demuestra, piensa él, lo que viene del norte afecta al sur.) Sarcófago, un difunto que respira.

Los actuales trabajos, reanuda la voz tras una pausa dramática (ascendiendo varios tonos, aprecia él, como si resucitase), a solventar estas deficiencias, son obra de un reconocido consorcio francés que (o quizá como si el documental estuviera financiado por un reconocido consorcio francés) la mayor estructura móvil jamás creada. En palabras de sus creadores, será la cúpula de las cúpulas. Debido a su inaudita complejidad, la Comisión Europea, el G-7 y el Banco Europeo de Reconstrucción (¡atentos!, grita, ¡ahí vamos!) confirmado el inevitable encarecimiento de este hito en la historia de la ingeniería. Los dos anillos serán ensamblados hasta (los cálculos oficiales del sobrecoste, indaga Watanabe en su teléfono, rondan ya los seiscientos quince millones de euros. Por supuesto, nadie los tendrá en cuenta cuando se presupuesten las próximas centrales).

Imposibilidad de construirla sobre el reactor dañado, atiende de nuevo a la voz, dicha cúpula se erige en esta zona contigua, despejada y descontaminada con las (¿cómo están tan seguros?, ¿y a los trabajadores de la obra por qué no los entrevistan?) del lugar. Una vez terminadas, las piezas se desplazarán sobre rieles a diez metros por hora. La estructura, planeada para resistir terremotos, tendrá unas dimensiones capaces de albergar dos Boeing 747, uno junto al (paranoide, él rastrea sin éxito el hipotético vínculo entre la productora francesa del documental, la compañía estadounidense Boeing y las multinacionales energéticas). Por su textura, explica uno de los ingenieros, se parecerá un poco a la torre Eiffel.

Y esa será la jaula, sobreactúa la voz, que encerrará a la bestia que reposa bajo el sarcófago, frente a la cual (Watanabe tiene la impresión de escuchar una historia de zombis y vampiros: la industria del entretenimiento termina fagocitándolo todo). Más de doscientas toneladas de uranio se fundieron con las montañas de residuos, arena, plomo y ácido que se arrojaron desde los helicópteros. La mezcla generó este increíble amasijo incandescente, un magma ultratóxico al que ninguna civilización se había enfrentado, ni (así que la supuesta solución es ganar tiempo para buscar alguna solución) todavía estudiadas (solucionar, no: tapar). La nueva cobertura está diseñada para resistir un siglo herméticamente sellada. El aire del interior estará monitorizado, manteniéndose seco para evitar la corrosión de (para que en esa cúpula, digamos, el pasado no exista).

Y así nuestro futuro, recita la voz con énfasis conclusivo, quedará también sellado, sepultando al fin la tragedia que aterrorizó a media Europa hace ya un cuarto de siglo. (El futuro sellado, repite él mientras los créditos ascienden por la pantalla y se evaporan. Sepultar la tragedia.)

El señor Watanabe vuelve a acordarse del kintsugi. Del arte de unir grietas sin secretos. De reparar mostrando el lugar de la fractura.

Tras la pausa publicitaria, el presentador regresa a escena y, mirando a los ojos invisibles que lo miran, anuncia que ha llegado el momento culminante del especial de hoy: unas imágenes panorámicas de la zona de exclusión, filmadas por drones, jamás vistas hasta ahora. El plano va cerrándose en torno a la cara del presentador. Sus cejas parecen impulsarse y despegar.

De pronto aparece Prípiat, la ciudad vecina a la central, que desde el desalojo en masa de su población permanece en estado de fantasmagoría. Entre la maravilla y el espanto, el señor Watanabe se pregunta qué clase de hipnosis ejercen sobre él los espacios desiertos. Qué suerte de anticipación imposible, de supervivencia póstuma le procuran.

Intentando parpadear, rememora su excursión con Carmen a un hospital abandonado en la isla del Lido, aquella ciudadela para tuberculosos que llegó a ser un templo de la vanguardia médica y la más extraña esperanza. Muchos enfermos sin cura acudían convencidos de salvarse, rodeados de palacios y belleza. A él le pareció un sitio conmovedor. Ella lo encontró siniestro. Experimentar sensaciones tan contrarias de algún modo los distanció. Entre los dos, entiende ahora, abarcaron el arco de una sola respuesta: el lugar contenía ambos extremos. Paseando entre oficinas desmanteladas, Carmen quiso llevarse una vieja máquina de escribir. Y él le rogó que no tocase nada.

Los lugares vacíos, observa Watanabe, suelen estar colmados de su contradicción. Alrededor de Prípiat, por ejemplo, el paisaje se ha vuelto brutalmente carnal. La naturaleza es multitud y avanza con impulso vengativo. El ganado pasta en plena avenida. Los caballos galopan en manadas salvajes. Abundan las huellas de lobos, que han hecho de las viviendas sus guaridas. Las águilas rapiñan presas de tamaños imposibles. Las cigüeñas ne-

gras superan a las blancas. Algunos soldados que patru-
llan el área juran haber visto osos extinguidos hace más
de un siglo. Y por todas partes, delata el zoom, pululan
millones de hormigas, como una imparable caligrafía
que lo reescribiera todo.

Por qué la vida insiste tanto, incluso en las condiciones más adversas, sigue siendo un misterio que al señor Watanabe le genera una aturdida gratitud. Para la
fauna local, Chernóbil se ha convertido en un paraíso.
El paraíso, piensa, vendría a ser entonces la ausencia de
seres humanos.

En el momento de la explosión, escucha, la edad
media de sus habitantes no llegaba a treinta años. La
llamaban *la ciudad del futuro*.

Prípiat es una tierra arqueológicamente pura. No
hace falta excavar: las capas de memoria están a la intemperie. Como en esas películas donde la historia se congela y los antiguos líderes continúan presidiendo, en
irónica gloria, su pequeño rincón. El edificio que más lo
impresiona es la oficina de Correos. Entre el musgo y
la maleza yacen todas las cartas que jamás fueron envia-
das. Si alguien corriese a leerlas, imagina él, ¿se reactiva-
ría el tiempo?

Watanabe mira la hora. No se siente cansado, pero
sabe que mañana lo estará si no se va a la cama ahora
mismo. Justo cuando su dedo roza el botón de apagado,
lo asalta el parque de atracciones de Prípiat. En sus juegos parecen coincidir infancia y cementerio. La diversión se ha convertido en páramo, erosionado con una
paciencia que ya no es humana. Lo más perturbador es
cómo la alegría y la desgracia han perdido el contraste.
Ahí festejan juntas. Una fiesta nuclear.

En la pantalla brillan los coches de choque, atrope-
llando su quietud. El carrusel hueco y su perplejidad de
árbol sin ramas. La noria amarilla como una defectuosa
rueda de la fortuna.

Más allá de su apariencia accidental, Watanabe cree intuir cierta coherencia, un enfermo sentido de museo: todo forma un monumento a la interrupción. Esto no es la muerte, sino algo más traicionero. Su implantación súbita.

Minutos después, un dedo presiona un botón, la pantalla queda a oscuras y todo desaparece.

Al deslizarse dentro de la cama, el señor Watanabe olvida sus tapones para los oídos. Le da pereza incorporarse y encender la luz, así que cierra los ojos. Se duerme más fácilmente de lo que suponía, pensando en lo extraños que le resultan los sonidos de su casa, la respiración de los objetos, el zumbido eléctrico de la realidad.

Tras casi dos décadas de trabajo en Nueva York, donde se sintió perdido, eufórico, alienado, feliz y solo; y después de una fecunda convivencia con Lorrie, junto a quien descubrió tantas cosas de sí mismo como del propio amor, el señor Watanabe debió realizar un nuevo traslado, esta vez al desconocido sur.

Superada la recesión por la crisis del petróleo, y convenientemente sentadas las bases para el giro neoliberal, la compañía Me venía desarrollando un plan de expansión por el continente americano. Dicho plan fue resumido en unos gráficos concéntricos, que conllevaban la posibilidad de un incierto ascenso para él. De *marketing director* en la costa este americana —puesto atractivo pero con escasas posibilidades de promoción por la competencia interna— a subdirector de la futura sucursal del Cono Sur, con sede en Buenos Aires, Argentina. Al principio Watanabe no realizó ningún movimiento para postularse, aunque algo similar a un calendario íntimo le sugería que ya era el momento de la siguiente mudanza.

De acuerdo con los informes que recibió, el mapa del consumo tecnológico en Latinoamérica se presentaba tan prometedor como desequilibrado. Los competidores de mayor alcance en la región jamás producían la mercancía en los países del sur. A decir verdad, aprendió Watanabe, apenas se fabricaba nada por debajo del Trópico de Capricornio, como si esa línea imaginaria separase al que produce del que compra.

Las plantas latinoamericanas de la competencia solían funcionar en ciudades industriales de Brasil o México, cuyos mercados potenciales resultaban muy superiores. Desde allí exportaban al resto del continente, aprovechando las facilidades brindadas por los gobiernos militares de la región, que habían decidido suprimir cualquier obstáculo estatal a través de aranceles superreducidos y excelentes tipos cambiarios.

En este contexto geopolítico, la estrategia de Me consistía en implantar primero su marca en Argentina, Chile y Uruguay, sin exponerse todavía a una batalla frontal en el terreno de las empresas líderes. El objetivo a medio plazo era convertirse en referencia dentro del Cono Sur para iniciar, en una segunda fase, la progresiva ocupación de los mercados del norte. Por su ventajosa mezcla de iniciativa y ambigüedad, *why not* era precisamente una de las primeras frases que Watanabe se había acostumbrado a repetir en inglés.

Tras su llegada a aquel extraño país, tan entregado a sus propias intensidades, tan poblado de códigos locales y apellidos heterogéneos, comenzó a notar que la vida en Buenos Aires tenía algunos puntos en común con la neoyorquina. Una especie de cualidad eléctrica, de alerta permanente, como si sus calles hubieran sido diseñadas para ciertos animales de vista periférica. Una esgrima cotidiana en la que cada gesto parecía drástico y en realidad no importaba, porque la supervivencia tenía algo de deporte colectivo. Un estímulo sin fin que trataba de esquivar la depresión a fuerza de reflejos. La impresión de que todo era urgente, imposible y simultáneo.

Encontró, por supuesto, radicales diferencias. En las metrópolis estadounidenses, más allá de su grado de honestidad, los ciudadanos invocaban las reglas como quien citase la Biblia. Ese solía ser el punto de partida de las discusiones. En la capital argentina, en cambio, los espacios intermedios parecían infinitos: se podía actuar contra la ley, a pesar de la ley, desde una ley paralela, o incluso zigzagueando entre leyes antagónicas. Más que como garantía, el sistema era percibido como amenaza. Antes que integrarse convenía desconfiar de él, cuestionarlo, combatirlo.

Mientras los estadounidenses tendían a omitir al Estado en sus razonamientos, al modo de un estorbo que se tolera, en Argentina parecían necesitar profundamente al Estado, ya fuese como enemigo o protector, como estructura que temer o en la que militar. El origen de la violencia daba la impresión de ser otro. No solía explicarse desde la marginalidad de los crímenes individuales, sino desde los aparatos represivos. La temperatura política en las calles porteñas estaba, sin duda, en las antípodas de las neoyorquinas. Empezó a intuir que democracia y dictadura no funcionaban, como desde la distancia había supuesto, a la manera de dos regímenes que se repelían. Eran, en todo caso, dos orillas plagadas de puentes y túneles.

También con París, sintió Watanabe, podían hacerse algunas comparaciones. Buenos Aires desplegaba un urbanismo a saltos, con parches de medio mundo. Uno podía pasar de las *cities* financieras de Tokio o Nueva York a los barrios coloniales más turísticos, de ahí a la desolación de las villas miseria, y otra vez a los bulevares parisinos. Si la capital francesa tendía a comportarse como un museo obsesionado con preservarse, la capital argentina hacía lo contrario: devorar presente, abolir cada tradición, asaltar el museo. Su pretenciosidad era la misma. Su fuerza de voluntad, la opuesta. Desde hacía algún tiempo París emitía ciertas señales de agotamiento, de una parálisis que afectaba a cualquier fantasía de transformación. Buenos Aires mostraba una insólita ansiedad por ser siempre otra, una compulsión por refundarse.

Y, en la diana de ese caos, aguardaba Mariela.

Si empezó a estudiar francés por idealización juvenil y adoración del cine lento; si al inglés fue llegando por familiaridad profesional e influencia del rock, el señor Watanabe no aprendió español: chocó con sus palabras y se enamoró de él. Se dejó invadir por su música, lo balbuceó en sueños, lo malinterpretó con pasión. Al cabo de algún tiempo de esfuerzos desvelados, una vez superada la impotencia inicial, comprobó que con el cambio de lengua había vuelto a mudar de piel.

Más que un hablante de distintos idiomas, se sentía tantos individuos como idiomas hablaba. En francés se notaba propenso a los rodeos, más exigente y un punto susceptible. En inglés le sorprendía su propia convicción, la seguridad con que emitía afirmaciones de una contundencia impropia de él, la naturalidad de sus ironías. Y en español, ¿cómo era él mismo en español? Quizás un tanto voluble en sus opiniones. Más risueño. Menos preocupado por su imagen. El idioma castellano, en suma, le enseñó el placer de hablar mal.

Desde que se acostumbró a vivir en los diccionarios y sus minúsculos entresijos (esos signos que parecen insinuar algún mensaje cifrado, esas abreviaturas casi irreconocibles, esas nomenclaturas más intrincadas que la lengua que se proponen explicar) no ha dejado de preguntarse por los redactores de las entradas más innecesarias. En el caso del inglés, por ejemplo, todos esos términos globales como *shock, zoo, crack*. O, en aquellos diccionarios francés-español que tanto necesitó en Buenos Aires, las entradas tipo *avion = avión, frac = frac.* ¿Existe entrega más incondicional a un idioma que la transcripción de miles de vocablos nombrándose a sí mismos, asomados a su espejo?

Watanabe piensa en esa legión de lingüistas, quizá jóvenes becarios o ayudantes explotados, dedicando su tiempo a completar definiciones que saben de antemano que nadie leerá. Entonces se le antoja el oficio más triste y hermoso del mundo: anónimos patriotas de las lenguas extranjeras.

Recuerda cuando Mariela, que a veces trabajaba revisando manuales de inglés, le reveló que muchos diccionarios y enciclopedias incluían entradas falsas para detectar plagios. Si otra editorial publicaba alguno de esos conceptos inventados, la copia de la competencia quedaba al descubierto. Él quedó fascinado por el descubrimiento. Y le rogó que, si tenía ocasión, incluyese en algún volumen una variante imaginaria del kintsugi. Le parecía que la ausencia de esa palabra en otros vocabularios, la inexistencia del concepto mismo, delataba una significativa laguna. Haría falta traducirla a todos los idiomas, piensa, inventarle sinónimos.

En sus gustos literarios, que también han ido desplazándose, se considera un lector caprichoso. Rara vez procede, como algunos amigos suyos, de forma exhaustiva. Igual que en su vida, prefiere los saltos. Sus sucesivas bibliotecas se han ramificado en una diáspora sin fin.

Uno de los pocos autores que lo han acompañado siempre es Chéjov. Además de sus cuentos, le atraen los continuos traslados de su vida. Entre el trabajo, la salud y las dudas, nunca estuvo muy seguro de dónde instalarse. Sus historias parecen contadas desde esa indefinición, como si la costumbre de mirar en todas direcciones le hubiera permitido adoptar cualquier punto de vista. Watanabe repite a menudo una idea de Chéjov con la que ha estado de acuerdo en ciertas épocas, y de la que ha discrepado en otras: nuestro interés por los lugares no radica tanto en conocerlos como en escapar de un lugar anterior. Y los idiomas que hablamos, se pregunta, ¿huyen unos de otros o intentan atraparse, convertirse en uno solo?

Pero la historia más memorable es la de su propia agonía. Una noche, recuerda haber leído, Chéjov comenzó a delirar de fiebre en un hotel alemán. Cuando un médico logró bajarle la temperatura, perfectamente al tanto de su estado, él mismo le anunció a su colega: *Ich sterbe*. Me muero. El médico ordenó que les subieran de inmediato una botella de champán. Chéjov aceptó y dijo: Hace mucho que no tomo champán. Vació su copa. Se recostó. Y dejó de respirar.

Al señor Watanabe le parece una muerte inmejorable.

En las etapas iniciales de su emigración, las visitas a Tokio eran muy esporádicas y tenían el fin primordial de visitar a sus tíos, a quienes tanto extrañaba. Con la edad, sin embargo, los regresos fueron haciéndose más frecuentes y prolongados. La emoción de reencontrar a sus amigos de infancia no era mayor que el alivio de cultivar nuevas relaciones. Cuanto más pasado se le acumulaba, más urgente le resultaba equilibrar la balanza con algunas dosis de presente.

Durante aquellos regresos a su tierra, Watanabe fue teniendo ocasión de conocer a otros supervivientes de las *genbaku*. Cada vez que se encontraba con alguno, la empatía igualaba a la incomodidad. Evocaban a sus respectivos seres perdidos, que se hacían presentes al ser narrados. Y ambos parecían pertenecer a una misma familia. El resto del tiempo, no obstante, se limitaban a permanecer sentados frente a frente. Tomaban té en silencio, mirando más allá del hombro del otro. Luego se despedían.

Para determinados asuntos, creía por entonces, no hacen falta las palabras. Ya no está tan seguro: ha empezado a dudar de los silencios compartidos. Lo que no se nombra, opina ahora, aún no se cree del todo. Le viene a la memoria aquella antigua fábula japonesa. Quien vea el infierno y hable de él, amenaza un demonio, será llevado al infierno de nuevo.

Una de las cosas que más lo impresionaron de las víctimas que conoció fue su dificultad para contar su experiencia de manera elocuente. Pocas lograban cruzar el límite de la frase hecha. No hallaban las palabras para sus recuerdos, rehenes de convenciones verbales que de algún modo eran otra manifestación del silencio. Algunos testimonios carecían incluso de congruencia: como si no hubieran estado de verdad allí. O como si hubiesen estado *demasiado* allí, y todavía no hubieran salido del todo. Su horror seguía siendo indecible mientras lo decían.

De las guerras y masacres, muchos vuelven más callados de lo que eran. No suelen regresar llenos de conversaciones pendientes. Dan la impresión de quedar disminuidos en su experiencia comunicable. Un superviviente pierde espacio en común con sus semejantes, ha pisado un terreno sin tribu. Por eso tantas víctimas desarrollan una misantropía que sigue dañándolas mucho tiempo después. Él lo sabe bien: lleva toda la vida empezando otra vida, cambiando de lugar para que ciertos sentimientos no lo alcancen.

Con la repetición de aquellos encuentros con *hibakusha,* fue advirtiendo que el grado de mutismo parecía ir en función de la proximidad con la zona cero. Cuanto más lejos del epicentro hubiera estado alguien, más factible tendía a resultar que hablase de lo sucedido. Eso explicaría, especula Watanabe, la relativa fluidez —muy relativa— que él ha alcanzado para narrar su experiencia. Las ondas expansivas del silencio, los mapas de los caídos por las bombas, las zonas de evacuación: un problema de círculos concéntricos.

La indecibilidad del daño, con la que él mismo tropezó en numerosas ocasiones, se vio agravada por los vencedores y también por los vencidos. Para empezar, estaban las prohibiciones impuestas por las fuerzas ocupantes. Diez mil agentes americanos y japoneses ejecutaban su labor en el departamento de Censura Civil, que vigilaba cada palabra pública y llegó a retirar de muchas imprentas los moldes con los ideogramas correspondientes a *bomba atómica* y *radiactividad*. Diez años después de la matanza, la prensa de Hiroshima seguía siendo literalmente incapaz de pronunciarla.

Ahora bien, él recuerda una segunda represión no menos inquietante. Porque, a decir verdad, casi nadie parecía muy dispuesto a divulgar las consecuencias de las bombas. Ni el país que las había lanzado ni el que las había sufrido, y que veía en el cuerpo de los *hibakusha* el retrato más repulsivo de su propia derrota. El señor Watanabe no ha podido olvidar, con retrospectiva humillación, los veranos de mangas largas de su infancia. Sus tíos le insistían en que se pusiera aquellas camisas tan incómodas para jugar, como de persona mayor, incluso en los días más calurosos. Los niños como tú deben ir siempre elegantes, le explicaba la tía Ineko, acariciándolo mientras lo ayudaba a vestirse.

Los supervivientes con secuelas visibles eran discriminados también por sus compatriotas. A menudo los consideraban apestados, condenados a una descendencia radiactiva o, simplemente, demasiado horribles. Las marcas en la cara suponían un obstáculo a la hora de encontrar amigos, pareja, trabajo. Inspiraban menos compasión que vergüenza. Ese, piensa, fue el otro bombardeo. Día tras día. Un *hibakusha* no era por entonces un héroe nacional, sino un paria. Las guerras que se pierden, solía decir Mariela sobre Malvinas, no tienen héroes.

Watanabe conoció a un par de mujeres que, sin ser abandonadas por sus prometidos cuando volvieron del frente, habían sido rechazadas por sus suegros, quienes hicieron todo lo posible por impedir la boda. Dentro de sus propias familias muchos habían tenido un comportamiento similar. El temor a engendrar algún tipo de monstruo —un monstruo cuyos rasgos reproducían las pesadillas de cada cual— centralizó la angustia de aquellas jóvenes, acaso compartida por todas las mujeres del mundo y elevada a una potencia inimaginable. Una de ellas le confesó una vez: Llevo treinta años con la bomba dentro. La siento ahí, a punto de explotar en mi vientre, como un hijo que no puede nacer.

Aquellas palabras espantaron a Watanabe, que siempre había albergado el pánico a transmitirle a un hijo suyo, incluso más que alguna tara derivada de las radiaciones, alguno de los trastornos asociados a las posguerras. Ese temor se consolidó durante sus años en París, donde sucumbió a la lectura de ciertos autores que habían estudiado cómo los traumas se transmiten de abuelos a padres y de padres a hijos. Legar una masacre, aprendió, es terrible. Legar el disimulo de una masacre es peor.

Cuando se levantaron las restricciones de los vencedores, ya no quedaban demasiados vencidos deseando escuchar las historias de los supervivientes. Tendría que pasar aún bastante tiempo para que los *hibakusha* fuesen reconocidos de manera pública. Las autoridades tardaron doce años en ofrecerles asistencia médica específica, junto con otras ayudas de carácter estatal. Por supuesto, para buena parte de ellos era tarde.

El Ministerio de Salud, en sintonía con otros organismos internacionales, se resistió durante décadas a confirmar el vínculo entre cáncer y radiaciones atómicas. Semejante reticencia, opina él, en el fondo implicaba un reconocimiento de corresponsabilidad. Algo impedía al Estado presentarse tan sólo como víctima de las masacres del enemigo. Menos aún cuando este se había convertido en aliado estratégico y patrocinador de la reconstrucción del país.

Las primeras noticias del cambio de política hacia los supervivientes —rememora el señor Watanabe como si fuera ayer, como si siempre fuera ayer— le llegaron mientras preparaba sus exámenes finales en París. Subrayando manuales de contabilidad y pasando las noches en vela. Ese fue su pretexto para no tomar una decisión inmediata. Como además creía hallarse en perfecto estado de salud, se abstuvo de iniciar los trámites para inscribirse en el censo oficial de damnificados. Se dijo que tenía tiempo y podía hacerlo más tarde. Más tarde se dijo que en realidad debía pensarlo bien.

¿Hasta qué punto se habría sentido dignificado, se pregunta ahora, o definitivamente estigmatizado? ¿Le habría parecido que cerraba las grietas o que volvía a abrirlas? ¿Cometió la cobardía de rechazar su vida anterior? ¿O tuvo el coraje de apostar por la nueva, que tanto esfuerzo le había costado construir?

Lo que emborracha, resopla Watanabe abriendo otra botella, es hacerse preguntas.

Cuando tomé conciencia de lo que nos pasó, le dijo en cierta ocasión otro superviviente, todo empezó a darme igual. Al principio, ¿te acuerdas?, es casi agradecimiento. Lo único que piensas es si tú también vas a morirte pronto. Pero, con el tiempo, te acostumbras a seguir vivo. Por un lado te das cuenta de que ya no eres la misma persona, de que la vida va más rápido, de que todo se quema. Y por otro, en el fondo, ya nada está del todo vivo. En ese momento —le seguía contando, y el señor Watanabe tiene la sensación de rescatar aquella voz del pozo de su oído— comenzaron los ataques de furia. El buen comportamiento, los modales educados se me hicieron insoportables y estúpidos. Creo que me volví una compañía incómoda para mis amigos, igual que esos alcohólicos a los que nadie quiere invitar a sus fiestas. Así que fui aislándome, también por culpa mía, claro, hasta llegar a hoy. De hecho, ¿sabes?, ahora que lo pienso, es la primera vez que este año preparo dos tazas de té.

Si un *hibakusha* presentaba lesiones de gravedad, él se limitaba a mencionar la pérdida de su familia en Nagasaki, y ocultaba su propia experiencia en Hiroshima. Lo avergonzaba haber salido ileso de allí. Le parecía injusto colocarse al nivel de los otros. Él no era como ellos. No quería serlo.

Le sorprendió lo frecuentes que resultaban las cegueras. Como si, después de haber visto el infierno, no fuera posible ver nada más. Otros desarrollaban algún tipo específico de cataratas, muy apreciable de cerca. Parecía que aquella gigantesca explosión de luz había quedado adherida a sus retinas y, con el tiempo, había terminado saliendo a la superficie.

Ese era el caso de una vecina de sus tíos, una señora flaquísima llamada Kioko, que por efecto de las radiaciones en Nagasaki había perdido la visión de un ojo. De niño, Yoshie le había tenido miedo y procuraba rehuir su mirada. A medida que fue creciendo, empezó a interesarse por la vida de aquella anciana. Durante sus últimos años, Watanabe se acostumbró a pasar por su casa para hacerle una visita, y llevarle algún dulce que ella jamás probaba.

Una tarde, por fin, se atrevió a preguntarle por su ojo derecho. Kioko pareció extrañamente complacida. Según ella, no estaba perdido. Ahora, le explicó, sólo miraba hacia dentro. Hacia el fondo del ojo.

Con la acumulación de idas y venidas, traslados laborales y mudanzas, el señor Watanabe terminó contrayendo el síndrome de la ubicuidad emocional. Cada una de sus emociones, al menos en parte, estaba siempre en algún otro lado: había empezado a sentir en acorde.

El desarraigo no se limitaba a lo espacial. La cercanía misma con sus seres queridos se volvió problemática. Por así decirlo, ya no sabía estar con nadie por unanimidad. En cuanto alcanzaba un instante de plenitud, un hemisferio de su persona ya estaba imaginando sus próximos movimientos, repasando itinerarios, planificando quehaceres en lugares remotos. Materializar esos viajes tampoco mitigaba la inquietud: su otra mitad, no menos sincera, añoraba el refugio de su casa y no se quitaba el pijama los domingos.

Según le han hecho notar, Watanabe da la constante impresión de estar ausente sin querer, desvelado por un asunto distinto del que lo ocupa. A lo largo de su vida ha hecho grandes esfuerzos por contener esta inclinación. Que acaso tenga origen, de acuerdo con las teorías de Mariela, en el hiato traumático de su infancia. Pero para eso, solía defenderse él, primero tendría que saber qué es un hiato.

Imperturbable ante su escepticismo, Mariela le insistía en la interrupción forzosa de las tragedias, que para ella se caracterizaban por la imposibilidad de prestarles una atención sostenida, de mirarlas sin desviar la vista. Justamente así trabaja el trauma, ¿me entendés?, exclamaba desplegando esa excitación sintáctica que la distinguía. Él recuerda con súbita ternura aquellas argumentaciones de su pareja argentina, que por lo general él comenzaba rechazando y que más tarde, a solas, terminaban invadiéndolo.

Tuvieron unos cuantos debates de ese tipo el verano que fueron a Londres. Como él había comprado los vuelos desde Buenos Aires e insistía en pagar los restaurantes, Mariela le había puesto como condición cubrir ella misma el alojamiento. Terminó eligiendo un cuchitril por la zona de Bloomsbury, donde coincidían el interés turístico y sus recuerdos personales. La habitación que compartieron resultó un simpático espanto. Aquella alfombra que parecía albergar su ecosistema propio. La ducha con dos temperaturas: fría y helada. Y una absurda fianza de dos libras por la utilización del secador de pelo. Tres estrellas francesas o británicas, aprendería más tarde, equivalen a una estrella y media en la hostelería española.

Les gustaba dar un paseo cada mañana por el pequeño parque de Tavistock Square. Solían detenerse un rato cerca del cerezo en homenaje a los caídos de Hiroshima. No exactamente frente a él. Tampoco lejos. Se sentaban en un banco, se quedaban mirando aquel árbol y él se esforzaba en pensar en otra cosa. Mejor dicho, se concentraba sólo en eso, el árbol y sus partes, la obstinación del tronco, la digresión de las ramas, la transparencia de las hojas: se resistía al símbolo. Cuando se levantaba del banco, vacío de conclusiones, se sentía de algún modo aliviado. Anterior a sí mismo.

Al verano siguiente, o un poco después, duda Watanabe, durante la catástrofe inflacionaria argentina, la compañía le planteó un traslado a algún país del sur de Europa, adonde estaba reorientando su estrategia comercial tras la aceleración del crecimiento en la Comunidad Económica Europea. Se barajó la opción de la oficina de Milán, la más activa y rentable. Alguien cubrió ese puesto. Entonces se mencionaron Portugal y España, ambos países de incorporación reciente a los tratados continentales, y que habían comenzado a recibir abundantes fondos que potenciaban las inversiones.

Agotado por los cambios de vida, con el fin de evitar un nuevo idioma, el señor Watanabe se inclinó por Madrid. Allí agradeció el culto al pescado en comparación con la bovina Buenos Aires. Y su clima cálido le resultó un alivio después de tantos inviernos en París y Nueva York. Las calles madrileñas le parecían a ratos porteñas. Aunque olían a freiduras y embutidos, en vez de a carbón, carne y azúcares. El ritmo de la ciudad era similar, la música era otra. Su energía confiada le procuró cierta tregua. Habituado a conversaciones inmóviles en las mesas de los cafés, le llamó la atención la querencia de los españoles por permanecer de pie en los bares, como si se estuvieran yendo pero siempre se quedaran a tomar una más. Este ritual terminó pareciéndole extrañamente afín a su manera de habitar las ciudades.

Al principio, la brusquedad española lo sumió en un estado de permanente sobresalto. Durante meses vivió con la impresión de enfurecer a su prójimo por alguna razón que no llegaba a desentrañar. Poco a poco, sin embargo, fue descubriendo que esa misma energía inmoderada recorría todos los órdenes cotidianos, incluyendo el humor, el placer o la amistad. En Madrid cumpliría satisfactoriamente sus últimos años de servicio a la empresa. Viviría el comienzo de su jubilación, ese agridulce privilegio al que aún no se siente del todo acostumbrado. Y, más que nada, conocería a Carmen. Un amor otoñal con un nuevo calor. Y el principal motivo para postergar, año tras año, su regreso a Tokio.

Despegará en algo más de una hora y aterrizará bien temprano en Sendai, donde jamás ha estado. Las conexiones con Tokio acaban de restablecerse, y han sido provisionalmente reforzadas para aliviar la emergencia en el noreste del país. Había vuelos baratos desde Narita, pero llegaban más tarde y él prefiere ponerse en marcha cuanto antes. Siempre ha encontrado angustioso iniciar un viaje con pocas horas de luz: le da la impresión de que, en vez de ir, se está yendo.

Al atravesar las cuadrículas del pasillo central de Haneda, sintiéndose un peón en un tablero sin bordes definidos, el señor Watanabe piensa que conoce mejor ciertos aeropuertos extranjeros que los de su país. Como si el turismo local encerrase algún tipo de contradicción. Como si volar lejos tuviera más sentido para los aviones. Ahora se le ocurre que este prejuicio, que tanto cultivó de joven, acaba teniendo un efecto paradójico: convierte en exóticos los destinos más cercanos.

Cuando la guerra terminó, el gobierno perdió la autoridad sobre este aeropuerto por el que camina. Es decir, el control sobre su cielo. Solamente los pájaros volaban adonde querían. Aunque los pájaros, rectifica, ¿no obedecen también el mandato de una fuerza superior? Los vuelos tardaron una década en recuperar la normalidad. Más tarde el tráfico internacional se trasladó a Narita. Con la multiplicación del movimiento aéreo, las instalaciones de Haneda fueron expandiéndose. Hasta que, hace poco, su terminal internacional volvió a abrirse y entró en conflicto con los intereses del otro aeropuerto. Ahora las empresas que los operan compiten entre sí, no siempre de manera cordial, por la hegemonía de las nubes. Donde hay cielo hay tormenta, solía decir su padre.

Las suelas de sus zapatos se deslizan por la zona comercial, que ocupa una superficie cada vez mayor. La vocación cilíndrica de Haneda siempre ha tenido algo de botella en un estante. Ya no hacen aeropuertos con tiendas, se dice Watanabe, sino *malls* con aviones. Esta mañana la terminal funciona a medias: hay más dudas que clientes. Al margen de las alertas y evacuaciones, aún se percibe el miedo. Asustarse, reflexiona, tiene dos velocidades. Una es la carrera, la huida. Otra es la inmovilidad, el encierro. Esta última daña más el consumo.

Watanabe reconoce las pantallas, ubica las puertas, retiene los códigos casi sin proponérselo. Está tan habituado a los aviones que a veces olvida que vuelan, igual que a veces le extraña que los trenes no despeguen de las vías. Aunque en tren tardaría casi lo mismo en llegar a destino, ha elegido volar. Alejarse radicalmente de su punto de partida.

En su experiencia, cada medio de transporte lo modifica como pasajero. Los desplazamientos aéreos le inoculan su distancia, una ruptura en la perspectiva que lo predispone a las pequeñas revelaciones. El tren lo sumerge en un estado de contemplación gradual. Sus emociones en un vagón no suelen cambiar de golpe, el fluir del paisaje pone en marcha un desarrollo. Los buses le transmiten una especie de empeño terrenal. El esfuerzo del motor, las dificultades del terreno, la paciencia del conductor lo reafirman en sus planes.

Con sus mudanzas y migraciones a cuestas, Watanabe ya no siente que los aeropuertos sean lugares neutrales, desprovistos de identidad. Muy al contrario, percibe en ellos una densidad abrumadora, como si en su interior se superpusieran demasiados lugares. El Estado, la aduana, la ley, la policía, el miedo, el negocio, la despedida, el reencuentro: todo está ahí, conviviendo en un mismo recinto a punto de explotar por exceso de contenido. Él apoya su escueto equipaje en la escalera mecánica. Suspira de alivio por el descanso. Entonces, desde atrás, ve a un joven adelantando a todos igual que un esquiador esquivando banderillas.

Le consta que, si fuera posible, muchos pasajeros preferirían suprimir las esperas. Elegirían desintegrarse y reaparecer de inmediato en otra parte. Sin embargo, precisamente por el incremento de la velocidad, los puntos de demora le parecen imprescindibles. Cada vez que está por salir de viaje, su hemisferio sedentario se aferra a la quietud, mientras su hemisferio nómada se anticipa al movimiento. El choque entre ambas fuerzas le provoca una sensación de extravío, cierta tensión interna que le impide saber dónde desearía estar. Quizá la misión secreta de aeropuertos y estaciones sea resolver esa duda.

El joven nervioso lo adelanta sin la menor consideración, golpeándole el costado con su mochila, y prosigue su camino hacia el país del atolondramiento. El señor Watanabe se ofende al comprobar que ni siquiera se ha vuelto para pedirle disculpas. Más adelante, una muchacha con ropa deportiva lo deja pasar primero en el control de seguridad. Él no puede evitar sentirse de nuevo ofendido, esta vez por razones bien distintas. Sonríe, acepta y se arrepiente.

Con los años, no sólo ha ido cambiando su percepción del tiempo, sino la del espacio. Entrar en un aeropuerto le provoca una sensación de vulnerabilidad antes desconocida. Los transportes parecen cada vez más basados en la urgencia y la capacidad de reacción. He ahí, observa Watanabe, la sutil pero constante violencia que ejercen sobre los pasajeros de su edad. Un viejo es un blanco fácil. ¿Blanco de qué? De nada. De todo.

En el control de seguridad puede apreciarse cómo las diferencias de ritmo no son sólo físicas. En contraste con esa prisa sin objetivo, ese golpear las cosas a su paso, esa preciosa energía que derrochan los jóvenes, está la cautelosa morosidad de los viejos. En ella late un cansancio no exactamente corporal. Un cansancio parecido a una conclusión. Es, piensa, como si nuestro cuerpo hubiera comprendido la imposibilidad de escapar a ninguna parte, por mucho que corra. Cierto estado de conciencia trasladado a los músculos.

Por supuesto, está también el malestar, la envidia, la emoción que experimenta contemplando la hermosa urgencia de los pasajeros más jóvenes. Desde el otro extremo de la vida, él aún comparte fila con ellos, se sienta a su lado, intercambia miradas. Más que compañeros de viaje, se le antojan extranjeros biológicos. Seres de los que él ha venido a despedirse.

Cuando atraviesa el arco que escanea su cuerpo, el señor Watanabe cierra involuntariamente los ojos. Aún lo siguen poniendo nervioso los rayos y radiaciones de las máquinas detectoras. Lo hacen sentirse expuesto, desarmado ante un arma que lo sabe todo de él.

El asiento del avión recibe su peso con un crujido de gozne. Como si sentarse ahí le abriese alguna puerta. Watanabe resopla, ajusta el cinturón de seguridad y se desabrocha el primer botón de los pantalones.

Las rutas al noreste aún no han recuperado la normalidad: quedan bastantes plazas libres. Se vuelve para otear el pasillo y descubre una extraña armonía en el avión a medias. Cabeza, vacío, cabeza, vacío. Una de las pocas excepciones es la fila siguiente a la suya, donde dos hermanos juegan en una tableta con las mejillas pegadas, configurando un niño bicéfalo. Su madre, inmóvil, roza la ventanilla con la nariz.

Por lo que puede deducir de sus conversaciones y tareas, todos los pasajeros parecen estar viajando por razones de familia o trabajo. Probablemente él sea el único que se dirige a la prefectura de Miyagi sin la obligación de hacerlo. Y, sin embargo, con tantas o más razones que cualquiera.

Cuando el paisaje se emborrona y las ruedas se separan del asfalto y el rumor de las turbinas asciende y el pasillo se inclina como si todo fuese a caer de espaldas, los niños de atrás rompen a reír en carcajadas muy agudas, excitados y asustados por esa fuerza invisible que los empuja contra sus asientos. Su madre les pide silencio. Ellos enmudecen un instante y vuelven a empezar. Contagiado por su asombro, el señor Watanabe imagina pájaros que aplauden.

Entonces se le ocurre que sería un momento idóneo para tener un accidente. Así, escuchando risas y viendo pájaros.

Poco después se queda dormido.

Lo despierta la azafata, señalándole el cinturón de seguridad. El avión ya está iniciando su descenso. ¿Qué hace su cinturón desabrochado? ¿Pudo desajustárselo él mismo, por comodidad, mientras dormitaba? Se vuelve hacia la fila de atrás. Los niños lo miran y se ríen.

Las ruedas tocan tierra, rebotan y echan a rodar. Los hermanos aplauden. La voz del piloto les da la bienvenida al aeropuerto de Sendai. En cuanto el avión alcanza la quietud, los pasajeros a su alrededor se ponen en pie. No ignoran que aún deberán esperar varios minutos. Y sin embargo ahí están, agazapados en las más incómodas posturas, olfateando la futura salida.

¿Seremos esto?, se pregunta poniéndose también en pie. ¿Una manada de impacientes que espera el momento de la estampida? Todos sabemos dónde terminaremos. Pero hacemos todo lo posible por correr hacia allá.

La fila avanza. Los pies se acercan a la luz del fondo. Los cuerpos se amontonan. Y el señor Watanabe asoma la cabeza a la intemperie.

Es una mañana limpia, recién afilada. Las sombras parecen recortadas con tijera, observa él, aún bajo el influjo de los dos hermanos. Mientras desciende por la escalera del avión, recuerda aquel poemita de Gitoku:

> Un cielo claro.
> Allá por donde vine
> ahora vuelvo.

En cuanto llega a la terminal, se detiene a revisar su teléfono. La acumulación de notificaciones telefónicas lo irrita cada vez más. ¿De qué demonios le sirve la comodidad de tenerlo todo ahí, disponible al instante, si todos los compromisos y obligaciones se han vuelto igual de instantáneos? Esta proliferación de alertas y actualizaciones no solamente lo fuerza a vivir a un ritmo que no deseaba. También violenta su orden mental de prioridades, concediéndole a lo más reciente una urgencia que en realidad no tiene.

Resoplando, sin poder resistirse a la contradicción, el señor Watanabe da un repaso veloz a los nuevos mensajes recibidos.

Encuentra un largo correo del tal Pinedo, ¡otra vez Pinedo!, que parece por completo incapaz de aceptar una negativa. Va deslizando un dedo por el texto mientras imagina que lo posa en la boca del periodista, pidiéndole silencio.

Esta vez su sintaxis es fluida y hasta cierto punto virtuosa, admite Watanabe, que entrelee a saltos las detalladas explicaciones de Pinedo. El contacto se lo facilitó su común amiga Mariela, que ya hace algún tiempo que viene hablándole de los etcétera, etcétera, se disculpa encarecidamente por no habérselo contado antes, cosa que en realidad tampoco resultaba fácil dada la concisión y brusquedad de las conversaciones anteriores, en las cuales él lamenta de veras no haber sido capaz de transmitirle el verdadero etcétera de su investigación, por eso finalmente ha elegido comunicarse por este medio, quizá menos personal pero más proclive a la reflexión y etcétera, esperando no causarle demasiadas molestias por hacerle llegar, con todo respeto, estas breves preguntas que si tuviera la generosidad de etcétera, resultarían de inmenso valor para etcétera, diferentes modalidades de olvido, etcétera, contra esa mala costumbre de dividir por países las desgracias que, etcétera, memoria colectiva de pueblos afectados por diversas etcétera, etcétera.

Pero ya es una cuestión de honor: un no es un no, incluso para un japonés que ha vivido en Argentina. Así que, contrariado, el señor Watanabe borra el mensaje sin terminar de leerlo.

Vuelve a empujar su maletita roja, que ahora parece obedecer con alguna resistencia, como si su carga hubiera crecido. Entonces frena de golpe. Vuelve a sacar su teléfono. Compra algo, lo paga e introduce los datos personales del destinatario: Ariel Kerlin, Avenida Independencia tres-tres-etcétera, Ciudad Autónoma de Buenos Aires, etcétera.

6. Mariela y las interpretaciones

Extrañarlo, no. Pensar en él, sí. Son cosas muy diferentes. A mí el mambo de la nostalgia me parece peligroso. Como si no tuvieras nada que hacer con el tiempo que te queda. En cambio podés acordarte mucho de alguien que ya no extrañás. Eso me pasa con Yoshie. Él siguió haciendo su vida, yo seguí haciendo la mía. Pero cuando nuestras vidas se cruzaron, las dos cambiaron de dirección.

Más o menos así se lo conté a Jorge. Jorge Pinedo, el periodista. Bah, y escritor. Eso dice, eso quiere, yo qué sé. Cuando le hablé de mi historia con Yoshie se puso como loco. Me preguntaba por él constantemente. Por cada recuerdo, cada detalle. No paró de insistirme hasta que consiguió su contacto. El celular jamás se lo di, pero en un momento de debilidad le mandé el fijo. Y él, ¿podés creer?, agarró y lo llamó la madrugada misma del terremoto. Bueno, madrugada acá.

A Jorge le gusta trabajar de noche. Es noctámbulo como casi todos los periodistas. Los periodistas sin hijos, mejor dicho. Como la yanqui esa que anduvo con Yoshie. Me lo explicaba divertidísimo, como si fuera un atrevimiento que tenía la mina. Vos decile que críe a un pibe y después hablamos. Una también estudiaba de noche, qué te creés. Ahora traduzco tempranito, en cuanto me levanto y desayuno. Tengo la sensación de que las palabras empiezan el día frescas. Y que se van cansando y ensuciando.

Al principio fue lindo compartir todo eso con alguien tan joven, con tanto interés en escucharme. Hacía mucho que no ponía en orden esas vivencias. Había cosas que, hasta que se las conté, ni yo misma me acordaba. Después nos fuimos neurotizando un poco, creo. Cada vez que nos veíamos, él se ponía a tomar nota de todo lo que le decía. Inclusive lo más íntimo. Ni un café nos podíamos tomar. ¿Te molesta que grabe?, me preguntaba Jorge. Bueno, dale, le decía, pero no pongas nombres, ¿eh? No, obvio, me contestaba él, quedate tranquila.

Estuvimos así hasta que me cansé. Empecé a darle excusas para no encontrarnos, aunque seguimos siendo amigos. En realidad es el hijo de mi amiga Elsa. Podría ser mi propio hijo, y no lo parecía para nada. Capaz que justo ahí estaba el problema.

Conocí a Yoshie en un congreso aburridísimo sobre economía, perspectivas de inversión y no sé qué carajo. Era en la sala de convenciones de un hotel del centro. Uno que ya no existe, o que ahora es otro, ahí por Paraguay y Libertad. ¿O Talcahuano? En fin, no importa. Yo acababa de volver al país y estaba laburando bastante como intérprete. Me garpaban mejor que traduciendo libros. Y muchísimo mejor que por mis seminarios en la UBA, ni hablar. Digamos que acá tenés que elegir. O sos docente o vas al supermercado.

Me acuerdo que ese día me pidieron hacer consecutiva. Aunque en teoría te deja margen para pensar lo que vas a decir, a mí la consecutiva me da pánico. Me pongo susceptible. Todo el mundo te mira, espera tu versión y se impacienta por cualquier cosa. Cada error queda expuesto y sujeto a comparación con el original. Sos como un eco débil de otra persona. Cuando hacés simultánea, en cambio, entrás en una especie de trance. Te convertís en una voz persiguiendo a otra voz. En alguien invisible que habla y escucha al mismo tiempo. Mucha gente cree que es más difícil, pero yo la prefiero.

Se parece a la diferencia entre resumir un argumento y contar la historia con tus propias palabras.

A Yoshie le tocaba intervenir como subdirector de la sucursal argentina de su empresa, que estaba promocionando unas nuevas videocaseteras que grababan en tres velocidades. Un rato antes de su exposición, cuando nos presentaron, le dije que ojalá se pudiera traducir también en tres velocidades, dependiendo del original. A mí me pareció una idea graciosa. Él no se rio para nada, o no me entendió bien. Se lo repetí por si acaso en inglés. Y él sonrió un poco, medio por compromiso. Yo pensé: Este tipo es un imbécil. Los organizadores vinieron a llevárselo. Él me hizo una reverencia y me dijo: Tratándose de usted, yo siempre elegiría lentamente. Recién ahí me fijé en que, aunque me llevaba como diez o quince años, el tipo tenía lo suyo.

Parece ser que las marcas como Mitsubishi, Honda, Sony y otras por el estilo nunca habían tenido una sede importante en la Argentina. Se instalaban en Brasil y desde ahí nos vendían todo, aprovechando que la dictadura había hecho mierda la industria nacional y había fomentado las importaciones. Así que el plan, según me explicó Yoshie, era ocupar primero un mercado más chico como el nuestro. Ese año su empresa había empezado a patrocinar un cuadro de fútbol, no me acuerdo cuál. Era uno importante, si me escucha Ari me mata. La cuestión es que la marca Me estaba sonando bastante en todo el país. Supongo que por eso lo habían invitado.

Él no hablaba fluido. Y se ve que al final había decidido dar su charla en inglés, porque no confiaba en el castellano de los representantes de la embajada. Y menos en el japonés de los intérpretes argentinos, por muy *nikkei* que fueran. El Nichia Gakuin acababa nomás de arrancar como colegio bilingüe, así que tampoco había colegas con el nivel de ahora. Él se quejaba de que sus traductores occidentales abusaban terriblemente de los rodeos explicativos. Y los desparramaban por todas partes, para tratar de rellenar los agujeros que iban quedando. Eso les impedía mantener el hilo del discurso. O sea, asumir lo intraducible para concentrarse en lo traducible.

Encima me habían ofrecido el laburo medio a último momento. Yo no estaba muy segura de aceptar, era fin de semana y le había prometido a Ari que iba a llevarlo al cine. Pero los organizadores del congreso interpretaron que me estaba haciendo la difícil. Entonces me ofrecieron casi el doble de la tarifa normal, y ahí ya no me quedó otra. Llamé a mi ex y negociamos. Desde que habíamos vuelto de Londres, con Emilio nos habíamos prometido que si a cualquiera de los dos le surgía una oportunidad bien paga, el otro se hacía cargo porque era bueno para nuestro hijo. Así que fue por pura casualidad que terminé conociéndolo. Bah, casualidad no. Para ser más exacta fue por guita, como todo en este mundo.

Traducir del inglés al español a un japonés que se cree políglota se parece bastante a mi peor pesadilla. No se lo recomiendo a ningún colega con la salud delicada. En general, no hay nada más incómodo que interpretar a alguien que cree conocer el idioma de llegada. Se pone suspicaz con cuestiones de principiante, detecta deslices donde hay decisiones, trata de corregirte y te duplica el problema. Yoshie anduvo especialmente cabezadura esa mañana. No hizo ninguna objeción directa a mis versiones, no era su estilo. Al revés que los hombres argentinos, él siempre fue más peligroso en silencio que hablando. Pero cada vez que yo agarraba el micrófono, me miraba de reojo y ponía caritas.

Con lo nerviosa que estaba tardé un rato en avivarme de que, con mucha discreción, Yoshie estaba mirándome las piernas por debajo de la mesa. Cuando un tipo hace eso, hay dos opciones. Si no te gusta (que es lo más común) te ofendés y se lo transmitís inmediatamente. Y si te atrae, no podés evitar sentirte halagada y lo dejás seguir mirando un poquito. Para tranquilizarme y retomar el control de la traducción, probé una variante de la segunda. Levanté un muslo, crucé bien las gambas. Y me despegué de la mesa para que pudiera verme mejor, ya que tanto interés tenía. Su reacción fue largar una tosecita avergonzada y desviar la vista al techo. Ahí supe que iba a invitarlo a tomar un café en cuanto termináramos.

Cuando nos asomamos a la calle, todavía quedaba sol. Me acuerdo que pensé: Qué plato, salir juntos de un hotel antes de la primera cita. Fue una especie de chiste premonitorio.

Intercambiando en inglés trivialidades amables, llegamos a Santa Fe. Ahí le propuse tomarnos un colectivo para ir a pasear al Jardín Botánico. O mejor, como una especie de cortesía intercultural un poco estúpida, al Jardín Japonés. Yoshie me sonrió y dijo: Estoy acá. Así eran sus formas de decir que no. Y agregó: Colectivos acá me asustan. Van muy rápido. Un hombre que te dice eso, pensé yo, tiene que ser un dulce.

Caminamos unas cuadras y doblamos por Callao. Me paré a mirar la vidriera de Clásica y Moderna, que estaba en plena ebullición con todos los autores que habían estado prohibidos o acababan de volver. Entramos para comprar algún libro, ahora me encantaría saber cuál. La idea era agarrar para Corrientes, que en la época era prácticamente obligatorio. Al final terminamos en un cafecito cualquiera justo antes de llegar a la avenida.

Yo me bajé varios solos sin azúcar, como siempre. Él tomó té muy despacio. Me llamó la atención que evitara el café. Eso en Buenos Aires es casi un conflicto diplomático. A nosotros, al revés que los ingleses, ni siquiera nos preocupa la diferencia entre un té de verdad y una hierba digestiva. Traté de explicarle que acá el café es un acto verbal. La manera de empezar a comunicarse con un desconocido. Como un mate sin confianza, digamos.

Yoshie me contó que, comparado con el té, el café le parecía menos interesante. Poco reflexivo. Que en París había tomado porque, bueno, era París. Pero que en realidad el café no le facilitaba las conversaciones, porque se le acababa enseguida y le dejaba un gusto raro en la boca.

Cuando dijo eso, yo me levanté. Fui a lavarme los dientes y me repasé los labios. Cuando volví a la mesa, él ya había pagado y me miraba muy fijo.

Como Ari se había ido a dormir con el papá, nuestra charla, y todo lo demás, siguió a la noche.

A Yoshie las bombillas le daban un poquito de aprensión. No nos hizo falta el mate para entrar en confianza, la verdad. Cuando quise darme cuenta, ya dormíamos juntos casi todos los fines de semana. Enseguida me acostumbré a llamarlo Yo. Un apodo perfecto, le decía en broma, para un narcisista que trabajaba en Me. Él se reía pero medio se enojaba, también. ¿Cómo narcisista si paso día trabajando?, me decía. Ay, Yo, me cagaba de risa, ¿vos sabés lo que es el narcisismo? No se podía quejar. Él era Yo. ¡Eso sí que es identificarte con alguien! Me encantaba que su nombre tuviera dos personas. Yo–*She*. Él y su otra. Su mujer interna.

Los primeros meses nos comunicábamos en inglés. Él se sentía más cómodo así. Y era la lengua en la que nos habíamos conocido. Creo que los dos teníamos la fantasía de que, si cambiábamos de idioma, podíamos dejar de gustarnos. Por muy habituada que estuviera a traducir, todas mis parejas habían sido hispanohablantes. Percibí que mis reacciones eran distintas en inglés. Como cuando querés decir una palabra y te sale otra.

O estás siguiendo un mapa, te equivocás de dirección y de pronto aparecés en un lugar más interesante del que habías previsto.

Yoshie en cambio tenía experiencia. Sabía muy bien cómo era vivir en la imposibilidad de explicar con exactitud tus sentimientos. Poquito a poco, empezamos a relacionarnos en castellano. Por las construcciones que usaba, me dio la sensación de que él me hablaba traduciéndose a sí mismo. Creo que todavía no se animaba a tener una identidad en mi lengua. Prefería pensar en otra que manejaba mejor y subtitular sus pensamientos como podía.

Hasta que se fue soltando, en caso de duda nos las arreglábamos en inglés, por señas o con malentendidos. ¡Qué bárbaro nos hubieran venido los smartphones! O no, andá a saber. Capaz que hubiéramos terminado atrapados en una especie de metadiscurso, consultando palabra por palabra, totalmente incapaces de avanzar en la conversación. Me acuerdo que a él siempre le daba risa brindar con el *chin-chin*. Me contó lo que eso significa en japonés. Y hasta el día de hoy, cuando choco mi copa con alguien, no puedo evitar pensar en una buena pija.

Al margen del idioma que usáramos, me di cuenta de que entendíamos los mismos términos de maneras diferentes. Nos pasaba inclusive con el vocabulario básico. Así que la relación fue generando, casi sin querer, todo un código de ambigüedades. Eso me avivaba el deseo de interpretarlo. Cada hueco en su discurso se convertía en una provocación erótica, digamos.

Al fin y al cabo, para traducir hace falta una dosis de atracción. Deseás esa voz. Te reconocés en un extraño. Y las dos partes quedan alteradas. Querer a alguien también implica hacer propias sus palabras, ¿no? Te esforzás en comprender y malinterpretás. La intención del otro se topa con los límites de tu experiencia. Para que la cosa funcione con alguien, necesitás aceptar que no vas a poder entenderlo textualmente. Que vas a manipularlo con tu mejor voluntad.

Cuando me enamoro, dudo de cada frase, cada gesto, cada insinuación. Igual que los traductores dejamos nuestra huella en los errores que cometemos, Yoshie y yo nos retratábamos en los malentendidos. Nos pasaba siempre que discutíamos. Cada cual perdía el hilo del otro y se replegaba hacia su propio marco de referencia.

Comparábamos los tres idiomas que él había aprendido. Al inglés le tenía verdadero respeto. Y era, doy fe, el que mejor dominaba. De hecho, es una lengua de dominio. Lo hablaba rápido, con una precisión mecánica y una especie de acento yanqui que me causaba gracia. Al francés le seguía teniendo mucho cariño. Quizá porque fue con el que empezó a viajar. Su primera identidad extranjera, digamos. Ahí ya no puedo opinar, el poco francés que supe me lo olvidé. Yoshie estudiaba castellano dos horas al día. Consiguió hablarlo no digo que súper, pero sí con eficacia, como todo lo que hacía. Lo escribía a duras penas. Y llegó a leerlo bastante bien. A veces le prestaba libros de literatura argentina. Y, misteriosamente, me los devolvía en mejor estado.

Él me decía que las gramáticas occidentales habían trastornado su concepto del tiempo y de las cosas. Si no registré mal, los sustantivos japoneses son invariables, no tienen género ni número. O sea, para un hablante japonés las cosas no mutan según las circunstancias. Son lo que son. Pueden combinarse con otras diferentes, pero nunca cambiar de forma. Eso es casi un *statement* político, ¿no? Yoshie tenía problemas con los artículos. A veces los confundía y otras los omitía directamente. ¿Me das copa de vino?, te pedía. Su copa de vino me sonaba a concepto, a categoría absoluta. A placer que dura más.

Otra costumbre que se me quedó metida acá en el oído es cómo acentuaba las palabras. No distinguía demasiado las agudas de las esdrújulas. Enfatizaba cada sílaba con una especie de diplomacia, como si no quisiera elegir un solo acento. Eso le daba una música medio entrecortada pero muy hipnótica. Cada una de sus frases parecía una enumeración o una progresión que no se sabía bien adónde iba a terminar. Entonces me quedaba escuchándolo, esperando el próximo sonido, sin poder distinguir las pausas de los silencios.

Me daba curiosidad, y en algún punto también me calentaba, esa tendencia suya a no terminar de decir ni que sí ni que no. Daba la sensación (y eso me motivaba para convencerlo) de que sus deseos estaban hechos de un material muy fino y reversible. Como una media de mujer. Yo gozaba con los vasos comunicantes entre querer y no querer algo, entre aceptar y negarse. Mis conocidos se impacientaban un poco. Donde yo veía insinuaciones, ellos leían indecisión.

Él trató de explicarme el quilombo del *hai* en japonés. Que sería más bien nuestro ajá, una especie de asentimiento de cabeza. Para darte a entender de veras que sí, ellos necesitan completarlo. Agregarle algún refuerzo. Tipo: Sí, estoy de acuerdo con vos. O: Sí, te prometo que lo voy a hacer. A Yoshie eso le parecía más claro que lo nuestro, que largamos al toque sí o no, y después por ahí nos ponemos a pensar.

Con el usted y el vos se confundía. No le entraba en la cabeza por qué *ustedes* es el plural de *usted,* pero el plural de *vos* no es *vosotros.* ¡Andate a España, andá!, le decía en joda. Y terminó en Madrid, mirá vos. Si no le entendí mal, para dirigirte a alguien en japonés tenés que manejar varios registros prácticamente imposibles de traducir. Aparte del tratamiento informal y formal, podés poner al otro por encima, por debajo y qué sé yo. Me imagino que tantas formas de hablarle irán creando un interlocutor complejo. Otros dentro del otro.

Ahora, lo más confuso para él eran los tiempos, claro. Hasta donde entendí, el japonés tiene pasado y no pasado. Dos extremos y un abismo. ¡Chupate esa mandarina! Me parece que ahí hay un ejemplo de cómo la gramática condiciona la memoria de los hablantes. Me quedé impactadísima con el no pasado. Un país entero se podría caer por ese hueco.

Yoshie primero había vivido por Libertador, en uno de esos departamentos que parece que flotan por encima de la ciudad, como si no tuvieran ganas de mezclarse. Enseguida se aburrió y quiso buscar un barrio con más historia. Querido, me reía, ya no estás en París. Al final encontró una casona reformada en San Telmo. Ahí por la calle Perú, para el lado del mercado viejo. Curiosamente a un par de cuadras de donde ahora está la Federación Nikkei, que en ese momento ni existía.

La casona era divina, con esas puertas de madera, esos techos altos y esos pasillos tan del barrio. Se la había alquilado a un descendiente de japoneses de Burzaco, que había hecho guita en las industrias textiles. No, esperá, ese era otro. Venía de Escobar, de una familia de floricultores o algo así. Del apellido del tipo sí me acuerdo patente, Nakama, porque yo hacía chistes bastante obvios. Yoshie no entendía por qué acá nos parecen tan graciosos los nombres orientales. Me decía que nunca nos reíamos de los ingleses o los franceses.

Él me contó que en los países anteriores no había tenido mucha relación con las comunidades japonesas. Que le daba miedo ser incapaz de adaptarse si se acercaba. Tampoco le veía sentido a irte a la otra punta del mundo, y pretender vivir como si no te hubieras movido. Lo que no se imaginó es la cantidad de turistas japoneses que iban a San Telmo. Y justo acá, tan lejos, Yo terminó reencontrándose con su comunidad. Empezó a patrocinarles proyectos culturales. Así de paso pude conocer a varios traductores. Él estaba sorprendido por lo bien que se entendía con los *nikkei* argentos. Quizá porque, en el fondo, todos seguían sintiéndose más japoneses de lo que creían. O porque ninguno era del todo japonés.

También hizo buenos negocios con ellos, claro. Consiguió no sé qué subvenciones del gobierno japonés. En la comunidad se hicieron fanáticos de Me, obvio. A Yo lo impresionaba ver que los zurdos seguían sin aparecer. Siempre estaba esperando que alguien le firmase un documento con la mano izquierda. Al final pegué muy buena onda con la comunidad. Todavía me acuerdo de varias de las familias. Los Nakandakari, los Murato, los Iwasaki. Linda gente. Encontré un video de unos pibes en Facebook o YouTube, no estoy segura, y pensé que a lo mejor podían ser sus hijos. ¡O sus nietos! Si son los nietos, me muero.

Para mi gusto, él idealizaba demasiado Nueva York. Sobre todo cuando la comparaba con Buenos Aires, cosa que me caía medio para el orto. Creo que acá también tenemos lo nuestro. Para mí los rascacielos son porongas simbólicas, qué querés que te diga. Encima cada vez que elogiaba Nueva York me mencionaba a la periodista esa, Laura, Laurie, yo qué sé. Si la tipa era tan maravillosa, ¿entonces por qué la dejó? Cuando Yoshie me sugería que fuéramos, le decía *Thanks so much, my dearest.* Mejor te llevo a Londres. ¿Y las Malvinas?, me chichoneaba él.

Su obsesión eran las fronteras. Las imaginarias, digo. Estaba como poseído por la ansiedad de unir de alguna forma sus ciudades, sus idiomas, sus recuerdos dispersos. Todo le sugería algún acercamiento, posibles vecindades entre cosas en teoría muy alejadas. Iba de una referencia a otra como una especie de traductor automático. A veces los resultados sonaban igual de delirantes. Creo que el pobre necesitaba estar en varios lugares al mismo tiempo. Tenía la ilusión de la mezcla, que quizá te lleva a la soledad por caminos distintos al exilio.

Le decían siempre chino. Con mejor o peor intención, acá llamamos así a cualquiera que no tenga los ojos redondos. A mí eso me daba una vergüenza bárbara y me hacía enojar con mis amigos. A él mucha gracia no le causaba, pero se lo tomaba con soda. Alguna vez me comentó que en el fondo se lo tenía merecido. Y que cada país debería probar la experiencia de que todos lo confundan con su antiguo enemigo.

A Yo le encantaba lo confianzudos y toquetones que somos. Aunque también le parecía desconcertante. Si todo el mundo habla con vos de cualquier cosa y se hace amigo tuyo enseguida, me preguntaba, ¿entonces cómo sabés quiénes son en serio tus amigos? Hasta que entraba en confianza, solía ser bastante reservado. Hablaba muy despacio, en voz bajita. Y de pronto tenía ataques inesperados de caradura, como el día que nos conocimos. Estoy convencidísima de que una cosa dependía de la otra. Hay impulsos que sólo los tienen los vergonzosos, ¿no?

Nuestros conceptos de las reglas eran opuestos. Ahí había un punto de fricción. Ya me había pasado con los ingleses, pero con él todavía más. Para Yoshie la excepción de la norma no existía, o por lo menos no debía existir. La excepción era el mal, digamos. Por eso nunca pensaba en cómo reaccionar ante el imprevisto, sino en evitarlo por todos los medios (y debo decir que en general lo lograba). Para mí en cambio el imprevisto forma parte del plan, la excepción es la ley. Imaginate lo difícil que se nos hacía planear una escapadita algún fin de semana. Terminábamos quedándonos en casa, o yendo a algún restaurante donde cada opción volvía a estar en orden, escrita, pautada. Sólo que ahí también al pobre lo perseguían las excepciones, porque yo siempre pido que le saquen algo a un plato o le cambien un ingrediente a la ensalada.

La puntualidad era todo un tema, claro. En realidad lo suyo excedía la puntualidad, él hacía otra cosa como más retorcida. En su primera época en Buenos Aires, Yoshie llegaba tan temprano que los demás creían que se había equivocado de hora. Para él llegar justo a tiempo era llegar tarde. Con su lógica económica, no le faltaba razón. Si llegás a una reunión a la hora acordada, cuando te ponés a trabajar ya es más tarde de lo previsto. Semejante manejo del horario no le traía más que disgustos. Se pasaba el día entero esperando a otros, sintiéndose ofendido, abandonado, andá a saber. Encima el tipo venía de laburar en Francia y Estados Unidos. Ahí se creen que el tiempo es oro, y no ven que es lo único que todos podemos permitirnos gastar.

Lo que más me intrigaba era que, por muy temprano que llegaras a una cita con él, y mirá que traté de sorprenderlo unas cuantas veces, Yoshie ya estaba ahí. No entiendo cómo hacía con las calles cortadas, las huelgas y los quilombos que tenemos acá todos los días. A lo mejor hacía varias cosas o se reunía con otras personas en un mismo lugar. Alguna vez me dio la impresión de que alguien se alejaba de su mesa en cuanto yo entraba. Soy de las que piensan que la gente tan puntual anda tratando de esconder algo. Seré una desconfiada, pero a mí cualquier comportamiento ejemplar me parece sospechoso.

Las costumbres extremadamente minuciosas de Yo me recordaban un poco a los asesinos de las películas. ¿Viste esos personajes que viven en la perfección y la pulcritud, y después son unas bestias? Más que asustarme, eso en su caso me atraía. Suele pasarme con los hombres tranquilos. Les atribuyo una energía que sólo se libera en la intimidad. En la cama siempre preferí a los calmados, porque saben cambiar de ritmo. Los que son puro nervio y viven acelerados, ¿cómo hacen para acelerar?

En su casa él tenía un sigilo medio perverso. Era capaz de levantarse horas antes que yo, preparar el desayuno y ponerse a trabajar sin el menor ruido. Para hacer eso, fantaseaba yo, necesitás unas manos especiales. Y aunque no fuera tan así, la idea misma ya me predisponía a sentirlo. Así soy yo cogiendo. Me meto en la cama con mis conjeturas, y entonces disfruto por pura autosugestión.

Pienso que a partir de cierta edad, que es más o menos la que tenía cuando empecé con Yoshie, la importancia del sexo pasa a ser relativa. Mejor dicho, pasa a ser extremadamente importante, aunque por razones que ya no son sexuales, ¿me explico? Una valora más todo lo que entiende con el pretexto del placer, lo que se habla después, lo que se recuerda o se imagina antes de hacerlo. Esas cosas serían imposibles sin el sexo, pero no son el sexo.

Nos llevábamos unos años, no demasiados. Los suficientes para que cada uno pudiera aprender del otro, digamos, sin sentir distancias ridículas. Al principio, cuando sos jovencita, te acostumbrás a coger sobre todo por el otro. Para no defraudarlo. Para ser lo que esperan de vos. Por eso a veces en la cama exagerás un poco, no tiene nada que ver con engañar a nadie, eso es una pelotudez machista. Se trata más bien de suplir la falta de placer propio con la aprobación ajena. Si a los demás les parece que lo hacés bien, lo hacés bien. Como nadie te enseñó que sos importante, por lo menos querés ser importante para alguien.

Después aprendés a coger, o desaprendés, para darte placer a vos misma. Para producírtelo acompañada.

Como no sabés muy bien cómo lograrlo, te la pasás persiguiendo esa meta. Porque en el fondo lo visualizás como una meta, ¿no? Algo que sigue lejos aunque parezca que te vas acercando. Te ponés a correr en tu dirección. Y más tarde, con los años, vas aprendiendo a coger para el otro de nuevo. Pero esta vez el otro está metido en vos, ya no se trata de elegir. El placer que das te sirve de palanca para el tuyo. Entonces el sexo deja de tener meta. O la meta se transforma en alguien, alguien al que te acercás. Aunque sea un ratito.

Y el tiempo sigue pasando, y deseás de otra manera. A lo mejor ya no querés acercarte tanto. Ahora lo que querés es irte, irte lejos de todo y sobre todo de vos misma. De tu vida, tus conflictos, tus neuras, porque empezás a conocerte demasiado. Esa suele ser la edad de las filias, creo. Cuando no probás tanto las cosas que te gustan, como las que creías que no te gustaban.

Con Yoshie, bueno, a veces tenía la sensación de que me iba tan lejos de mí que no podía volver. Esa virtud no tenía nada de acrobática, por supuesto. Él, cómo decirlo, no te retenía. Lo que hacía más bien era colaborar para que huyeras. Se daba cuenta de que la meta no era él. Con los años el placer se vuelve medio fugitivo. Los golpes se te van acumulando y pasa a ser un buen consuelo, una especie de recompensa por resistir.

Yoshie tenía un recurso que podrá sonar raro, pero a mí me causaba mucho efecto. Íbamos por la calle y, de repente, me preguntaba qué haría si supiera que me iba a morir hoy. Nos pasó varias veces paseando por Recoleta, al ladito del cementerio. Entonces nos metíamos en un telo que hay en la calle Azcuénaga. (O había, no estoy segura. Hace bastante que no voy, lamentablemente.) Me acuerdo de una noche, en ese telo, justo después de acabar. Vi mi cuerpo reflejado en el techo y le dije: No sé si acabo de tener un orgasmo o un presentimiento. Lo vi girar en el espejo y me susurró: ¿Eso dónde leí? Siempre que tratabas de decirle algo profundo te contestaba lo mismo.

Según él, desnuda yo tenía olor a arena. ¿Pero arena cómo?, me burlaba, ¿seca o mojada? ¿Del Atlántico o del Pacífico? Y él, haciéndose el *sensei:* Ni mojada ni seca.

Para Emilio, al principio, Yoshie era un intruso que invadía su espacio. El tano se puso celoso no tanto por mí, sino por Ari. No soportaba la idea de que otro hombre jugara con su hijo. Yo lo entendía, claro. Aunque también me daba la sensación de que Emilio estaba aprovechando el tema de nuestro hijo para destapar otras cosas. Ay, digo *destapar* y pienso en cuando Ari tenía frío y me pedía que lo tapara con el cuerpo.

Al pobre no le hacía bien sentirse tironeado. Pensé que lo saludable era mantener al tano lo más alejado posible de mi pareja, pero no funcionó. Que Emilio no lo viera sólo le generaba temores. Al final le encontramos la vuelta haciendo todo lo contrario. Los obligué a coincidir. Los junté varias veces para comer. Y después de dos o tres tardes incómodas, el tano terminó cediendo. Empezó a tratar a Yoshie con una cordialidad que a mí me pareció un poco estratégica. No supe bien cómo reaccionar. Estaba preparada para la batalla de celos, el duelo de orgullos masculinos, la guerrita de falos. Pero no para que los dos se rieran juntos, hablaran a mis espaldas o me preguntaran por el otro.

De pronto me inquietaba ver a Ari jugando con esos dos hombres con los que me había acostado. Ellos se miraban, no sé, con esa especie de gratitud que produce en los machos la supuesta ausencia de rivalidad. Era como si se admirasen mutuamente por haber decidido no cagarse a trompadas. O a lo mejor soy injusta. Cuando un tipo se relaja y deja de competir un ratito, digo yo, ¡tiene que sentir un alivio, un amor a todo! Simplificando mucho, mi teoría es que, como los dos habían sido hombres infieles, se tenían un respeto basado en la identificación.

Yoshie se entendía bárbaro con Ari y eso me sorprendió, porque me lo había imaginado como un soltero antiniños. Mi hijo lo adoraba, tenía un metejón muy gracioso con él. Que alguien viniera de tan lejos le parecía un logro. Como si le hubiera costado mucho trabajo llegar hasta nosotros. Cuando comíamos juntos, Ari siempre le pedía que dijera algo en japonés. Él aprovechó para enseñarnos a decir buen provecho. *Itadakimasu.* Y después *gochizosama,* esa me encantaba, qué bien comimos. Y un montón más que ya me olvidé.

Para mí que tenía vocación de tío. Era notable lo bien que se llevaba con Ari, y al mismo tiempo la claridad del límite que le trazaba. Le dedicaba un sábado, por ejemplo. Lo cuidaba, lo atendía, le daba cariño. Y cuando el domingo volvía a su casa, se olvidaba de mi hijo hasta la próxima. Prefería ser un espectáculo esporádico que una figura paterna, digamos.

Nosotros seguíamos viviendo en Palermo, en el departamentito que había comprado con Emilio. Fue tan rara esa mudanza. La dictadura no daba más y habíamos decidido volver para las elecciones. Así que sacamos todos nuestros ahorros en libras. Agarramos nuestras cosas, que tampoco eran muchas, sin pensar demasiado. Nos metimos los tres en un avión. Nos reencontramos con nuestra gente (por lo menos con la que seguía acá). Hicimos la mudanza. Votamos muy contentos. Él a Luder, porque siempre fue reperonista. Y en cuanto ganó Alfonsín nos separamos. En vez de comenzar un proyecto nuevo juntos, se nos cayó encima todo lo que arrastrábamos.

Era un dos ambientes por Mansilla y Aráoz, con piso de madera y linda luz. Palermo todavía no era

Soho, ni Hollywood, ni nada. Era un barrio más barrio. Si sabés por dónde pasear, todavía quedan algunas partes así. Los vecinos de toda la vida (es decir, los que no aprovecharon para vender) son muy militantes con ese tema. Ahí se fueron creando como fracturas, a veces en una misma calle. Podés ver las cicatrices casi en cada edificio. Los que llegaron antes o después de la plata.

En realidad, sobre Palermo hay tantos tópicos que ya no lo podés mirar. Lo que ves es la imagen que se proyecta del barrio. Y parece que muchos sólo van para confirmar la suya. Tenés la concheta (ropita, rúcula). La culta (librería, café). La clásica (ferretería familiar, pasta casera). La alternativa (segunda mano, té ecológico). La conservadora (confitería, macrismo). La nocturna (pub, taxi). La turística (parrilla, Malbec). Y así sucesivamente. Todas visiones tan reales como tuertas. Pienso que, a pesar de todo, esa falta de esencia habla bien del barrio.

La cuestión es que Yoshie se acostumbró a venir cada vez más a Palermo. Y se fue convirtiendo en una referencia para Ari. Eso me conmovía y también me daba miedo. Siendo las relaciones como son, yo sabía que estaba exponiendo a mi hijo a otra pérdida.

Cuando empezó a quedarse a dormir en casa, los fines de semana que a Ari no le tocaban con el papá, yo le pedí que no fumase adentro. Y mirá que en esa época odiar el humo era una especie de proeza. Si no fumabas, te convertías en alguien molesto para los hinchapelotas que te asfixiaban. Con esa disciplina militar que le salía a veces, Yoshie obedeció inmediatamente y se puso a fumar menos en su propia casa. Me dijo que así iba a poder estar en la mía sin tanta ansiedad.

El pobre estaba lleno de alergias y aprensiones. Las manejaba a su manera. Creo que en el fondo le servían para demostrarse que podía superarlas si era necesario. El problema del gato, por ejemplo. Antes de que él entrara, tenía que encerrarlo en la cocina y pasar bien la aspiradora. No podía quedar ni un solo pelo en el sofá, había que cambiar las sábanas, todo un operativo. Pero a mi hijo le daba lástima no poder jugar nunca con los dos. Tener que elegir entre Yoshie y su gato Walsh.

Hasta que un día el tipo agarró, se tomó el antihistamínico más fuerte que encontró en la farmacia, y se tiró al piso con Ari y con el gato. Viéndolos revolcarse juntos, gritando como locos, tuve un momento de felicidad impagable. De esos que valen una relación entera. Después me pareció que él respiraba raro y me asusté. Me imaginé que terminábamos llamando a una ambulancia. ¿Cómo te sentís, Yo?, le pregunté. Sorprendido, me contestó él, con la nariz chorreando y los ojos rojos.

A Walsh, que era medio desconfiado, no le gustaba mucho Yoshie. Para mí que percibía que lo tocaba así, con un guante. Igual Walsh se dejaba, porque intuía que era un triunfo suyo. Pero le arqueaba el lomo y, en vez de cerrar los ojitos, lo miraba bien fijo mientras él lo acariciaba.

El tano es un enfermo del fútbol, se pasaba los domingos con la oreja pegada a la radio. Hasta en Londres consiguió armar un grupito de hinchas de Boca. Él trataba de explicarme las tácticas. Hacía el sincero esfuerzo de incluirme en su entusiasmo, como hacíamos con todo lo demás. Yo le enseñé a revisar traducciones. Y Emilio había logrado que leyéramos el Código Penal. En cambio al fútbol no podía darle bola, me aburría enseguida. Cuando conocí a Yoshie, vi que el fútbol no le importaba nada. Esa fue otra de las razones para entendernos. Estar en minoría frente a todo el mundo es otra patria, pienso.

Él opinaba que patear una hora y media una pelota que rebota poco, y tratar de pasarla por un hueco que no guarda proporción con su tamaño, era necesariamente una actividad estúpida. De chico había jugado al ping-pong y en Nueva York creo que se aficionó al fútbol americano o al básquet, no me acuerdo. Igual que el papá, Ari es fanático de Boca. Así que Yoshie terminó sentándose a ver los partidos con mi hijo. Eso y dibujos animados japoneses. Mazinger, Meteoro. No es que entendiera demasiado lo que pasaba en los partidos, pero le tomó el gusto a festejar juntos los goles. Cada vez que metían uno, Walsh salía huyendo.

Lo que le interesaba no era tanto que los equipos hicieran gol, como la posibilidad absurda de que nadie hiciese ninguno. Que un partido tan largo pudiera terminar cero a cero, con un resultado vacío, lo dejó fascinado. La consideraba una ocurrencia budista. Reconozco que jamás pensé, ni por un solo segundo, que el fútbol fuera capaz de resistir alguna comparación filosófica. Me parece que Yoshie entendía el cero a cero como objetivo. En vez de hinchar por alguien, que es lo que hacemos todos (yo siempre hincho por el equipo de mi hijo, el país más pobre o los jugadores más lindos) él admiraba los empates. Nos explicó que en la tradición japonesa no se perdona la derrota. Y que un empate era la única solución honorable para los dos equipos. ¿Pero entonces no querés que gane Boca?, se enojaba Ari.

Muy cerca de su casa, en Perú y San Juan, había unas canchitas de fútbol que se llamaban Nikkei. A lo mejor siguen ahí. Algunos fines de semana lo llevábamos a Ari a jugar con sus amigos. Durante años, mi hijo rechazó el inglés. Ese problema me tenía angustiada. Si Emilio o yo le decíamos cualquier pavada en inglés, él nos contestaba en castellano. Tenía bloqueado todo lo referente a nuestro exilio en Londres, que es donde había aprendido a hablar. Sin embargo con Yoshie funcionó distinto. Lo averiguamos por casualidad una tarde, mientras lo veíamos jugar en una de esas canchitas.

En un momento del partido, a Yo se le escapó el típico grito de aliento yanqui. Entonces Ari, andá a saber si por puro reflejo, le tiró una respuesta en inglés. Y siguió jugando como si nada. Casi me desmayo de la impresión. A partir de ese día, le rogué a Yoshie que de vez en cuando siguiera hablándole así. Para mi sorpresa, mi hijo lo aceptó con naturalidad. Como si le estuvieran proponiendo un simple juego lingüístico, y no toda una responsabilidad familiar. Supongo que en eso consiste la traducción, ¿no? En encontrar una parte de tu identidad con el pretexto de un extraño.

Al final de la dictadura, cuando le contamos que volvíamos al país, Ari quiso llevarse su radio inglesa. Una radio chiquita, de plástico amarillo, con la que se quedaba dormido todas las noches. Por mucho que le explicamos que podíamos comprarle otra en Buenos Aires, él insistió en traerla. Así que la metimos en la valija de mano. Emilio y yo estuvimos nerviosos todo el viaje. Me acuerdo que discutimos en el aeropuerto. No sabíamos si le habíamos jodido más la vida a nuestro hijo yéndonos o volviendo. Ari viajó retranquilo. Era su primer vuelo largo y no dejaba de señalar la ventanilla y hacernos preguntas sobre Argentina. Hasta durmió unas horas, cosa que ni el papá ni yo fuimos capaces de hacer. En cuanto aterrizamos en Ezeiza, el pobre prendió la radio y descubrió que no podía sintonizar ninguna de sus emisoras favoritas. Entonces ahí sí se largó a llorar. Y no paró en todo el día. Tenía cinco, seis años. No me voy a olvidar más.

En la primera época, Ari tendía a culparme a mí por la separación. No es que me lo dijera. Pero se comportaba acusadoramente conmigo. De lunes a viernes andaba malhumorado, cargoso. Y cuando venía a buscarlo el papá, le hacía toda la fiesta. Yo me sentía horrible. Era como si nadie le diera amor hasta el fin de semana. Me imagino que eso tenía que ver no sólo con el reparto de tiempos, sino también de los espacios. Emilio había tenido que irse a otra casa y de alguna manera Ari lo interpretó como que yo lo había expulsado. La mamá seguía en sus dominios, durmiendo en la misma cama (y con otro hombre) mientras el pobre papi estaba desterrado. El único que parecía de mi lado era Walsh, que se quedaba entre mis piernas cuando llegaba el tano.

Lo que más me aterrorizaba era la idea de que Ari no me perdonase nunca. De llegar al tribunal de mi hijo adulto, por así decirlo, sin méritos suficientes para ser absuelta. Eso ya ni me preocupa. La mayoría de tus angustias como madre las sufrís por adelantado, antes de que las cosas pasen. No estoy segura de si esa culpa se disolvió sola, con los años. O si la combatí en secreto tratando de ser la mejor madre posible.

A medida que fue haciéndose grande, Ari empezó a ser más crítico con el tano y el papel que cumplió. Que no siempre cumplía, mejor dicho. Aunque mi hijo lo niegue, también le afectaron los celos por sus hermanos. Emilio trataba a todos sus hijos igual, y en teoría está bien. Pero a veces se olvidaba de que el primero que vio irse al padre fue Ari. Y eso capaz que requería un poquito más de tacto, no sé. Yo por suerte no tuve esos problemas. No caí en la tentación de embarazarme de nuevo, como las otras dos pánfilas que se juntaron con él.

Después de mucho pensarlo, Ari se decidió a hacer el trámite con la nueva ley. Y se cambió el apellido para usar el mío. Así que ahora, en vez de Molinari, se llama oficialmente Kerlin. Yo me sentí orgullosa, para qué engañarnos. Al tano le dolió y lo entiendo. Desde un principio lo educamos como *goy*, en eso los dos opinábamos igual. Ni comunión, ni Bar Mitzvá, ni nada. Que eligiera él de grande. Y la verdad es que nunca se interesó por esas cuestiones. Pero últimamente le agarró no sé qué con el tema del judaísmo o contra el padre. Con perdón de la redundancia, ¿no?

Siempre cuento que mi viejo, como no nació en el país, nunca supo pronunciar bien mi nombre. Ni siquiera el nombre. Le costaba un poquito la ere de Mariela. Y hasta el día de hoy, mi nombre me suena feo. Cada vez que alguien lo dice, escucho por debajo a papá pronunciándolo mal. Aunque hablaba perfecto el castellano, había palabras que toda la vida le resultaron difíciles. A veces pienso que me puse a estudiar otro idioma por eso. Para salir de la lengua que incomodó a mi padre.

Siendo justa, una madre posesiva tampoco es moco de pavo. Mis hermanas y yo sabemos lo que es cargar con el amor de una *yiddishe mame*. Cuando les contamos que no íbamos a circuncidar ni bautizar a Ari, mis suegros fueron comprensivos. Ellos venían de una tradición más mezclada, con católicos, agnósticos y apóstatas. O a lo mejor los aliviaba no tener un nieto tan judío, andá a saber. Emilio se enojaba con esa teoría. Decía que en mi familia teníamos dependencia emocional de las conspiraciones. ¡Bienvenido a la comunidad, *mio caro*! Mis hermanas nos apoyaron totalmente. Papá protestó menos de lo previsto. Según él lo sospechó desde el principio, como todo lo malo. En cambio mamá, muy en su estilo, puso el grito en el cielo. Ahí debe seguir gritando, la pobre.

Cuando los hijos se van, en vez de disfrutar del tiempo libre, algunas madres se quedan vacías. Se instalan en el lamento. La soledad, la ingratitud, el abandono, todo ese tango edípico. En cuanto me noto algo por el estilo con Ari, trato de reprimirme. Yoshie decía que muchos padres funcionan por economía emocional. Con su contabilidad de sacrificios y su deuda pendiente. Y que se comportan como acreedores sentimentales, porque esperan que sus hijos les devuelvan la inversión.

Era una opinión fea pero interesante. Él creció con un hueco y tuvo que armarse una defensa alrededor.

Hijos, hasta donde sé, nunca quiso. O le asustaba llegar a desearlos. Al revés que otros supervivientes, creo que sentía que la experiencia atómica lo había secado. Como si la esperanza de la procreación aumentara las posibilidades de repetir futuras catástrofes. Como si la reproducción fuese el preludio del genocidio. Se consideraba el último de su estirpe, tenía su identidad muy asociada a la extinción. Para mí se había quedado atado a ese vínculo y no podía dejar de contemplarlo. Ni me atreví a planteárselo, por supuesto.

Como madre yo sabía que se estaba perdiendo lo más hermoso, lo más grande de la vida, aunque en algún punto podía entender ese tipo de dilemas. Me acuerdo que cuando tuve a mi hijo no solamente sentí que me estaba perpetuando, que a través de su existencia prolongaba la mía. También me dio la sensación, cómo decirlo, de que se me acentuaba la mortalidad. Tuve la certeza de que alguien salido de mi cuerpo iba a sobrevivirme, y que no iba a alcanzar a conocer todas sus edades. (La mía de ahora, por ejemplo, jamás se la voy a ver.) Eso al principio me conmocionó y hasta me deprimió. Elegimos Ariel porque ese nombre estaba contenido en el mío. Y en diminutivo terminaba igual que el apellido del tano, Ari Molinari. Mi hijo dice que abusamos de su nombre.

Y al final, yo qué sé, tu bebé nace y por suerte está sano, y es tan lindo. Bah, no tanto. Recién nacidos son medio feos, ¿no? Se van haciendo lindos mientras crecen. O te van pareciendo cuando los conocés. Y todo ese ser humano se supone que es tuyo, lo creaste vos misma, es casi incomprensible. Ahí Emilio se entregó como nunca. Se desvivió para ganarse su espacio. Era un afuera y un adentro muy raro, como si la placenta pasara a ser una situación familiar. Tanta vida de golpe, sin que biológicamente él hubiera hecho nada aparte de fecundarme, le generaba cierto nivel de inseguridad. O de deuda, como diría Yoshie.

Creo que a otros hombres también les pasa, sobre todo con el primero. Nuestra experiencia inicial es diferente. Aunque termines siendo una madre pésima, desde el minuto uno sentís que la maternidad te la ganaste con el cuerpo. Que en esa criatura hubo trabajo tuyo. A veces me pregunto cómo habrá influido esa descompensación en nuestra pareja. Porque en el momento no podés encararla. Bastante laburo es cuidar al bebé y tratar de dormir dos horas.

Cuando Yoshie y yo nos fuimos conociendo mejor, como suele pasarme con la gente que quiero, empezamos a contarnos nuestra infancia. Él me habló de sus hermanitas. De la escuela en Nagasaki. Y de las espirales en forma de ojo que dibujaba. A veces seguía garabateándolas, casi sin darse cuenta, en servilletas de papel. Yo le conté que, cuando era chica, solía dibujar un árbol con alas. Y que me daba ansiedad mirarlo, porque si tenés raíces no podés volar. Cuando le mostraba esos dibujos a mi papá, él me acariciaba la cabeza y me decía: Muy lindo, nena, muy lindo.

Me acuerdo cómo le afectó la muerte de su tía, que era el único familiar directo que le quedaba. Estábamos en su casa de San Telmo cuando recibió la noticia. Lo llamaron por teléfono desde Tokio. Una vecina, creo. Él atendió en castellano, con ese cantito raro que le salía. Enseguida cambió de idioma, tono y volumen. La llamada no habrá durado más de un minuto. Él apenas intervino. Acompañaba lo que le decían repitiendo siempre la misma sílaba. Cuando cortó, tenía la cara deshecha. Ya está, me dijo, ahora sí soy último. Me parece que esa pérdida cerró algo. Mejor dicho, lo reabrió de repente.

Un detalle que Yo me contó al pasar, pero que a mí se me quedó porque sentí que tenía importancia, era que había nacido de cola. O sea, de espaldas al mundo. Su mamá se lo había mencionado varias veces. Que parecía no querer dejarla, no querer salir, ver qué había afuera. Y sus motivos tenía. Eso le dije.

Sus padres habían muerto demasiado jóvenes, pero formados. Lo suficiente para que él por lo menos les atribuyera una identidad. De sus hermanitas, interpreto, lo que más lo mortificaba no era haberlas perdido. Era no haber llegado a conocerlas. Necesitó construirlas póstumamente, digamos. Narrarse una experiencia que apenas tuvo. Así que extrañaba todo eso que no habían vivido. Su agujero inaugural.

Igual el mambo grande, me parece, estaba en el recuerdo del papá. Ahí el rol de la víctima no le alcanzaba para completar el relato. Le martillaba la cabeza que la buena posición de su familia hubiera dependido de la industria bélica. Con las armas de empresas como la del padre, su país había cometido crímenes en el Pacífico y había seguido peleando después de que los nazis se rindieran. Todo eso obviamente lo ponía en conflicto con el patriarcado, aunque él jamás pronunciase esa palabra.

Lo que más se reprochaba, estoy convencida, era no haber intentado reanimar al papá cuando lo vio ahí tirado. No haberlo tocado más, no haberse ensuciado con el cuerpo del padre. Yoshie no era muy de hacer ese tipo de lecturas. De hecho, huía de ellas. Pero hablaba de su olor, su estatura, sus manos, su pelo. Era un recuerdo demasiado físico para un hombre con el que había tenido tan poca cercanía. Por eso digo que había, no sé, una especie de rescate fallido.

Una vez le propuse que fuéramos a La Plata a celebrar el día de los muertos con la comunidad japonesa. Le dije que a lo mejor podíamos honrar a su familia y, torpe de mí, repensarla juntos. Yoshie se me quedó mirando con una mezcla de gratitud y extrañeza. Me contestó que su familia no tenía tumba. Que no necesitaba ir a ningún lugar para comunicarse con ella. Y que lo hacía todos los días en su casa.

Es cierto que tenía puesto, cómo era, un, ay, me olvidé. Como un altarcito ahí, al lado de la mesa del comedor. Con fotos de sus papás, sus hermanas y sus tíos. Les daba fruta fresca y a veces arroz o té. Iba a decir que se los dejaba, pero no. Se los daba. Como si ellos también necesitaran recibirlos. A mí me parecía muy sabio relacionarse así con los muertos. Sobre todo unos muertos con tan poca materia. La comida de alguna forma los volvía físicos, eran fantasmas bien alimentados. Ojalá acá hiciéramos lo mismo. Muertos sin cuerpo no nos faltan.

Con los años, él llegó a conocer bastante bien las costumbres de acá, y yo aprendí algo de las de allá. Solíamos charlar sobre nuestras historias nacionales. No sé cuál de los dos se sorprendía más.

Sus descripciones del país me causaban gracia. Me sentía igual que cuando te ponés frente a uno de esos espejos curvos, y por un lado te ves desfigurada y por otro sabés que tus defectos se notan con más claridad en esa imagen. Él opinaba que el argentino medio se cree un líder y está seguro de que Argentina va a ser siempre un desastre colectivo. Entonces opta por un individualismo feroz, que es parte de su carisma y también de su problema. Si no me lo dijo tal cual, por lo menos es lo que aprendí de nosotros mirando a un japonés.

Él cargaba con lo suyo, claro. Me costaba entender cómo un país educado en religiones que sacralizan la naturaleza, y mucho más después de lo que pasó, le había apostado tanto a la energía nuclear. En naturaleza, me argumentaba él, hay especies que en caso de emergencia eligen autodestrucción. Entrenadas para distinguirse de otras. Como lemmings. Eso decía Yoshie.

Bueno, en realidad los lemmings no se suicidan. Un día se lo expliqué. Eso es un mito, Yo, no se mueren así. Y para mí los países, en el fondo, nunca son tan distintos. Es algo que aprendí traduciendo. Por muchas diferencias y limitaciones que encuentres, al final prevalece lo traducible. Lo que cada uno logra hacer con lo que entiende.

Pero la tentación del mito actúa, ¿no? Si un japonés se suicida, por ejemplo, no buscamos otras razones. Es japonés. Y nos ahorramos las preguntas. Más que introducirte en ella, los lugares comunes te impiden conocer una cultura. Igual que al principio él creía que todos los argentinos cabalgábamos por La Pampa y llorábamos con Gardel, yo descubrí que él no soportaba a Mishima. Su nacionalismo militar le resultaba de lo más antipático. Aunque entendía su rabia hacia los yanquis, le parecía una barbaridad rechazar el imperialismo adorando al emperador.

Siempre me fascinó el *seppuku* de Mishima. Hasta que nos conocimos, yo pensaba que había sido un harakiri. ¡Cuánto protocolo para hacerse mierda! Según Yoshie, no es que el código samurái lo convenciera. Más bien había encontrado un pretexto glorioso para su deseo autodestructivo. Ya que existía esa tradición nacional, pudo vender su gesto como un acto de patriotismo. Aquel final tan triste, cuando fracasó ejecutando el rito, él lo consideraba lo más profundamente japonés de su biografía.

Pero hay una diferencia enorme, pienso, entre la inmolación y el sacrificio. Entre Mishima y un emperador. El harakiri requiere la absoluta responsabilidad de su víctima. En la Segunda Guerra se sacrificó a un pueblo entero, y muy especialmente dos ciudades, sin que nadie pudiera decidir sobre su vida. Fue un suicidio en cuerpo ajeno, digamos. Acá las autoridades conocen el método. Que les pregunten a los chicos de Malvinas.

A mí me impresionaban mucho las historias de Okinawa. Cuando perdieron esa última batalla, los militares le aseguraron a la población que, si no se mataba por su cuenta, el enemigo iba a torturar y liquidar a sus familias. Las violaciones no se mencionaban tanto, porque los dos bandos ya se habían encargado de violar a miles de mujeres. Cuentan que muchos se hicieron matar por sus amigos. Se golpeaban la cabeza con piedras o se estrangulaban entre sí. Otros se acostaban alrededor de las granadas que les habían entregado. Las familias se suicidaban juntas. El padre se encargaba de activar el explosivo.

Para los pocos que no se inmolaron, caer en manos del enemigo resultó menos letal que obedecer a su propio ejército. El efecto en los supervivientes tuvo que ser bien perverso, porque terminaron extrañamente agradecidos con los ocupantes por no haberlos asesinado. Un Estocolmo nipón. Que explica muchas cosas, me imagino.

Yoshie me habló de los movimientos antibélicos en Okinawa. Protestan contra las bases yanquis, que ahí siguen lo más panchas. Pero también protestan contra la censura de la historia, que todavía no se reconoce ni se enseña en las escuelas. El gobierno no dice ni pío sobre las violaciones. A su soberanía, digo.

Una vez me contó una anécdota de Hiroshima. Aunque me había contado unas cuantas, esta era especial porque no estaba seguro de si la había visto con sus propios ojos, la había escuchado ahí o la había leído en algún lado. Resulta que después de la bomba, en medio de la más absoluta destrucción, un regimiento recibe la orden de suicidarse inmediatamente. De todo el regimiento, sólo un joven soldado incumple la orden. El narrador de la historia.

De eso hablábamos bastante, en realidad. Yoshie tenía muchos recuerdos de la bomba. Incluso me confesó que, en los últimos años, le daba la sensación de que tenía cada vez más. Nunca me pareció que le costara hablar del tema. Él mismo lo sacaba, si venía al caso. El día que me preguntó si le daba permiso para mencionárselo a Ari, supe que nos queríamos en serio.

Él solía decir que con el tiempo visualizamos nuestros recuerdos en tres velocidades, como las videocaseteras que fabricaba Me. Están esos que vuelven a la cabeza una y otra vez, en forma de obsesiones ralentizadas. Están los que van saltando de acá para allá, como si faltaran escenas importantes. Y esos otros que pasan siempre demasiado rápido, quisiéramos frenarlos y no sabemos cómo. Si eso tiene algo de cierto, se me ocurre que la primera y la segunda velocidad serían las del trauma. La tercera sería más bien la del placer.

Con una lógica parecida, pienso que se podrían distinguir tres memorias. La regrabada, digamos, cuando el relato oficial se inscribe sobre recuerdos que se quieren ocultar. La memoria en pausa, que se congela en algún momento clave. Y la adelantada, que omite deliberadamente una parte de la historia. Hace no mucho se lo comentaba a Jorge. ¿Me dejás anotarlo?, me preguntó otra vez.

Parece que las sociedades que vivieron una guerra tienen índices más altos de demencia senil. Suena lógico. Si con la edad nuestra memoria empieza a ser ocupada por lo lejano, es justo en ese momento cuando los fantasmas pueden reaparecer. Entonces la locura o el olvido serían reacciones naturales, ¿no? Quizá por eso trato de contar todo lo que me acuerdo de mi vida. Para contárselo a mi hijo, que no tiene esos recuerdos. Y a mí misma, por si estaba olvidándome.

Pero me gusta pensar que la memoria también cumple funciones creativas. No sólo porque invente lo que no recuerda o interprete lo que no entendió bien. Para mí una buena memoria se pregunta: ¿Qué puedo hacer con lo que me hicieron? ¿En quién me convierten mis recuerdos, cómo me reinventan? Creo que eso lo aprendí en el exilio. Y después acá, con Yoshie.

Nunca faltan los que te aconsejan que te olvides un poco, claro. Que hay cosas que es mejor no recordar demasiado. El problema es que eso te condena a una contradicción interminable, porque el trauma que no se dice en realidad no puede olvidarse. Literalmente no descansa, vive en estado latente. Como esas ideas que no anotás y te impiden dormir o pensar en otra cosa. Me lo decía siempre mi analista, que en paz descanse. Lo que no tiene inscripción no puede prescribir.

Alguna vez le pregunté a mi analista, que era una capa, cómo aplicaría ese principio a las familias que prefieren olvidar un genocidio en su país, por ejemplo. Según ella, para la primera generación todo genocidio es indescriptible. No hay palabras. Para la segunda se convierte en innombrable. No conviene. Y para la tercera generación ya se vuelve impensable. No puede haber ocurrido, digamos, o nunca más podría volver a ocurrir. ¿En qué fase estaremos acá?

Ningún país del mundo, obvio, quiere que sus tragedias se repitan. Eso no significa que quiera ocuparse de las víctimas de la tragedia anterior. Son dos deseos distintos. ¿Son dos deseos distintos? Y así nos vamos acercando a la tragedia siguiente.

Medio en joda y medio en serio, a veces le reprochaba a Yoshie que Japón fuese uno de los pocos países que habían recibido a Videla. Justo él fue también el primer presidente sudamericano que visitó China. Así que el general tenía inclinaciones asiáticas, mirá vos. Nosotros todavía estábamos en Londres y leí la noticia en no sé qué diario inglés. Me dio muchísima bronca que países tan influyentes legitimaran la dictadura. Querían comprarnos carne y cereales, como siempre. Supongo que nosotros les comprábamos cosas mucho más caras.

En fin, en Tokio había un embajador milico que había sido compañero de Massera y responsable de la ESMA. Una joyita. Allá por el Lejano Oriente, el hijo de remil puta se dedicaba a presumir de la uniformidad étnica de los argentinos. Se ve que por el norte del país no había viajado. De nuestros inmigrantes y ancestros judíos me imagino que tampoco presumía. En la época de Menem, ese mismo tipo fue presidente de la Asociación argentino-japonesa. Después lo metieron en cana por crímenes de lesa humanidad. Y se murió sin condena. Y si lo hubieran condenado, bueno, ahora lo estarían liberando igual. La cuestión es que a Tokio fueron todos. Ministros, empresarios, banqueros, sacerdotes. No fue lo que se dice una visita de incógnito.

A Videla lo declararon huésped ilustre. Lo alojaron en un palacio, tuvo audiencias con el primer ministro y hasta con los antiguos emperadores. Si buscás el *Japan Times,* encontrás la información día por día. En las noticias ni siquiera se menciona su rango militar. De los desaparecidos, presos y exiliados, ni una sola palabra. Campañas antiargentinas, nomás. En las fotos el general aparece vestido de civil, cosa que acá rara vez hacía. Ni siquiera en el Mundial, con el planeta entero mirando (salvo en ese discursito de inauguración donde habló de paz, libertad y fraternidad). Calculo que en Japón los uniformes militares traían malos recuerdos y eran menos convenientes para hacer negocios. Según los diarios, las reuniones trataron sobre las inversiones japonesas en el país.

Ese mismo año se había reformado el dichoso Jardín Japonés. Que quedó muy lindo y todo, pero lo reinauguró Videla. Por lo que se ve, allá se llevaba bárbaro con el gobierno liberal. El *Japan Times* reprodujo una nota de un diario de Tokio donde a la dictadura, no me voy a olvidar más, la llamaban incluso *gobierno modera-*

do. En ese momento, en Argentina había más o menos la misma cantidad de gente de origen japonés que desaparecida. Aunque ahora tengamos ministros desmemoriados que confunden las cuentas.

Yoshie me recordó que en Tokio, antes del viaje de Videla, Argentina había ganado un campeonato juvenil con Maradona. Hasta él se había enterado por la prensa. Me explicó que aquel triunfo había aumentado nuestra popularidad en el país, y que de alguna forma facilitó la visita. Sinceramente, yo ni me acordaba de ese otro Mundial. ¿Ves cómo la memoria tiene distintas velocidades?

Nunca supe muy bien hasta qué punto la compañía Me había empezado su negocio con los milicos. La oficina en Buenos Aires me parece que abrió después de que nacionalizaran la deuda. Lo único seguro es que Yo aterrizó justo antes de Malvinas. Él siempre contaba que lo primero que le había tocado vivir acá fue la guerra. Y que no lo podía creer, porque en Estados Unidos le había pasado lo mismo con Vietnam. Pero sobre su empresa no tengo muchos datos. Como estaba enamorándome, la verdad es que tampoco quise averiguar demasiado.

Conversando con Yo, comprobé que su país también tenía sus desaparecidos. Me contó que hubo incluso una asociación de madres, el Grupo de Madres de Hiroshima, sin la repercusión de las de acá. Tengo entendido que no hay datos exactos sobre cuántas víctimas tuvieron. No sólo porque era una guerra, sino porque muchos desaparecieron de manera literal. Quedaron deshechos como si nunca hubieran existido. A otros los cremaron después de agonizar, y con la ciudad en ruinas obviamente era imposible organizar un censo. Así que sus nombres se fueron tachando por simple descarte. Si no aparecían, estaban muertos.

Nunca pudo enterrar a su mamá ni a sus hermanas. De su papá, yo qué sé, por lo menos se despidió. Lo vio. Sabía. Pero con ellas, nada. Eran ilocalizables incluso como muertas. Dejaron de existir dos veces. Ese no-duelo en Argentina lo conocemos bien. Aunque cualquier asesinato es terrible, desaparecer o desintegrarse pertenece a otra dimensión de la muerte, digamos. Y bloquea lo que mi analista (la tipa era una capa, ¿ya lo dije?) llamaba *psicatrización*. O sea, reprime el duelo. Lo pospone indefinidamente. Ahí la memoria corre más peligro que la propia vida.

En cuanto terminó la guerra y se fueron descubriendo los efectos de la bomba, los ocupantes mandaron destruir una montaña de imágenes y prohibieron difundir los testimonios de la masacre. Según ellos, eso podía alterar la tranquilidad pública. ¡Una tranquilidad bárbara, tenían! Pero no se trataba de Japón y Estados Unidos, pienso. El mundo entero necesitaba creer que los buenos habían ganado bien. ¿Qué carajo les íbamos a contar a nuestros hijos?

Antes de que la información fuera apareciendo, Hiroshima y Nagasaki quedaron entonces como un espanto sin imágenes oficiales. Salvando todas las distancias, por supuesto, me parece que en ese punto hay un contraste con el Holocausto. Más allá de sus cifras y circunstancias irrepetibles, la Shoah quedó visualmente adherida al imaginario, ¿no? Vos decís *campo de concentración* y no ves un espacio. Ves la gente, las víctimas. Las pilas de cadáveres en Mauthausen funcionan como recuerdo colectivo que nadie puede omitir. Los muertos de Japón, en cambio, eran de los vencidos. Y su silencio les pertenecía a los vencedores, que por suerte eran de nuestro bando.

Si lo pensás, la primera imagen de la bomba atómica que te viene a la cabeza no son sus víctimas. Es el hongo. Ves antes la explosión que todos sus muertos.

¿No es el colmo de la desaparición? Por eso mismo los supervivientes, se diesen cuenta o no, ya eran rebeldes. No les hacía falta ningún comportamiento heroico. Su simple existencia era contestataria, porque no estaban previstos. En eso consistía para mí lo político de Yoshie. Él militaba porque estaba vivo.

Nunca falta el que viene a impartirte ortodoxia, claro. Las veces que habremos discutido con mi papá. ¡Pero qué tiene que ver el Holocausto con las bombas! ¡El antisemitismo con una guerra entre países! Cuando se trata de derechos humanos, esas sutilezas geopolíticas me asombran. ¿Entonces una guerra entre países justifica cualquier cosa? Si en aquel momento hubiera existido un Estado judío y hubiese combatido contra una potencia antisemita, ponele, ¿los campos de concentración habrían sido menos imperdonables?

O vayamos a Palestina, que en realidad era el tema por el que más nos peleábamos. Que maten niños y civiles en esos territorios, ¿no es igual de denunciable antes y después de que se reconozca el Estado palestino? Y mi viejo, furioso. ¡Pero cómo te atrevés a comparar los campos de concentración con…! No comparo, papá, no comparo, le decía. Sólo trato de entender cómo pensamos.

Más allá de quiénes ganaron o fueron los salvadores, para mí hay otro nexo con el caso japonés. La productividad de la muerte, digamos. Las cámaras de gas y las bombas atómicas son, cómo llamarlas. Empresas del asesinato. Pura eficiencia letal. Sólo una potencia industrial podía inventarlas. Los demás países como mucho pueden tratar de copiar la idea. Acá el molde nazi, por ejemplo, no nos salió nada mal.

Aunque pasaron casi al mismo tiempo, para mí los dos exterminios parecen de épocas distintas. Las cámaras de gas se pretendían secretas, no había nada que mostrar en público. La víctima y el destinatario coincidían. Las bombas se tiraron para que las viera el mundo entero. Sus víctimas fueron el medio para lanzar un mensaje. En los campos de concentración o en los centros clandestinos de acá, el agresor estaba repugnantemente claro. Te quedaba, no sé, la posibilidad del insulto. O de una delación para intentar salvarte. En Hiroshima y Nagasaki el enemigo era invisible, no hubo nada ante lo que rebelarse o rendirse. Fue algo contra todos y sin nadie. No digo que fuera peor. Digo que era el futuro.

Después se fabrican también los relatos sedantes. El Holocausto fue inhumano. La bomba fue un error (eso me contó Yoshie que dice un monumento en Hiroshima, un *error* que no debe repetirse). O los desaparecidos fueron una pesadilla, algo demoníaco, etcétera. Como si en esas masacres no hubiera existido una lógica y hasta una burocracia. Con miles de trabajadores conscientes de sus actos y al servicio de unos planes. Por eso sospecho que los genocidios son catástrofes más o menos anunciadas que más tarde se recuerdan como anomalías. Todo sea por que los chicos duerman. Por que los padres duerman, mejor dicho.

Nunca supe muy bien por qué entre mis amigos Yoshie tenía esa fama de ser tan serio. A mis hermanas (más a Sara que a Mónica) les parecía demasiado formal. Pienso que, una vez más, era un problema de traducción e interpretación. No hablábamos el mismo idioma que él para reírnos. Su sentido del humor no servía para llamar la atención de los desconocidos, que es como acá concebimos la simpatía. El suyo era para adentro, digamos. Tenías que intimar con él para aprender a reírte de lo que él se reía.

Le encantaban los chistes sobre la muerte. En su caso, tenían un efecto profundamente autoirónico.

Cuanto mejor conocía la historia de Yoshie, más graciosos me sonaban. Su sentido de lo trágico era tan fuerte que lo aliviaba cualquier broma. Se sabía de memoria un montón de poemitas y fábulas. Eran muy importantes para él, porque se los había enseñado su papá. Los recitaba en japonés y después me los iba traduciendo. Creo que me fascinaban más antes de averiguar qué significaban. Suele pasarme con los idiomas que desconozco. La traducción me decepciona un poco, como si el original pasase de poder significar todo a decir algo muy limitado. Pero igual eran lindos.

Así aprendí, por ejemplo, que los monjes zen escribían poemas sobre su propia muerte. Yoshie me explicó que los preparaban cuando estaban perfectamente sanos, y después fingían que se les ocurrían mientras estaban muriéndose. Me sorprendió que muchos de esos textos tuvieran humor. Había uno que él solía repetir y que decía más o menos así:

> Creí que iba a vivir
> un par de siglos, siendo pesimista.
> Pero llega la muerte de repente,
> cuando soy un muchacho
> de sólo ochenta y cinco.

Había también una fábula con una historia similar. Un tipo tiene miedo de morirse sin dejar un buen poema de despedida, y empieza a practicar desde joven. Cada vez que escribe uno, se lo manda a su maestro para que lo revise. Hasta que el tipo cumple ochenta años y le manda este:

> Son ochenta los años que he vivido
> por obra y gracia de mi soberano
> y mi amada familia,
> el corazón en paz
> entre lunas y flores.

Entonces el maestro (que sería inmortal, o yo qué sé) le responde: Cuando cumpla noventa, corrija el primer verso.

Parece que algunos se despedían con unos versitos satíricos. E incluso se burlaban de esa última burla. Yoshie contaba el cuento de un poeta que, justo antes de morirse, copia la despedida de un colega. Y le agrega un encabezamiento:

Este poema ha sido obra de otro.
Prometo que será mi último plagio.

Después de los asados, yo siempre le pedía que recitara este otro:

Al morir, que me entierren
en alguna taberna
bajo un tonel de vino.
Con un poco de suerte,
me llegarán las gotas.

Pero del que más me acuerdo, por lo menos cuando entro a un hospital, es de uno que hablaba del médico que atiende al moribundo:

Elogia el médico
su poema a la muerte,
luego se larga.

Una vez le pregunté si había pensado en escribir alguno. Yoshie se puso muy serio. Cuando muera, me dijo, no voy a decir nada. Más bien voy a escuchar.

Cuando se pasaba con el vino, le gustaba contar problemas zen. Los repetía en forma de diálogo y hasta ponía dos voces distintas. Eran las únicas veces que mis amigos se reían con él. Me intrigaba que muchas respuestas enunciasen contradicciones sin resolver. Como si, más que encontrar la verdad, el objetivo fuese estar en paz con la contradicción.

Todavía oigo a Yo cambiando de tono. Con voz de pito, el joven discípulo pregunta: Cuando muera, oh maestro, ¿adónde irá? Y el viejo maestro, con voz grave, le dice: Tengo que ir al baño. A él le parecía el mejor problema zen de la historia. Decía que el discípulo está esperando la gran respuesta. Pero su maestro comprende lo discutibles que son todas las respuestas. Y contesta con un desplazamiento.

Por lo que vi, el baño para él tenía su importancia. Filosófica, digo. Una vez me habló de un escritor de Hiroshima, no me acuerdo quién, que se había salvado por estar haciendo sus necesidades. Y parece que el tipo lo contaba tal cual. Yo le debo mi vida a un inodoro, decía. Es una de esas confesiones que pueden sonar graciosas pero te dejan pensando. O sea, somos un cuerpo asustado, poquita cosa, ¿no?

A veces le costaba resumirme esas anécdotas. O no encontraba el término, y entonces probaba en inglés o francés. Repetíamos juntos cada frase hasta que nos convencía. Él me explicó que en su lengua hay palabras tan esenciales como *muerte,* por ejemplo, que no tienen un equivalente exacto. Si no le entendí mal, ellos prefieren nombrar la forma concreta en que alguien se muere. De vejez, en combate, por amor, por accidente. Así, con una sola palabra, te sugieren el tipo de vida que tuvo. No hay una muerte general, digamos, sino muertes de individuos. Me parece una buena manera de respetar cada una de ellas.

Ahora, en Hiroshima y Nagasaki eso quedó destrozado, ¿no? Se les rompió el concepto y el idioma. Porque ahí fue *la* muerte. Un sustantivo en masa. Con un artículo bien grande, de esos que para ellos no existen. En inglés, en cambio, tenés una facilidad increíble para morir y matar. *To die for. I'm dying to. It's killing me. To death.* Un montón. En castellano también. Andá a saber cómo será morirse en todos los idiomas que me voy a morir sin conocer.

Un colega me contó que en albanés hay dos verbos distintos para morir. Uno se usa para los animales en general. Y el otro se reserva exclusivamente para los seres humanos y las abejas. Me pregunto qué idea del mundo habrá debajo. El aguijón, lo que le da identidad a la abeja, es su parte más mortal. Sólo puede actuar una vez. O sea, se realiza extinguiéndose. La muerte tiene algo de ese aguijón albanés, ¿no? Cuando aprendés a hablarla, te quedás en silencio.

Una vez Ari, que estaba enganchadísimo con las historietas de ciencia ficción, le prestó su colección de *El Eternauta.* Los cómics son muy útiles para empezar a leer en otro idioma, en Londres los usaba con mis alumnos. Yoshie le prometió que iba a leerlo. Le dedicó un ratito cada noche antes de acostarse. Hasta que lo trajo de vuelta a casa no me avivé de que, en un momento de esa historia, cae una bomba atómica sobre Buenos Aires. Él no hizo ningún comentario al respecto. Se lo devolvió a Ari, le acarició el flequillo y le dijo: Me gustó. Si no recuerdo mal, al autor lo desaparecieron el mismo año que nació mi hijo.

En cuanto pudo entenderlos, le recomendé cuentos argentinos. No tenía mucho tiempo y pensé que por ahí con textos cortos se animaba. Al final conseguí que se entusiasmara con algunos de Silvina Ocampo y Hebe Uhart. Me dio orgullo, como si ellas y yo hubiéramos ganado algo. Cuando empezó a pispear en mi biblioteca, escondí por si acaso el libro de Lamborghini. Uno que tiene un cuento donde se burla del honor japonés y hace una broma fea sobre Hiroshima. A lo mejor, no sé, le habría parecido divertido si se lo hubiese explicado a mi manera. Una sátira de los errores de traducción.

Fue por él que leí a Tamiki Hara. Su suicidio lo impresionaba mucho. Como si alguna gente, al morirse, borrara la memoria de los demás. Después de la guerra, los libros tenían que pasar un filtro estilo Inquisición. La tipa de Nueva York le decía que qué vergüenza, que cómo era posible que su propio país, bla bla. En fin. Yanqui. Acá nos extraña menos. Mi amiga Silvia tenía una librería en Barrio Norte y se la llevaron embarazada y todo. Nosotros salimos rajando unos meses después. Embarazada, estaba. Le entraron a la noche mientras estaba cerrando. Porque vendía libros peligrosos.

Quizá lo más brutal no es que te bombardeen. Lo más brutal de todo es que ni siquiera te dejen contar que te bombardearon. En la dictadura te mataban a un hijo y no podías decirlo, porque te tocaba denunciarlo ante los mismos que lo habían matado. Pero allá se trataba de implantar eso que en Occidente llamamos democracia, ¿no? Antes de Yoshie ni lo había pensado. Es muy loco. No te preocupan miles de muertos, conocés a un solo superviviente y empiezan a importarte.

Eso sí, una vez que se publicaron libros sobre las bombas, parece que hubo un torrente. Una especie de catarsis a destiempo. La gente ya había empezado a olvidarse, y de golpe se le vino encima una biblioteca entera. Igual que en el Holocausto, hubo muchos testimonios de gente anónima, o que dejó de ser anónima cuando contó su historia. Entonces se fue armando una literatura de testigos. Toda una comunidad que pasó de vivir callada a vivir para hablar.

Hablando de víctimas, siempre me llamó la atención que en Chile, que al fin y al cabo tuvo su propio exterminio, el organismo militar que se encarga de las alertas marítimas se llame SHOA. Hace no mucho, con el terremoto en Concepción, volví a leer esas siglas. Supongo que dirán que el azar es así.

Está el daño directo de los asesinados o torturados. Y está el daño de los familiares, que es medio fantasmal. Les pasó y no les pasó. Se salvaron y no tanto. En Hiroshima evacuaron a muchos niños como Yoshie. Les salvaron la vida, aunque también dejaron una generación entera de huérfanos. Él me contó que estuvo años sin poder hablar de lo que le había pasado. Cualquier palabra le parecía hueca. Y después sintió que el silencio era más hueco todavía, como un búnker que lo protegía pero también lo encerraba. Cuando tocábamos el tema, me daba pocos detalles en primera persona. Se refería sobre todo a sus hermanas y sus padres, que no habían podido contarlo. Como si hablar, para él, consistiese en hacer hablar a los muertos.

Por supuesto, están todos los otros. Los que sobrevivimos sin grandes daños y, aparentemente, pudimos retomar nuestras vidas. Eso también puede ser doloroso. Nunca termino de evaluar muy bien qué significó *no* haberme muerto, *no* haber sido torturada. Cómo funciona el trauma de lo que podría habernos pasado. Hay efectos secundarios que son invisibles, creo. Que no son un cuerpo roto, un órgano radiactivo, una cicatriz en la espalda. Que están en cada cosa que hacemos o callamos.

En realidad, hasta diría que hay víctimas que ni siquiera pasaron por ahí. Los que siguieron adelante como si nada. Los que salieron ilesos de todo menos de la perplejidad, el disimulo, la culpa. Pasó acá y en Alemania. Y en Japón más, me imagino, porque allá lo peor duró sólo unos segundos. Empezó y terminó en un parpadeo. Es el horror perfecto, ¿no? El que podés no ver.

Me acuerdo que más o menos por esa época, con los misiles y Chernóbil, los movimientos antinucleares estaban creciendo. Cuando volvió de su viaje a Tokio por el fallecimiento de su tía, Yoshie me habló de las activistas del Grupo Delta. Habían arrancado en Hiroshima, y parece que se estaban haciendo conocidas en los medios japoneses. Mis amigas inglesas ya me habían contado sobre otro grupo de mujeres que protestó durante años en la base de Greenham. Organizaban fiestas y debates frente a las alambradas. Habían estado ahí acampadas en plena guerra de las Malvinas, y la policía británica se había llevado presas a unas cuantas. Desde entonces seguí sus noticias. Poco antes de volver al país, juntaron a miles de mujeres para hacer un abrazo gigante alrededor de la base militar. Con mis amigas planeábamos ir a apoyarlas, pero al final nunca fuimos.

Le hice prometer a Yoshie que, si algún día viajábamos a Japón, íbamos a conocer a las mujeres Delta. Un año estuvimos a punto de reservar los pasajes, y el tano armó un quilombo cuando supo que pensábamos llevarnos a Ari. Y a mí me daba no sé qué irme tan lejos sin él, todavía tan chico. Yoshie tenía sentimientos cruzados con las Delta. No pude hacerle entender el sentido de esas aparentes exclusiones, que a largo plazo aspiran a una integración en serio. Trataba de explicarle la necesidad de aprender a luchar por nuestra cuenta. A enojarnos juntas. Si no, por tradición, terminamos de subalternas.

Pero mirá cómo son las cosas. Desde lo de Fukushima, las protestas más fuertes están organizadas por mujeres. Mujeres que son madres y se preocupan más por la salud de su familia que por el futuro de la empresa. Eso para mí no es pensamiento de ama de casa, es política que empieza en casa. Las madres y abuelas de Plaza de Mayo arrancaron ahí.

Lo triste es que ahora, si buscás en internet, el Grupo Delta que aparece es una multinacional de tecnologías audiovisuales.

Él solía viajar a Brasil y Chile por negocios. A veces también a Colombia o México. Si a Ari le tocaba con el papá, íbamos juntos. Eran excursiones medio extraterrestres, porque Yoshie apenas se movía del hotel. Dormía, comía y tenía reuniones ahí adentro. Parecía que estaba en una cápsula espacial. Creo que a veces no sabía muy bien en qué ciudad estábamos. Pero nunca se lo veía incómodo. Simplemente llegaba, desplegaba sus papeles y se ponía a trabajar. Si tenía que salir a la calle, llamaba a un taxi.

Yo me levantaba más tarde y desayunaba despacito, ese lujo imposible en una madre. Leía el diario del lugar. Me quedaba traduciendo un rato en la habitación. Y después aprovechaba para pasear y conocer un poco. Ese era el pacto que teníamos. No estaba obligada a acompañarlo a ningún lado, ni a asistir con cara de boluda a ninguna comida de ejecutivos. Cada uno podía hacer la suya hasta la noche. Entonces sí, tomábamos algo juntos y todo lo demás. Nos dormíamos de perfil, yo abrazada a su espalda, al revés que con otros. En invierno era ideal. Desprendía un calor fuera de lo común.

A Yoshie los museos y ese tipo de cosas no le interesaban demasiado. Decía que de joven había visto todos en París. Que ahora prefería mirar gente. Según él, una conversación con un extraño valía más que cualquier monumento. Debo reconocer en cambio que era un maestro de los hoteles. Les encontraba matices y misterios que otros no veíamos. Los detectaba inmediatamente, mientras yo todavía estaba abriendo mi equipaje. Sus evaluaciones podían ser minúsculas. Estilo de los jaboncitos. Modernidad del secador. Absorción de las toallas. Cantidad y estado de las perchas. Distribución de los enchufes. Ángulo de las lámparas. Tamaño y consistencia de los almohadones. Sistema de indicación del *Do Not Disturb*. Variedad del minibar. Y, obvio, modelo de televisor (¡ay, esa época en que nos maravillaba un control remoto!). Le resultaba insoportable descansar enfrente de un aparato malo.

Jamás se permitía muchos días seguidos de vacaciones. Una semana y media le parecía un abuso. Una sola vez logré convencerlo. Yoshie cumplía cincuenta, creo, y decidimos celebrarlo con un viaje especial. Me propuso Nueva York, que yo no conocía. (Y sigo sin conocer. Me temo que soy patéticamente británica.) Puse todas las objeciones que se me pasaron por la cabeza. Menos la principal, claro. Ni en pedo iba a arriesgarme a que de pronto se le ocurriese llamar a Laura o Laurie, y entonces se nos jodieran las vacaciones. Siempre sospeché que seguía un poco enamorado de esa mina. Hasta ahí podía bancármela. Todos tenemos que negociar con algún pasado. Pero andar provocando al inconsciente, eso ya no.

Al final gané yo y nos fuimos a Londres. Él nunca había estado, era un japonés yanqui. La idea de mostrarle mis rinconcitos, mis amigos de allá, me ponía muy feliz. El tano se portó diez puntos y organizó todo para poder quedarse con Ari. No sé si porque había empezado a amigarse con Yoshie, o porque prefería evitar que nuestro hijo se fuera a Londres con otro, o qué. Pero lo hizo. A estas alturas una ya no cree en los propósitos. Cree en lo que recibe, nada más.

Yo no tenía plata y él quería encargarse de todos los gastos. Con una lógica muy masculina, parecía excitado con la idea de ser el que pagase. Al final acordamos que yo me ocupaba por lo menos del hotel.

Me moría de ganas de estar cerca del primer departamento donde nos acogieron cuando llegamos al país. Ahí por Bloomsbury, al lado de Tavistock Square. Encontré un hotelito bastante decente que estaba en la misma plaza. Tuvimos suerte, la verdad. Yoshie hacía una lista diaria de lugares y la cumplía. Lo notable es que nunca daba sensación de apuro. Para mí fue interesante observar la mezcla de alivio y extrañeza que le produjo desenvolverse de nuevo en inglés. En un inglés distinto que no era el suyo. Como si transportara un extranjero dentro de un extranjero.

Por muy latinoamericano que (según él) empezara a sentirse, Yoshie seguía siendo un relojito. Nos sentábamos todas las mañanas, después del desayuno, cerca del árbol por las víctimas de Hiroshima. Él decía que no era por el árbol, que los bancos en esa parte de la plaza eran más agradables, que la luz a esa hora no sé qué. ¡Sí, las pelotas! Entonces nos sentábamos un rato ahí, sin decir nada. Y yo pensaba en Virginia. Daba vueltas con los ojos alrededor de la plaza y buscaba el número 52. La primera vez que fui a Londres, no podía creer que hubiera un hotel en el lugar de su casa. Ya sé que la bombardearon. Pero después, digo, ¿cómo no la reconstruyeron? La tipa se mató por conseguir una habitación propia y le derribaron la casa.

En aquel viaje nos resultó imposible no hablar sobre las Malvinas, que estaban tan recientes. Yo le contaba cómo de alguna forma los yanquis habían participado en los dos bandos. Que acá habían apoyado a los milicos, sobre todo antes de Carter, y que en la guerra se habían alineado con los ingleses. Yoshie no entendía muy bien nuestro vínculo con las islas. La verdad es que tampoco se me hacía fácil explicárselo. Al final todos, los partidarios de la dictadura y sus opositores, quedamos programados para repetir que las Malvinas eran argentinas. Pero la mayor parte del tiempo fueron colonias españolas y más que nada inglesas. No eran tanto algo que nos habían quitado como algo que casi nunca habíamos tenido. A él no se lo decía tal cual, obvio, porque quería que estuviera de nuestro lado.

Justo ese año, o a lo mejor el siguiente, no estoy segura, le ganamos a Inglaterra. Con la mano de Dios, el pie de Maradona y qué sé yo. Ari se puso como loco. Siempre dice que es el primer Mundial que recuerda bien y el último que le gustaría haber vivido. ¿Viste que el pobre Messi nos lleva a todas las finales y las perdemos? Yo siempre le digo que eso me parece mejor, más trágico. Más argentino, en un punto. Prometer mucho y terminar perdiendo. La única vez que lo vi a Yoshie gritar un gol, pero gritarlo mal, asomándose a la ventana y todo, fue en ese partido. Y después contra Alemania. Se notaba que eran goles de posguerra.

Cuando la selección fue a festejar a la Casa Rosada, Alfonsín no salió al balcón. Estábamos todos juntos (Ari, el papá, su nueva esposa, él y yo) viéndolo por la tele. Me impactó que hiciera algo así. En vez de aprovechar, se quedó atrás. Alfonsín fue un presidente que no se asomó. Con esa mezcla de dignidad y falta de astucia. Acababan de cerrarse los juicios a las Juntas Militares. Ahí también llegamos hasta la final, digamos. Era algo tan difícil. Parecía tan lejos. Y cuando ya lo estábamos festejando, nos metimos un gol en contra.

Yoshie opinaba que el Estado argentino había sido muy valiente reconociendo sus crímenes. Y que, salvo el alemán, no se le ocurría ningún otro que se hubiera atrevido. Con mis hermanas tratábamos de explicarle que sí, pero que habían sido juicios limitados y se había terminado legislando para olvidar. Tardamos veinte años en empezar de nuevo a reparar ese olvido. ¿Veinte años no es nada? Para el que sale impune, puede ser.

Creo que el mayor logro de Alfonsín fue cortar la alternancia de gobiernos democráticos y militares. Claro que antes hacía falta implicar a las fuerzas armadas de la manera menos traumática posible. Menos traumática para ellas, digo. Así que se les diseñó una mezcla de castigo y escape.

Para mí, desde el vamos, la intención fue juzgar solamente a los jefes. Ningún subalterno, ningún torturador, ningún otro asesino iba a rendir cuentas. Por eso pienso que los juicios en realidad prepararon las leyes que se venían. Primero se los encargaron a un tribunal militar, pero ese tribunal absolvió a sus compañeros. Entonces hubo que pasarle la pelota a la justicia civil. El resultado, bueno. Un par de cadenas perpetuas. Quince, diez, cinco años para unos cuantos más, y chau. Deudas internas saldadas. Y a preocuparnos por la deuda externa.

Poco después de ese Mundial que ganamos, ya no se pudo seguir investigando crímenes. Perdimos con la ley de Punto Final. El resto lo consiguieron con el levantamiento de Semana Santa. Los milicos querían otro gol. Todavía me acuerdo de Ari sobre los hombros de Emilio, en Plaza de Mayo, cantándole a Alfonsín. Después felices Pascuas, y a cambiar al jefe del ejército, y a cocinar la ley de Obediencia Debida. Si te habían ordenado violar derechos humanos, entonces quedabas libre. Eso se llama reconciliación nacional.

Justo unos días antes del levantamiento de Semana Santa, hubo un temporal tremendo y el Nichia Gakuin se inundó. Yoshie hizo gestiones para que un grupo de compañías japonesas, empezando por Me, colaborase en los arreglos del colegio. A la mañana siguiente lo acompañé a ver cómo había quedado. El subsuelo parecía un río. La cocina, las aulas y el comedor estaban llenos de familias sacando agua.

Con los intentos de golpe, temí que tuviéramos que irnos otra vez del país. Si no me confundo, hubo tres levantamientos militares en un año y medio. Siempre se lo comentaba a Yoshie. Para mí que batimos algún tipo de récord occidental.

Después de un par de años relativamente buenos, como si la energía política de la gente se hubiera transmitido al campo laboral, volví a tener problemas de guita. Ajustaba presupuestos, cortaba gastos, renegociaba deudas. Especulaba de lunes a domingo. Me había convertido en una calculadora maternal. Ari participaba en la crisis con sus billetitos plegados. Yo seguía al Estado, y mi hijo me seguía a mí. Los primeros ahorros de su vida habían sido en pesos ley. Había entrado a la escuela con pesos argentinos. Y ahora lo que tenía en el bolsillo eran australes. Me dolía verlo tan entretenido con el caos monetario, los cambios de colores, próceres y números. Estaba obsesionado con coleccionar cada billete, igual que figuritas.

A Yoshie le llamaba la atención que los argentinos estuviéramos tan al tanto de la cotización del dólar, el franco o hasta el yen. Que hiciéramos conversiones mentalmente y conociéramos los cambios en las tasas de interés. Que todo el mundo hablase de plata sin parar. Incluidos los chicos, que siguen ahorrando en dólares porque tienen en cuenta las devaluaciones. Ese saber popular sobre economía le parecía fascinante. La sorpresa le duró poco. En cuanto se vino la primera crisis, lo comprendió perfectamente. Acá hablamos de plata porque no tenemos. Y cuando la tenemos, nos la afanan enseguida.

En mi familia aprovechábamos para hacerle consultas financieras. Un día nos describió con lujo de detalles, aunque no sabría repetirlos, cómo todos nuestros acreedores decían apoyar la democracia, pero ninguno aceptó mejorar las condiciones de pago de la deuda inmensa que había provocado la dictadura. Ahí de pronto capté nuestro funcionamiento. Se trataba de hacer negocio con cada golpe de Estado, y dejar vendido al gobierno siguiente para controlar también la democracia. Justo en ese momento las tasas de interés volvieron a subir. Cobrarle al país sus deudas importaba mucho menos que garantizar que fueran impagables.

Cuando todo empezó a irse de nuevo a la mierda, Yoshie se puso nervioso por el futuro de la sucursal. Decía que una estructura tan reciente no estaba preparada para esas caídas. Le costaba creer que una moneda se devaluara tan rápido. Parece que al yen le estaba pasando al revés, y eso le restaba competitividad. Yoshie me reconoció que Estados Unidos podía estar influyendo (¡tus amados yanquis, ves, ves!, le decía). Sus empresas estaban en guardia porque Toyota ya era más grande que General Motors, él siempre ponía ese ejemplo. Cada vez que aparecía el tema discutíamos. Todo es cosa de Estados Unidos, Yo, eso acá lo sabemos. *Mah–riera,* por favor, ¡no simplificás!, me contestaba (el subjuntivo rara vez le salía). ¡Más nos simplifican ellos, la reputa que los parió! Hay que vivir allá, si no, no entendés bien. ¡Me cago en entender, me oís!

Él viajaba más que antes a los países vecinos para estudiar un posible traslado de sede. Se quejaba de que, a pesar de la inmigración japonesa en nuestro país, los lazos fueran tan débiles. Me aseguró que una de sus misiones era reforzarlos desde el sector empresarial. A mí eso me sonaba hipócrita. Ah, cómo, le decía, ¿ahora las multinacionales tienen sensibilidad cultural? Él me contestaba ofendido: Sin sensibilidad cultural negocio no dura. Andá, pavote, me impacientaba yo, acá ningún negocio dura.

Cuando llegaron los meses de la hiperinflación, esos en los que te aumentaban el precio de un artículo mientras hacías cola para pagarlo, Yoshie tuvo problemas para dormir por primera vez desde que nos habíamos conocido. Ahí de alguna forma lo nacionalizamos. Estaba estupefacto con la situación, y se pasaba el día tratando de razonarla desde un punto de vista puramente económico. Yo le repetía que no se gastara, que no era más que un golpe de Estado por otros medios. Para vos acá todo es un golpe, me decía. Exacto, le contestaba. Ya entendiste el país.

Al parecer, en Japón tenían su propia crisis, que yo no podía evitar imaginarme como un paraíso. Fue la primera sacudida seria en bastante tiempo. Por muchos terremotos que tuvieran, no estaban acostumbrados a que se les moviera así el piso. Yoshie andaba malhumorado, poco atento a nosotros. Y yo me sentía más susceptible de lo habitual. Extrañaba esa gentileza a la que me había acostumbrado. Detestaba pedirle plata. Pero el atolondrado del tano tenía varias bocas que alimentar, y mis hermanas andaban igual que yo.

En esa época empezamos a pelearnos demasiado. A él le salía un lado colérico que para mí era nuevo. En una de nuestras discusiones me amenazó con romper la relación. Aunque nos reconciliamos enseguida, no sé si me repuse. Emilio siempre decía que cuando un jugador habla de irse del equipo, ya se fue. De las parejas pienso lo mismo.

Me acuerdo de un detalle ese verano, por ejemplo. Hirohito acababa de morirse sin reconocer sus responsabilidades. Me puse a leer en el diario el panegírico del primer ministro, que decía que lo único que había hecho el emperador fue dedicarse a la paz mundial y a la felicidad de los japoneses. Me parece que el Estado tardó como medio siglo en asumirse como agresor en la guerra del Pacífico. Bueno, hay países que tardan más. O que nunca le piden perdón a nadie. Llamé a Yoshie para comentar la noticia, primero a su despacho y después a su casa. No me atendió el teléfono en todo el día. Cuando por fin lo pesqué a la noche, tampoco tuvo ganas de salir a cenar.

Fue el año de los primeros indultos. Los que impuso Menem sin consultárselo al Congreso. ¿Qué iba a hacer nuestro presidente más impune, sino legalizar definitivamente la impunidad? Aunque ahora no quiera acordarse, el tano lo había votado. Así es la cosa. Estamos en un país de secretos, decretos y complots. Salieron de la cárcel los responsables de Malvinas, con cientos de represores y golpistas. Como para igualarlos a los crímenes de Estado, largaron también a algunos guerrilleros y terroristas. En la segunda ola fueron saliendo Videla, los otros dictadores y hasta su ministro de Economía. Yoshie no entendía qué estaba pasando. ¿Para qué los condenan si después los dejan libres?, me preguntaba. Hasta el siglo siguiente, cuando esos indultos fueron anticonstitucionales, no pude darle ninguna respuesta lógica.

Viéndolos salir a todos volví a pensar en irme. Pero ni Ari, que justo acababa de hacer el ingreso al Nacional Buenos Aires, ni para ser sincera yo misma, nos sentíamos capaces de bancarnos otro desarraigo. Eso a su vez me hizo entrar en crisis de pareja. Por muy excitante que resultase al principio, la idea de estar con alguien que podía irse en cualquier momento me desestabilizaba. En su empresa seguían hablando de la posibilidad de cerrar la sucursal, o de conseguirle un puesto mejor en otra parte. Eso me hacía mal. Ahí fui yo la que estuvo a punto de cortar, pero me daba miedo agregar una ruptura a mi prontuario.

Encima de todo, políticamente estábamos cada vez más lejos. Él apoyaba las privatizaciones de las empresas públicas. Insistía en que lo importante no era conservarlas hechas un desastre, sino modernizarlas, sanearlas y bla bla. No sé si eso incluía regalar nuestro petróleo. Creo que en aquel momento, en los noventa, empecé a tener esa sensación rara que vuelvo a tener ahora. ¿Viste cuando sentís que la historia corre para atrás? ¿Que el mundo rebobina?

Mientras Yo y yo nos separábamos, volví a escuchar sobre el caso del basurero nuclear. El basurero de Gastre, en Chubut. Después de un tiempo sin novedades, se detectaron movimientos sospechosos en esa zona de la Patagonia. Parece que trasladaron a veinte tipos a una mina de uranio que llevaba años cerrada. Cuando se filtró la noticia, la Comisión Nacional de Energía Atómica hizo su trabajo. O sea, negar las evidencias.

Más adelante se supo que en los alrededores de la mina hubo muertes misteriosas. Aparecieron cuerpos con síntomas de intoxicación por uranio. Eso indicaba que el basurero de Gastre, que en teoría se había anulado, estaba construyéndose en otro lugar de manera secreta. Menem anunció su cancelación dos semanitas antes, mirá vos, de la fecha que figura en unos documentos que se descubrieron. Esos documentos prueban cómo una empresa estatal compró un montón de toneladas de bentonita. Si no entendí mal, esa sustancia se usa como sellador en los depósitos de residuos nucleares.

Pero, como de costumbre, todo viene de más atrás. Jorge tiene ese tema muy investigado. Me explicó que en dictadura se planearon seis centrales atómicas y se inauguraron dos. Más un depósito que oficialmente no llegó a existir. Decidieron construirlo cerca de Gastre. Con Alfonsín se anunció que el lugar elegido era ese pueblo, que iba a convertirse en el primer basurero nuclear de alta actividad del planeta. Enseguida se armó el Movimiento Antinuclear del Chubut. Hubo movilizaciones, caravanas de protesta, reacciones internacionales. Al final el proyecto se frenó. Habían pasado sólo unos meses desde Chernóbil.

Bueno, y ese es el proyecto que se reactivó con Menem. Todo lo radiactivo del país emergió en los noventa. Hasta que miles de personas marcharon en la nieve, heladas y calientes como una aparición. Venían de todas partes. De Trelew, de El Bolsón, de Bariloche. Cuentan que jamás se había visto a tanta gente en Gastre. Y el plan del basurero se volvió a enterrar. El fantasma nuclear, no tanto.

Ni siquiera hace falta irse lejos. A poquito más de cien kilómetros de Buenos Aires, la central de Atucha sigue funcionando. Ya pasó de su máximo de cuarenta años. Pero dudo que se apuren en cerrarla. La nueva, que se llama Néstor Kirchner, llegó rápido a su límite. Con los próximos gobiernos, sospecho que el asunto va a empeorar. Y eso que en el sur tendríamos más energía eólica que cualquier otro país.

El otro día vi que se conmemoraban las protestas de Patagonia. Cuando pasé a buscarlo por la redacción, ahí en la avenida Belgrano, Jorge me mostró la denuncia de Greenpeace. Decía que una empresa francesa nos ofreció financiar la construcción del depósito, a cambio de unos miles de hectáreas en la zona. Si hubiéramos aceptado esa oferta (¿la aceptamos?) Argentina se habría convertido en el basurero nuclear de Francia.

Digo yo, ¿quién va a querer basura radiactiva que dura milenios? Y aunque algunos países encuentren dónde tirarla, ¿cómo van a garantizar que no termina intoxicando su propio territorio? El problema no son sólo las potencias. Son esos biempensantes que firman papelitos en Kioto, pero les compran cupos de contaminación a los países pobres. Así se enriquecen más y de paso les impiden crecer a los que explotan.

A veces, cuando me gana el pesimismo, me imagino que la historia de este mundo la escribió algún economista argentino.

Y nuestra ruptura, bueno. Una es como es. Yo necesito cierto dolor. No porque me guste, sino porque me da la medida de mi voluntad. Perder a alguien es un experimento con tus límites, ¿no? Con Yo ninguno de los dos sabía muy bien dónde estaba el suyo. Así que nos respetamos un poco y nos denigramos otro poco. Nos hicimos reproches mientras tratábamos de entendernos. Nos llamábamos por teléfono, cortábamos de golpe y volvíamos a llamarnos. Nos dejamos mutuamente varias veces. Todo el folclore. Nos herimos lo suficiente, en suma, como para estar seguros de que hacía falta separarnos.

Cuando dejó de venir a casa, Ari no paraba de preguntar por él. Ver cómo mi hijo lo extrañaba fue lo que más me dolió. Empecé dándole excusas pelotudas. Y al final terminé hablándole de las dificultades del amor, la fragilidad de las relaciones humanas y qué sé yo. Después me arrepentí. Quizás eran mejores las excusas. Hasta Walsh parecía inquieto, como si le faltase un intruso en casa.

Ari no reaccionó bien y sentí que volvía a culparme. Decidí tragarme el orgullo por el bien de mi hijo, o por el mío propio, o las dos cosas. Entonces busqué a Yoshie y le pedí que por lo menos lo llamara de vez en cuando, para que su ausencia no fuese tan abrupta.

Él me prometió hacerlo. Llamó una o dos veces, con gran fiesta de Ari. Y volvió a desaparecer. Reconozco que me quedé resentida. No podés permitirte cierta clase de abandonos con un adolescente. Me cuesta aceptar que alguien en quien confío me incumpla una promesa. Para esas cosas soy más bien dogmática. Las únicas promesas que nunca cumplo son las que me hago a mí misma.

No podría decir exactamente cuándo supe que se iba a España. En esa parte del relato nunca coincidimos. Yoshie siguió jurando que me había avisado. Y que hasta me propuso vernos, pero yo me negué porque estaba dolida con él. No lo recuerdo así, la verdad.

Pensé que ahí se quedaba todo. Hubiera sido lo natural, ¿no? Para mi sorpresa, unos años más tarde retomamos el contacto. Me escribió por algún cumpleaños o algo por el estilo. Un mensaje cortito y cariñoso, sin retórica. Me sonó sincero. Y debo decir que me puso más contenta de lo previsto. Le contesté. Correcta, sin pasarme. Tipo a ver qué onda. Yoshie me respondió al toque. Me preguntó por Ari, por mi vida, por el país. Era un mensaje bastante largo. Le conté, me contó. La seguimos. Nos pusimos graciosos. Y cuando quise darme cuenta, ya estábamos comunicándonos de nuevo.

Volvimos a llamarnos. Al principio con esas tarjetas que te vendían minutos, después por internet. La primera llamada duró como dos horas. Nos pusimos nerviosos. Nos reímos. Yo lo cargué por los españolismos que usaba. Le pregunté si quería el número de Ari y me dijo que no, que le daba vergüenza. Pero que iba a mandarle un regalo por correo.

De vez en cuando intercambiábamos fotos, nos recomendábamos algún libro o cruzábamos una frase simpática, de esas que dan todo por sobreentendido. Una vez nos vimos en Madrid. Nos encontramos para cenar. Me presentó a su madrileña, que ni fu ni fa. Lo vi igualito y viejo, no sé cómo explicarlo. Él me dijo que yo estaba mejor que nunca. Eso quiere decir que me vio vieja. Nos despedimos tarde, a los abrazos.

Se lo comentaba el otro día a Jorge. Que hay gente que te cambia la vida en poco tiempo, y otra que tenés cerca siempre y no te cambia nada. Por eso a Yoshie le deseé lo mejor. En el amor también, lo digo sinceramente. Más o menos.

7. La flor en el escombro

La maletita se desliza junto a él como una mascota roja. Mientras camina hacia la parada de taxis, el señor Watanabe observa el techo ondulado del aeropuerto de Sendai. El ritmo de sus curvas y los reflejos del cristal le devuelven las imágenes de este mismo edificio anegado por las olas del tsunami. El aeropuerto flotando entre un mar repentino. Convertido en un absurdo transatlántico.

El epicentro del terremoto, recuerda, tuvo lugar a poco más de cien kilómetros de aquí. Se repite en silencio esa fórmula, entre la aritmética y la pesadilla, que han aprendido cientos de millones de personas en todo el planeta. Si un seísmo de más de siete grados tiene epicentro en el mar, habrá tsunami; el tiempo que tarden las olas en llegar a la costa será el mismo que haya para correr a salvarse.

Está a pocos minutos, según acaba de verificar, de la ciudad de Natori. Allí alquilará un coche en cualquier sitio. Operar de ese modo, sin reservas previas, le permitirá efectuar un primer reconocimiento de la zona. Con la escasez de visitantes, sabe que no tendrá problemas para encontrar alojamiento. En cuanto el taxi arranca, se ponen en marcha también las dudas. Watanabe se pregunta si habrá sido buena idea improvisar tanto el viaje. Todo eso que antes de salir le parecía fácil se le antoja de pronto complicado.

Al otro lado del mostrador, el joven empleado lo mira con estupefacción y casi con alarma. Tiene cara de acabar de despertarse. Su fosa nasal derecha está atravesada por algún símbolo que el señor Watanabe no es capaz de identificar.

Disculpe, dice. No esperaba a un cliente tan temprano. Ni a ninguna hora, para serle sincero. Últimamente llega poca gente a la ciudad. Y los que vienen suelen tener familia aquí. Me llamo Tatsuo y estoy a su disposición. ¿Usted es periodista?

Cuando él responde que no, la extrañeza de Tatsuo parece incrementarse.

Sólo vemos extranjeros, dice el joven. Periodistas y fotógrafos. ¿Fotógrafo, entonces? (Watanabe niega con la cabeza.) Ah, qué raro. ¿Sabe? Los únicos japoneses que aparecen son militares o políticos. O técnicos nucleares. Usted político no es, ¿verdad? (Él sonríe y hace un gesto de rechazo.) En fin, eso se nota. Usted viene solo. Los políticos van con guardaespaldas y todo eso. No saben hacer nada sin ayuda. Con ese aspecto, militar tampoco creo que sea. Y los técnicos nucleares que aterrizan, con todos mis respetos, suelen ser más jóvenes.

A falta de otra compañía, ambos se quedan conversando antes de concluir los trámites. Desde hace algún tiempo, Tatsuo trabaja solo en la oficina. Su empresa, le explica, los obliga a cumplir con los servicios mínimos aunque no haya clientela. Así que sus compañeros y él se reparten los turnos, generalmente para nadie. Con unas ganas casi desesperadas de hablar, le cuenta que toda su familia es de Sendai. La ciudad más grande de la prefectura, especifica con una mezcla de orgullo y pesar. Y donde, por eso mismo, se acumula buena parte de los damnificados del tsunami.

Tatsuo le pregunta si vio el discurso del emperador Akihito en la televisión. Aunque no le prestó la menor atención al acontecimiento, él da a entender que sí. Por lo que ojeó en la prensa, el emperador insistió en la solidaridad de la nación, su espíritu colectivo, el *aikokushin* y todas esas cosas. Es decir, en la anestesia épica.

De inmediato lo asaltan difusos retazos de la alocución de su padre, el emperador Hirohito, días después de la bomba en Nagasaki. Si la memoria no le falla, jamás había vuelto a emitirse otro así hasta este año.

Ahora bien, se distrae el señor Watanabe, ¿esto no lo ha pensado antes? ¿Se estará convirtiendo en uno de esos ancianos que se repiten sin darse cuenta?

Cuando vuelve a concentrarse en la charla, Tatsuo se está burlando de los trajes oscuros que el emperador suele elegir para las grandes ocasiones. Curiosamente, elogia el kimono tradicional de la emperatriz. Los jóvenes de hoy encuentran cool ser conservadores.

Por lo menos este emperador, dice Watanabe, no ha caído del cielo como otros. Y ha intentado fomentar la paz con nuestros vecinos desde que llegó.

No lo sé, contesta Tatsuo. Puede ser. Yo nací al año siguiente.

Según le informa el joven, en las redes sociales se comenta que pueden haber suprimido algún pasaje del discurso en su emisión televisiva. Él pregunta si se sabe de qué hablaba ese pasaje. Tatsuo le responde que no, aunque en las redes se comenta que podría ser algo sobre la radiactividad de las áreas más afectadas, como la prefectura vecina. Watanabe piensa entonces que, excepto los residuos nucleares, ya nada puede esconderse por demasiado tiempo. La mentira ha cambiado de plazos.

Él prefiere un modelo pequeño, fácil de estacionar en cualquier parte, que no llame la atención. Cuando se pone a rellenar el formulario, cae en la cuenta de que no está muy seguro de por cuántos días lo desea. Por extraño que parezca, aún no lo ha decidido. En realidad, en este mismo instante no se siente demasiado seguro de nada: de por qué ha volado hasta aquí, por qué se encuentra frente a este mostrador, para qué demonios quiere un coche, adónde irá con él exactamente. Antes de empezar a resultar sospechoso, lo alquila por una semana.

A modo de atención especial, Tatsuo insiste en ofrecerle un modelo de gama intermedia aplicándole la tarifa de la gama inferior. Tal como van las cosas, dice, no creo que a los jefes les moleste el descuento. Para no ser descortés, él acepta con una leve inclinación. Es un Toyota Verso, le anuncia el joven.

A toda velocidad, Tatsuo le explica que el Verso tiene capacidad para cuatro piezas de equipaje (pero yo apenas traigo una maletita roja, piensa él). Sistema de inyección directa (¿y el sistema indirecto cómo será?). Cuatro cilindros en línea (ni idea de qué pasa cuando los cilindros no van alineados). Ciento doce caballos como máximo (¿para qué quiero más caballos?, se pregunta recordando al jinete olímpico Hiroshi). Y techo panorámico (ah, sonríe Watanabe, eso me gusta).

Tras consultar el mapa que le entrega Tatsuo y hacer un par de búsquedas rápidas en internet, se propone visitar las prefecturas de Iwate, Miyagi y Fukushima. Las tres más devastadas.

Luego sale a comprar un pequeño medidor de radiación.

Antes de la partida, frente al volante del Verso, Watanabe traza el itinerario y sus posibles variantes. Procura orientarse cotejando su mapa plegable con las actualizaciones de los mapas en línea. Ambas fuentes le proporcionan panoramas bien distintos. Uno parece sólido, seguro, irreversible. El otro tiene el aspecto cambiante de unas rayas en la arena.

Por instinto, él tiende a confiar más en todo aquello que ve impreso. Como si la inversión en papel, tintas, encuadernación y distribución garantizase un esfuerzo incompatible con la negligencia, un rigor de otro tiempo.

Lo que flota en la superficie de una pantalla, en cambio, le transmite la provisionalidad de un charco de agua. Sin embargo, en su plano analógico el señor Watanabe no deja de tropezar con la evidencia de ciertos desajustes, omisiones e inexactitudes que el GPS resuelve con una facilidad que le produce tanto asombro como gratitud.

Casi todas las autopistas principales parecen haber sido reabiertas, no siempre en las mejores condiciones. Pero las rutas comarcales, en particular las más cercanas a la costa, siguen siendo una incógnita. Un garabato de grietas. En muchos casos, las notificaciones oficiales dicen una cosa y los comentaristas en los foros dicen otra. Para mayor complicación, las referencias de los propios usuarios discrepan entre sí.

Ante la falta de unanimidad respecto a varios puntos sensibles del recorrido, Watanabe resuelve encomendarse a su intuición. Conducirá primero hacia el norte por la ruta nacional 4. Siempre que el terreno se lo permita, intentará desviarse por carreteras secundarias hacia los pueblos de la costa. Después se irá acercando al sur.

Entonces arranca el Verso, y parte con un coche que no es suyo a un lugar que desconoce.

El cielo atraviesa el techo transparente: un azulejo sin límite. El señor Watanabe tiene que hacer esfuerzos para no distraerse con ese otro paisaje que circula por encima de su cabeza. Al final, piensa, uno nunca mira hacia donde quiere. Aunque acaba de desayunar en Natori, nota un poco de hambre. Sabe que en él, de tan parco apetito, eso es señal de ansiedad.

La ruta se ve inquietantemente despejada. Apenas se cruza con otros vehículos. Algunos tramos aún están resquebrajados a causa de las inundaciones y el movimiento de placas. De vez en cuando se oyen breves estruendos bajo las ruedas, como si aplastaran bolsas llenas de aire.

Cada cierta cantidad de kilómetros, Watanabe pasa junto a pequeños puestos de control policial. Los agentes suelen mirarlo con extrañeza, o al menos esa es la impresión que tiene. Varios de ellos le ordenan que detenga el Verso, lo informan sobre las condiciones del terreno y le hacen unas cuantas preguntas antes de dejarlo continuar.

Por mera diversión, o acaso porque teme que la verdad no suene verosímil, a un agente le dice que está escribiendo un reportaje para un diario de Tokio. Al siguiente le cuenta que está preparando un documental sobre el tsunami. Al siguiente le explica que trabaja para la televisión (bueno, piensa, eso tampoco está tan lejos de la realidad). Al siguiente, que parece más tozudo, le asegura que tiene familiares damnificados. Toda buena mentira, reflexiona Watanabe, se basa en distintas capas de la verdad.

Ya que no encuentra música de su agrado, deja sintonizado el boletín informativo. Según las últimas estimaciones, el total de ciudadanos heridos, muertos o desaparecidos ya se acerca a treinta mil. Cifra que a él, desde sus años de residencia en Argentina, le produce particular horror. Como si ese número fuera el mayor posible antes de perder la cuenta.

En diversos puntos de la región, comunican en la radio, han llegado a detectarse índices de radiactividad hasta veinticinco veces por encima del máximo de seguridad. Pese a los llamamientos a la prudencia, empieza a propagarse la hipótesis de que los ciudadanos residentes en esas áreas no podrán regresar a sus hogares durante largo tiempo. Si es que alguna vez regresan.

Río de grietas en el pavimento. Bolsas de aire debajo de las ruedas.

Ya en la prefectura de Iwate, mientras el techo enmarca el mediodía, el señor Watanabe logra desviarse hacia la costa por la carretera 343. El GPS le indica que se acerca a Rikuzentakata, lugar que en su memoria ha quedado unido a un titular que, por desgracia, tenía poco de metafórico: «Ola barre del mapa apacible pueblito costero».

Ser barrido del mundo. Expulsado del mapa. Dejar de ser real. «La ciudad ya no existe», leyó en marzo. Pero ahí sigue su nombre, titilando en los radares. Él se imagina una silueta trazada alrededor de un hueco, como el dibujo a tiza de un cadáver. Y se pregunta qué diferencia habrá entre desaparecer bajo un anillo de fuego y desaparecer bajo un golpe de océano.

En la siguiente bifurcación, Watanabe gira hacia el mar y toma la carretera 340. De inmediato divisa un letrero que parece una elegía: *Guardería Takekoma*. Y, un minuto después, otro que anuncia: *Clínica dental Murakami*.

Su automóvil avanza, él se adentra en el pueblo y quiere y no quiere bajar. Lo rodean los restos del paisaje y él sólo mira al frente. Sólo mira al océano.

Un par de kilómetros más adelante, la playa emerge ante su vista. Maniobra entre senderos de barro al sol. Se aproxima cuanto puede. Asoma la cabeza por la ventanilla. El rumor de las olas se enreda con el ruido de las grúas.

Detiene el Verso, sale del coche y corre hacia la playa.

Corre rápido en su mente, lento en su cuerpo.

A lo lejos, uno de los operarios lo vigila con alarma. Quizá temiendo, por un instante, que su intención sea zambullirse vestido y perderse en la corriente.

Pero el señor Watanabe deja de correr, fatigado por el esfuerzo y súbitamente espantado por la visión de un árbol frente a la orilla. De un árbol que, en realidad, ya no puede verse.

Quedan apenas la base y las raíces. El hacha del agua ha talado casi todo el tronco. Y ha segado también un metro de la tierra donde crecía. Ahora ese muñón, observa Watanabe, con sus raíces a la intemperie, se asemeja a una araña indecisa o un cangrejo paralizado.

Mientras camina de vuelta hacia su coche, contempla las labores de reconstrucción. Su penosa lentitud. Su paciencia de otro tiempo. Su convicción.

Entonces se percata de que un hombre lo espera junto al vehículo. Lleva puesto un traje reflectante y un casco que no parece protegerlo demasiado. Ambos se inclinan a la vez, como si acabaran de divisar un mismo objeto en el suelo.

¿Periodista?, pregunta el hombre.

Curioso, contesta Watanabe.

¿Cuál es la diferencia?, dice el hombre sonriendo.

Durante su conversación, él averigua que Toshiki perdió a su esposa el día del tsunami. La ola se la llevó

348

y aún no ha aparecido. Toshiki sabe que no volverá, pero le gustaría recuperar su cuerpo. Tener dónde visitarla. Ahora trabaja como voluntario, según le explica, para no volverse loco. Colabora con los bomberos, que han perdido a la mayoría de sus efectivos, y con los servicios médicos del municipio, que siguen sin dar abasto.

Antes de despedirse, Watanabe le pregunta si ha pensado en marcharse. En empezar otra vida. Toshiki se quita el casco. No tiene un solo pelo, pero se peina. Mira al mar y responde: Me gusta esta ciudad. Quiero vivir aquí. Este lugar existe. Es nuestro.

El señor Watanabe regresa con su Verso por donde ha venido. Deja atrás el vacío de lo que fue el Ayuntamiento, gira por la carretera 45 y continúa su camino hacia el noreste.

Tras una rotonda brusca en la que ingresa con cierto exceso de velocidad, y una desconcertante serie de giros que parecen centrifugar los puntos cardinales, queda casi al borde de la costa. Ahora circula en paralelo a la angosta bahía de Ōfunato, que ejerció de embudo para el tsunami.

Aminora la velocidad. Alza el teléfono. Introduce el topónimo en la Wikipedia y, navegando con el dedo pulgar, localiza tres datos que le llaman la atención. Uno. Aquí el 11 de marzo, después del terremoto, las olas se adentraron en tierra tres kilómetros, mientras en Tokio él cubría esa misma distancia hasta su casa. Dos. La ciudad de Ōfunato está hermanada con Palos de la Frontera, puerto desde donde zarparon las carabelas de Colón rumbo a América. Y tres. Adquirió repercusión mundial hace hoy medio siglo, según lee, cuando la alcanzó un tsunami causado por el mayor terremoto de toda la historia en Valdivia, Chile.

Mientras avanza con su automóvil, Watanabe observa la minuciosa destrucción que lo rodea, como si una flota de barcos se hubiese estrellado en la orilla. Y, pese a todo, los destrozos empatan con el orden. Cada resto ha sido clasificado, reunido y organizado con una eficacia casi irreal, que inspira tanto espanto como el caos que la precedió. Los pinos yacen en pilas contiguas. Los trozos de vivienda se acumulan por afinidad, bocetos de las casas que fueron. Los coches se apretujan al estilo de una desorbitada escultura con millones de latas de cerveza.

Todo este paisaje de apocalíptica simetría, piensa Watanabe, parece formar parte de alguna industria cuya misión fuese desmantelar, deshacer. Desproducir.

Las nubes cruzan el techo mientras él recorre los alrededores de Ōfunato. Baja la ventanilla. Respira lo que ve. La montaña y el mar parecen discutir: el aire fresco bajando desde una, el oleaje húmedo subiendo desde el otro.

Comienza a zigzaguear entre calles que han perdido los bordes. Con sus vigas de acero arrancadas de golpe, también los edificios muestran las raíces. Otros conservan el recuerdo exacto del agua, termómetros incapaces de olvidar la enfermedad que los asaltó: el primer piso perforado por completo, el segundo seriamente dañado, el tercero con algunos desperfectos, el cuarto sucio, el quinto intacto.

Al borde del camino, destella una máquina expendedora de bebidas. Se detiene frente a ella y contempla el largo cable que se pierde por detrás de un muro. Aún está radiante, colorida, inexplicablemente en pie, como un centinela borracho que no se hubiera percatado del ataque enemigo. De pronto cada cosa parece tener otro referente. Acaso porque la destrucción sea ilegible, un idioma que nadie habla.

Sólo entonces toma conciencia del vacío en el estómago, el latido en las sienes, la sequedad en la boca.

Busca unas monedas en su pantalón. Sale del vehículo. Introduce el importe en la ranura luminosa.

Y no sucede nada, salvo el ruido del viento.

En el centro de Ōfunato lo recibe una casa inclinada. La corriente la arrastró hasta aquí y la dejó en esta extraña posición de rombo. Si alguien intentase habitarla y viviera torcido, imagina Watanabe, terminaría dudando de su propia rectitud.

En el espejo retrovisor tiembla medio automóvil blanco. Cuando ambas miradas se encuentran, la cabeza flotante del otro conductor lo saluda. Por un segundo, antes de pasar junto a la vivienda inclinada, la impresión óptica desde el coche es la de una cabeza encima de una casa encima de una mole de barro.

Frena al costado de un edificio semiderruido. La cruz en uno de los muros, pintada con aerosol, confirma que ya ha sido inspeccionado por los servicios de rescate. El señor Watanabe se acerca al edificio y, cambiando de anteojos, se asoma a su interior. Entre los cascotes distingue varias piezas de porcelana (tres tazas de té, dos platos hondos, un cuenco de color azul) posadas en el suelo. Sin un rasguño, mal informadas. Un pícnic de posguerra.

Enfrente, mientras tanto, una familia cuida de sus flores. Todos trabajan de rodillas en el jardín que han improvisado sobre los cimientos de lo que fue su casa. Unos vecinos los observan desde su ventana superviviente.

Watanabe deambula entre los huecos de la ciudad, con pudor por mirar e incapaz de evitarlo. Sus ruinas no son como otras que recuerda. Aquí todo ha quedado reblandecido, deshilachado, sin hueso. Los operarios remueven una materia ambigua, entre la solidez y el diluvio. Las grúas alzan, arrugados, toda clase de objetos que parecían firmes. Doblado sobre una baranda igual que un trapo metálico, un coche espera su turno. Enfrente, al otro lado de la bahía, se distingue la irónica chimenea de la fábrica de cemento. El suelo está regado con fragmentos de cosas que se suponían indivisibles. Aunque a él, desde niño, lo que de verdad le extraña es que las cosas se mantengan enteras.

Más adelante, lejos del puerto, se queda paralizado ante una visión que debería ser un espejismo: un inmenso buque encallado en mitad de la avenida, navegando la tarde. A su alrededor, frutos errados, cuelgan prendas de ropa en las ramas de los cerezos.

El Verso vuelve al sur. Watanabe mastica la penúltima pieza del hosomaki que encontró en una desabastecida tienda de alimentos. Tras su breve recorrido por la prefectura de Iwate, se dispone a explorar un poco más la de Miyagi. La primavera acolcha, como un paréntesis, la carretera 45. El asfalto insiste en una misma oscura frase, mientras la digresión de las flores se esfuerza por cambiar de tema.

Este año de fríos, lluvias y temores los ciruelos han tardado en colorearse. Y ahora que por fin lo han hecho, piensa, dan la impresión de no querer menguar. Casi sin darse cuenta, su pie va retirándose del acelerador: las flores lo demoran, lo persuaden.

Quedan también algunos cerezos que han conservado sus pétalos, negándose a aceptar que el *sakura* acabó hace un par de semanas por lo menos. Esas últimas flores parecen llamas. Un fuego diáfano que, en vez de quemar, apacigua. El señor Watanabe recuerda que los samuráis las consideraban sus compañeras, tanto por su corta vida como por el color de la sangre que florece en el combate. Hoy suelen inspirar inocencia y renacimiento. Este giro moralmente correcto lo hace pensar en los disimulos del presente. La sensibilidad hacia la muerte, considera, es la base del aprecio por cualquier belleza.

Le viene a la memoria el resplandor venenoso de la adelfa, flor oficial de Hiroshima, la primera en brotar tras la bomba atómica. Las adelfas son capaces de resistir mucho más dolor que los jardineros que las cultivan. Las ha visto dividir autopistas en Estados Unidos, España o Argentina. Lejos de casa, rodeado de este campo ausente, Watanabe siente que de algún modo viaja hacia atrás. Que cada kilómetro salda una deuda.

Un coche lo adelanta de pronto, y él se aferra al volante sobresaltado. No podría decir hace cuánto no se cruzaba con otro conductor. A diferencia de los días del *sakura,* cuando familias, parejas y amigos se reúnen bajo los árboles, aquí no hay nadie para celebrar la resistencia de estas flores. Sobreviven sin público. La única ceremonia es la primavera misma, el callado milagro de su insistencia.

Hace bastantes años que, para ser franco, el señor Watanabe prefiere los ciruelos. El interés global por los cerezos ha llegado a tal punto que se comercializan aplicaciones capaces de seguir en tiempo real los primeros brotes, la evolución de su florecimiento, el efecto de la presión atmosférica en sus pétalos. Unos campos de bolsillo.

Este año, sin embargo, todos los indicadores meteorológicos se han dedicado a medir la dirección del viento y el nivel de las radiaciones. Él mismo se propone utilizar su flamante dosímetro cuando, mañana o pasado, alcance la prefectura de Fukushima.

Según ha observado en las últimas primaveras, los jóvenes se hacen selfis junto a los cerezos. Así lo que florece es el que mira. A diferencia de la fotografía de su época, no se inmortaliza tanto el acontecimiento como el testigo. Desde este punto de vista, esos cerezos de ahí están más solos que nunca. No hay gente que sonría frente a ellos, ni amantes que se besen a la sombra, ni adolescentes que pongan caras raras. No hay nadie que los mire. Entonces Watanabe siente el impulso de fotografiarse con alguno de los que salpican el horizonte.

Para a un costado de la carretera. Baja del coche. Camina hasta un ciruelo alto, reluciente. Extrae su teléfono del bolsillo. Apunta con la cámara hacia sí mismo. Siente vergüenza y vuelve a guardarlo.

Frente a la estación de Kesennuma, los escombros se doran y resecan. El señor Watanabe los esquiva con lentitud. Camina mirando al suelo, mide con sus zapatos cada trozo. Las vías de tren parecen fósforos caídos. Un poste les da la bienvenida a los viajeros del pasado.

Avanzando junto a las vías, insólitamente veloz entre tanta quietud, intenta imaginarse la rutina de un día cualquiera en la ciudad antes del terremoto. Quizá la elocuencia de los restos consista en eso, en la necesidad de completar lo que se ve. De deshacer la resta.

Watanabe alza la vista hacia el puerto, comprimido en una ola de residuos que no termina nunca de pasar. Al fondo se recorta la silueta de un cerezo solitario, como una grúa esforzándose en levantar el paisaje caído. Sus flores aisladas, fuera de contexto, contradicen (¿o subrayan?, duda él) la destrucción vecina.

¿Puedo ayudarlo en algo?, lo asusta a sus espaldas una voz empujada por el viento.

Se vuelve y una boca le sonríe con cierta mueca cercana al silbido. Es un bombero joven y con la frente muy arrugada. Un bombero bifronte, piensa, con dos edades.

¿Busca a alguien?, pregunta el muchacho haciendo girar el casco entre sus guantes.

Con más franqueza de la prevista, el señor Watanabe murmura: No. No sé. Puede ser.

¿Tenía familia aquí?, prueba el bombero.

Aquí no, dice él. En Nagasaki.

La sonrisa del muchacho se absorbe en las arrugas de su cara.

Ajá, resopla. Entiendo, entiendo.

Él se mira los zapatos. Las botas del bombero son enormes.

Discúlpeme, dice el muchacho, ¿sabe qué día es hoy y dónde estamos?

El señor Watanabe levanta la cabeza.

Por supuesto, responde indignado. ¿Y usted, joven?

El bombero se pone el casco y se queda sin arrugas.

Tengo que volver al trabajo, dice. Los desechos del incendio de la flota no se acaban. Todavía nos queda bastante por limpiar. Buenas tardes.

Nos queda bastante, sí, suspira Watanabe dando media vuelta.

La tarde pierde altura y enrojece. Es esa hora a la que todo parece ingresar en un ataque de pudor. El camino tiembla, duda, se emborrona. El señor Watanabe vuelve a cambiar de anteojos.

Aunque este tramo de la ruta nacional 6 se encuentra en aceptables condiciones, circulan muy pocos vehículos. Sobre todo en dirección sur: precisamente adonde él se dirige. Va adentrándose por fin en la prefectura de Fukushima. Cada vez más cerca de la central nuclear. Los círculos se estrechan, buscan su centro. Watanabe visualiza las ondas de un estanque moviéndose al revés.

Con el correr de los kilómetros, atraviesa municipios que aún padecen algunos daños materiales y —muy en especial— el temor a las radiaciones, pero que se sitúan fuera de las áreas de evacuación. Al menos por ahora, piensa. Según va comprobando, esos municipios están parcialmente habitados y luchan por recuperar la normalidad. Sus habitantes se mueven con cierto énfasis, como si se esforzaran por ocupar el hueco de los vecinos ausentes.

Cansado y hambriento, decide que cenará y pasará la noche en la próxima ciudad que se cruce. El GPS del Verso le revela que esa ciudad es Sōma. Nombre que lo remite a la droga que consumen en *Un mundo feliz.*

Antes de entrar, hace una parada en una estación de servicio. Compra un par de botellas de agua. Y estrena su medidor de radiación sin resultados reseñables.

Mientras carga combustible, charla con otro conductor que, según le informa, vive con su familia al oeste de la ciudad. En el asiento trasero van sentados un niño y un enorme perro dálmata. Cuando pronuncia algún nombre que Watanabe no alcanza a oír bien, queda la incógnita de si se refiere al hijo o a la mascota.

El conductor le cuenta que, aunque Sōma esté a casi cincuenta kilómetros de la central, y por lo tanto a salvo de cualquier peligro, la mitad de la población ha preferido irse. Mientras habla, mira hacia el asiento trasero de su coche. Watanabe se pregunta si su esposa se habrá quedado en casa, si será un padre separado, o incluso si él también estará huyendo. El tsunami, le explica el conductor, llegó a cubrir la franja este de la ciudad, inundando la costa, el puerto y sus famosos cultivos de fresas. Nuestros campos de fresas, repite levantando demasiado la voz.

En ese instante, el señor Watanabe recuerda que una de las empresas de la competencia está multiplicando sus inversiones agrícolas. Para ser más exacto, en cultivos de fresas. Esa fruta que Mariela insistía en llamar, encantadora y redundantemente, frutilla. Mientras los fabricantes japoneses se dedican a hacer extrañas inversiones y vender videojuegos para salvar los balances, se lamenta, los rivales coreanos innovan en las pantallas de diodo orgánico. Hasta se rumorea que trabajan en un proyecto de televisores que emitirán aromas para potenciar las imágenes. Todo ese esfuerzo para recrear algo tan antiguo como la sinestesia. La tecnología, igual que lo lisérgico, está en nosotros mismos.

Cuando el conductor arranca, el dálmata asoma la cabeza y las patas delanteras por la ventanilla a medio abrir. El niño tira de él y el perro se resiste. El niño saca ambas manos fuera de la ventanilla para hacer más fuerza. La cabeza del dálmata queda aprisionada entre los bordes, ladrando exenta como un trofeo de caza.

El padre frena de golpe. Baja del automóvil. Amarra al perro. Le grita al hijo. Después vuelve a su asiento, saluda alzando un brazo y acelera en sentido opuesto a la ciudad.

Watanabe se dirige a la cabina de pago. Pese a las promesas que se ha hecho a sí mismo, no logra dejar de pensar en las novedades del gremio. Su voluntad se ha jubilado. Su inconsciente, no. Para compensar la crisis del mercado local y la caída en la producción, las compañías se han lanzado a comprar empresas extranjeras. Entre los últimos chismes que ha oído, le llama la atención que Canon esté planeando hacer una oferta por un fabricante sueco de cámaras de seguridad. Se habla de cientos de miles de millones. Dinero, seguridad y vigilancia. Esa parece ser la nueva fórmula.

¿Efectivo o tarjeta?, repite la empleada de la gorrita.

¿Cómo?, vuelve en sí Watanabe. Ah, disculpe. Con tarjeta.

Al efectuar el pago, se sorprende del precio. En realidad, ya ni se acuerda de la última vez que le tocó llenar el depósio de un coche. ¿Pudo ser en Madrid? ¿O en alguna excursión con Carmen? La empleada le informa de que ha vuelto a subir por la emergencia. Y también, sospecha él, por el cuestionamiento de la energía nuclear.

El petróleo siempre gana, dice la empleada ajustándose la gorrita.

Tiene toda la razón, responde Watanabe.

Al escuchar su respuesta de cortesía, la empleada parece extraordinariamente satisfecha. Como si no estuviera acostumbrada a que los clientes —o sus semejantes en general— le den la razón. De repente se vivifica y se pone dicharachera.

Si hubiera visto usted, exclama, las colas que se formaban aquí de noche. En marzo, me refiero. Ahí, por ejemplo, donde está su Toyota, no se podía ni caminar.

Venían de todas partes buscando unos litros de gasolina. El límite era veinte por persona. Ni uno más. Las esperas eran tan largas que muchos dejaban sus coches en la cola, se iban a dormir a sus casas y volvían al amanecer. Como lo oye, señor.

Al oeste de la ciudad hay ventanas abiertas. Junto a una de ellas hay un jardín. En el jardín hay una niña. En la niña hay miedo. Ese sería el resumen de su primera inspección en Sōma.

Él acaba de asomarse a la valla. De decirle hola. De percibir su recelo. De observar cómo juega bajo el atardecer. De comprobar aliviado, y en el fondo sorprendido, que una niña todavía puede entretenerse con un aro. De fijarse en la velocidad de su cintura. De pensar que ese pequeño cuerpo es el eje de todos los círculos concéntricos, la razón por la que el futuro girará pese a todo. De guardar silencio el tiempo necesario. De esperar hasta que ella se acerque.

Me llamo Midori, dice la niña sin dejar de mover el aro.

Me lo imaginaba, sonríe el señor Watanabe.

¿Qué se imaginaba?, pregunta ella.

Que te llamabas Midori. Esas cosas se notan.

Ella interrumpe los giros y aprieta el aro con una mueca de desconfianza. Su incredulidad va cediendo poco a poco ante la seriedad con que él le sostiene la mirada.

¿Cómo se llama su hija?, pregunta Midori.

No tengo hijos, contesta Watanabe.

¿En serio?, se asombra ella.

Si todos tuviéramos hijos, dice él, habría demasiada gente.

Aquí no hay demasiada gente. Faltan niños. Mi mejor amiga no está.

¿Y adónde ha ido?

No sé. Se fue con sus padres. En el cole dicen que va a volver pronto.

¿Y tus padres qué dicen? ¿Por qué se han quedado?

No sé. Papá y mamá dicen que aquí no hay nada peligroso. Y si papá y mamá lo dicen, es porque no hay peligro.

El señor Watanabe se queda contemplándola en silencio.

¿Verdad, señor? ¿Verdad?, insiste Midori.

Entonces él sonríe. Despejada la duda, el aro vuelve a girar con más energía que antes.

Al fondo del jardín, se cierra velozmente una cortina.

Un par de calles más adelante, ve una hilera de gente aguardando para ser examinada por un equipo de técnicos embutidos en trajes blancos. Los técnicos parecen desplazarse con desorientada lentitud, como astronautas fuera de su nave. Conducen a cada persona al interior de la unidad móvil, cierran la puerta y se quedan escoltándola hasta la siguiente medición.

A falta de otra idea, Watanabe decide sumarse a la cola. Se sitúa detrás de un joven que sostiene una bicicleta de carreras. Así podrá mirar todo con más calma, planea, y pasar desapercibido.

Usted no es de por aquí, dice el ciclista volviéndose hacia él. ¿De qué pueblo viene?

Él responde que viene de la prefectura vecina. Luego añade que, por la falta de personal, están autorizando que los vecinos del sur de Miyagi realicen los controles al norte de Fukushima. Que le gusta mucho Sōma. Y que aquí tiene una sobrina que se llama Midori.

El joven menciona su apellido y a continuación un nombre de pila, aunque el señor Watanabe tan sólo retiene el apellido: Hoketsu. La cola sigue avanzando con parsimonia, entre las quejas de quienes pronostican que a ese ritmo se perderán la cena. El ciclista Hoketsu le cuenta que los horarios de revisión están volviéndose cada vez más extraños, quizá porque las áreas de vigilancia no paran de crecer. Los técnicos aseguran que, gracias a los controles, en la ciudad no corren ningún riesgo. ¿Entonces para qué llevan puestos esos trajes?, razona el joven, ¿por qué no se los quitan al llegar aquí?

Justo antes del final, cuando en la cola apenas quedan ellos dos, el ciclista Hoketsu se le acerca y le habla al oído.

¿Sabe qué?, susurra. En el aire hay algo más grave que las fugas de la central nuclear. Los espíritus. Nadie habla de eso. Los espíritus de los muertos viajan por el aire. Y las radiaciones pueden estar afectándolos.

En cuanto el joven ingresa en la unidad móvil, Watanabe empieza a temer la revisión. Se pregunta si en su organismo, de alguna forma, quedarán sutiles restos atómicos que un instrumental complejo podría detectar. La mera hipótesis de dar positivo, desatar la inquietud de los peritos y someterse al protocolo de emergencia se le antoja insoportable.

Es un error, le dice al técnico que custodia la puerta, perdone. En realidad vivo en Tokio. Aquí tiene mi documentación. Sólo he venido a ver a mi sobrina Midori. Es un error, repite.

Y sale huyendo.

Camina a paso vivo. Ya es casi de noche. Necesita un hotel y un restaurante. O quizá cualquier hotel con un buen restaurante: tiene más hambre que sueño.

De pronto oye una voz y se detiene. Una voz entre el canto y la plegaria. Sigue el rastro sonoro. Divisa a un anciano bajo un cerezo disidente que permanece en flor. Mal vestido, con los ojos cerrados, media sonrisa,

el anciano canturrea en tono infantil: *Sakura sakura ya-
yoi no sora wa...*

Watanabe se queda escuchándolo, en parte porque esa voz lo intriga y en parte porque espera que el
anciano abra los ojos. Quiere ver cómo son. Que se
miren.

Buenas noches, señor, buenas noches, lo saluda una
pareja que pasa a su lado.

Ambos avanzan tomados del brazo, con evidentes
síncopas. Él hace lo que puede con la cojera de su pie
izquierdo, que va pisando el suelo como si fuese arena.
Ella demora un poco cada paso, juntando ambos zapatos antes de dar el siguiente.

Watanabe les devuelve el saludo y la reverencia, que
le sirve para descubrir con bochorno las motas de suciedad en sus propios zapatos.

Se presentan brevemente. Ellos señalan su casa en
algún punto lejano. Él les cuenta casi la verdad. Enseguida queda claro que el de los Arakaki es uno de esos
matrimonios que discrepan por costumbre.

Es la mejor hora para dar un paseo, ¿eh?, dice el señor Arakaki. Corre el aire y hace menos calor.

Sí, dice la señora Arakaki, pero es un poco tarde.

Mejor. Así abrimos el apetito, responde él.

Después no comes nada, responde ella.

Watanabe intenta darles la razón a los dos, mientras
mira de reojo hacia el cerezo.

¿Lo conoce?, pregunta el señor Arakaki.

Disculpe, ¿a quién?, contesta distraído Watanabe.

Al viejo Kobayashi. Está un poco así-así, ¿me comprende? Vive de la caridad. A saber cuántos años lleva
ahí.

También hace artesanías, añade la señora Arakaki.
Y tampoco está tan loco. Es muy amable.

Yo no he dicho que no fuese amable, replica su marido.

Ya lo sé, replica ella. Sólo es un hombre libre.

Los hombres libres no existen.

Pero unos son más libres que otros.

Cuando el viejo Kobayashi termina de cantar, abre una bolsa de plástico, saca un orinal y exclama satisfecho: ¡Grillo, grillo!

Mientras caminan juntos entre brisas y cojeras, le hablan sobre la precaria recuperación de la ciudad. El señor Arakaki elogia a las organizaciones de voluntarios. Su esposa manifiesta que la vida volvió a la normalidad el día que empezaron a recoger de nuevo la basura. La basura, piensa Watanabe, es la cima de la normalidad. Ambos cónyuges lamentan (y su acuerdo en este punto tiene un efecto casi turbador) que las empresas de transporte aún no se atrevan a transitar por la región, ya que tienen un paquete delicado esperando para ser enviado a Tokio. Se trata, según le explican, de una vajilla de cristal por el aniversario de boda de su hija.

¿Sabe qué leí el otro día?, dice la señora Arakaki. Que, servida en copas de colores bonitos, el agua cambia de sabor. Está científicamente demostrado.

¿Científicamente?, dice su marido. ¿Tú qué entiendes por ciencia?

Yabai!, se impacienta ella. Las sugestiones también son algo científico. Las estudia la psicología.

¡Ahora todo es ciencia!

Tú sabrás mucho de impuestos y facturas, pero no sabes nada de colores.

El debate prosigue durante un rato. Hasta que, volviéndose hacia Watanabe, el matrimonio solicita su opinión. Parecen sinceramente dispuestos a aceptar su veredicto, sea cual sea. Para evitar pronunciarse, él se ofrece a llevarle en persona el paquete a su hija en cuanto regrese a Tokio.

Emocionados por la propuesta, los Arakaki se deshacen en agradecimientos y le insisten en que se quede a cenar con ellos. Él intenta declinar la invitación. Les explica que ha conducido todo el día. Que en realidad está buscando un hotel y, dada la hora, cualquier recomendación sería muy bienvenida. Los Arakaki se niegan en simultáneo. Lanzan todo género de exclamaciones. Y le suplican que no sólo cene con ellos, sino que además se aloje en su casa.

Es lo menos que podemos hacer, concluye el señor Arakaki.

No sabe lo contenta que se va a poner nuestra hija, remata la señora Arakaki tirando con firmeza de su brazo.

Se instala en la habitación de invitados. Que en realidad es el antiguo cuarto de la hija, y que parece haberse mantenido intacto desde su marcha. Las fotos que testimonian el vertiginoso crecimiento físico de la ausente, los posters que narran el tránsito de las princesas al rock gótico, los diplomas escolares, los libros ilustrados, los collares y pulseras, los artilugios que un día fueron novedad tecnológica y motivo de efímero entusiasmo. Todo permanece inmóvil, como si el tiempo se hubiera quedado sin pilas, ante la mirada atónita de una multitud de muñecos.

A partir de cierta edad, reflexiona el señor Watanabe mientras carga su teléfono, las casas van dejando de moverse. Sucede poco a poco, sin que nos demos cuenta. Las ventanas empiezan a cerrarse. El presente deja de correr por los pasillos. Hasta que entra un extraño, o alguien mucho más joven, y todo se vuelve aterradoramente claro. Cada detalle nos delata. Cada objeto confiesa a gritos la vejez de su dueño.

Después de abrir su maletita roja, darse una ducha con indecible alivio y cambiarse de ropa, consulta su teléfono enchufado. Opta por ignorar los mensajes y correos. Se informa en medios internacionales sobre las filtraciones de la central al océano Pacífico. Inmensas cantidades de tritio y cesio continúan volcándose sin que las barreras consigan impedirlo: todo un mar radiactivo diluyéndose en el mar. Las organizaciones ecologistas calculan que, con el ritmo actual de filtraciones, en dos o tres años se habrá vertido un volumen equivalente a un siglo entero de funcionamiento. Según esos estudios, será sólo una cuestión de tiempo que el agua contaminada termine alcanzando las costas de California.

No encuentra estas noticias replicadas en los medios nacionales. Lo mismo le pasaba con la política exterior norteamericana cuando vivía en Estados Unidos, piensa, pero en sentido inverso.

Curiosea en las webs del *Fukushima Minpo, Fukushima Minyu* y otros medios regionales. Lee que, en la bahía cercana a la planta nuclear, un grupo de control acaba de analizar un pez con un nivel de radiación inconcebiblemente superior al máximo permitido para el consumo. Intenta imaginarse el interior de ese pez, sus branquias, sus órganos, su sistema nervioso inundado de cesio. Miles y miles de becquereles por kilo en un solo ejemplar. Si el mar es en definitiva uno, piensa Watanabe, ese pez sería todos los peces.

Llaman varias veces a la puerta y, en el estante contiguo, un pequeño gorila queda temblando. La señora Arakaki le anuncia que está lista la cena.

En la mesa hay servidos muchos más alimentos de los que tres personas serían capaces de engullir. Watanabe atribuye este exceso a la hospitalidad de sus anfitriones, y acaso también a la nostalgia de los banquetes familiares. Los tres hacen un brindis.

Este sake, dice el señor Arakaki mientras él se lleva la bebida a los labios, es una maravilla. Se lo compramos a una bodega en la cuenca de Aizu, al oeste de la prefectura. No lo filtran ni lo pasteurizan después de fermentarlo. Y se elabora exclusivamente con arroz de nuestra región. Es una pena que en Tokio no tengan algo así.

Watanabe tarda más de lo cortés en tragarse el licor. Una delicia.

En Tokio tienen muchas otras cosas, dice la señora Arakaki.

Y eso que nuestro honorable invitado no conoce todavía la fiesta de los caballos de Sōma, continúa su marido omitiendo el comentario. Tiene usted que volver para verla. Es un espectáculo único en el mundo.

Este año no va a haber caballos, querido. ¿No ves que ni siquiera hay suficientes transportes? No podemos vivir como si no pasara nada.

El señor Arakaki no contesta. Se sirve más sake y enciende el televisor. Es la hora de las noticias nocturnas.

En cuanto dirige su mirada al aparato, Watanabe reconoce un antiguo modelo fabricado por Me. Típico de principios de siglo, evalúa. Fiable, robusto. De diseño algo tosco para el minimalismo de hoy. Quizá con demasiados botones en relación a las funciones disponibles. Menú no del todo intuitivo. Cierta dependencia del manual de instrucciones. Aún concebido para el ocio analógico, cuando los televisores eran sólo televisores y los teléfonos, teléfonos. Sonido claro, con equilibrio. Definición más que aceptable para la época. Y, demonios, una admirable resistencia. El señor Watanabe siente una corriente de orgullo al verlo funcionando a la perfección.

Finalizado el examen de la unidad, empieza a prestar atención al contenido de la pantalla.

Están entrevistando al alcalde de Ōtsuchi, pequeña localidad en la prefectura de Iwate. Unos pocos kilómetros al norte, comprende Watanabe, de la zona que ha recorrido este mediodía. Cree haber escuchado ese lugar alguna vez. Quizá porque, como menciona la periodista, allí funciona —o por desgracia funcionaba— un importante laboratorio marino de la Universidad de Tokio.

El alcalde resume ante el micrófono, con la inquietante calma de quien ya ha visto demasiadas cosas, algunos datos sobre la devastación de su pueblo. El diez por ciento de la población ha muerto, uno de los índices más altos de toda la región. De hecho, puntualiza, él no era el alcalde, pero se ha visto obligado a ocupar el cargo. El cuerpo de su antecesor fue encontrado en la costa cuando bajaron las aguas.

En la mesa, de pronto, no se oye siquiera la permuta de los vasos o los repiqueteos en la vajilla.

He perdido a cinco ayudantes, dice el alcalde accidental. Uno se ahogó frente a mis ojos. Otro se suicidó de puro espanto. Eso fue un día antes de que llegaran los helicópteros. Los cadáveres flotaban por todas partes. Chocaban entre sí. Todavía miro al mar y los veo.

Watanabe pregunta si se podría subir el volumen del televisor. El señor Arakaki le entrega el mando y él se queda contemplándolo entre sus dedos, como quien se encontrase con la cría de una vieja mascota familiar.

Cuando me rescató el helicóptero, dice el alcalde accidental, pude ver nuestro pueblo desde el cielo. Entonces pensé que todo había terminado. Todo. Mis ayudantes tenían veinticinco o treinta años. La edad de mis hijos. La misma. No logro comprender por qué soy yo el que ha sobrevivido.

Watanabe sube más el volumen. La voz empieza a resonar hasta un punto incómodo. Parece provenir del interior de la sala, de alguien que estuviese cenando con ellos. La señora Arakaki lo mira de reojo.

Todas las granjas están devastadas, grita el alcalde accidental. Teníamos seiscientas embarcaciones. Ahora apenas nos quedan unas pocas en condiciones de navegar. Así que no sólo estamos destruidos. Aislados. Tristes. Sino que tampoco podemos pescar.

Al mencionar esto último, y no antes, el alcalde se echa a llorar.

El señor Arakaki se sirve más ensalada de algas.

Watanabe baja el volumen.

A continuación reaparece en pantalla la misma periodista, en otro sector de la costa de Ōtsuchi, entrevistando a uno de los escasos pescadores que han conservado su embarcación.

Hago todo lo posible por traerles alimento a los vecinos, dice el pescador. Pesco doce horas al día. Más no puedo. Mis brazos ya no son lo que eran.

La entrevistadora le pregunta si, después de todo este sufrimiento, su familia ha pensado en dejar el pueblo. En mudarse a otro sitio que esté un poco más lejos del mar.

Nuestra vida está cerca del mar, responde el pescador. El mar es todo lo que tenemos. Y es también nuestra familia. De vez en cuando se pone violento. Pero el resto del tiempo nos protege y nos enseña.

Y en esta ocasión, pregunta entonces la periodista, ¿qué le ha enseñado el mar?

Que a veces uno tiene que salir a pescar doce horas al día, responde el pescador.

Recostado sobre la cama de huéspedes, en medio de un silencio líquido, como de pastilla efervescente, Watanabe consulta por última vez su teléfono.

Se confirma oficialmente la hipótesis más temida desde hace semanas. Los tres reactores activos en el momento de la catástrofe sufrieron, en efecto, la fusión del núcleo. Toda su fuerza corriendo derretida. Su energía disgregada en un vapor incontrolable. La planta convertida en una bomba a presión. En la potencial fuente de una nube radiactiva.

Pese a ello, o quizá por eso mismo, el señor Watanabe decide que seguirá conduciendo hacia el sur.

Se queda dormido con un círculo de luz sobre su vientre y el aparato entre los dedos.

A la mañana siguiente, al alba, abre los ojos de golpe.

Se acicala y se dispone a partir bien temprano, antes de que sus anfitriones despierten. En parte para aprovechar todas las horas de luz, y en parte para evitar los pleitos de los Arakaki. Planea dejarles unas líneas de agradecimiento en la cocina junto con su tarjeta. Escribe la nota con esmero. Cierra su equipaje. Y atraviesa el pasillo de la casa.

En cuanto pisa la cocina, como surgida de alguna alacena, la señora Arakaki le sale al paso con una taza de té recién hecho. Luego le entrega su desayuno envuelto en servilletas de papel.

Lo acompaña hasta la puerta. Y, con los ojos húmedos, le confiesa que le recuerda mucho a su hermano mayor.

Continúa hacia el sur bajo un cielo tan limpio que resulta sospechoso. El sol parece una medalla fuera de contexto. El techo se inunda de luz y se va calentando poco a poco.

Cuando se le acaba la botella de agua, sus mapas comienzan a discrepar. De acuerdo con el plano de papel, está circulando entre los distritos de Kashima y Haramachi. Según el GPS, sin embargo, se encuentra en Minamisōma. Esta ciudad también figura en el mapa impreso, aunque unos kilómetros más adelante. ¿Habrán temblado los topónimos de la región? ¿Se habrá movido tanto el suelo? En los campos de los alrededores, los girasoles brillan como una cascada de monedas.

Un momento. ¿Eso no es algo que ya ha visto o pensado antes?, se pregunta el señor Watanabe. ¿Se estará convirtiendo en uno de esos ancianos que se repiten sin darse cuenta?

En cualquier caso, sabe que está ingresando en el círculo de los treinta kilómetros. Es decir, en la zona de evacuación voluntaria. Sus habitantes han sido invitados a huir o encerrarse. Voluntaria. No deja de asombrarlo que ahora pretendan poner en manos de la gente semejante decisión, relacionada con una central cuya existencia misma jamás le consultaron. Privatizar los beneficios y colectivizar los problemas. Economía mixta, se dice desviando la mirada.

En los caminos de tierra que se abren a los costados de la ruta, ve las barreras prohibiendo el paso. Al otro lado de los obstáculos se extienden, con turbadora indiferencia, las plantaciones de soja y arroz. Ese mismo arroz que, hasta el desastre, tenía fama de ser el más exquisito del país.

El contraste entre el aspecto apacible del campo y la gravedad de las advertencias lo descoloca. El paisaje se ofrece de una forma a sus ojos, pero las señales lo obligan a reinterpretarlo en clave opuesta. Cuando uno ya no puede confiar en lo que ve, piensa, el mundo entero queda al borde del espejismo.

Su automóvil se interna en la mañana y el cielo va llenándose de pequeñas nubes, como un muro se carga de ladrillos.

Minamisōma resulta ser bastante más extensa de lo que había supuesto. Según los diagramas, la parte norte escapa apenas a las zonas de evacuación, mientras la parte sur ha quedado incrustada entre los dos anillos, el de los treinta y el de los veinte kilómetros. La ciudad vive por tanto dividida en dos reglamentos y dos estados de ánimo. Un municipio anfibio.

Al cabo de algunos minutos, llega a un cruce frente a una gasolinera Eneos. Que es una de las marcas de cierta petrolera con la que le tocó hacer negocios. Watanabe recuerda que el terremoto causó un incendio en una de sus refinerías en Sendai. Justo donde su viaje ha comenzado.

Los semáforos parpadean. Los esporádicos peatones se apresuran. Mientras aguarda su turno, el señor Watanabe divisa un enorme hospital. Vira inmediatamente en sentido contrario.

Avanza en línea recta en dirección oeste. No tiene ningún plan. Cuando improvisa, más que concentrarse en sus acciones, suele dejarse llevar por una especie de trance distraído hasta que algo le llame la atención. Transita por las calles semivacías con soñoliento agrado: sólo tiene que seguir las flechas y las luces. Apenas él y otros tres coches, del mismo color que el suyo, cruzan las vías del tren que ya no pasa.

Una farmacia lo saca del ensimismamiento. Sus carteles amarillos y rojos, sus ideogramas a escala para miopes. ¿La mantendrán abierta pese a la falta de clientes? Estaciona y se acerca. Un pequeño letrero de disculpa le responde.

Enfrente avista un banco. ¿Qué es lo que ocurre exactamente con los créditos, las hipotecas y los plazos fijos en una situación de emergencia? Los ahorradores no están, pero sus cuentas sí. Los acreedores se van, pero las deudas quedan.

Se da el lujo de cruzar la calle por cualquier parte, sin mirar hacia los costados.

Pese a ser pleno horario de atención al público, la oficina del banco también está cerrada. Aun así, el cajero automático funciona a la perfección. E incluso le facilita billetes menores. Extrae su efectivo y vuelve al Verso. El capital, se dice Watanabe, tiene vida propia.

Conduce hacia el centro por una avenida libre de atascos. En las pausas de los semáforos, los escasos conductores locales lo observan con cierta preocupación. Como si sospechasen que ha perdido el rumbo o acaso la cabeza.

Antes de llegar al Ayuntamiento —que no es precisamente lo que le interesa ver— gira a la izquierda y continúa en dirección sur, cada vez con menos tráfico. ¿Ya habrá franqueado el círculo de los treinta kilómetros? Intenta sintonizar alguna emisora local. Pero sólo oye breves ruidos, chispazos, un silencio eléctrico.

Poco después distingue una indicación que lo hace aminorar la velocidad y acomodarse los anteojos.

Yo-no-mori. Eso reza el cartel.

Por un instante de extravío lingüístico, Watanabe lo ha susurrado en español.

372

El cartel anuncia un parque. El lugar ideal para estirar las piernas.

Encuentra un área de estacionamiento junto a la entrada, frente a unas pequeñas instalaciones deportivas. Sus líneas blancas separan el vacío del vacío.

A la vista hay tan sólo un par de coches. El señor Watanabe deja el suyo milimétricamente alineado con los otros. Nadie quiere ocupar el espacio de los que no vendrán.

Apostado tras unas cuantas cajas de cartón, un joven vendedor de yakitori lo mira con esperanza. Él le sonríe y pasa de largo.

Camina hacia la entrada. El suelo se transforma en tierra.

En el parque Yo-no-mori todo parece llegar tarde. Llega tarde la luz desde los trapos de las nubes. La sombra, a los bancos de piedra. La mirada, a las ramas desprovistas de flores. Watanabe no cuenta más de media docena de paseantes. El círculo central está desierto. También el caballo de hierro para que trepen los niños: un animal con más huecos que estructura.

A lo lejos, distingue dos siluetas. Dos siluetas dobladas entre los girasoles. Una más grande que la otra. Se aproxima cubriendo sus anteojos con el borde de una mano. Ha olvidado en el coche los de sol.

Un hombre de su edad, o quizás algo más joven, está sembrando con la ayuda de una niña. Una niña de leves ojeras. Que, por algún motivo, le recuerda a su hermanita Nagae. Él hace surcos con la azada. Ella abre los dedos para dejar caer las semillas.

Se dan los buenos días sin mostrar excesiva sorpresa por la presencia del otro.

Aquí estamos, dice el hombre incorporándose, haciendo una reverencia y restregándose las palmas en los muslos. Con los girasoles. Absorben las toxinas de la tierra. Así bajan los niveles de cesio.

No hay mejor compañía que las plantas, contesta él. Piden poco y dan tanto.

Exacto, dice el hombre. Algunos creen que la jardinería sirve para distraerse. Al contrario, al contrario. Es la mejor manera de ocuparse de la vida.

Hola, preciosa, hola, entona Watanabe mientras se agacha y siente sus horas de conducción en la cintura.

Saluda al señor, mi cielo, dice el hombre.

Y la niña se oculta tras sus piernas.

Intercambian presentaciones. El profesor Sasaki, vecino y activista. Su nieta Ai: tímida al principio, pero cuando entra en confianza ni se imagina usted. Y Yoshie Watanabe, periodista recién llegado de la capital para visitar a su hermana, que vive en Sōma, y preparar un reportaje sobre el estado de la región.

Al oír que es periodista, el profesor Sasaki se endereza del todo y acentúa su locuacidad, asumiendo que se trata de una especie de entrevista. Se queja de que los medios de Tokio no informan adecuadamente sobre la realidad de la zona. Que las televisiones sólo buscan familias rotas y trajes aislantes. Que no les interesa mostrar a la gente que trata de seguir adelante con sus vidas. Watanabe se alegra del malentendido, que le permitirá hablar poco y escuchar cuanto quiera.

El profesor habla a toda velocidad y gesticula con parsimonia. Como si su cuerpo llegara con retraso a sus argumentaciones.

Varias afinidades facilitan la comunicación. Watanabe se entera de que Sasaki estudió en la capital. Que pasó algún tiempo en Hiroshima con los jesuitas. Hasta que abandonó la orden y se convirtió en profesor de español. Ahora dedica su tiempo a la familia, los libros y las flores. A semejanza suya, parece haber tenido varias vidas.

Él le confiesa que también está jubilado (aunque de vez en cuando sigue escribiendo reportajes, aclara al recordar su propia mentira). Que pasó su infancia en Nagasaki. Y que vivió más de diez años en España. El profesor Sasaki se entusiasma al saberlo.

Hablan de cómo ha cambiado Madrid. De lo cara que se ha puesto Barcelona. Sasaki declara su debilidad por Córdoba. Watanabe se queda con Granada y las playas almerienses. El profesor le recuerda que por ahí cayeron las bombas termonucleares que perdió un avión americano en un accidente, y que nunca se supo cuánto mar contaminaron.

Aburrida por la conversación, Ai se pone a corretear por el parque. Su abuelo la vigila de reojo mientras habla. Lo invita a sentarse en uno de los bancos de piedra.

En un tono más íntimo, el profesor Sasaki le cuenta que mudarse supondría un riesgo para su esposa. Instalarse en un lugar extraño, con el cambio de hábitos que implicaría, podría empeorar su estado.

Cuando a un ser querido le falla la salud, dice Sasaki suspirando hacia los árboles, cómo explicarlo. A uno le cambia el centro de gravedad. El mío está mucho más abajo. ¿Sabe a qué me refiero?

El señor Watanabe responde con un silencio afirmativo.

En esta parte de la ciudad, según los cálculos del profesor, cuatro de cada cinco habitantes decidieron irse. Él prefirió que la familia se quedase en casa. Conoce a vecinos que salieron corriendo y ahora viven con parientes lejanos, en pensiones baratas o en centros de acogida. Con el tiempo, sostiene, eso se vuelve tan incómodo que muchos están volviendo. Incluso con niños. Lo cual es un alivio para su nieta.

Como si el viento hubiera transportado sus palabras hasta ella, Ai se vuelve a lo lejos, saluda y se ríe.

Por fortuna, su casa no sufrió daños serios con el terremoto. Tampoco se quedaron sin luz o agua. Así que, ¿dónde van a estar mejor? Evitan abrir las ventanas más de un par de minutos al día. Y han tapado los huecos de la ventilación. En teoría, le explica, deberían salir lo menos posible. Pero últimamente, harto de vivir encerrado y comer siempre lo mismo, ha empezado a dar paseos. Hace una compra con el coche al otro extremo de la ciudad, el que ha quedado fuera de las zonas de evacuación. Camina por el parque o se acerca a la orilla del Niida. Por supuesto, cada mañana consulta su dosímetro. Si la radiación está alta, se queda en casa. Si se mantiene en niveles medios, sale solo. Y si está baja, como hoy, sale con su nieta. Y siembran girasoles.

En fin, dice el profesor sacudiéndose los pantalones manchados, la situación es de locos. ¿Sabe? Estoy escribiendo un blog con todo lo que pasa aquí. Para mi sorpresa, cada vez tiene más visitas. No paran de enviarme comentarios.

Watanabe saca su teléfono del bolsillo.

Con entusiasmo juvenil y la falsa modestia de la madurez, Sasaki añade: No es gran cosa. Aunque quizá le interese.

Watanabe teclea. Localiza el blog.

Se nota que usted es un periodista con experiencia, dice el profesor. En vez de presionar con preguntas, deja hablar.

Esa es la clave, contesta él guardando su teléfono, esa es la clave.

Voy a confiarle algo, dice el profesor Sasaki. Llevo semanas estudiando los grandes *jiko* nucleares. Y puedo asegurarle que existen sospechosas coincidencias.

Infringiendo la norma que él mismo acaba de suscribir, Watanabe pregunta cuáles son.

Secretismo de las autoridades, comienza a enumerar el profesor. Noticias contradictorias. Guerra de datos.

Ampliación progresiva de las zonas de seguridad. Evacuaciones incompletas. Ocultación de informes sobre salud pública. Lagunas en las investigaciones posteriores.

Los americanos, dice, lo hicieron en Pensilvania. Los soviéticos lo hicieron en Chernóbil. Y ahora en Fukushima están haciéndolo con nosotros. Los gobiernos creen, o fingen creer, que en caso de emergencia somos incapaces de afrontar la verdad. Y aunque no tengan ninguna prueba de ello, porque jamás han intentado decirnos la verdad, siguen mintiendo sistemáticamente. ¡Es la estrategia perfecta! Si les funciona, manipulan la información en beneficio propio. Y si se descubre el engaño, entonces juran que nos mintieron por nuestro bien.

Pero hoy en día, interviene Watanabe, es mucho más difícil controlar la información.

Eso depende, contesta el profesor Sasaki. Si se toma la molestia de estudiar los historiales de la Wikipedia, por ejemplo, verá la lucha por controlar los artículos sobre accidentes nucleares y efectos sanitarios. No hablamos de bibliografía especializada, claro. Pero es donde se informa la mayoría de la gente. En cuanto a las fuentes más científicas, en fin. Ya sabe usted que las multinacionales financian los estudios sobre sus propias actividades.

A lo lejos, la niña escala el caballo de hierro. Su abuelo se pone en pie. Grita su nombre en tono de advertencia. Ella se queda inmóvil, duda un instante y sigue trepando.

Pensemos en Namie, reanuda, que está en el área de evacuación obligatoria. Dicen que allí sólo quedan jabalíes. Los vecinos huyeron en masa hacia el norte, creyendo que iban a estar más seguros. El gobierno tenía indicios de que la nube radiactiva podía avanzar en esa dirección. Pero no se atrevió a comunicarlo. Ahora están distribuyendo guías médicas bastante similares a las que repartieron en Hiroshima y Nagasaki. Las familias desalojadas prefieren ocultar de dónde vienen. En Tsukuba, al parecer, les han exigido certificados de radiación. Varios colegas me han escrito contándome que sus alumnas temen no poder casarse o quedar embarazadas. Igual que en la posguerra, ¿me comprende?

Perfectamente, murmura el señor Watanabe.

De pronto siente que respira peor. Que la brisa no corre como antes o que el polen ataca sus pulmones.

Respira hondo. Tose. Se palpa la muñeca. Busca la vena con dos dedos.

Sasaki hace una pausa y le pregunta si se encuentra bien. Él le confirma que sí sacudiendo una mano, como ahuyentando algún bicho que revolotease frente a él.

El profesor retoma sus reflexiones. Le resume la polémica sobre los escombros contaminados de la costa sureste, en la zona prohibida. Cada día hay más protestas de vecinos de los pueblos cercanos. Nadie quiere que esos restos se desechen en las inmediaciones de su hogar. El pánico a que el viento remueva el polvo tóxico no deja de crecer. Mientras tanto, los trabajos de limpieza continúan. El objetivo es enterrarlo todo cuanto antes.

Superando otro breve episodio de tos, Watanabe pregunta qué dicen las autoridades sobre ese asunto.

El profesor Sasaki aplaude a su nieta, que saluda triunfante desde la cima del animal hueco. Luego responde que los políticos dicen una cosa y la contraria. Pretenden que la gente no tenga demasiado miedo, sólo el razonable. Y eso, por definición, es imposible.

Tan imposible, acota Watanabe, como una razón miedosa.

Sasaki afirma que, cuando se abre una central, los directivos de la eléctrica deberían irse a vivir cerca de ella con sus familias. Muchos alcaldes de la prefectura se pasan el día pataleando contra la empresa. Por lo general, le cuenta, son los mismos que justificaron la construcción de la central por sus presuntos beneficios. A sus detractores se los acusó de anticuados.

Entornando los ojos, el señor Watanabe intenta adivinar qué opinaba realmente su interlocutor en aquel tiempo. No se atreve a preguntarlo.

Con lo que el poder no cuenta, dice el profesor, es con que las catástrofes propician revoluciones que nadie se atrevía a hacer. Todos queremos volver a la normalidad, pero me pregunto si podemos. Incluso si debemos.

Creo que voy a anotar esa frase, dice Watanabe.

Si termino muriéndome por culpa de esos políticos, añade Sasaki inesperadamente risueño, le juro por mi nieta que pienso aparecerme frente a ellos una y otra vez. Tiene que resultar agotador ser un fantasma, ¿no le parece?

Eso llevo diciéndome hace siglos, contesta él.

El profesor suelta una risa redonda y deja la mirada flotando, como si su carcajada fuese una burbuja a punto de explotar. Después se queda muy serio.

Le pregunta a Watanabe por la situación en Sōma. Quiere saber si su hermana está teniendo dificultades. Él describe la rutina doméstica de los Arakaki, atribuyéndosela a su propia familia. Y, casi sin querer, inventa unos cuantos detalles para completar el relato.

Sasaki sostiene que el alarmismo complica más las cosas. Compara el término que los medios utilizaban al principio, *evacuación,* con el que han ido imponiendo después: *exclusión.* Su propio domicilio ha pasado oficialmente de estar en una franja *voluntaria* a una de *preparación para emergencias.* La misma zona que antes llamaban *de evacuación* ahora se denomina *de alerta.* El Estado, se lamenta el profesor, tiene un lenguaje tóxico. Quienes han decidido quedarse, ahorrándole numerosos recursos, apenas reciben ayuda. De hecho, muchos amigos terminaron marchándose porque sus necesidades básicas no estaban siendo atendidas. Según le cuentan, soportan todo tipo de incomodidades en los centros de acogida, teniendo un hogar en perfectas condiciones.

Ai regresa corriendo al regazo de su abuelo. Él la alza con esfuerzo entre sus brazos. La suelta en cuanto sus zapatitos tocan tierra. Y, frotándose la espalda, mira a Watanabe con una divertida mueca de dolor.

¿Sabe?, dice. Conozco a vecinos mayores que yo, con problemas de salud, que han aceptado vivir en condiciones lamentables con tal de estar una pizca más allá de los treinta kilómetros. ¡Como si la radiactividad se organizara por distritos! No me diga que no es un disparate. Cuando pienso en ellos, me dan ganas de llorar. La muerte a nuestra edad no asusta tanto. Lo que asusta es sufrir. Algunos han fallecido en oficinas. Gimnasios. Bibliotecas. Bueno, eso último no está tan mal. Mire lo que le digo. Incluso si hubieran muerto aquí por falta de atención médica, al menos habrían tenido un final honorable. Irte en tu propia casa. Con tus seres queridos. Qué más puedes pedir.

El señor Watanabe intenta tragar saliva. Su garganta se resiste. Acerca una mano a la cabecita de Ai, la deja suspendida sobre ella. Es tu nuevo sombrero, le dice. La niña se queda inmóvil en espera del contacto. Igual que un ascensor que vuelve a funcionar, la garganta cede.

El profesor se interesa por los hospitales de Sōma. Pregunta por los niveles de abastecimiento. Él improvisa como puede, hasta que su interlocutor vuelve a tomar la palabra.

Hasta hace poco, dice Sasaki, ningún transporte quería entrar. El correo tampoco nos llegaba. Los productos básicos escaseaban como en los viejos tiempos. Y un trecho más allá, seguía llegando casi todo. Creían que un estúpido anillo invisible iba a protegerlos. La confusión era tal que devolvían el arroz envasado antes del accidente. Hasta que vino un camión de no sé dónde. Descargó una montaña de verduras y desapareció a toda velocidad. ¡Como un robo al revés, amigo mío! Menos mal que algunas tiendas están volviendo a abrir. El otro día me llevé una alegría con la cafetería Eisendō. A mi nieta le encantan sus pasteles. O la pescadería Yamada, que es donde compro el pescado para mi esposa.

¡Pasteles!, grita Ai, que parecía absorta en sus juegos.

Mañana, mi vida, mañana, contesta el abuelo.

La niña hace un amago de protesta. Él la mira fijamente y ella regresa a la calma. Entonces, por primera vez, guardan silencio durante un rato.

¿Sabe qué es lo que más rabia me da?, dice de pronto el profesor levantando la cabeza. ¿De qué demonios nos sirve descentralizar las administraciones, si seguimos delegando nuestras responsabilidades elementales?

Siempre hemos confiado en el enemigo interno, divaga Watanabe sin saber qué responder, antes que en el amigo externo.

Para evitar el colapso agropecuario de la región, según le explica Sasaki, las autoridades elevaron los niveles de exposición permitidos para el consumo. Como nadie quiso esos productos, adquirieron una inmensa partida de arroz y verduras locales para los comedores de las escuelas. Esta medida, en teoría legal, movilizó por fin a las familias. Ahora se hacen controles de cada alimento que consumen los estudiantes.

Watanabe, que empieza a reconocer los momentos en que el profesor Sasaki necesita un pequeño empujón, le pregunta por el resultado de esos controles.

Con una risa sarcástica, el profesor aclara que ahí está el punto. Porque las pruebas suelen dar resultados favorables. Pero muchas no se realizan completas, por carecer del instrumental apropiado. Lo que llamamos seguridad, señala, es apenas una cadena de normas concebidas para que su incumplimiento no pueda demostrarse.

Comprobando la hora en su teléfono, el señor Watanabe piensa que debería volver al coche antes de que sea tarde. Tarde para el acceso a ciertas carreteras, para él en general.

Para colmo, dice Sasaki cada vez más indignado, algunos maestros están acusando de traidores a los niños que rechazan la leche de su escuela. ¿Se acuerda de la guerra, amigo mío?

Él resopla en señal de asentimiento.

Para serle sincero, dice el profesor Sasaki, yo la verdad es que no. No me acuerdo. Ni siquiera había empezado la escuela. ¿Usted cuántos años tiene?

Me temo que unos pocos más que usted, responde Watanabe.

No lo parece.

Dígaselo a mi cintura.

¡Y todavía trabaja!

Sólo de vez en cuando. Hay cosas de las que uno nunca se jubila.

Eso es verdad. Yo les doy clases a mis nietos, y aprendo más de ellos que al contrario.

Se ponen en pie al unísono. Sasaki se acerca a su nieta y la toma de la mano. Caminan con lentitud, al ritmo de Ai, hacia la salida.

Mientras cruzan el parque, comentan la última hora sobre la central. El profesor, pese a todo, no se opone a la experimentación atómica. Argumenta que las fusiones nucleares son hallazgos científicos. Las centrales, decisiones económicas. Y las armas nucleares, un abuso militar. Conviene distinguirlas.

Piense una cosa, dice. Si el primer uso de la gasolina hubiera sido el napalm, hoy usted no querría tocar ese coche.

Se detienen frente al Verso. El vendedor de yakitori se ha esfumado. Sasaki se interesa por sus planes. Cuando él menciona su propósito de dirigirse al sur, el profesor le aconseja no hacerlo atravesando el distrito de Odaka, que ha caído de lleno en la zona de exclusión. Y, señalando en varias direcciones con su brazo libre, le sugiere hacer un rodeo por la carretera 399. O incluso por la 349, que está más retirada y quizá resulte más segura.

Inician las despedidas. Ai se asoma a espiar el interior del vehículo. Su abuelo le llama la atención, se disculpa y acota sonriendo que la curiosidad le viene de familia. Le desea a Watanabe la mejor de las suertes con su investigación. Hoy los índices del aire están perfectos, especifica. Y eleva un dedo por encima de su cabeza, como una flecha de hueso apuntando a las nubes.

Le confieso que me preocupa un poco dejarlos aquí, dice el señor Watanabe.

Muy amable de su parte, contesta el profesor Sasaki, pero no se preocupe. Haga como yo. Sea pesimista y verá qué alivio.

En cuanto arranca, el profesor y su nieta se reducen velozmente en el retrovisor hasta convertirse en un punto radiante.

Saliendo de Minamisōma, hace una breve parada para comprar agua y picar unas galletas. Consulta una vez más su medidor de radiación. Acaba de leer un nuevo comunicado que fija el límite de microsieverts por debajo del cual, según se puntualiza textualmente, no existe ningún riesgo inmediato para la salud. El señor Watanabe se detiene en el sutil, sigiloso adjetivo que acompaña al riesgo. En todo lo que dice callando.

Contempla los dígitos de la pantalla. Tiene la sensación de haberse pasado la vida entera contabilizando miedos y graduando alarmas. Los leucocitos en la sangre. Los valores financieros. Los índices de hematocrito. Los balances de cuentas. Las magnitudes sísmicas. Los niveles de radiación.

Watanabe se pregunta cuánto hay de chantaje en la estadística. De qué modo debería computarse, en los propios valores que mide, su factor intimidatorio. Hasta qué punto el poder depende, en suma, del volumen de datos preocupantes que circule.

Más allá de su utilidad, al final se ha conseguido que todos consulten obsesivamente los microsieverts por hora, a semejanza de una tribu con su oráculo atómico. También la dirección del viento. Ahora el viento transporta pesadillas. El enigma está en el aire, es el aire. Como si la radiactividad fuese una fiebre. Una epidemia extendiéndose. El mundo es una axila, piensa casi sin darse cuenta.

Para evitar la zona prohibida y las vías inaccesibles, Watanabe sigue el consejo del profesor Sasaki. Da un rodeo por el oeste. Y toma la carretera 399. Al mediodía, llega al puesto de control de Katsurao.

Mientras frena, ve partir una furgoneta policial. Viaja repleta de agentes íntegramente recubiertos por trajes blancos. Uno de ellos parece quedarse mirándolo a través de la ventanilla, atravesada por gruesas rayas opacas, hasta que la furgoneta se aleja.

El policía de turno le formula las preguntas habituales, más un par que hasta ahora no ha escuchado. El señor Watanabe le cuenta que varios de sus familiares viven un poco más al sur y que viene a ayudarlos a vaciar sus casas. Le habla de su hermano, que es profesor de español y acaba de jubilarse. Y de su nieta Ai, que ya es toda una mujer y está a punto de empezar la universidad. Ella quiere estudiar Francés, le explica, aunque él preferiría que estudiase Economía. Antes que nada, las jóvenes de hoy deben ser prácticas.

El agente interrumpe su relato con un guante. Le transmite unas breves recomendaciones de seguridad, le desea éxito en su misión y le franquea el paso.

Un cuarto de hora más tarde, observa de reojo su posición en el GPS y advierte que, en estos momentos, se halla justo en paralelo a la central nuclear. Fukushima Daiichi y su coche, separados tan sólo por el último círculo. Sube las ventanillas, corta el flujo de aire externo, tensa el vientre.

A medida que avanza por la ruta desierta, Watanabe nota de nuevo, o cree notar, cierta dificultad respiratoria. Como si el oxígeno se hubiera llenado de alfileres. Como si su interior se inundase de agua con gas.

Acelera todo lo posible. Encuentra desvíos vedados con su preceptiva barrera, sus señales de peligro y sus enredaderas creciendo por debajo, a modo de ornamento indiferente. Esas enredaderas soberanas, piensa, prueban hasta qué punto la vida no precisa del ser humano, su jardinería y su estupidez.

Al cabo de unos kilómetros, alcanza el control de Kawauchi. La fracción este del pueblo, la más próxima a la central, ha quedado sumida en el área de exclusión. En el oeste resiste un puñado de habitantes cabizbajos y también la policía. Que, según le explica un vecino, no ha tenido otro remedio que trasladar el puesto de control a este lado del pueblo, para no infringir las normas que custodian. Los últimos rumores son que, en cualquier momento, el gobierno podría decretar el desalojo completo. De todas formas, concluye el vecino retirándose de la ventanilla del coche, la cosecha ya está perdida.

Reclinados en sillas plegables frente a sus patrulleros, con la boca y la nariz tapadas, los agentes lo miran como a un loco o un alienígena. Él, sin embargo, jamás se ha sentido tan lúcido ni tan cerca de su tierra. Cada vez le cuesta más convencerlos de que le permitan continuar. Por eso inventa pretextos de creciente dramatismo: ancianos desvalidos, enfermedades graves, funerales inminentes. No ignora que, hace apenas unas semanas, el Estado anunció que aplicaría la Ley Básica de Medidas de Emergencia a todos los territorios evacuados. Eso otorga a las fuerzas policiales el derecho a interceptar a quienes traspasen las barreras, además de imponerles una multa de cien mil yenes.

Debatiendo con un agente que se muestra remiso a dejarlo pasar, en una tentación acaso de raíz argentina, Watanabe sopesa la posibilidad de sobornarlo. Y desliza una frase equívoca acerca de la flexibilidad de las multas. El policía endurece el gesto. Su lenguaje corporal parece anticipar la represalia. En el acto él advierte que, habituado a circular por carreteras de habla hispana, acaba de cometer un serio lapsus cultural.

Disimula sus nervios. Sonríe santamente. Mira al policía con ostensible admiración. Y repite la frase en términos casi idénticos, introduciendo una leve variación que despeja cualquier duda de manera honorable. Luego invoca de nuevo a su hermana sola, enferma, sin cura, esperando su auxilio para ser evacuada.

Reparte su atención entre el pavimento dañado, el mapa de la pantalla y el techo transparente. Intenta compensar la soledad del viaje imaginando, como hacía de niño, que compite con las nubes. Sigue sin estar seguro de quién persigue a quién.

Por un instante, durante un par de parpadeos, tiene la impresión de que un trozo de nube cae sobre el camino.

Proliferan los hoyos, las grietas, los objetos abandonados. Después de tantas horas conduciendo, ya no se acobarda ante los impactos en las ruedas, la inestabilidad del volante, los obstáculos imprevistos.

Pero lo que acaba de golpear el frontal del vehículo no parece nada de eso. La fuerza ha sido otra. El ruido, diferente.

Watanabe para, sale del Verso, retrocede a pie.

Y ve al perro retorciéndose.

Lo primero que hace, inútilmente, es mirar en todas direcciones, en busca de algún tipo de socorro que sabe muy bien que no aparecerá. No encuentra más reacción. Sólo acierta a girar sobre sí mismo. El paisaje, la luz, las formas pierden volumen.

Lo único nítido es el pasado, sus movimientos anteriores, el último minuto, como si todavía estuviera frenando.

Se distrajo, se distrajo y no vio. No lo vio y ahí estaba.

En esta zona, supone, debe de haber una legión de mascotas sueltas que sus dueños abandonaron al salir de sus casas de campo, creyendo que podrían regresar pronto.

Por ejemplo este perro, lo que queda de él, de su presencia respirando, tiene una especie de collar.

También habrá una buena cantidad de ganado deambulando a su suerte, en busca de una improbable supervivencia. Recuerda haber leído, cuando el asunto apenas le importaba, alguna noticia acerca de su sacrificio y la indemnización para sus propietarios.

La salud. El dinero. El sacrificio.

Ha matado, está a punto de matar por primera vez en su vida, comprende Watanabe. Y algo se activa de inmediato en su organismo, algo que parte de sus vísceras.

No queda otra salida con esa bola de sangre, pelos y desamparo. A la que es incapaz de mirar a los ojos.

Sin embargo, se lo debe. Le debe al menos eso, la mirada. Absorber su existencia. Reconocer lo que mata.

Clava sus ojos en los suyos.

Entonces sube al coche, da marcha atrás rápido y pasa de nuevo por encima.

El GPS emite lugares, rutas, distancias. Sigue y sigue hacia el sur. El este prohibido parece tan cercano en el mapa, tan lejos de sus fuerzas. Watanabe vuelve a sentir, a ráfagas, el bloqueo en el pecho. ¿Por qué la sensación va y viene?

Lo que me ahoga, piensa, es el rodeo.

Inspira hondo. Mira el volante ronroneando entre sus manos. Y, en el primer desvío, gira de golpe a su izquierda.

Se aleja de la carretera y, reduciendo la velocidad, penetra en una destartalada vía comarcal que nadie se ha molestado en vigilar o interrumpir. Se trata de una senda escarpada, ondulante, rodeada de montañas. Unas montañas plenas de verde húmedo, con manchas de sombra y retazos de sol. Su respiración se amplía. Su cuerpo se ablanda.

El señor Watanabe progresa con lentitud en dirección este. Hacia la costa que evitaba y desea. Poco a poco se adentra en las inmediaciones del área vedada, en los dominios del último círculo.

A mitad de camino, divisa los pilares de un pequeño santuario sintoísta. No se detiene.

Una vez superada la senda montañosa, desemboca en una carretera ancha. Volver a disponer de tanto espacio le resulta abrumador; en cierta forma, piensa, la estrechez lo protegía. Los destellos lo obligan a cambiar de anteojos.

Recupera la velocidad y la dirección sur. Ve campos sin sembrar. Pasa junto a una planta de tratamiento de aguas residuales. Se pregunta si seguirá en funcionamiento, qué sustancias estará depurando.

Durante unos minutos, transita por la carretera 35. Cruza el primer semáforo que encuentra en mucho tiempo. Oteando, le parece distinguir la mancha movediza de otro coche.

Su intención es girar en algún momento a la izquierda, para acercarse todo lo que pueda a las poblaciones de la costa. ¿Pero dónde intentarlo?

Mantiene el rumbo. Tal como suele hacer cuando está indeciso, se deja llevar por la inercia esperando alguna clase de corazonada: que los signos casuales tomen la decisión por él.

No tarda en ver un desvío particularmente pronunciado. Muy parecido, siente, a un punto de inflexión. Gira al fin a la izquierda y toma la carretera 246. Directo hacia la costa.

Poco después, entre las fisuras del asfalto, se topa con una bifurcación. Sus dos opciones divergen como un pantalón a punto de rasgarse. Frena con brusquedad.

Las nubes pasan, ovinas, por encima del techo.

Mientras contempla la bifurcación con el motor en marcha, le viene a la cabeza el poemita de Gesshu Soko que solía recitar de joven:

Las flechas disparadas
una contra la otra
se encuentran y dividen
el vacío en su vuelo:
así vuelvo al origen.

El señor Watanabe consulta la pantalla. La abundancia de datos no lo ayuda a decidirse. Despliega entonces su viejo mapa impreso. Allí comprueba que una de las ramas conduce al pequeño pueblo de Hirodai.

Intenta hacer una búsqueda en el teléfono. La señal es muy débil y la página tarda demasiado en cargarse. En realidad, tampoco le hace falta más información: siente deseos de entrar en Hirodai. Tiene la intuición de que debe conocer ese pueblo. De que, en algún sentido, está eligiendo entre dos direcciones de su memoria.

Recuerda aquel andén en Madrid, en la estación de cercanías de Atocha, siete años atrás. Había salido de la casa de Carmen. Ella le había confirmado que, definitivamente, no se iría a Tokio. Estaban bien como estaban. No hacía ninguna falta irse tan lejos.

Él acababa de bajar del tren. Se hallaba de pie, inmóvil, entre los andenes uno y dos. Se fijó en ese detalle porque le pareció el esquema de toda disyuntiva. La bifurcación de su propio camino. En una vía, los trenes llegaban a la estación. En la otra, se marchaban.

En ese instante, lo sabe bien, Watanabe sintió el impulso de retroceder. La vía adyacente lo esperaba. Aún estaba a tiempo. A tiempo de subirse a un tren y regresar al punto de partida. Sabe que entonces miró su teléfono, lo apretó y estuvo a punto de llamarla. Que volvió a guardarlo. Abandonó el andén. Y caminó despacio hacia esa estación donde, desde el 11 de marzo, todo marchaba a medias. Hacia esa ciudad fracturada que no estaba segura de qué hacer con sus pedazos.

Había sido un proceso oculto, como cavar un túnel. Las bombas de aquel año lo habían llevado hasta el final. Ya que el horror parecía perseguirlo, quizá fuera mejor ir a buscar el suyo.

El señor Watanabe arranca el coche y avanza entre las grietas.

8. Carmen y las contracturas

Yo me conozco. Si me duelen los dedos, es que ando nerviosa y he dormido con el puño apretado. Cuando me crujen las rodillas, el tiempo va a cambiar. Y cuando mis hijos discuten de política, el cuello se me pone hecho una vara. Ya me conozco yo estos huesos. El caso es que ahora tengo las manos tiesas. Eso quiere decir que he estado pensando un pelín más de la cuenta en Yoshie.

Toda la semana lleva escribiéndome el dichoso periodista argentino. Algo he tenido que contarle. Que si no, no paraba. Insistió en preguntar y preguntar. Hasta quiso saber por mis parientes del otro lado del charco. Terminamos hablando de sus abuelos españoles. Al final me planté y le dije: Mira, si tanto interés tienes, te vienes por Madrid y seguimos charlando. Dice que me localizó a través de la Mariola esa, o como se llame.

De ella también me acuerdo. Vino una vez para un congreso. Yoshie nos presentó una noche y las dos nos comportamos como damas. Las damas que no éramos. Ella, bueno. Pedante. Sobreactuada. Queriendo ocupar todo el espacio. Porteña, vamos. Parecía obsesionada con demostrar lo lista que era. Yo la dejé que hablase. Me reí un rato. Y después les dejé solos, porque hacía una pila de años que no se veían.

Ojo, sin acritud. Si vuelve por aquí, hasta la invito a un café. A mí lo de los celos me parece una horterada. El pasado de los demás no te puede doler, ¿no? Bastante tienes con el tuyo. Es como los problemas de espalda. Las contracturas de los demás las ves. Sabes cómo tratarlas y dónde actuar. Pero con tu propia espalda, ¿qué puedes hacer?

Nos conocimos de chiripa. Por una amiga arquitecta. El verano estaba empezando y Yoshie acababa de llegar. En vez de alquilar, había decidido comprarse algo aquí como inversión. Había encontrado un apartamento por la zona de los Austrias. El tío desde luego podía permitírselo. Era el director de la sucursal española de Me, los de las teles. Y mi amiga se había encargado de diseñarle la reforma. Ella estaba fuera, de vacaciones con su familia (justo antes de separarse del marido, por cierto). Mientras terminaban las obras, había tenido la gentileza de ofrecerle a Yoshie su casa con la única condición de que le cuidase las plantas. Tenía una cantidad exagerada por todo el balcón. Selva exprés, le decíamos.

Mi amiga vivía en un ático en el barrio de Hispanoamérica, por el metro Colombia. El frente daba al Paseo de La Habana. Ella me había dejado encargadas dos cosillas. Que me pasara a echarle un ojo a las obras, que no se fiaba. Y que por favor viera si su cliente japonés necesitaba algo. Porque aparte de haberle adelantado el pago, era nuevo en la ciudad. Lo primero me pareció bien. Lo segundo, una lata. Pero un día le llamé por teléfono. Me presenté. Le ofrecí ayuda. Y él, con un acento rarísimo, me propuso encontrarnos en el apartamento nuevo para ver cómo marchaba la reforma. A mí el plan me pareció perfecto. Así mataba dos pájaros de un tiro. Ni me imaginaba que iban a ser tres.

A esa primera cita llegué en metro. Y me bajé en Ópera. Lo sé porque salí a la plaza, me fijé en el Real, que seguía también en obras, y recordé que el arquitecto acababa de morirse mientras les enseñaba el teatro a los periodistas. Aquello fue de traca. España entera estaba patas arriba. Rehaciéndose. O deshaciéndose. Que si los juegos de Barcelona, que si la expo de Sevilla, que si la mar en coche. En fin. Eché a andar y busqué la dirección que me habían dado. Quedaba a unos minutos, fíjate qué curioso, de mi casa de niña. No digo que me pareciera una señal. Pero gracia sí que tuvo.

Durante aquellos días de calor, resulta que el señor también hizo dos cosillas. Seducir a la emisaria de la arquitecta. O sea, una servidora. Y clavar unos letreros en las macetas, registrando las incidencias de cada planta en esa letra como de pincel quirúrgico que tenía. Frecuencia de riego. Abono. Florecimientos. Hojas arrancadas. Cambios de altura. Cuando entré en el ático de mi amiga y vi esa especie de laboratorio vegetal, no supe muy bien qué pensar de él. Sin preguntarme nada, Yoshie trajo una bandeja. Yo tomo té, me dijo todo sonriente, usted café con leche, ¿correcto? Le miré y pensé: O es el hombre ideal o un psicópata. Pero una es curiosa.

Yoshie te iba envolviendo. Se anticipaba con pequeños gestos a lo que tú querías. Eso al principio, cómo explicarlo, me halagaba y me inquietaba. Igual por eso mismo tardé en dejarme llevar. A él le gustaba gustar como sin darse cuenta. Creo que le convenía no entender. Era su triquiñuela.

Cada vez que tenía alguna atención, se retiraba en un santiamén. Como si no esperase nada a cambio. Era mentira, claro, pero me dejaba intrigada. Se contenía tan bien que me puse ansiosa. ¿Entonces qué?, pensaba. ¿Este al final no quiere nada conmigo? ¿Es que no valgo la pena? Y antes de darme cuenta, la que había empezado a coquetear era yo. A mí las cosas claras, oye.

Todavía me acuerdo de su cara de espanto la primera noche que le invité a casa, que es un piso normalito en Leganés, en cuanto vio mi Grundig alemán. Un trasto viejo a prueba de balas. No tardó ni veinticuatro horas en mandarme un televisor marca Me. Se lo agradecí mucho. Aunque a mí, qué voy a hacerle, me seguía gustando más mi trasto. Tenía menos botones. Así que seguí usándolo todos los días. Y por no hacerle el feo, cada vez que él venía yo movía los aparatos. El suyo lo ponía ahí, en mitad de la sala, modernísimo y sin estrenar.

Él todavía estaba acostumbrándose. Se le veía algo desorientado aquí. Le venían de golpe recuerdos de su tierra. Íbamos por la Gran Vía, por ejemplo, y se ponía a hablarme de sus excursiones en Nagasaki. Estaba muy impresionado con la erupción de no sé qué volcán que llevaba como dos siglos muerto. Un día me hizo una pregunta muy rara. ¿Para qué sirve un volcán que no explota? ¡Los volcanes no sirven para nada, hombre!, le contesté. Para mí era la respuesta más lógica. Yoshie se paró en seco y me apretó el brazo. Lo mismo, suspiró. Lo mismo que me dijo mi padre.

Cuando nos conocimos, ese volcán acababa de revivir. En su país nadie se lo esperaba. Mirándome a los ojos, me dijo que era increíble cómo una fuerza tan enterrada podía despertar después de tanto tiempo. Yo entendí que se estaba refiriendo, yo qué sé, a la pasión juvenil. Pero no. Seguía hablándome del puñetero volcán. Nadie es perfecto.

De japonés, la verdad, aprendí poquito tirando a nada. Recuerdo que España es *Supein.* Fácil. Como *Spain,* vamos. También sé que Madrid es *Madorido.* Más o menos *m'a dolido,* dicho castizamente. Madrid me ha dolido. Tiene todo el sentido del mundo. Esto de las lenguas no hay quién se lo explique.

Yoshie hablaba español bastante bien. Hasta leía mis libros. A veces se le cruzaban los cables y se hacía un lío con el francés. O de pronto metía dos palabros yanquis en mitad de la frase. Como aterrizó conociendo el idioma, creyó que iba a adaptarse rápido. Menudo chasco se llevó el pobre.

Ni te imaginas cómo sonaba. Con ese deje medio argentino y el arrastrar de yes que me traía. *Kash–tee–sho.* Más o menos así pronunciaba mi apellido. Y con ese voseo que le costó quitarse. Al principio voseaba a todo el mundo. En el trabajo, en la calle, en las tiendas. A los argentinos, vale, a lo mejor hasta les queda bien. ¡Pero a los japoneses! Cuando quería enmendarse, para colmo, se ponía a tratar de usted a los niños o a los perros. El resultado era para mearse. Yo le dije que no se complicara tanto. Que lo entendíamos igual. No, no, se empeñaba él. ¡Debo adaptar, debo aprender! A cabezota no le ganaba nadie.

Me reía mucho con él, a veces por error. Qué importa. Y las risotadas que soltaba. No sabías muy bien si estaba a punto de cantar o estornudar. Una de las primeras noches que dormimos en casa, por ejemplo, le comenté que tuviera cuidado con no sé qué problema del retrete. Y Yoshie se me quedó mirando todo serio, en pelotas, como si le hubiese tocado algún tema delicado. Vamos, delicado sí que puede ser lo del retrete. Pero en otro sentido.

Total, que se me pone filosófico y empieza a hablarme del paso del tiempo, la edad, el trabajo en la cultura japonesa y yo qué sé cuánto. Entonces le interrumpo y le digo: Yoshie, guapo, todo eso está muy bien. ¿Pero qué tiene que ver con la cisterna de mi baño? Fue desopilante, porque él me preguntó lo mismo: Un momento, *Kah–men,* ¿y qué tiene que ver baño con vida laboral? Yo me quedé patidifusa. ¡Era peor que hablar en japonés!

Tardamos un rato en entender qué pasaba. Hasta que yo no dije váter, váter closet, no hubo caso. ¡Hombre de Dios! Resulta que él estaba confundiendo *retrete* con *retraite.* Que en francés quiere decir jubilación. Yo ya ni me acordaba, lo estudié hace mil años con las monjas. Menudo cuadro el nuestro. Una española que apenas chapurreaba el franchute y un japonés hablando

español con su acentazo rioplatense. Los dos ahí, debatiendo sobre cuartos de baño.

Retrete no se dice en Argentina, se defendía él. Pero
retretes sí que usan, ¿no?, le tomaba el pelo yo. Joder,
espero que sí. Cómo puede ser, insistía él, cómo puede
ser que no conozca palabra. ¡A mí enseñaron *inodoro*!
Ay, Yoshie, le decía secándome las lágrimas, eso será en
Sudamérica. Aquí *inodoro* es un adjetivo. ¿Adjetivo?,
preguntaba cada vez más desconcertado. No entiendo
idea. Y ya que estamos, me regodeaba yo, un adjetivo
malo para un retrete. Madre mía. No podía ni respirar
de la risa que me entró. Luego él se puso a contarme
una fabulilla sobre dos monjes que encuentran el sentido de la vida yendo al baño. Un no parar, en serio.

Soy de las pocas de Madrid que nacieron en Madrid.
Mis padres eran andaluces. Él de Priego de Córdoba, y
ella de Beas de Guadix. En cuanto se casaron, se vinieron los dos juntos a probar suerte. Y les pilló la guerra.
Tuvo que ser muy duro para ellos empezar desde abajo
en aquellas circunstancias. Sin apenas trabajo alrededor.
Y con media familia en cada bando. Eso lo supe más
tarde, claro. Nunca les gustó mucho hablar de eso.

Vivíamos apretujados en la calle Segovia. Mi calle
se acababa en el río. Aunque de niña no me dejaban
llegar tan lejos. Así que estábamos en el mismísimo centro. Cuando eso no significaba estar forrado, sino casi al
revés. Salvo Atocha y alguna calle más, aquello era bastante pobretón. Lavapiés estaba llena de corralas sin
aseos. Tenían retretes compartidos (ay, los retretes), un
lavabo en el patio y adiós muy buenas. Empezó a ponerse caro hace no tanto. Con la fiebre del ladrillo y las
recalificaciones. La pasta en serio estuvo siempre en el
barrio de Salamanca. Eso no ha cambiado nada, mira tú
por dónde.

Por muchas estrecheces que pasáramos, guardo algunos recuerdos bonitos. Los veo tan claros que me parece mentira no poder tocarlos. La tienda de ultramarinos de don Vital. Con sus latas brillantes de tomate, sus garbanzos, sus arenques y el bacalao seco, que me daba asco. Junto a la caja había un frasco de caramelos. Si te hacías la simpática, te regalaba uno. O el cuartucho del zapatero remendón. Un señor tan esmirriado que parecía uno de los cordones que vendía. Con ese olor a cuero y pegamento que me encantaba, no entiendo muy bien por qué. O la churrería los domingos, menuda fiesta. Te ensartaban los churros en un junquito verde. Y las porras justo en la punta. O el aroma a horno y monte de la panadería. En ese local han puesto un restaurante mexicano, creo.

¡Ostras, y la carbonería! Con la pala ruidosa. Y el fondo todo oscuro. En esa tienda nos vendían también el hielo en verano. Ni mis hermanos ni yo queríamos ir nunca a llenar el cubo, a la vuelta pesaba una barbaridad. Era el peor recado que podía tocarte. Eso, y vigilar la leche mientras hervía. Tenías que levantarte más temprano y quedarte mirando la olla sin distraerte ni un segundo. Para decidir a quién le tocaba, lo echábamos a suertes. Un día descubrí que nuestro hermano mayor hacía trampas. En vez de chivarme, hice un apaño con él para que a los otros les tocara más que a mí.

Con el papel usado pasaba lo contrario. A ese nos peleábamos por ir. Nos lo compraban al peso, y el que iba se ganaba unas moneditas. Los dueños se llamaban don Justo y doña Pili. Nosotros les decíamos los Topi. Iban siempre juntos y no veían tres en un burro. Eso era una bendición, porque a veces te daban moneditas de más. Vaya tiempos. Casi todas las tiendas de mi infancia ahora son bares.

Pero al que más recuerdo es al destripador de colchones. Un hombre corpulento y con la calva puntiaguda.

Entraba sin saludar. Se llevaba nuestros colchones. Los tiraba en la acera. Los rajaba. Les arrancaba la lana a tirones, como si fueran vísceras. Separaba la lana por puñados. Y los amontonaba uno encima de otro. Entonces los golpeaba con un garrote. Fuerte. Varias veces. Volvía a meterlos dentro del colchón. Los cosía. Y ahí, encima de todos esos cadáveres de lana, dormíamos nosotros.

Mientras la posguerra iba borrándose, vi crecer las barriadas de aluvión en las afueras. La gente llegaba de los pueblos y los agricultores se convertían en obreros. Me acuerdo de la Obra Sindical del Hogar. De San Blas, Fuenlabrada, Móstoles, Getafe. Esos sitios de donde todavía salen futbolistas. Y por supuesto de mi Leganés, que también empezó como zona dormitorio y es una identidad en sí misma. Una ciudad dentro de la ciudad. Hoy los trenes te llevan en un pispás a esos rincones. ¡Otra vez trenes, quién me lo iba a decir! Y el metro tampoco para de expandirse. Como una mano abriéndose. En aquel momento no teníamos ni los dedos. El constructor amigo del Generalísimo, el del Valle de los Caídos, se inventó barrios enteros. Sin transportes ni nada. Al final el ladrillo nos gobierna en dictadura y democracia.

Cuando yo era pequeña, Madrid estaba llena de agujeros. Eso me daba miedo y me gustaba. La noche era la noche. Había faroleros con una vara larga para el gas. Y serenos rondando con su chuzo y un manojo de llaves. En mi imaginación servían para abrir todas las puertas de la ciudad. Al amanecer, los agricultores iban viniendo desde los pueblos. De Colmenares, pongamos. Desplegaban sus lonas. Y ahí mismo te vendían la mercancía. Melones en verano, pavos en Navidad. De lo primero comprábamos bastante. De lo segundo, según nos fuera el año.

La gente ya no se acuerda. Y a Yoshie le costaba creerlo. Pero hasta hace dos días éramos una capital rural. El país entero, vaya. Con estos ojos vi cómo cada trozo de campo iba rellenándose de ciudad. Del puente de Francisco Silvela a la Plaza de Cataluña, por ejemplo, era un vacío. Y Castellana arriba no había casi nada, aparte de unos cuantos palacetes afrancesados. Sólo estaba el estadio de Chamartín. Que ni siquiera se llamaba Bernabéu. Tampoco tenía las torres de ahora. Las levantaron luego, para el Mundial de fútbol. En la época de los centros comerciales. Cuando hicieron La Vaguada y todo eso. Los solares se fueron contagiando igual que un sarampión. Era otro Madrid, claro. Otra España. O no tanto. O depende.

Mis hermanos fueron al Santísimo Corazón del Espino, que tenía buena fama. Mis hermanas y yo estudiamos con las Siervas de la Extrema Caridad. En el colegio de Nuestra Señora del Continuo Amparo. Ese que quedaba al final de la Carrera de San Francisco, bajando desde La Latina. La verdad es que estábamos rodeadas. A un lado teníamos el seminario más grande de toda la ciudad. Al otro, la Capilla de los Dolores. Y al otro, la basílica donde iba Franco para las ceremonias oficiales. Esa misma donde nos bautizaron. La trinidad completa, vaya.

Mi único alivio cercano eran Las Vistillas. En esos jardines aprendí a patinar. Patinar era lo más parecido a huir, a ir más rápido que los que te perseguían. Los fines de semana podía darme un garbeo por la Plaza de Oriente. Y si sacábamos buenas notas, mi padre nos llevaba a merendar al Parque del Retiro, que en aquel tiempo sí estaba retirado. Los coches aparcaban dentro del mismo parque. Íbamos siempre a misa en la iglesia de San Sebastián Atravesado. Era una iglesia del Opus y luego perteneció al cuerpo diplomático. Ahí terminó metida mi hermana mayor, de hecho. No en la diplomacia, en el Opus, digo. Las compañeras que no podían pagar la mensualidad tenían otro régimen de estudio. Las vestían todas de negro. Y entraban por la puerta de atrás, sin cruzarse con nadie.

En el colegio crecí mucho por culpa de las monjas. Supe aguantar y arreglármelas sola. Si contestabas mal a una pregunta, te encasquetaban las orejas de burro. Y si te pillaban hablando en clase, te pegaban una lengua de cartulina en la boca. No te dejaban volver a casa para comer hasta que te supieras de memoria la lección. Con las chicas revoltosas como yo, alternaban sin parar castigos y recompensas. Era caricia y palo, caricia y palo. Hasta que te volvías capaz de cualquier cosa con tal de seguir recibiendo caricias. Hay que reconocer que las monjas fueron muy pedagógicas conmigo. Me apartaron de cualquier tentación religiosa.

Al principio se hacían las buenas. Se te ponían dulces. Y en cuanto se ganaban tu confianza, empezaban a decirte qué debías hacer y con quién ir. No estoy segura de hasta qué punto me portaba mal. Sólo sé que me hacían la vida imposible. A mis hermanas no tanto, o eso cuentan ahora. Me dormía y me despertaba con culpa. Culpa de jugar. De reírme demasiado. De levantar la voz. De escuchar la radio. De no hacer los deberes. De hacerlos mal. De pintarme las uñas, porque era pecado. Y especialmente de mentirle a la hermana Gloria. Todo me daba culpa en el colegio. Por eso ahora nunca me arrepiento de nada.

¡La hermana Gloria! Nos hablaba del diablo porque era diabólica. Mis amigas y yo rezábamos rosarios para que pillara una gripe y no viniera a clase. Pero una gripe gorda, de esas que duran mucho. Hasta que un día, de tanto rezar, pilló una pulmonía de caballo y tuvieron que internarla. Ahí fue cuando empezamos a creer en la Virgen. En mi escuela los diablos eran chinos, me contó una vez Yoshie. No sabíamos que los teníamos dentro.

Cuando cumplí los quince, mis padres me apuntaron a una academia de mecanografía en la glorieta de Bilbao. Por si iba para secretaria. O para serlo. Me costó Dios y ayuda convencerles de que me dejasen cursar el Preu. Yo estaba empeñadísima en ir a la universidad. Me sentía capaz de hacer lo que fuera. Eso también lo había aprendido de las monjas. Precisamente porque quería mucho a mi madre, no quería acabar igual que ella.

Al final me metí en Enfermería, lo único que a mis padres les pareció decente. Enseguida descubrí que esa carrera no era como otras. Las alumnas teníamos que estudiar en una escuela aparte, separadas de los chicos. ¡Qué cruz, Señor, qué cruz! Fue como repetir los tiempos del colegio, pero ya todas con más ganas de salsa. El programa académico dependía de la Complutense. La Docta, la llamaban. Si ellos lo decían.

Aunque el plan era convertirme en enfermera, en cuanto oí hablar de la Fisioterapia me quedé enganchada. Y no pude parar. Sentía una mezcla de fascinación, temor y liberación. Tratar con el cuerpo entero. Todo para mí. Los músculos, la piel, las articulaciones. Mover, tirar, tocar. Y ver qué pasa.

Los franchutes lo tenían bien montado. Aquí la Fisioterapia todavía estaba en pañales. Primero te comías los estudios generales de Ayudante Técnico Sanitario. Y luego te especializabas, dicho sea muy entre comillas. Porque lo que realmente hacías era entrar en algún hospital como ayudante con plaza de enfermera. Ejercí en un par de centros sanitarios, hasta que fui reciclándome. Los fisios no estábamos ni asociados. Nuestro trabajo no se entendía bien. Nosotros tampoco, en realidad. Estaba todo el país lesionado y ni nos dábamos cuenta.

En el primer hospital donde hice las prácticas, pude al fin trabajar mezclada con el resto. Con los hombres.

Creí que me daba algo. Un pánico, un soponcio, un subidón. Un de todo. Me acostumbré más rápido de lo que pensaba. Antes de empezar con mi Enrique, tuve un año loco o dos. Me hice un cursillo acelerado de Urología, vamos. Eso a Yoshie nunca se lo conté.

A partir de aquel momento, la ciudad me pareció otra. A lo mejor lo era. Me aficioné a lugares que ni sabía que existían. La sidrería Mingo, junto al Manzanares, donde estar sobria era de mal gusto. Las cuevas de Sésamo, donde podías besarte con cualquiera escaleras abajo. Salía de casa con el pelo recogido, falda larga, la blusa abotonada y un sujetador de abuela. Y un minuto después aparecía en la calle con la melena suelta, la falda arremangada, dos botones abiertos y sin sujetador.

Un poco más tarde, en el segundo hospital, me enamoré de mi difunto. Un traumatólogo guapísimo. Las fotos de familia no le hacen justicia para nada. Nos conocimos en el mismo hospital donde nos despedimos. A eso le llamo yo ser fiel a la sanidad pública.

El flechazo con Enrique fue de aúpa. Los turnos juntos se nos hacían cortos. Los días libres nos íbamos a la Casa de Campo con un par de bocatas y más de un par de manos. O al café Comercial, supuestamente a leer. Y si algún amigo nos dejaba su coche, nos largábamos a Cuenca. Ese era el sueño siempre. Escaparnos. Escaparnos a algún sitio. A cualquiera que no fuese el nuestro.

Terminamos casándonos pronto. Que una ya tampoco era una cría. Y mi madre estaba de los nervios, porque yo era la única de la familia que no estaba llevando una vida respetable. Nosotros preferíamos hacerlo todo por lo civil. Pero nuestros padres se pusieron tan dramáticos que aceptamos una ceremonia rapidita en la iglesia de San Sebastián Atravesado.

La hicimos justo en vísperas del día de la mujer trabajadora. Aunque entonces mucho caso no le hacíamos. Fraga celebró nuestro primer aniversario dándose un chapuzón en Palomares con el embajador de Estados Unidos, por aquellos chismes nucleares que se les habían escapado allí.

Poco después de que naciera Nacho, se organizó en Barcelona el primer congreso de la especialidad. Lo recuerdo con pena porque quería ir y no pude. O no supe poder. Qué más da. Para cuando nació Sonia (no, fue con Rocío) los fisios ya formábamos parte de la Seguridad Social. Y ahí la cosa fue normalizándose. A veces me da envidia la preparación de los chicos de ahora. Tan específica y avanzada. Al menos yo trabajé en un país que creía estar mejorando.

Para mí te enamoras dos veces. De una misma persona, digo. Una cuando la conoces. Y otra cuando la pierdes. Me pasó con Enrique. En los últimos años nos habíamos llevado regular, para qué engañarnos. Él tenía sus cosas, igual que todo el mundo. Pero con el tiempo se me fueron olvidando. Así que después de morirse empezó a gustarme de nuevo. Como el primer día. Y tuve la sensación de que volvía a perderlo. No sólo a mi marido, sino a alguien que ya se había ido antes.

Mientras estuvo enfermo, no me vine abajo. Había demasiado para hacer. Y tampoco quería que él me viera desanimada, que bastante tenía con lo suyo. Cada vez que me toca cuidar a alguien me entra una euforia rara. Quiero controlarlo todo y me siento más fuerte de lo que soy. Lo peor vino después. Cuando acabó su sufrimiento. Entonces vi que yo tenía el mío, y que él también había estado cuidándome.

Pasé una racha muy mala. Y me fui reponiendo como pude. No pensaba quedarme tirada en el sofá. Me aconsejaron que fuese a un psicólogo o algo. Sí, hombre. Quita, quita. De ahí no sales nunca. Te conviertes en una yonqui de tus problemas. A un par de amigos míos les ha pasado. Tirar para adelante era mucho más importante que mirar atrás.

Volví a trabajar a la semana de morirse Enrique. No aguantaba ni un minuto más quieta. La gente me decía que era demasiado pronto. Que no tenía por qué exigirme tanto y todas esas chorradas. Ellos sabrán. A mí me vino genial meterme de cabeza en el trabajo. Lo que me costaba era lo otro, entrar en casa. Se me caía encima, como si no la conociera. Por suerte los niños ya estaban crecidos, así que me buscaba pretextos para llegar más tarde.

Al principio me daba miedo todo. Ir al banco. Sacar el coche. Los cines. Las Navidades. Viajar por mi cuenta. Pero cuando me acostumbré a hacer esas pequeñas cosas con normalidad, me dio el doble de satisfacción. Recuperar algo te llena más que tenerlo, ¿a que sí? Ahora, por ejemplo, disfruto estando sola. No me hago tan mala compañía. Me caigo razonablemente bien. Mi trabajo me costó.

Poco a poco aprendí a aprovechar la libertad de movimientos, que para mí era casi una novedad. Me fue volviendo la energía al cuerpo. Y empecé a divertirme de otra manera. Una manera triste y al mismo tiempo más real, no sé cómo explicarlo. Conocí a Yoshie justo en esa fase. Aunque por otra parte me quedaba como un resquemor. El reparo de apostar de nuevo por algo y volver a perderlo. Prefería pasar por el amor así, medio de lado. Y en eso, la verdad, él era un maestro.

Parecía impensable. Parecía que ya no y además para qué. Y de repente, plaf. Apareció. Desde tan lejos. Nunca he creído en príncipes azules. Me río yo de los príncipes. Aquí hemos tenido unos cuantos. Esto era otra cosa. No se trataba de zarandajas románticas. Era alguien que había perdido más que yo. Alguien que sabía despedirse. Y eso, mira que es raro, te enseña a querer.

Porque a querer no se aprende del todo. Por lo que tengo visto, las parejas se estropean de dos formas. Están las compatibles, que se van creando sus problemas con los años. Como un motor que pierde fuerza o un cuerpo que se cansa de correr. Y están las incompatibles, que terminan ahogándose en sus propias diferencias. O sea, derrotadas por su punto de partida.

Teníamos nuestros bártulos en los dos sitios. Pero no convivíamos. Es que ni nos lo planteamos. Estábamos mayores para eso, y tan a gusto así. Con tiempos de respiro para alegrarnos de vernos. Compartiendo unas cosas y otras no. Cada cual con su mochila, nunca mejor dicho. Cuando estás sola porque quieres, te entra una paz distinta. Te llevas mejor contigo. Por mucha ilusión que te haga compartir tu espacio, sientes que es tuyo. Bonito o feo, te pertenece. Es igual que tu culo.

Eso sí, irnos de viaje juntos nos entusiasmaba. Compartir vistas, cama, ducha. Nos encantaba casi tanto como volver cada uno a su casita. Un fin de semana, unos días. Lo justo. Era como casarse con billete de vuelta. Se lo recomiendo a todo el mundo. Habría más amor y menos divorcios. Tampoco es que tuviéramos tantas ocasiones. Él trabajaba a lo bestia. Demasiado para su edad, diría. Lo curioso es que Yoshie me juraba que nunca había descansado tanto. No porque en España trabajemos menos, que de esos tópicos está una hasta el moño. Sino porque, según él, aquí sabemos apreciar las vacaciones.

Yoshie me explicó que los trabajadores japoneses, tengan el puesto que tengan, no suelen parar más de dos semanas al año. Y evitan tomárselas seguidas. Algunos ni siquiera se molestan en salir de viaje, aunque puedan permitírselo. A él le sorprendía que yo me juntara todos los descansos que me debían en el hospital, por ejemplo. Tuve que reeducarlo un poco.

Una de las cosas que él admiraba de Europa era esa. La conciencia del descanso. La filosofía, la llamaba.

Porque tenía que ver con el conocimiento del vacío y no sé cuánto. Un día me contó que los españoles y los franceses se tomaban el noventa por ciento de los días que les correspondían por ley. A mí esa estadística me dejó asombrada. ¿Se puede saber qué coño hacíamos con el otro diez por ciento? Y me pregunto qué opinaría hoy, que por perder hasta perdemos los empleos.

El caso es que con Yoshie rejuvenecí de pronto. O no. Mejor. Me entusiasmé como no me entusiasmaba de joven. Ahora sabía lo que valía el tiempo. Sentía una energía nueva, que salía menos del cuerpo que de la cabeza. Me había crecido una antenita. Mis hijos me decían que hacía mucho que no me veían reírme así. Alto y fuerte. Como hay que reírse. Esas cosas no vienen del carácter. Se practican, son una gimnasia. Siempre se lo decía a mis pacientes. Cuantas más veces haces algo, mejor lo haces y más lo necesitas. Eso vale lo mismo para una rótula que para un corazón.

Según mis amigas, también empecé a vestir mejor. Hay elogios que se las traen. ¿Qué pasa, que antes iba hecha una zarrapastrosa? Lo único que hice fue ponerme colores vivos. Y algún escote que otro. No digo que estuviera más resultona que en mis tiempos, eso va a ser que no. Aunque yo sentía que sí. Caminaba orgullosa de lo mío. De joven una está bien sin hacer nada. En cambio ahora me lo había ganado. Eso es lo que veía en el espejo. Unas ganas de ver algo agradable enfrente.

Con mis hijos fue fácil. Me insistían en que estaban contentos por mí. Sobre todo Nacho y Sonia, que es muy fan de Japón. Yoshie se los ganó en un periquete. Al novio de Nacho (el marido, perdón, no me acostumbro) también. El tío se informó hasta del Atleti para caerles en gracia. Con Rocío nos costó más. Al principio andaba recelosa. Por ser la menor, estar más apegada al padre o vete a saber. Con mis nietos, que nacieron unos años después, fenomenal. Había un señor raro que jugaba con ellos. Los llevábamos al parque y les hacíamos regalos que yo sola no hubiera podido comprarles. ¡Sin hijos y con nietos!, bromeaba él, ¡gran negocio!

Resumiendo, ¿éramos felices? La verdad es que no solía hacerme esa pregunta. Así que supongo que la respuesta es sí.

A Yoshie no le gustaba el orden. Lo que tenía era pánico al desorden. Parece lo mismo, y qué va. Apilaba las cosas a toda prisa, como si se le fueran a escapar de las manos. Más de una vez abrí los ojos en mitad de la noche y él no estaba en la cama. Se le oía archivando papeles o afinando sus banjos. Él le decía insomnio. Para mí era falta de medicación.

¡Ay, la manía de los banjos! Raro era el día que no los controlaba. Me explicó no sé qué del cambio de humedad entre Madrid y Buenos Aires. Se sentaba en el sofá con varios instrumentos y desaparecía. Se entendía con ellos en un idioma aparte, hecho de vibraciones y chasquidos. Me recordaba a mí explorando las articulaciones de mis pacientes.

Cuando ordenas demasiado las cosas, les pasa algo raro. En vez de dominarlas, dejan de ser tuyas. Podrían ser de cualquier otro. Pierden carácter. Vuelven a la tienda. Si no las meneas y las estrujas y las dejas pasearse por la casa, ¿entonces para qué las tienes? Un poquitín de lío para mí es salud. Tener hijos también sirve para eso. Para aceptar que la vida se mueve. Cuando eres madre de unos cuantos enanos, ya ni sueñas con encontrarte algo donde lo habías puesto. ¿Y sabes qué te digo? Que terminas agradeciéndolo.

Me sorprendió su impuntualidad. No me pegaba en alguien como Yoshie. Mucho alinear libros, mucho enderezar cuadros, y luego te llegaba tarde a cualquier sitio. ¿No habíamos quedado en que los japoneses tienen los trenes más infalibles del mundo y toda esa cantinela? Él trataba de echarle la culpa a Latinoamérica, pero a mí no me engañaba. Le encantaba hacerse esperar. Y ahí me daba en mi punto débil. Porque siempre le he tenido terror a que me dejen plantada. Me pasa desde adolescente, por culpa de un par de novios gilipollas. Así que cuando finalmente aparecía, en vez de enfadarme casi terminaba dándole las gracias. La puntualidad es virtud santa, nos repetía siempre la hermana Gloria. Algo bueno tenía que inculcarnos.

Cuanta más confianza íbamos teniendo, más me hablaba de Japón. Dependiendo de cómo me pillara, me dolía un poco. Sentía que él no estaba del todo a gusto aquí. O sea, aquí conmigo. ¿Por qué nunca se había vuelto a vivir a su tierra, si tanto la echaba de menos? Según Yoshie, el problema no era tan simple. Porque el lugar que él recordaba en realidad ya no existía. Nada, me decía, no tengo lugar. No importa dónde estoy, estoy lejos. Y eso quizá no malo. Y si no es malo, querido, le contestaba yo, ¿entonces para qué te comes la cabeza?

Se tiraba horas explicándome las diferencias entre su cultura y la mía. Al principio pensé que él esperaba, no sé, que yo cambiase de costumbres. Pero sólo necesitaba que supiese que le parecíamos tan raros como él a nosotros. En el momento menos pensado se hacía el misterioso con una de sus frases. Rana que vive en pozo, te decía, no sabe lo grande que es océano. Base del faro está siempre oscura. Y tal. Déjate de proverbios, anda, le contestaba yo. Que como empecemos con el refranero español, te tengo en esa silla hasta mañana.

Conforme fue acostumbrándose a hacer negocios aquí, Yoshie vio que también podía aprender mucho sobre sí mismo, porque éramos como un espejo que le servía para mirarse la espalda. Según él, nuestros imperios habían tenido reacciones opuestas frente a la modernidad. El español se había comportado como el hijo mayor que se ofende cuando lo desheredan. Y el japonés se había comportado con la astucia de un hijo adoptivo. Justo él, que no era padre, nos venía con esas.

Me pedía que le buscara libros de historia. Los leía cuando no podía dormir bien, que era casi siempre. Y a la mañana siguiente me amenizaba el desayuno. Y eso que le tenía dicho que me gusta despertarme poco a poco. Pero él, nada. Tan fresco. Que si la tradición feudal. Que si el honor. Que si el lirismo. Que si las seguiriyas, las soleás y los haikus. Me ponía la cabeza como un bombo. Y eso sólo con té verde. Menos mal que el de aquí le parecía suave.

Yoshie opinaba que, en algunas cosas, nos acercamos más a los japoneses que a los argentinos. Eso a mí, que he tenido parientes en Córdoba y Rosario, me sonaba estrambótico. Para él entrar en la casa de un español era mucho más difícil que entrar en la de un latinoamericano. Y volver a esa casa, ni te cuento. El cariño nos sale hacia fuera, a la calle. Sólo te quieren en los bares, se quejaba.

Una vez me contó que los misioneros jesuitas habían hecho las primeras transcripciones del japonés al alfabeto latino. No sé si se lo habrá inventado. Y que por eso hoy nosotros podemos pronunciar perfectamente las palabras japonesas, sin tener ni idea de qué estamos diciendo. Y que al principio, cuando nos oyen pronunciarlas, sus paisanos se creen que dominamos el idioma.

A veces le incomodaban nuestros gestos. Demasiados aspavientos para el señorito. Hombres deben cuidar equilibrio entre lo que muestran y lo que son, decía. ¡Anda ya! Que contenerse tanto estriñe. Pero eso al mismo tiempo le fascinaba, me parece. No había más que fijarse en cómo nos describían los compañeros que me presentaba. Pasión, oh. Furia, oh. Locura española. Barroco en vena. Aunque yo no veía ninguna de esas cosas en mí, les gritaba que sí y que oh y se quedaban todos encantados. Digamos que era parte del servicio turístico. Luego volvía a casa pensando: ¿Tendrán razón?

Como aquí también nos las traemos, no era raro que a Yoshie le preguntasen si era chino. Él sonreía muchísimo, soltaba exclamaciones de felicidad. Contestaba que sí, claro, que del mismo Pekín. Y fingía ponerse a hablarle en chino a la otra persona, que por lo general no se daba ni cuenta.

Digámoslo clarito. Conocer mi cuerpo me llevó su tiempo. Conocer lo que le gusta, vamos. Eso de que de joven te corres sin parar será en las pelis porno. A mí, por lo menos, me costaba. Tampoco digo que nunca. Bueno, casi nunca. Pero no es eso. Es sentir, cómo explicarlo, que podrías hacer lo que te dé la gana con el otro. Aunque después no lo hagas. Porque eres libre por dentro. No dentro ahí, me refiero a la mente. O al deseo. ¿El deseo es del cuerpo o de la mente? No sé si me explico.

A lo que voy es que a los veinte años tenía unas tetas estupendas y un montón de prejuicios. Prejuicios acerca de mí misma, sobre todo. Esos son los peores. Me angustiaba la idea de no dar suficiente placer. O de no saber recibirlo. Tuve que esperar a que mi cuerpo dejara de preocuparme tanto, digamos, para ocuparme en serio de él. Me asustaba que con la menopausia se acabase todo. Luego entendí que no, que empezaban otras cosas. Porque el deseo se sigue aprendiendo. A las ganas se llega. Es cierto que con la edad te vuelves invisible. Pero con los que te ven, haces maravillas. Tengo testigos.

Lo curioso es que, al final, la buena compañía te resulta más dulce que la acción. El placer va inclinándose a la camaradería. No es que una ya no sea capaz de apasionarse, ojo. Es que tus pasiones cambian de intereses. Eso no excluye para nada lo físico. Al contrario.

Con los años todo se vuelve cuerpo, desde que te levantas hasta que te acuestas. Pero no siempre pasa por lo erótico. Que por supuesto sigue ahí, y hasta mejor. Que le pregunten al japonés, que vivía suplicándome que le hiciera masajes.

Aunque no sea mi especialidad, el masaje siempre se me ha dado bien. La primera vez que le trabajé la espalda, Yoshie se emocionó un poco. Me confesó que nunca lo había tocado una mujer zurda. Y me contó algunas cosas de su escuela en Nagasaki. Yo le conté que las monjas me habían torturado para volverme diestra. Que no hubo caso y me dejaron por imposible. Con mi letra torcida y mi mano pesada. Quién me iba a decir que acabaría ganándome la vida con las manos.

Nos queríamos muy lento. Nos quedábamos casi quietecitos, a veces parecía que nos dormíamos. Así es como más gustirrinín da. A ese ritmo hasta lo feo te parece bonito. En mi trabajo pierdes esa distinción. Ves de todo y todo es interesante, especialmente al tacto. Cada parte del cuerpo se llena de matices. Cuando la mano entiende, no hay cuerpo que no le llame la atención.

Me pone de los nervios que un hombre vea mis fotos antiguas y me comente lo guapa que era. Para mí pierde todo el atractivo. ¿Cómo que *era*? Si hay niños guapos (por empezar, mis nietos) ¿no van a existir también los viejos guapos? Alguien que piensa que la belleza desaparece sin más, que no puede entender que se transforma como la energía, no merece que le toquen un pelo. En eso por suerte coincidía con Yoshie. Él sabía valorar cada estación, digamos. A lo mejor le venía del haiku.

Lo hacíamos poco y bien. No me importa dar detalles, ya está una mayor para seguir la senda de la hermana Gloria. Él me dejaba hacer. Yo se lo agradecía. Otros se empeñan tanto en dirigirte que no te dejan margen de maniobra. De vez en cuando había alguna media asta. Y a mí a veces me atacaba el nervio ciático. Nos reíamos mucho con esas cosas. Y a base de reír, volvíamos a excitarnos.

Adonde no le llegaban las fuerzas, Yoshie usaba la lengua y la nariz. Ojalá fuera lo que parece. Quiero decir que me hablaba y me olía. Decía que yo tenía aroma a guitarra. No a madera. A las cuerdas cuando las tocan. No estoy segura de que fuese un piropo, pero me entraban ganas de montarle un concierto.

Tan suyo era olisqueando como abrigándose. Ahí ya coincidíamos menos. Para dormir le daba lo mismo dos mantas que ninguna. Un pijama de invierno o en pelota picada. A él le parecía una ventaja no pasar frío. A mí me daba pena, arropar a tu gente es un placer de los dioses. Para mí que en realidad el pobre tenía frío, y ni cuenta se daba.

El esqueleto sí que lo movía. Nos apuntamos juntos a bailes de salón. Yoshie quería adelgazar un poco. Según él, la pasta argentina era incontrolable. Algunas noches íbamos a bailar tango. Él había aprendido lo básico. La salida, la caminada, la baldosa y poco más. Vi que lo disfrutaba especialmente. Les pasa a muchos hombres de nuestra edad. Creo que no se aferran al tango por recordar sus tiempos mozos ni nada por el estilo, sino porque es su única forma de oler pieles jóvenes y palpar cinturitas. Y ellas se dejan guiar porque es parte del rito. Derecho tienen. En cuanto caí, empecé a retirarme más temprano. Le dejaba acompañarme hasta el taxi. Entonces le proponía quedarse bailando otro rato, y él no se negaba.

Para ser sincera, cuando Yoshie me hablaba de esos recuerdos, me daba un poco de repelús. Él sacaba el tema y yo escuchaba, claro. Pero si empezaba a regodearse demasiado en todo ese horror, procuraba interrumpirle o distraerle. Me preocupaba que insistiendo en su herida se hiciera más daño. Para mí hay cosas que se superan y ahí se quedan. Si no quieres que algo se repita, tampoco vas a andar mencionándolo todo el rato. Es pura lógica.

El día que se cumplieron cincuenta años de Hiroshima, me acuerdo muy bien, Yoshie no abrió la boca. Ni una sola palabra por teléfono. Los medios se pasaron el día comentándolo. Y él, nada. Trabajando en lo suyo. Pensé que igual podía necesitar un poco de compañía. Y me fui a dormir a su casa. En cuanto abrí la puerta, me topé con su televisor tirado en medio de la sala, hecho trizas. Él me explicó que había sido un accidente de limpieza. Yo no le hice preguntas. Y nos pusimos a ver una comedia en la tele pequeña del dormitorio.

Pero a la mañana siguiente sí que habló. Sin parar. Nada más levantarnos. Como si hubiera aterrizado tarde en el día anterior.

Me contó que le dolía una barbaridad la cabeza. Que se había pasado la noche entera con sueños raros y dándole vueltas a todo lo que había oído. Que le jodía mucho que la bomba se hubiera convertido en una especie de icono. Político, de paz o lo que fuera. Ya no era algo real. Que hoy todo el mundo denunciaba las bombas. Así, en abstracto. Porque nadie quería pensar en las quemaduras, el pus, las cicatrices, los tumores. Eso me soltó Yoshie casi gritándome. Tuve que darle la razón. La gente nunca piensa lo suficiente en el cuerpo. Al final fue calmándose. Aceptó la pastillita que le ofrecí y salió a trabajar.

Según te haces mayor, lo mismo te olvidas de esto que de golpe recuerdas aquello. La cuestión es que a Yoshie le dio por retroceder y retroceder. Cuanto más tiempo pasaba, más preocupado estaba por cosas que no se podían cambiar. Intenté ayudarle a pasar página, pero él ya no veía nada cuando miraba hacia delante. Sólo veía lo que iba quedando atrás. Como si corriera de espaldas.

Yo lo de revivir el trauma, qué quieres que te diga. Si no es por masoquismo, no lo entiendo. De verdad. Imagínate que en el pasado sufriste una lesión. ¿Qué haces? ¿Te pones a cargar la zona? ¿Aumentas la presión que ejerces sobre ella? Si hay contractura, hace falta enfriar. Guardar reposo. Y volver poco a poco a la actividad normal. Funcionamos así, qué le vamos a hacer. Y en grupo, parecido. Ya sabemos que aquí se cometieron barbaridades. Nadie lo niega. Ahí están los manuales y los muertos. Ahora, lo que no puedes es quedarte colgada de esas cosas. Del dolor, las heridas, los rencores. Ni vas a empecinarte en tratamientos conflictivos. En este país ya hemos tenido suficientes divisiones.

Luego están los iluminados de turno, claro. De esos que últimamente tanto admiran mis hijos. Los que hablan como si fueran los dueños del pasado. Ni siquiera lo han vivido y pretenden explicarte cómo fue. Intentan convencerte de que eres una víctima. Víctima de una guerra, un dictador, la pobreza, las élites, las monjas, siempre hay algo. Y debes seguir siéndolo toda la vida. Porque esa es tu misión, confirmar su discurso. Dejarles que decidan lo que eres. Como te salgas del papel, ¡hostias! Y no sigo por ahí, que me cabreo.

A mí la política como que no. Tengo mis opiniones, igual que cualquier hijo de vecino. Pero son mías, no de todo el vecindario. Y digo yo que el voto es secreto para algo. Algunos prefieren las polémicas a los amigos. Me parece perfecto que defiendan sus ideas, en serio. Lo que me extraña es que las ideas les importen más que las personas. En eso congeniaba muy bien con Yoshie. Él sabía evitar una discusión, cambiar de tema y seguir queriéndote. Decía que lo había aprendido conviviendo con los yanquis.

Justo la semana del aniversario de las bombas, o como mucho la siguiente, detuvieron a unos etarras que preparaban un atentado contra el rey. Menuda temporada. Asesinaron al diputado vasco. Arrestaron al director de la Guardia Civil, que se había fugado por uno de los mil casos de corrupción en los que nos seguimos prodigando. Identificaron los cuerpos de aquellos terroristas torturados y enterrados de aquella manera. Hasta anunciaron en Madrid el nombre del euro. Todo buenas noticias, ya te digo.

En esa época se me hizo difícil llegar a fin de mes. Yo ya sabía lo que era eso. Mis hijos por suerte no. Nacho se había ido de casa y compartía gastos con su amigo, su novio o lo que fuera, que con él todavía no sabíamos muy bien. Pero Rocío y Sonia seguían viviendo conmigo. Estaban haciendo la carrera. Y veían que igual no acababan trabajando de lo que habían estudiado. Eso las tenía desengañadas. Tuve que apretarles las clavijas con los exámenes. Ni nos imaginábamos el panorama de ahora, claro. Cuando miro a mis nietos y pienso que quizá tengan que ir a buscarse la vida a otro sitio, me sube como un sofoco por aquí.

Hasta la empresa de Yoshie tuvo sus altibajos. Y eso que Me se había convertido en el quinto fabricante mundial de televisores, como él repetía cada dos por tres. Al principio parece que les fue de cine. Aterrizaron a lo grande y estrenaron oficinas. Unas que estaban pasando las torres Kio, en el barrio de Castilla, justo debajo de la antigua ciudad deportiva del Madrid. Si no me equivoco, alguna vez intentaron negociar para anunciarse en el estadio, pero el club tenía acuerdos con la competencia. La sucursal ganaba dinero a espuertas y volvía a gastárselo. Millón de pesetas que entraba, millón y medio que salía. O eso contaba él. Luego se pusieron a invertir en la tele por cable y a comprar canales por todo el país. Me imagino que ahí metieron la pata.

Yoshie me comentaba que no entendía bien el socialismo español. Que siempre había creído que el socialismo era otra cosa. Él estaba encantado. Decía que aquí había mucho campo libre para el negocio. Nada más llegar, se sumó a los patrocinadores del pabellón japonés en Sevilla. Fue a visitar las obras y volvió entusiasmadísimo. Me contó que el edificio era entero de madera. Madera de sus bosques. Sin tornillos ni clavos. Sostenido en sí mismo. Expuesto a las inclemencias. Primitivo y sofisticado, eso me dijo. Estaba orgulloso de que el pabellón no se pareciera al de ningún país, y que hubieran llamado a gente de otros muchos lugares para construirlo.

Tanto me dio la lata con el bendito edificio que ese mismo verano, al poco de estar juntos, viajamos a Sevilla para verlo. Aprovechamos para estrenar el AVE. Que nadie nos dijo que iba a ser una ruina. Calor allí, no. ¡Ola de fuego! En cuanto llegamos, nos fuimos directos al pabellón. Fue tenerlo delante y olvidarme de lo demás. Se me quitó hasta la sed, te lo juro. Me quedé enamorada. Estaba enamorada. Nos recuerdo abrazados en el puente de acceso, que era como cruzar una frontera.

Creo que el pabellón terminó siendo el más visitado. Yoshie estaba orgulloso de eso. Sin embargo duró poquito, nada. En cuanto terminó la expo, lo desmontaron lámina por lámina. Como si en realidad lo hubieran construido sólo para que lo recordásemos. El material del edificio acabó siendo ese. No la madera. La memoria. A mí me dio lástima. Él lo veía de otra forma, pensaba que así nunca iba a poder estropearse. Que así era invencible. ¿Sabes qué fue arquitecto antes?, me preguntó. ¿El arquitecto? Pues ni idea. Boxeador, me dijo.

Supongo que soltando bastantes billetes, Yoshie multiplicó la presencia de la marca durante los juegos de

Barcelona. Todavía me acuerdo de uno de los anuncios. Lo estuvieron poniendo día y noche. Un tipo enorme, con la cara a oscuras y vestido de samurái, se acercaba botando una pelota. Se paraba frente a la cámara. Gritaba algo en japonés. Se quitaba el disfraz de samurái y debajo tenía una camisa gitana. Pegaba un grito flamenco. Se quitaba el disfraz de gitano y debajo tenía la indumentaria del equipo americano de baloncesto. De golpe se encendían las luces. Y descubrías que el tipo era clavado a Magic Johnson. Decía sonriendo: *It's Me.* Tiraba y encestaba. Se oía una ovación. Entonces aparecía el eslogan en pantalla: *Me. You. Us.* El juego de palabras me lo explicaron mis hijos.

Por mucho que ellos ahora renieguen y protesten, los primeros años fueron buenos. Las cosas como son. Luego lo de Felipe se puso cada vez más oscuro. Nos gustó, le creímos y nos hartamos. Hacía falta un cambio, no te digo que no. Mis hijos me reprochan lo que voto. Quieren convencerme de que todos los de antes no sirven para nada. ¿Eso me incluye a mí?

Tampoco es que yo entienda demasiado de partidos. Yo qué sé si hicimos bien entrando en la OTAN. O si habría que escribir la constitución de nuevo. Lo único seguro es que al principio de ese gobierno pude ahorrar, y al final me costó llegar a fin de mes. Que en la tele empezamos con programas culturales para los niños. Y acabamos con concursos, famosos y tías en pelotas. Lo demás se lo dejo a los expertos, que están por todas partes.

En la empresa de Yoshie empezó a haber problemas que no recuerdo bien. Tuvo que viajar a su país para unas reuniones. Allí se estaban reponiendo de un terremoto brutal. Miles de muertos. Carreteras destruidas. Pérdidas millonarias. El más fuerte en un siglo o así. Eso le impresionó porque de niño sus tíos le habían hablado de uno imposible de superar, y este se quedó cerca. Para colmo de males, hubo un ataque terrorista en el metro de Tokio. Según él, era lo más violento que había ocurrido allí desde la Segunda Guerra Mundial. Los terroristas no habían venido de fuera. Pertenecían a una secta local que creía en el fin del mundo. ¿No hay momentos en que da la sensación de que todo se resquebraja?

Cuando Aznar ganó las elecciones, me quedé sorprendida. En serio. Le había votado, pero no para que ganara. Era más bien un toque de atención, ¿no? Muchos que ahora disimulan lo celebraron por todo lo alto. Hasta Yoshie se quejaba últimamente de la gestión económica. Con estos otros se le veía satisfecho. Pronto los números de la sucursal mejoraron. O eso contaba él.

Con el cuento de las pantallas de cristal líquido, en Me pillaron otra racha buena. Medio país cambió de tele. Menos yo con mi trasto alemán, claro. Él estaba empecinado en no quedar por detrás de sus rivales. Parecía que vivíamos con dos perros. Y venga con Samsung. Y venga con Hitachi. Lo que más le preocupaba era el ángulo de visión. No hablaba de otra cosa. De cómo iba cambiando la imagen cuando te movías. Vamos a ver, le decía yo, ¿y eso no es lo normal? ¿Que las imágenes cambien si las miras desde otro sitio? A mí me gusta que con la tele pase lo que pasa con la realidad.

El mercado iba bien. Los negocios iban bien. Todo iba de puta madre, vete a saber para quiénes. En el hospital cada vez contrataban a menos personal. De pronto empezó a hablarse de la salud como un déficit. La energía se privatizó. Aunque también bajaron los impuestos, y eso siempre se agradece. Las viviendas estaban por las nubes. La burbuja siguió hinchándose. Hasta que terminó explotando. (La burbuja ha explotado, te anunciaban, como si eso lo explicara todo. Yo me imaginaba a mis nietos haciendo pompas de jabón.)

Luego vino aquello de las Azores y las armas de destrucción masiva. Ahí cambié de opinión sobre el gobierno. Yoshie también, me parece. Incluso fuimos juntos a una manifestación contra la guerra. Ya ni me acordaba de cuándo había ido a la última. Montar líos en la calle no es lo mío. Lo mío son las lesiones. A él la guerra de Irak le tenía alterado, sólo le había visto así con las Torres Gemelas. Aquel día llamó a la empresa para decir que no iba. Yoshie. Faltando al trabajo.

Que yo recuerde, fue la primera vez que le vi llorar. Se grabó las imágenes y las rebobinaba. Miraba el avión. Entrando en el edificio a cámara lenta. Después el otro avión. Y volvía para atrás. Y siempre había otro.

No puede ser, decía. Ahí no puede ser.

Después de varios años estudiando la economía española, nos empezó a contar lo que estaba pasando. No sé si lo sabía, pero ponía cara de que sí. Así eran nuestras comidas familiares. Él hablaba de tipos de interés y yo de articulaciones rotas. No eran temas tan distintos.

Según Yoshie, nuestro crecimiento al principio había sido cosa de la moneda europea. ¡Ríete tú ahora! Porque atrajo a los inversores por la confianza y tal. Y bajó un montón los tipos de interés. Aunque eso mismo, no me preguntes por qué, había inflado la burbuja. Y dale.

Además, y esto era lo que más le llamaba la atención, habíamos recibido a tantos inmigrantes que el consumo se disparó como nunca. Yoshie siempre nos insistía en que la inmigración era lo más importante que le había pasado a nuestra economía. Y que el que no entendiera eso la iba a hundir. En esa época, él calculaba que los inmigrantes movían casi un tercio de nuestro producto interior. ¡Ya será menos!, le contestaba yo. A Nacho y Sonia, que son muy de las causas perdidas, ese dato les encantaba.

También nos anunciaba que cuando tocara la siguiente crisis, que ya estaba oliéndose (o por lo menos él la olía con ese olfato tan raro), iba a quedar muy clara la influencia de Asia. Según él, necesitábamos cambiar nuestro concepto de los países orientales. Porque en el fondo creíamos que ellos tenían que aprender de nosotros. Más de una vez trató de explicarnos cómo el sistema (¿pero qué será el sistema, Virgen santa?) se había creado después de la guerra, con criterios occidentales y para los intereses occidentales. Y que ahora que empezaban a superarnos, lo lógico era añadirle algunos principios asiáticos.

Si Asia seguía imitando nuestro estilo, el peligro para él era acabar del todo con el medio ambiente. O sea, con nosotros mismos. ¿Cómo íbamos a pedirles que cuidasen la naturaleza, nos preguntaba, si las potencias de Occidente no habían tenido ningún cuidado? Al final todos quieren competir. Como el Atleti. Por eso en ese tema (la ecología, no el fútbol) hacía lo posible por comunicar los dos mundos.

Desde que llegó a España, por ejemplo, Yoshie colaboró con la Fundación Japón. Le interesaba porque manejaban presupuestos oficiales. Y con la Casa Asia, que salió de un convenio entre el Estado, la Generalitat, Madrid y Barcelona. O sea, de un embrollo. Era parte de un programa para fomentar las relaciones con la región. Cuando digo relaciones digo pasta, claro. Y cultura también, ya que estaban. Empezó como un proyecto catalán. Ya sabes cómo son. Sea bueno, malo o regular, lo intentan antes que nadie.

En esa época él cogía el puente aéreo para ir a las reuniones en Barcelona. Fue de lo último en lo que participó. Al final Me terminó patrocinando algunas actividades, aunque se implicó menos de lo que Yoshie hubiera querido. Poco antes de que se fuera de aquí, es curioso, inauguraron la sede.

Recuerdo cuando abrieron aquel centro, uno pequeñito ahí por Chamartín, donde enseñaban artes tradicionales japonesas. Lengua, caligrafía, ikebana, esas cosas. Nos hicimos amigos de la directora, Rikako. Una señora majísima. Una vez le pregunté cómo se decía en su idioma pero qué maja eres. Estoy segura de que me contestó. Se había formado en la escuela más antigua del país. En Yokohama, Kioto o no sé dónde. Y lo preciosa que era. Demasiado. Yoshie me lo negaba. Eso me daba la razón. Con esa piel blanquita y sus peinados bien tensos.

Por cierto que Rikako se nos fue hace poco, la pobre. Fui a visitarla al hospital de La Paz. Y ayudé en lo que pude, porque todavía me quedaban algunos contactos. La última vez sólo hablamos de flores. En un momento dado nos quedamos calladas. Ella miró los arreglos que le habían enviado sus alumnas. Me pidió que cambiara *agua de frore*. Y luego me dijo, en esa voz bajita que se le había quedado: ¿Sabes que nombre mío quiere decir científica? No entiendo muy bien por qué. Pero me dijo eso. Y ya no volví a verla.

Un día me lo encontré cambiando de lugar todos los banjos. Descolgaba unos cuantos de la pared, los soplaba por dentro, les pasaba un trapito y volvía a colgarlos en un gancho diferente. Era como si se hubiera atascado en un enroque. Me quedé mirándolo un rato. No dije ni mu. Fui a preparar té verde y café con leche. Me acerqué haciéndome la disimulada, con una taza en cada mano. Y ahí le pregunté.

Entonces me contó que al año siguiente se jubilaba. Me lo dijo en el mismo tono en que uno dice que mañana va a llover. Hablaba con la mirada perdida en la pared. Parecía estar viendo la película de sus propias palabras. Yo le dije que al fin íbamos a poder cenar a cualquier hora, tener fines de semana como Dios manda y todo eso. Y de paso le pedí que fuese tomando nota de cómo era la cosa, porque pronto me iba a tocar a mí.

Aparte de la edad, creo que a Yoshie le hicieron daño los nuevos tiempos. Que es como los sinvergüenzas llaman a los tiempos peores. Y lo primero que te mencionan cuando quieren desecharte. Las ventas estaban cayendo en picado por el boom de internet en las casas. Y la empresa no estaba muy segura de por dónde reinventarse para sobrevivir. Como él decía, los japoneses siempre toman la mejor decisión cuando ya es tarde.

Hubo olas de despidos en el sector. Aquí y en otros sitios. Los de Me rompieron una tradición de no sé cuántos años, y empezaron a cerrar sucursales y reducir personal. Yoshie estaba tan angustiado con el asunto que me hice una experta. Los dueños amenazaban con que, si no tomaban medidas, iban a tener que venderle la compañía a Panasonic. Incluso corría el rumor de que podían trasladar la fábrica de Osaka a algún país del tercer mundo, para aprovechar la mano de obra barata. ¿Pero tú ahí no decides nada?, le preguntaba yo. Y él: Sólo decido cómo hacer lo que deciden jefes.

De pronto los directivos más antiguos, en vez de fuentes de experiencia, parecían cargas. Eso también era nuevo para Yoshie. Hacía tiempo que venía sintiéndose como un dinosaurio. Hablaba con nostalgia de un modelo en extinción. Se quejaba de que el medio estaba cambiando demasiado rápido para él. Las estrategias de venta, la relación con el cliente, el formato de las reuniones, todo. Hasta su propio cargo estaba desapareciendo. En vez de un nombre respetable, por lo visto ahora tenía no sé qué siglas ridículas. Le exigían cada vez más funciones. Justo cuando él se sentía con menos fuerzas para semejante lío.

Los empleados jóvenes respetaban su trayectoria, pero no comprendían sus ideas. Además, me explicaba asombrado, nunca había tenido tantas colegas mujeres.

¿No será eso lo que te incomoda, guapo?, le preguntaba yo. ¡*Kah—men,* por favor!, se me ofendía él.

Cuando Yoshie llegó aquí, no tenía ni puñetera idea de cómo separar la vida del trabajo. Ni siquiera le parecía una opción. Para él un problema laboral era un problema vital. Y dejar de trabajar, digamos, una forma de morirse. No podía entender que para mí significara casi lo contrario. Ganar tiempo, empezar otra vida. Tampoco tenía nietos, claro. En eso lo compadezco.

Durante su último año de servicio, no paró de darle vueltas al tema del tiempo libre. Quería saber qué significaba para mí. Si de verdad pensaba que podía existir. No había forma de evitar que se comiera el coco. Me imagino que eso también lo aprendió en Argentina.

En verano probó a tomarse todos sus días de vacaciones seguidos, para saber qué se sentía. Descubrió que tenía miedo al vacío. Y se quedó de lo más decepcionado, porque en su familia le habían enseñado que el vacío era el verdadero sentido de la vida. Vamos a ver, ¿qué clase de padres te enseñan algo así? Yoshie opinaba que el vacío debería ser una actividad en sí misma. Y que tantos años de trabajo lo habían vuelto idiota. Yo lo sacaba a que le diera el aire, nos comíamos un helado y se tranquilizaba un poco.

Por lo que cuentan los informes sanitarios, en Japón las horas extras terminan provocando enfermedades. En japonés tienen incluso una palabra específica para los que la palman por abusar del trabajo. Ahora mismo no la recuerdo, pero te juro que hay una. Me impresiona que tengan prevista esa posibilidad. Parece ser que el gobierno anda preocupado, y se está planteando obligar a la gente a descansar por ley. Si le hago caso a Yoshie, esas medidas son siempre una cuestión de ahorro. Porque las bajas y los gastos médicos suelen costar más que unas pequeñas vacaciones. Y porque todo el mundo gasta más dinero en sus días de descanso, y la economía del país lo agradece.

A mí ese tipo de argumentos me chocaban. Él se sorprendía de que me sorprendieran. Todo es economía, me decía Yoshie, bueno y malo. Placer, familia. Violencia, guerra. Economía es vida. Yo qué sé, puede ser. Para mí todo es cuerpo. O te partes la espalda trabajando o no hay cuentas que valgan.

Mi hija Rocío está yendo al psicólogo. Ella sabrá por qué. A veces me sale con que el dolor y su alivio tienen que ver con las somatizaciones. Las somatizaciones, claro. En mi época no teníamos tiempo ni presupuesto para esas cosas. Cuando crías varios hijos, te aseguro que hay otras más urgentes. Además, yo no creo en esas supersticiones. Son de ignorantes físicos. Nuestro cuerpo es mucho más complejo, él solito, que todos los manuales de autoayuda. Que lo sepas, querida.

Cambió poco o mucho. Depende. Por un lado le veía, yo qué sé, más ligero. Liberado por haber cumplido su deber. Como si de golpe le hubieran aflojado la corbata. Y por otro se le puso cara de susto. De estupefacción por haber llegado hasta allí. A viejo. A jubilado. Vivo.

Algunos días se levantaba eufórico. Subía las persianas del dormitorio, bostezaba y parecía que se zampaba el sol. Tenía una montaña de horas para él. Todas vacías. Y otros días le sonaba el despertador (seguía utilizándolo y se lo ponía una horita más tarde, mira qué atrevimiento). Lo apagaba estirando un brazo. Y volvía a esconderse debajo de la manta, haciéndose el dormido. Yoshie creyó que había vivido como un europeo. Pero en cuanto dejó de trabajar, reaccionó exactamente como un japonés.

Ahora que tenía el mediodía entero para almorzar, le costaba pasar más de una hora en la mesa. Nunca entendió por qué los españoles tardamos tanto. Según él, confundimos alimentarnos con socializar. Yo trataba de explicarle que no. Que comer es convivir. Y que socializar también nos alimenta.

Empezó a preocuparse mucho más por su salud. Antes nunca quería ir al médico, huía de las consultas como de la peste. Prefería aguantar un dolor que hacerse una prueba. Pisar el hospital te hace sentir enfermo, esa era su teoría. Menuda chorrada. Creía mucho más en el destino que en la prevención. Eso a mí me sacaba de mis casillas. Cuando por fin logré que se hiciera un chequeo general, le salieron unas cuantas cosas. Si no se me hubiera ocurrido guardar los resultados en mi casa, estoy segura de que él los habría tirado a la basura.

Yoshie estaba cada vez más convencido de que pronto iba a pasarle algo. Algo relacionado con las radiaciones. Cada pequeño achaque o malestar lo atribuía a una contaminación en su organismo. Pensaba que trabajar tanto había mantenido distraídas a sus células, como si hubiera podido engañarlas moviéndose de aquí para allá. Y que ahora había llegado el momento. Que estarse quieto era despertar al monstruo.

Creo que en todo aquello influyó la muerte de su compañero. Ese que había ido a la escuela con él en Nagasaki. Yumi o Yuri no sé qué, no me viene. Se enteró por un colega americano. Un cáncer fulminante. Parecía estar bien y de repente, adiós. Se deprimió bastante con la noticia. Se ve que se querían desde niños. Consiguió una foto suya y la puso en una esquina del altar. Separada del resto. A veces hasta se acercaba a susurrarle. Vete a saber qué le diría, era todo en su lengua.

Quizá por eso mismo dejó de fumar. De un día para otro. Zas. Como quien se corta un brazo. Hablando de extremidades, se puso a practicar aikido. Dejó el baile y se apuntó a unas clases en el centro de Rikako. Me contó que el aikido se había desarrollado en su adolescencia (yo creí que era mucho más antiguo, o nosotros más jóvenes, no sé). Fue después de la guerra, cuando levantaron la prohibición de las artes marciales. A mí me sorprendía todo, la verdad. Que las artes marciales pudieran prohibirse. Que él empezase con una justo aquí. Y que los dos hubiéramos sido niños de posguerra.

Por lo visto, el aikido se había puesto de moda en Francia mientras él había vivido allí. Así que era una cuenta pendiente. Yoshie se obsesionó con eso de que cada movimiento podía pensarse en círculos y espirales. Me hacía hasta dibujos para convencerme. Y le encantaba lo de defenderse con proporcionalidad. Decía que en las clases aprendías a ponerte en el lugar del que atacaba y el que defendía. Que en realidad era una técnica de paz. Yo por si acaso le decía que sí.

Al final el aikido, lo reconozco, tenía algunos puntos en común con mi trabajo. Las articulaciones y el problema de inmovilizarlas. La importancia de la inercia, el equilibrio y los desplazamientos. Los giros, las torsiones, la extensión. Hasta ahí se entendía. Yoshie me explicó que el nombre quería decir, más o menos, camino de la energía. Y que de eso iba la cosa. De saber usarla bien.

Como el hombre estaba así, con la energía tan desparramada, en cuanto me prejubilé decidimos caminar juntos. En plan ejercicio serio, una hora al día. En la última época lo cumplimos a rajatabla. Yoshie no sabía pasear. Andaba echando leches. Pero me venía de perlas para el tema cardiovascular, y trataba de seguirle el paso.

Cuando dormíamos en Leganés, después del desayuno salíamos de mi piso, bajábamos por la calle Getafe y les dábamos varias vueltas a los jardines de la Casa del Reloj. Él caminaba controlando la hora, como si tuviera una reunión o algo. Y no podía evitar quedarse mirando la plaza de toros, que seguía pareciéndole de lo más exótica. Imagínate hoy, con sus discotecas llenas de inmigrantes.

Lo que más nos gustaba de aquellos paseos era notar cuánto cambiaba lo que parecía igual. Cuando vas por la ciudad corriendo de un lado a otro, no te enteras de nada. Es tan grande que ni siquiera la ves. Ahí tienes otra cosa buena de jubilarte. Aunque te estés poniendo vieja, aprendes a mirar de nuevo. Tienes más tiempo y menos, no sé si me explico. Te enamoras de detalles que de pronto te dan pena. Y prestas atención como esos niños que preguntan todo.

Nuestros rodeos nunca nos aburrían. Al contrario, nos daban motivos de conversación. En cada vuelta descubríamos algo que se nos había escapado en la anterior. ¿Ves?, me decía Yoshie, no vamos en círculos. Vamos en espiral.

La cuestión es que, de tanto caminar alrededor del mismo sitio, le dio por repetir historias que ya me había contado. Hablaba de su casa, las manos de su madre, los juegos con sus hermanas, el cuerpo de su padre debajo de un tronco. Yo no quería interrumpirle. Pero me parecía que quedarse ahí, girando en falso, no podía ser bueno. Empezamos a tener diferencias. O a darnos cuenta de que las teníamos. A veces discutíamos mientras caminábamos, y ya se sabe. Una pareja que no puede dar vueltas en paz no va a ninguna parte.

Ese recorrido por los jardines sigo haciéndolo. Mejor dicho seguía, antes de estar como estoy. Hasta hace poco iba siempre que el día no estuviera demasiado fresco. Media hora a mi ritmo. Más despacito, claro. Y me acordaba de él.

Cambió muy poco o mucho, ya te digo, depende. Nunca había tenido ganas de retirarse. De trabajar menos, sí. De parar, no. Yo en cambio estaba deseándolo. Por el cansancio, el ambiente en el hospital, el estropicio de la sanidad pública, mis nietos, por todo. Cuando me tocó, sentí que se me venían tantos años encima como peso me quitaba. Hice los trámites. Los compañeros del hospital me trajeron una tarta. Mis hijos me organizaron una fiesta sorpresa con algunos amigos. Y al mes siguiente mi vida ya era otra.

A Yoshie se le hizo más difícil encajarlo. Tenía como esa cosa de muchos hombres, de valer lo que trabajas. A veces le veía un pelín bajo y le animaba: ¡Ahora puedes pasarte el tiempo que te dé la gana en el *retrete*! Entonces nos reíamos. En cuanto se descuidaba, se le escapaba un suspiro por las buenas épocas de la compañía. Que si el yen no les había dejado competir, que si con el euro iba a pasar lo mismo, que si incluso Toshiba estaba subcontratando, que si patatín y patatán. Espero haberle enseñado algo de anatomía.

Con los banjos fue distinto, no me preguntes por qué. Los seguía mirando, pero no los afinaba tanto como antes. Dejó de molestarle que sonasen regular. A veces me comentaba que hasta le hacían gracia. Que ahora, en vez de un coro, parecían vecinos que tenían que aguantarse. Su afición por la música la mantuvo tal cual, eso sí. Como ya estaba un poco frita con el jazz, una vez por Navidades le regalé otra cosa. Uno de esos discos de fusiones raras. Con música tradicional japonesa en forma de madrigales españoles. Yoshie se tiró una temporada poniéndolo en bucle. Me decía que él quería vivir así. Ahí. En medio.

A mí las Navidades, hablando en plata, me tocan los ovarios. Me encanta reunir a la familia. Salvo en diciembre. Con tanta compra y tanto compromiso me aturdo. Se supone que al terminar el año haces balance, ¿no? Y resulta que esas fechas están organizadas para que no puedas pensar ni un minuto. Si no celebras sabiendo que te vas a morir, no disfrutas igual. Vives de cualquier manera. Y aceptas que te hagan cualquier cosa. Mamá, me dice Nacho, ¡eso es política! Será, hijo, será. Pero en los periódicos eso no me lo encuentro.

Es raro lo del miedo a la muerte. La otra noche lo comentaba con mis hermanos en una cena. Cuanto más cerca estás, menos te gusta y más la entiendes. No quieres que les toque a los tuyos. Eso jamás. Y aun así vas viendo que tiene sentido. Imagínate lo pesado que sería, yo qué sé, estar pidiendo hora en el médico, pagando impuestos o yendo de rebajas para toda la eternidad. O sea que morirme, bueno. No me hace ilusión la idea. Pero con la guardia baja ya no me va a pillar.

Envejecer es otra cosa, claro. A eso nunca terminas de acostumbrarte. Te despiertas con una edad en la cabeza. Y a lo largo del día vas cayendo en la que tienes de verdad. Hasta que no fui abuela, yo me resistía. Iba como diciéndole a todo el mundo: ¡No soy lo que parece, no soy vieja! Ahora es distinto. A los nietos no hay forma de engañarles. Y por ellos sí que merece la pena haber llegado hasta aquí.

A Yoshie, por ejemplo, la vejez le espantaba. Se salvó de tantas cosas que no la tenía prevista. Pensó que no iba a llegar. Supongo que mudarse de país era algo así. Empezaba a sentirse viejo en uno, y le tocaba otro nuevo. Me da que Madrid significó eso para él. Fue el lugar donde vio que había envejecido. Por eso no me extraña que fuese el último antes de volver a casa. Si es que tenía casa.

Lo mejor de jubilarnos fue que por fin tuvimos tiempo para viajar juntos. Nos pasamos un par de años de aquí para allá. Cuando era jovencita, me chocaba ver a tantos abuelos extranjeros haciendo turismo sin parar. Y cuando me convertí en uno de ellos, lo comprendí enseguida. Qué gozada mezclar ocio y experiencia. Nunca he ido a más sitios en mi vida que de mayor.

Dicen que no hay mal que por bien no venga. Vale. Pero tampoco hay bien que no tenga su intríngulis. Porque a base de pasar todo el día juntos, Yoshie empezó a parecerme como menos especial. Siempre le había tenido por un hombre con misterio. Ahora en cambio sentía que algunos de sus silencios eran falta de ganas o de iniciativa. En fin. A veces el misterio es simplemente no estar. Ya se lo decía yo a Sonia, que acaba de separarse. Tú no te cases, mujer, que es peor.

Era bonito, por supuesto que sí. Nos poníamos hasta arriba de platos típicos. Nos pateábamos un montón de museos. Nos hacíamos mil fotos. Nos reíamos. Sólo que, en un momento dado, se volvió una especie de relleno. Una forma agradable de ocupar ese tiempo con el que no sabíamos muy bien qué hacer. Para mí es importantísimo poder mirar al techo un rato al día. Y ya echaba de menos estar un poco en casa, improvisando.

Cuando llegábamos al hotel con la espalda hecha polvo por los aviones, me preguntaba si Yoshie no estaba cansado de eso. Según él, viajar no le gustaba. Lo que realmente le gustaba era haber viajado. Una semana antes, la idea de salir empezaba a incomodarle. La noche anterior la odiaba. Un par de horas antes, se imaginaba excusas para perder el vuelo. Y a la semana siguiente, ya le parecía el mejor lugar al que podía haber ido. Decía que era el trabajo de los viajeros. Preparar ese después.

Me di cuenta de que a mí también me pasaba. Lo que más disfrutaba de nuestros viajes era recordarlos juntos. Como cuando vuelves de una temporada fuera. Te preguntas: ¿Y no puedo tener esta alegría solamente quedándome aquí en casa? Pues no, lista, no puedes.

Aprovechando que estrenaba mi primer móvil (el muy bandido se puso de acuerdo con mis hijos para obligarme) nos inventamos un juego. Se trataba de mandarnos cada día un mensajito sobre algún viaje. Un recuerdo, una anécdota, una imagen, cualquier cosa. Como si todavía no hubiera terminado. Mensajes del tipo:

El mirador en Toledo, cuando descubrimos que nos faltaba una maleta.

La excursión en coche por los Pirineos, con el CD de Chet Baker que se atascaba a cada rato.

La sopa hirviendo en el barco de Estocolmo.

Los perros patinadores de Hamburgo.

El pescador de las Highlands que nos contó que su hermano estudiaba japonés.

Ese vino único de Cagliari que nos costó un riñón y que luego encontramos en una tienda enfrente de tu casa.

El chaval disfrazado de torero en Avignon.

El muñequito del lago Ness que amanecía siempre boca abajo.

Y así.

Cuando te haces mayor, cada lugar que ves se vuelve importante. Tienes la sensación de estar despidiéndote de él. Es una capa de alegría y otra de tristeza. Una sobre la otra, una sobre la otra.

Pero el mejor recuerdo, y me da igual ser cursi, son los días en Venecia. Yo no había estado nunca. Él insistió en alojarnos en el Lido para evitar las aglomeraciones de San Marcos. Así podíamos mirar Venecia con un poco de distancia, me decía. Hay que ser esnob. Del recorrido en góndola no se libró, desde luego. Eso fue la repera. Con nuestra copa de champán y todo. Los gondoleros me parecieron guapísimos. Les hubiera dado un buen masaje lumbar.

Creo que el único momento de tensión fue en el hospital abandonado del Lido. Imagínate el repelús que me dio a mí, que he trabajado en hospitales más de treinta años, ver un sitio así en ruinas. A él le pareció fascinante o yo qué sé. Pretendía que nos quedáramos ahí sentados, como tuberculosos, toda la santa tarde. Una locura. En serio.

Cuando le convencí para largarnos, vi una máquina de escribir del año de la polca ahí tirada, preciosa. Se me ocurrió que podíamos llevársela de regalo a Nacho. Los trastos antiguos le chiflan. Me agaché a levantarla. Pesaba una barbaridad. Entonces, en vez de ayudarme, Yoshie me agarró un brazo. Y no me dejó moverlo. Noté que tenía más fuerza de la que me imaginaba. Fue brusco y desagradable. Esa noche tuve la sensación de que no le conocía.

Dejar de trabajar le llenó de pasado, como si la memoria le hubiera crecido de repente. Tampoco parecía cómodo con lo que recordaba. Empezaron a darle unos ataques de angustia y como unas asfixias. Ahí era donde entraban mis masajes.

Él a veces fantaseaba con irnos a Japón. No de visita. Para quedarnos. Nunca le dije que sí, pero él se comportaba como si fuera posible. Fuimos a Tokio, desde luego. Me pareció interesantísima y estupendísima. Les trajimos unos chismes supermodernos a mis nietos. Un montón de ropa a mis hijas. Y pensé que ni loca viviría allí.

La comida estaba buena, aunque todo tenía sabor a pescado. Hasta lo que no llevaba pescado. Si es que en Japón hay algo que no lleve pescado. Porque lo desayunan, te lo juro. Empujan lo que sea con un sorbo de té. Un té verde tan amargo que parece que estás masticando un arbusto. Y hacen unos ruidos con la sopa que tienes que hacerte la sueca para no mirarles.

Eso sí. Los baños, impecables. Y parlanchines. Porque tienen unos baños que hablan. No es broma. Robots en vez de váteres. Cuando sonaban me ponía nerviosa. Y por mucho té que bebiera, no me salía nada. Yo es que para mear, no sé, necesito silencio.

Ver a Yoshie en su país me asustó un poco. No era el mismo que yo conocía en Madrid. Ni mejor ni peor. Diferente. Me dio miedo pensar que, si algún día nos íbamos allí, no sólo iba a tener que acostumbrarme a otra cultura. Sino también a otro hombre.

Lo curioso es que él también se preocupaba. Me comentó que ya no sabía japonés. ¿Cómo?, le pregunté, ¿ya no lo entiendes? Y él: Claro que entiendo, *Kah–men*. No entienden a mí. ¡Cada vez que digo algo, me miran como a extranjero! El tío llevaba la vida entera cambiando de aires, y ahora le sorprendía parecer el rarito del pueblo.

Para mí, ante todo, Yoshie terminó volviéndose por la jubilación. Ya no tenía trabajo fuera. Aunque aquí tenía otro compromiso, ¿no? Lo segundo fue, no sé. Añoranza, raíces, llámalo como quieras. Yo le pedía que nos quedáramos y él me pedía que nos fuéramos. ¿A mi edad, ponerme a aprender japonés? Sí, hombre. Para él era más fácil, ya estaba acostumbrado. Sólo teníamos que seguir igual. Y el remate fue lo de Atocha, claro. Creo que eso nos cambió a los dos.

Después de las bombas yo me quedé sin ganas de hacer nada. Ni viajes, ni planes, ni ninguna otra cosa que no fuese estar cerca de mi gente. En las comidas con la familia hablábamos menos. Y cuando hablábamos, a veces discutíamos. Ni siquiera nos poníamos de acuerdo en quién tenía la culpa. Los medios al principio dijeron que ETA y después los islamistas. Mis hijos decían que el gobierno. Yoshie nombraba a Bush. Para mí era un poco cada cual. Nos sentíamos, no sé. Parecía que no íbamos a sentirnos bien nunca más en la vida.

O quizá no cambiamos nosotros, cambió la ciudad. El aire te pesaba. Caminabas distinto, era como que el suelo se movía. Mirabas para atrás. Querías más a todos y todo te daba miedo. A cada persona que te cruzabas, terminabas preguntándole qué estaba haciendo el 11 de marzo a las ocho menos veinte. Seguíamos ahí. No salíamos de esa mañana. O al revés, seguíamos sin creerlo. Tenías que preguntarlo a cada rato porque te parecía mentira. La gente iba con cara de fantasma. Yo pensaba en las madres. En las madres sin hijos.

¿Y Yoshie? ¿En qué pensaba? ¿Qué cambió? Siempre me había dicho que su fantasía era retirarse a alguna playa mediterránea. Una casita en la Costa del Sol. O en el cabo de Gata, mejor todavía. Después del 11 de marzo, todo eso se acabó. No volvió a mencionarlo. Ni retiro dorado, ni sur ni nada. Ahí ya me fui oliendo lo que iba a pasar.

El último viaje juntos fue a Barcelona. Al foro ese de las culturas. Me acuerdo bien porque fue un par de meses después del atentado, y yo no quería ir. Pero él me insistió. Se puso pesadísimo. Al final fui por apoyarle un poco.

Le habían invitado a un coloquio de empresarios internacionales. El acto fue un tostón. Después de que él hablara, casi me quedo dormida. Eso sí, al principio tuvo un detalle bonito. Le dedicó unas palabras a su amigo de Nagasaki. Ese que había sido a la escuela con él y había muerto hacía poco. Contó cómo se habían reencontrado en Estados Unidos. Dijo que había sido un compañero admirable. Un ejemplo. Y que jamás iba a olvidarlo. Le aplaudieron de pie.

Al tinglado aquel no faltó nadie. Fueron reyes, presidentes, premios Nobel. Estuvo también Felipe, que no se pierde una. Zapatero. Lula. Gorbachov. La Unesco, la ONU, Cruz Roja y todo Dios. Hasta el astronauta español que viajó a la luna. Y la Angelina Jolie, que nunca sé muy bien qué pinta en esas cosas.

Hubo polémica, claro, que estamos en España. Se montó un escándalo con el pastón que costó el recinto. Dijeron que detrás había especulaciones urbanísticas.

¿Aquí? No creo. Y los ecologistas protestaron por el puerto que se construyó. Según Yoshie, ahí estaba el asunto. En todo el embrollo del corredor mediterráneo y las mercancías de Asia. Él se quejaba de que, comparados con Latinoamérica, en eso seguíamos dormidos.

No sabría decir cuándo fue. Si a finales de ese año o a principios del siguiente. Tuvimos unas cuantas conversaciones serias, y terminó planteándomelo. Se iba conmigo o solo. Yoshie llevaba tiempo dándole vueltas. Y lo tenía muy claro. Tokio o nada. Para mí no fue fácil, me costó decidirme. Me tentaba la idea de irnos juntos. No quería perderle. Pero mi gente, mi vida estaba aquí. ¿Qué iba a hacer? ¿Correr detrás de él, como hizo mi madre?

Además, después de tantos años de hipoteca, había acabado de pagar el piso. Aunque parezca una tontería, para mí tenía su importancia. Cuando me casé con Enrique nuestro sueño era ese. Tener una casa propia. Y yo lo había cumplido. Nada del otro mundo, pero mía. La de siempre en Leganés. Tres habitaciones. Balcones amplios. Frente a la Plaza de la Fuente Honda, al lado del psiquiátrico de Galdós. No nos hubiéramos podido permitir ese tamaño en ningún otro sitio. Curiosamente, ahora se ha revalorizado una barbaridad.

Ninguno de los dos dejó al otro. Simplemente no estábamos de acuerdo en cómo seguir viviendo. Él me echó en cara que me daban miedo los cambios. Y yo le reproché que no supiera estarse quieto, ni siquiera en los lugares donde estaba a gusto.

Después de un par de dramones, la despedida fue más bien tranquila. Sin insultos. Y muy, muy de cariño. Que a nuestra edad ya no tenemos tiempo para andar criando nuevos rencores. Con los antiguos basta y sobra. Incluso le ayudé a embalar sus cajas. Con esa alfombra horrible que ya tenía agujeros, y que el muy cabezota se negaba a tirar.

Al final no se llevó tanto. Mandó a Tokio lo imprescindible. El resto lo vendió o lo regaló. Intentó dejarme un montón de cosas y yo las rechacé. Si no me gustan las herencias cuando se muere alguien, imagínate cuando sigue vivo. Lo único que acepté, porque Yoshie se empeñó mucho, fue ese banjo. El banjo de Charlie no sé cuántos. Que ya me dirás tú qué hago con él.

Al aeropuerto no fui, a tanto no llega una. Lo que tengo bien fresco es el último día en casa. Hay que decir que el hombre no se daba por vencido así como así. Llegó con el típico ramo para impresionar. Y una botella del vino que me gusta. Puso cara de bueno desde el minuto uno. Y después de los brindis me lo preguntó de nuevo. Por si había cambiado de opinión. En realidad él ya sabía la respuesta, pero las pelis de amor han hecho mucho daño al sentido común.

Cuando se cerró la puerta, me quedé mirándola. Así, en plan boba, como si fuera un cuadro. Yoshie había salido a la estación para coger un tren a Atocha. Ahora que tenía tiempo, se había acostumbrado a ir a pie. Desde casa no hay más de un cuarto de hora. Me llené otra copa y me asomé al balcón. Me orienté hacia la Casa del Reloj, más o menos. Aunque desde mi edificio no se ve.

Justo en ese momento, lo tengo aquí grabado, me vino el arrebato de salir corriendo a la estación. Yo, que no corro nunca. Me pareció posible. Sólo tenía que alcanzarle, hablarle, decirle lo que estaba sintiendo de repente.

Pero yo me conozco cuando bebo. Así que me aparté del balcón, dejé la copa y encendí la tele.

Hemos seguido en contacto, sí. Y muy de vez en cuando hablamos. Que yo sepa, ninguno de los dos ha vuelto a estar con nadie. Me imagino que eso ayuda. Una tiene su orgullo. Con lo del terremoto y Fukushima, por ejemplo, le llamé nada más enterarme. Le pregunté si necesitaba ayuda y todas esas cosas. Todavía no había pasado lo mío, claro.

El último mensaje largo que recuerdo (de esos tipo carta, que los planeas, los redactas y luego los revisas antes de enviarlos) fue para contarle algo que vi. Y que me hizo pensar inmediatamente en él.

Resulta que estaba pasando el fin de semana en Cuenca con la familia. Íbamos a no sé dónde, y nos topamos con una manifestación contra ese basurero nuclear que quieren montar en la provincia. Había gente de aquí. Algún político. Y hasta activistas extranjeros con pancartas en inglés, mencionando el desastre de Fukushima. Parece ser que habían llegado en autobuses desde Madrid.

Una señora llevaba un cartel que me llamó la atención. Tenía una señal de peligro radiactivo y decía: *Quiero morir a los 90 de un orgasmo, no a los 60 de cáncer.* No me explico muy bien cómo oponerte a los residuos va a facilitarte los orgasmos extremos a semejante edad. A lo mejor para ella el orgasmo contaba como energía renovable. Me hubiera encantado preguntárselo. Pero los niños querían irse. Así que le escribí a Yoshie.

Desde aquel día, empezaron a aparecer cada vez más noticias sobre el basurero. La cosa tiene mala pinta. O la de siempre. En cuanto ganó las elecciones, el gobierno eligió ese lugar para enterrar desechos radiactivos. La broma ronda la friolera de los mil millones. Otros comentan que esos mil se quedan cortos, a mí me bailan los ceros. La más interesada era la presidenta de Castilla-La Mancha. Dicen que va para ministra.

En realidad, el que tuvo la idea fue el gobierno anterior, pero los informes la echaron para atrás. Algo de eso le comenté al periodista argentino cuando me sacó el tema. Después los otros ganaron las elecciones. Y de pronto Villar de Cañas, que así se llama el pueblo, ya era el sitio ideal para toda nuestra porquería.

Los del Consejo Nuclear lo aprobaron. Justo como quería el gobierno. El lío es que jamás recibieron no sé qué informe sobre el terreno, que por lo visto es arcilloso y puede tener fugas. Para compensar, los medios gordos se pusieron a hacer campaña a favor del basurero. Libertad de prensa, oye.

Ahora el ministro de Industria amenaza con que, si no lo construyen, la factura de la luz va a subir. ¿Más todavía? Hay quien dice que bajaría con las renovables. Digo yo, ¿y por qué coño en el país con más sol de Europa no nos ponemos en serio con la solar? Es que cuesta dinero, te contestan. No te fastidia. Como si construir centrales y basureros saliese gratis.

A mí el asunto me atrae, porque al final es ciencia. El otro día leí que, a igual inversión, la eólica termina siendo el doble de productiva. Que los alemanes no están seguros de cómo enterrar sus residuos. Y que los finlandeses lo están consultando con antropólogos y teólogos. Con lo que dura la radiactividad, dicen que necesitan símbolos que se entiendan dentro de cien mil años. No tienen fe ni nada, los finlandeses. A este paso no duramos ni dos siglos. En fin. Se agradece el optimismo, Helsinki.

Cuando cambiaron las autoridades en Castilla-La Mancha, el presidente rival quiso bloquear el plan del basurero. Entonces, no te lo pierdas, amplió la zona protegida alrededor de unas aguas que hay por ahí. Unas aguas donde paran las grullas. Que son pájaros que adoran en Japón, según contaba Yoshie.

Parece que buena parte del pueblo está a favor. Por el trabajo y el dinero que traería. Nadie les ha ofrecido nada mejor, tampoco. El alcalde está que trina por la zona ecológica. Salió en el telediario. Estamos hasta el moño de las grullas, decía, ¿por qué tantas hectáreas para unos cuantos pájaros? Dijo que el basurero era la salvación para ellos. La diferencia entre vivir o morir.

Y las centrales, bueno. Hay discusión para rato. Da igual que la de Garoña sea la más pequeña. O que tenga un reactor como el de Fukushima. El meollo es que, si la autorizan para abrir de nuevo, eso alargaría el plazo de todas las demás. Y a seguir explotándolas hasta los sesenta años. ¡Verás que al final las centrales nucleares tardan en jubilarse más que nosotros!

Así que aquí el follón de la energía es de padre y muy señor mío. No sé de qué me extraño. Este país necesita un osteópata. Moverle la estructura pero bien. O un poquito de hidroterapia, para que la cosa fluya.

Muy de vez en cuando hablamos, ya digo. Él siguió mandándome un regalo por cada cumpleaños. Yo soy más descuidada para eso. Pero las Navidades después del terremoto le compré un disco que acababa de salir, uno con versiones gregorianas de música japonesa. Pensé que podía interesarle. Lo raro es que Yoshie no me acusó recibo. A lo mejor estaba mosqueado porque siempre me olvido de su fecha.

Con lo que hemos vivido juntos, hubiera sido triste perder todo el contacto. Aunque sin abusar. Que una tampoco es de hierro. Por eso mismo me he fracturado la cadera. Ya estoy mejor. Voy a salir, soy dura. Sé recomponerme.

Un par de veces incluso me invitó a Tokio. Yo le puse excusas amables. Esas visitas me parecen un pelín peligrosas. Prefiero estar en paz. Cada uno en su casita. Y lo pasado, pasado está.

9. Pinedo y las antípodas

Jorge Pinedo tira de la argolla de su lata de cerveza. La espuma asciende, se infla como una ola y se derrama por los costados, inundando la superficie de su escritorio y unas hojas impresas con notas manuscritas en los márgenes. Pinedo pronuncia un improperio que suena vagamente separado en sílabas. Levantándose rápido de su asiento, le pide a una compañera unos pañuelos de papel. Ella abre su bolso de cuero mientras valora entre risas la posibilidad de empezar a venderlos por toda la redacción. Durante un instante de rubor, él duda entre seguir mirando la boca de su compañera y ponerse a secar la mesa antes de que el líquido alcance el teclado.

Cuando vuelve a sentarse frente a la pantalla, relee la noticia acerca del proyectil desenterrado en el aeropuerto de Sendai, al noreste de Japón. El proyectil, transcribe Pinedo, está sin detonar, pesa un cuarto de tonelada y tiene el aspecto de las bombas de la Segunda Guerra Mundial. El descubrimiento se ha producido en plenas obras de reconstrucción del aeropuerto, que resultó dañado por el terremoto y el tsunami.

A continuación, según acostumbra hacer, Pinedo coteja la noticia en otros medios y va modificando su resumen. De acuerdo con las estadísticas oficiales, en el país se localizan alrededor de dos mil bombas defectuosas por año. De hecho, hace poco encontraron una más en el centro de Tokio, en las proximidades de una importante estación de metro. El área ha sido aislada, y queda por decidir si retiran la bomba o la hacen estallar. Los expertos consultados, termina de teclear, estiman que harán falta varias décadas para desenterrar el arsenal restante.

Pinedo da otro sorbo a su cerveza. Cierra las ventanas y hace una copia del documento. Después, con un suspiro, revisa a toda velocidad la página del diario de mañana en la que supuestamente estaba trabajando.

La avenida Belgrano tiene algo de pulmón fumador: a medida que el tránsito va forzando su capacidad, se llena de humo gris. La lluvia cae mezclada con plomo.

Pinedo mira al cielo de la noche, la radiografía de las lesiones de Buenos Aires. Se estira las solapas. Y se aleja de ese edificio que le da de comer y lo devora.

Hace ya tiempo que llevan anunciándoles el traslado de la redacción por la compra del diario, aunque nunca termina de consumarse. Él teme ese momento tanto como lo desea. En cuanto se concrete, aprovechando la purga que probablemente caerá sobre el personal, planea negociar su baja. Necesita escribir de otra manera, a otro ritmo, con otra perspectiva. Con algún objetivo que no sea la amnesia eléctrica de la actualidad.

Ahora bien, se pregunta Pinedo por enésima vez, ¿y la plata? ¿Cuánto le duraría? Nada dura demasiado, intenta contestarse, eso acá lo sabemos. Y a lo mejor saberlo sea una ventaja.

Avanza esquivando los bordes de los paraguas. Todos los colectivos pasan colmados, funámbulos. Las colas en las paradas lo disuaden. Podría probar con el subte; pero calcula que, al cambiar de línea, no llegaría a tiempo para el último tren. Otea sin esperanza entre la maraña de parabrisas: en pleno centro, en una noche así, un taxi es un milagro. Su teléfono le indica una espera mínima de media hora. Trata de callejear entre los pliegues menores de San Telmo, eludiendo la avenida Independencia, por si intercepta alguno recién desocupado. Por fin desiste, acepta que esa lluvia le pertenece y baja por la calle México en dirección al río.

Atraviesa la arteria de Paseo Colón, la escondida Azopardo. Dobla por Ingeniero Huergo, que para él siempre ha sido la espalda del barrio, el límite de la ciudad. A partir de ahí crece otra cosa. Una zona ajena y adinerada donde, después de todo, quizá le resulte más fácil pescar un taxi. O, en su defecto, alguna película en las salas de la Dársena Sur. Completa el tramo final de Chile, que va de un edificio de la policía a la Universidad Católica. Recorre Alicia Moreau de Justo. Y así, mediante el cruce entre el socialismo feminista y el liberalismo patriarcal, con la cara empapada, llega a Puerto Madero.

Por su carácter iniciático, Pinedo recuerda intensamente los años anteriores a la explotación inmobiliaria del puerto. Su adolescencia no demasiado atlética en el campo de deportes. Los trotes impuntuales frente a la Aduana y el ladrillo inmutable de los diques. Por eso ahora no puede evitar una sensación de irrealidad cada vez que transita este paisaje de restaurantes en serie y torres con ínfulas. Sus calles, reflexiona al llegar a un puente, siguen formando parte de un diseño, una maqueta a escala natural.

No es que, en aquel tiempo de acné y promesas literarias, la zona tuviese ningún encanto. De hecho, era un manojo de fealdades. Pero con la especulación urbanística, considera Pinedo, el espanto no se redujo: aumentó de precio.

Al otro lado del puente, un perro mordisquea una botella de plástico. Cuando lo ve acercarse a paso veloz, levanta el hocico y lo mira desafiante. Como si le advirtiese: No se te ocurra quitarme mi vacío.

Con cierta frustración a la que lamenta haberse acostumbrado, Pinedo se pregunta si terminará algún día esa inacabable investigación sobre los desastres nucleares, que debía desembocar en una serie de artículos. Eso, al menos, le aceptaron en el diario. El problema es que el foco se extiende al mismo ritmo que investiga, y el horizonte se aleja a mayor velocidad que sus notas. En otras palabras, cuanto más escribe, más le falta.

Comenzó documentándose sobre las bombas atómicas. Continuó con la central de Fukushima y sus oscuras circunstancias. Pronto se dedicó a asociarlas con el aniversario de Chernóbil. Y le fue imposible no seguir con Three Mile Island y otros casos históricos, que estudió hasta olvidar por qué los estudiaba.

De tanto ejercitarse en las comparaciones, ha terminado obsesionándose con la memoria general de las hecatombes. Con el modo en que los países olvidan el daño padecido o causado. Y con la manera en que los genocidios acaban pareciéndose, plagiándose unos a otros, acá y en las antípodas. Le impresiona que un lugar tenga la misma hora que su punto más distante. Que lo propio pueda estar en lo lejano.

Pinedo nota que la lluvia lo ayuda, las gotas enhebran las ideas, su cabeza se limpia.

Por otro lado, se repite, hace tanto que aspira a dedicar sus energías a un texto cuyo plazo no importe. Un libro que sea un plazo en sí mismo, el punto de fuga de todo. Ese que parece sobrevivir en estado larvario, una especie de vampiro fetal que se nutre de lo que él va encontrándose.

A su modo de ver, el periodismo sería la boca. La primera voracidad. ¿Y la literatura qué sería? Probablemente el estómago. La digestión de esos materiales. Ya no cree que un oficio trabaje con más realidad que el otro. Hoy rechaza ese prejuicio del que alguna vez participó, y sospecha que ambos se ocupan de lo mismo en fases distintas. Por eso duda del límite entre un caso real y una ficción, entre un testimonio y un personaje.

Pinedo piensa en aquella crónica pionera de José Martí sobre el terremoto de Charleston. Un terremoto tan potente que llegó a decirse que había fracturado la península de Florida. En la crónica de Martí, que publicó en un diario argentino, la destrucción se ve. Se oye. Se toca. Y se sigue estudiando en muchas facultades, incluida la suya, como clásico del periodismo de catástrofes. Salvo por un detalle: el autor no estuvo allí. La escribió desde Nueva York, a más de mil kilómetros del lugar. ¿Deja por eso de servir como memoria de los hechos?

Se pregunta qué es un testigo confiable. Cuánto hay de invisible en lo que cree ver. Y qué porción de esos hechos invisibles se revela gracias a la conjetura, la interpretación, lo imaginado. La verdad, razona Pinedo, importa. Sólo que la verdad depende menos de los datos que de las metáforas de fondo.

Deambula frente a las puertas iluminadas de los docks. Duda si entrar a tomar algo. Desde el interior de los locales, las cabezas flotantes lo contemplan como al pez que se equivoca de lado. Siempre tiende a la indecisión cuando se le presentan varias opciones, abrumado por la responsabilidad de sopesarlas todas antes de actuar. Así titubea también ante las posibles construcciones de cada frase que pronuncia, atormentado por el riesgo de trabarse.

Pisoteando su propio reflejo, Pinedo se pregunta en qué medida la necesidad de escribir guardará relación con esa tartamudez que tantos pudores le trae. Si acaso la escritura no será su manera de dejar, aunque sea por un momento, de tartamudear cada cosa. O una vía para decir algo con ese balbuceo.

En su niñez, cuando le costaba pronunciar una palabra, se encerraba a deletrearla en un papel. Dibujaba sus letras y, ¡plop! Se maravillaba con la perfección, la redondez con que quedaba escrita. Con que quedaba escrita, repite Pinedo en un susurro, percibiendo los pequeños chasquidos en el paladar. Rememora la ocasión en que aprendió la palabra *cacofonía*. Y descubrió con asombro que, además de ilustrar su propio significado, ese trabalenguas resumía su problema con las palabras. Trabalenguas. La historia de su vida.

Según comprobó hace poco, el adjetivo *catastrófico* está documentado desde 1911. Un siglo exacto antes de Fukushima. Y fue precisamente un terremoto en Lisboa lo que terminó dándole su sentido actual. Hasta entonces, lo catastrófico se refería al desenlace de una historia. En el último gran terremoto de Chile, recuerda Pinedo, estaba a punto de inaugurarse el Congreso de la Lengua. Las academias iban a presentar un diccionario. El congreso se canceló y todas esas palabras tuvieron que esperar.

Después de varios retrocesos y vacilaciones, se detiene frente al cine de la Dársena Sur. La ficción siempre le ha permitido concentrarse mejor en su propia existencia. Revisa los horarios y confirma que no es su noche de suerte: llega tarde, apenas por unos minutos, a la última función. La puerta está trabada (trabada con cierre, cerrada con traba, trabalenguas) y en el mostrador no hay nadie. Pega la nariz al vidrio y trata de llamar la atención de un empleado, que hace todo lo posible por ignorarlo mientras examina su teléfono.

Pinedo regresa por donde acaba de venir. Y, como si su caminata fuese una sintaxis que se corrige, vuelve a pensar en Yoshie Watanabe. No es fácil distinguir una obsesión de una intuición, un empecinamiento de una corazonada.

Pero debe admitir que, con la acumulación de correos, llamadas y rechazos, Watanabe ha ido convirtiéndose en un asunto personal. Aún trata de entender qué afinidades oculta. Qué le remueve a él. De hecho, si continúa, es ante todo para hallar alguna respuesta a ese interrogante.

Como un percusionista exasperado, la lluvia intensifica su ritmo. El agua ya no riega: agrede. Pegando los hombros a las orejas, Pinedo corre en busca del techo más próximo. Se refugia en un portal de timbres dorados. Resiste la tentación de aplastar una mano contra ellos, menos por respeto que para evitar que lo echen.

Piensa en esas cuatro mujeres sobre las que, hasta el momento, sabe bastante menos de lo que le gustaría. Por cada pequeño detalle que averigua, tiende a fabular el resto. ¿Será esa la ecuación de las ficciones? ¿Multiplicar lo real por el trabajo de la imaginación?

El caso de Mariela obviamente es distinto. Desde que se ofreció a colaborar con él, la ha extenuado a preguntas. No queda información básica, supone Pinedo, que no le haya sonsacado. ¿Es una sensación suya, o ella no le devuelve las llamadas tan rápido? Tendría motivos. Le cuesta cambiar de tema cuando algo lo atrapa. Sus entusiasmos son monográficos.

Ahora bien, aparte de un comprensible hartazgo, ¿podría haber en Mariela algún asomo de despecho? ¿Pudo haberle ofrecido su ayuda para, en algún sentido, forzar cierta intimidad? Cuando se conocieron en el cumpleaños de su madre, sintonizaron de inmediato. Ella se comportaba como alguien mucho más joven. Se pasaron la fiesta ironizando juntos. A su madre, recuerda, esa complicidad le provocó una evidente inquietud.

Intercambiaron números. Empezaron a charlar en cafés hasta tarde, ir al teatro, compartir lecturas. Él le propuso traducir un artículo para el diario, cosa que ella hizo con admirable velocidad y elegancia estilística. Entonces se atrevió a confesarle sus ambiciones, sus proyectos postergados. Mariela lo alentó a reafirmarse. Y lo escuchó con una paciencia y comprensión desconocidas para él.

Hasta que, una noche, ella mencionó a Yoshie Watanabe. Atendió fascinado a su relato. Enseguida sintió que esa historia contenía muchas otras, que se abría en abanico a todas partes.

A partir de ese momento, la relación cambió. Mariela fue acercándose cada vez más, estimulada por la inversión de roles que lo convertía en confidente. Al mismo tiempo él, casi sin darse cuenta, fue distanciándose de ella para intimar con su pasado. Como alguien que roba poco a poco una casa con el consentimiento de su dueña.

Viendo que el temporal no amaina, chorreante y hambriento, decide guarecerse por fin en algún bar. Corre con las zapatillas encharcadas. Mientras chapotea hacia las formas iluminadas que titilan al fondo, Pinedo siente que lo siguen. Que lo están observando desde atrás o desde arriba. Que alguien, de algún modo, vigila sus movimientos. Lo atribuye a su estómago vacío. O, más probablemente, a la tradición nacional. Sólo por si acaso, agacha la cabeza y acelera.

Después de tantas vueltas, dudas y consideraciones, termina entrando en el primer bar con el que se topa. Suele ocurrirle cuando piensa demasiado antes de actuar: como una especie de bofetada moralista, la realidad le impone su sentido práctico.

Pinedo cruza el umbral. Ensaya dos o tres sacudidas perrunas. Y elige una mesa junto a la ventana, de frente a la puerta. Mejor estar atento.

Los paraguas boca abajo se disputan el cilindro, componiendo un malogrado florero. En el televisor del fondo todo el mundo discute sin voz. Por un instante tiene la impresión de que el sonido perdido de la pantalla se hubiera volcado, con transparencia de pecera, en el interior del local.

Su intención es picar cualquier cosa, secarse un rato y, en cuanto se apacigüe la tormenta, pedir de nuevo un taxi. Se acercan a atenderlo. Pide un té con un tostado. Intenta deducir sobre qué están discutiendo en el televisor. Le parece entender. Después se queda absorto en la superficie de la ventana, en los trazos del agua, en su efímero morse.

Cuando el plato y la taza aterrizan frente a él, Pinedo vuelve en sí. Levanta la cabeza. Agradece. Y, al dar un sorbo al té, se derrama la mitad sobre el pantalón.

No te hagás drama, le dice el mozo yéndose. Con lo empapado que viniste, mucho no se te va a notar.

Pinedo advierte que lo están mirando tenazmente desde la mesa contigua. En cuanto él hace lo mismo, los ojos se desvían. Este detalle lo incomoda de manera absurda, como si se hubiera roto la sugestión de ser el último eslabón en la cadena de observadores.

Intenta reponerse del mínimo, drástico impacto de la atención ajena. Vuelve a fijar la vista en el mismo punto de antes, pero ahora lo distrae la certeza de que no observa solo. De que la mirada es un acto imposible de unificar. Con el paso de los parpadeos, siente que va asimilando la perspectiva del otro. Que la digiere en su conciencia y puede ver desde adentro y también desde afuera.

Entonces gira el cuello, y comprueba que el cliente de la mesa contigua ha desaparecido.

Con repentinas ganas de salir a fumar, Pinedo rebusca en sus bolsillos como si los objetos ausentes fueran sensibles a la insistencia. Visualiza su encendedor encima del escritorio en la redacción, burlonamente nítido.

Uno de sus bolsillos comienza a temblar. No es una epifanía. Es su teléfono, que ha resistido la lluvia y sus torpezas. Esas cosquillas en la pierna lo intimidan. Salvo cuando el trabajo lo requiere, Pinedo procura eludir las conversaciones telefónicas. No sólo por su tartamudez, sino también por la pérdida que ponen en juego: escuchar una ausencia, sentir la compañía de alguien que no está.

Cuando por fin atiende el teléfono, la comunicación se ha interrumpido. Conoce bien ese número.

Sonríe y contempla, a través del vidrio lleno de jeroglíficos, los contornos deformados de la ciudad.

A semejanza de aquellas imágenes tridimensionales frente a las que le costaba mantener el foco de niño, el punto de convergencia se le escapa, y de pronto Pinedo queda del otro lado.

Ve el interior ingrávido del local, el mobiliario, la gente, sus cuerpos traslúcidos, su propia cara cansada. Se encuentra feo. Pero se reconoce.

Acerca la boca para darse un beso bufo. El vidrio se cubre de vaho y su reflejo se pierde.

La lluvia arrecia, castiga. Hacía años que no veía diluviar de esta manera. Como si, de tanto investigar catástrofes lejanas, el apocalipsis hubiera llegado hasta aquí.

Tarde o temprano, Buenos Aires se inunda. Y siempre sale a flote.

10. Último círculo

Con el motor en marcha, el señor Watanabe contempla la bifurcación. Sus dos opciones divergen como un pantalón a punto de rasgarse.

Siente deseos de entrar en Hirodai. Tiene la intuición de que debe conocer ese pueblo. De que, en algún sentido, está eligiendo entre dos direcciones de su memoria.

Las nubes pasan, ovinas, por encima del techo.

Arranca el coche y avanza entre las grietas. Pronto el sendero comienza a empinarse. El pavimento permanece tal como quedó después del terremoto, cuando el suelo dejó de ser suelo y el presente se rompió. El coche circula a ritmo de caballo, sorteando hendiduras, para evitar que las ruedas queden atrapadas. Más que una carretera, parece el rompecabezas de un camino. Watanabe imagina que cada pieza contiene el esbozo de un movimiento, un posible desvío hacia otra parte.

Estaciona a la entrada del pueblo, que se asienta sobre una breve colina. Según el GPS, en este momento se encuentra a veinte kilómetros de la planta nuclear. Exactamente en el borde de la zona de exclusión. Ni adentro ni afuera.

Sale del coche. Esta vez decide no consultar el dosímetro.

Empieza a caminar por Hirodai. Es el lugar más próximo a la central de Fukushima que ha pisado. Eso le hace sentir que flota por precaución, y sus pies se hunden menos en la tierra.

Su primera impresión del pueblo no es la acumulación de espacios y objetos que lo componen, sino la abrumadora suma de su silencio. Un silencio muy específico, que Watanabe recuerda haber escuchado una sola vez en su vida. De desaparición simultánea. Hay silencios en paz, que curan el ruido. Y otros que son el énfasis de la ausencia. Eso es lo que suena, o ha dejado de sonar, aquí.

Y más abajo, muy de fondo, el mar. El eco de las olas, que su oído longevo asocia de inmediato con el roce de la cinta de un casete o la crepitación del vinilo justo antes de empezar la música.

Desde su llegada, el olfato del señor Watanabe no ha dejado de enviarle señales desconcertantes. Tiene la sensación de que aquí, de algún modo, huele a ayer. Como si los olores —a semejanza de esas emisiones vía satélite donde el sonido no se sincroniza con las imágenes— llegasen con demora a la nariz. El único aroma que se mantiene fuera del tiempo, autónomo, es el de la sal mojada.

También hace calor. Cada vez más calor. La inmovilidad general, sin el menor cruce de sombras, parece haber fijado las franjas solares. Watanabe se desabrocha otro botón de la camisa.

Se pregunta si Hirodai será así a todas horas, o si acaso los habitantes que le quedan estarán terminando de almorzar. Se dirige hacia el centro. Cada rincón luce tan ileso como deshabitado. Calles sin automóviles. Viviendas sin vecinos. Comercios sin clientes. Escuelas sin alumnos. Es la ciudad del sin, piensa él. No hay destrucción, hay resta. Una resta pura. Un número menos ese mismo número.

Todo tiene un aire de caserón en venta. Persianas bajas, maceteros marchitos. Barro seco en los bancos, fuentes interrumpidas. Plazas cuyos únicos visitantes son gatos y perros que corren a lamerle los zapatos. Buses con los asientos recubiertos por unas telas blancas, transportando espectros. Templos clausurados. Oficinas inactivas, como una burocracia que hubiera alcanzado alguna clase de perfección.

Durante su paseo, Watanabe termina encontrando por fin a unas pocas personas. Todas ellas ancianas. Deambulando con lentitud. Apoyándose en los muros. Mirando al infinito. Con las caras tapadas por mascarillas quirúrgicas.

Los niños y jóvenes parecen haber sido evacuados. Sólo quedan abuelos, bisabuelos, viudos. El pueblo, reflexiona, se ha convertido en una especie de profecía demográfica. En el ensayo de un futuro donde habrá sólo pasado. Encadenada a un poste, se inclina una bicicleta.

De pronto, en una esquina, divisa a un viejo dando patadas al aire. Da la impresión de seguir muy atentamente los movimientos de algo que Watanabe no ve. Podría tratarse de algún insecto. O algo que se ha quedado adherido al pantalón. O un mal recuerdo. Se acerca con cautela. Cuando ya están a punto de chocar, el viejo levanta la cabeza y le pregunta cómo se llama.

Ah, Yoshie, dice el viejo. Conocí a un Yoshie hace no sé cuántos años. Su familia era de Toyama. Buena gente. Les gustaba mucho el mar. Estudiaba cosas. Raras. Una vez vi su foto en un periódico. Porque se había muerto. Me llamo Sumiteru, es un placer.

Sin poder resistir la curiosidad, el señor Watanabe le pregunta qué estaba haciendo antes de que él llegase.

¿Cuándo?, contesta Sumiteru. ¿Antes, ahora? Ah, jugando al fútbol. Siempre quise. De joven soñaba con ir a los juegos olímpicos. Cuando ganamos la medalla de bronce. En esa época a nadie le interesaba el fútbol por aquí. Pero para jugar nunca es tarde.

Mientras vuelve hacia el coche, pasa junto a la entrada de un pequeño hostal. Pintado a mano con primor, un letrero anuncia: *Hinodeso Modern Minshuku*. Aunque tiene todo el aspecto de estar cerrado, desde el interior llegan los sonidos de una radio. Sin nada que perder, y presumiendo que tampoco abundarán las opciones de alojamiento, llama un par de veces.

La radio se interrumpe. Después de una larga pausa, unos pasos crecen hacia la puerta.

Aparece un hombre corpulento con un delantal manchado y unos guantes de goma colgando del bolsillo. Las manchas no parecen de comida, sino de algo más denso y brillante.

Con una inclinación, el señor Watanabe le explica que está buscando hospedaje para esta noche. El hombre duplica su reverencia y lo invita a pasar.

El hostal Hinodeso se ve humilde y agradable. El señor Satō, su dueño, es en apariencia su único morador.

Disculpe usted que tardara en abrirle, dice el señor Satō. Estaba al fondo, reparando una cerámica. ¿Le gusta el kintsugi?

Cada vez más, contesta Watanabe.

¿Y lo practica?

Puede decirse que sí.

Yo practicaba de joven. Después, con la familia, fui olvidándome. Hasta que ahora me he dicho: ¿y por qué no? Sólo uso piezas baratas, claro. No podría permitirme otra cosa. Lo importante es reparar. ¿Tiene un minuto?

El señor Satō sale casi corriendo y se pierde al fondo de la estancia. Pronto vuelve con un cuenco resquebrajado entre las manos. El cuenco irradia oro desde la base, como si sostuviera un árbol de sol.

Mire, dice el dueño, mire qué grietas más bonitas.

En cuanto Watanabe confirma su deseo de quedarse en el hostal, el señor Satō mira hacia la puerta y —con cara de evaluar una interminable hilera de huéspedes esperando— le anuncia que la casa le ofrecerá la habitación más grande por el precio normal. Él le da las gracias con una sonrisa irónica y sale a buscar su equipaje.

A su regreso, el dueño ya no lleva puesto el delantal y ha adoptado un aire de entusiasta eficiencia. Le pregunta si tiene hambre. Él admite que un poco. De inmediato le sirve la sopa con tempura que ha sobrado de su almuerzo. Watanabe engulle esos restos con una voracidad de la que él mismo se sorprende. Su anfitrión se sienta enfrente para darle conversación mientras termina.

Aquí en Hirodaimachi éramos miles, dice el señor Satō. Ahora no quedamos más de veinte o treinta. Al principio pensé en irme, como todos. ¿Cómo no va a preocuparme lo de Fukushima? Pero no me sentía con fuerzas para una mudanza. Y el pueblo, usted lo ha visto, sigue intacto. Como estamos sobre un pequeño cerro, el tsunami no nos dañó. Además ¿a mi edad adónde voy a ir? Prefiero estar en casa. Aquí tengo mis recuerdos. Y los recuerdos necesitan su espacio, ¿no le parece? Lo que más echo en falta es a mis nietos. Mi hija Suzu se los llevó hasta que la situación se aclare. A mí también me parece lo mejor. Espero que puedan volver pronto. Sin nietos la vida se hace demasiado larga. Eso decía mi difunta esposa. ¿Se acuerda de los siete de Kurosawa?

Él asiente, sorbiendo el fondo de la sopa con un ruidito aéreo.

Yo quiero despedirme así, continúa el señor Satō. Escuchando las ruedas del molino. O en la montaña, como mi abuelo. Mi abuelo amaba la montaña. Siempre que tenía algún problema, se escapaba del pueblo y subía a la cima del Otakine para pensar. ¿Sabe qué hizo cuando empezó a notar que ya no tenía fuerzas para seguir subiendo? Decidió subir por última vez. Y se quedó ahí, esperando el final.

¿Y cuánto tiempo tuvo que esperar allá arriba su abuelo?, pregunta Watanabe limpiándose las comisuras.

La verdad, no lo sé, responde el señor Satō. Yo no había nacido. Me lo contó mi padre.

Tras nombrarlo huésped de honor, el señor Satō le entrega con cierta ceremonia un llavero con una bola de metal. Pesado, sucio, hermoso. Se trata, según le explica, de la habitación exótica: al estilo occidental. Sin paneles deslizantes. Con una cama grande en lugar de tatami. Y una mesa alta para las comidas.

Cuando venían turistas americanos, dice el dueño, nos la pedían mucho. Eso, y los tenedores. Era bastante gracioso.

Watanabe atraviesa el pasillo jugueteando con la bola de metal. Hacía tiempo que no recordaba ese olor a hierro húmedo, a suma de manos, de un buen llavero anónimo. Jamás ha estado en contra de los progresos tecnológicos, por no decir que ha vivido de ellos. Sin embargo, lamenta la pérdida olfativa que causan. Ahora casi todas las puertas funcionan con tarjetas desechables o códigos numéricos. Ingrávidos. *Inodoros.* Eso va pensando mientras aprieta las llaves.

Entra en la habitación, se descalza y, siguiendo su costumbre, coloca sus escasas pertenencias en el lugar correspondiente. La ropa en el armario de la entrada. Los productos de higiene en el baño. Sus aparatos conectados a un enchufe. Y el libro de Oé sobre la mesa de noche. Después deja su maletita roja debajo de la cama, como una mascota que acabase de hacer la digestión.

Siempre se ha sentido cómodo con la vida de hotel: irrumpir, desplegarse y huir pronto. Le agrada esa mezcla de lugar extraño y hogar portátil. La posibilidad de un espacio íntimo donde no se dejan huellas, o donde se confunden con las huellas de una progresiva multitud. A los hoteles, opina Watanabe, uno también se lleva su pasado. Pero ese pasado se actualiza, es nómada.

De acuerdo con su experiencia, el arte de las maletas no reside tanto en lo que se introduce como en todo aquello de lo que se prescinde. Cuanto más selecciona su contenido, más se va pareciendo a su equipaje. No es un lote de posesiones: es un conjunto de renuncias.

Una vez instalado, mientras se alivia en el retrete, el señor Watanabe se conecta unos minutos a internet. Revisa sus cuentas personales. Envía un mensaje al matrimonio Arakaki, agradeciendo su hospitalidad. Entra en el blog del profesor Sasaki. Lee la última entrada y deja un comentario.

A continuación sale del baño y busca una de sus webcams. Necesita verificar que el mundo sigue ahí, gozando pese a todo.

Se da una ducha rápida. Se cambia de ropa, saca brillo a sus zapatos. Mete un par de cosas en su bolso de cuero y se lo echa al hombro.

La tarde le quema de nuevo la frente. Se percata de que ha olvidado el teléfono cargándose en la habitación. No le importa. Acaba de hacerse un propósito que lo entusiasma: conocer a cada uno de los vecinos que permanecen en este pueblo abandonado. Considerando que ya ha visto como mínimo a una decena, le parece un objetivo realizable.

Quiere ver, saludar, acercarse a esas personas. El señor Watanabe siente que pertenecen a la misma estirpe. Una pequeña congregación de últimos.

Mientras recorre el vacío de Hirodai, tiene la impresión de estar materializando una antigua fantasía. Contemplar cómo es la vida cuando no debería quedar nadie. Mirar póstumamente.

Durante unos minutos sigue a un anciano que inspecciona el centro, ventana por ventana, con una regadera de plástico verde. Se detiene en cada maceta que encuentra, levanta un brazo y la riega lentamente. Va de las casas a un taller mecánico, donde llena el recipiente una y otra vez. Sus movimientos transmiten una modalidad muy concreta del esfuerzo: cuando la convicción se impone a las limitaciones físicas.

En una de las pausas, Watanabe se asoma al taller y le da las buenas tardes. Extrañado y contento de ver a un visitante, el anciano lo invita a pasar. Le ofrece una taza de té que él acepta con regocijo. Si el paladar no lo engaña, es el mismo té verde que suele prepararse en Tokio.

El anciano se llama Ariichi. Cuando era joven, le cuenta, invirtió sus ahorros en el taller mecánico. El primero de todo el pueblo, especifica. Más tarde fue de sus hijos. Ahora no es de nadie. Cada día hace rondas por las distintas áreas, para cuidar las macetas exteriores de los vecinos que se han ido. A diferencia del señor Satō, está convencido de que van a volver muy pronto. O al menos de que, si él riega, volverán antes. Los pocos que se han quedado apenas salen de su casa. Eso a él le parece una tontería. Watanabe le pregunta por las radiaciones.

Las radiaciones no me dan ningún miedo, dice Ariichi. Antes de que me llegue el cáncer, moriré de viejo. Lo que asusta a los otros no es la central nuclear. Ellos creen que sí. Pero no, créame. Lo que asusta a los otros es la muerte. Y no van a evitarla encerrándose en su dormitorio.

Con el segundo té, Watanabe descubre que la aparente serenidad de Ariichi esconde otra inquietud. Su mayor preocupación son las tumbas de sus ancestros, que se hallan en un cementerio un poco más al norte, dos o tres kilómetros dentro de la zona de exclusión. Lleva toda la vida visitándolos allí. Imaginando su propia tumba junto a ellos. Aunque no ha tenido problemas para acceder al cementerio, ¿qué pasa si de pronto le impiden la entrada? Últimamente escucha cosas que le hacen temer esa posibilidad. Por eso opina que, en el próximo Obon, los vecinos tendrían que bajar juntos al mar y encender hogueras en honor de sus muertos.

Todavía no me siento preparado, dice, para cruzar la frontera. Por eso necesito que esperen, ¿comprende? Que me esperen un poco más.

Alejándose del centro, distingue a una anciana menuda bajo el marco de una puerta, precozmente abrigada con un chal. Como si el fresco que hará más tarde, cuando anochezca, pudiera resfriarla de antemano.

A medida que se aproxima y sus ojos fatigados empiezan a enfocar la figura de la anciana, el señor Watanabe comprueba que no se halla en la posición que él había supuesto. O que, a pesar de haberla visualizado de manera correcta, su mente corrigió el resultado para adaptarlo al sentido común. Porque ella en realidad no mira a la calle apoyada en la puerta, sino justo al revés. Está de espaldas, con el cuerpo apretado y la cara de perfil, bien pegada a la puerta. Con cierto empeño de salamandra.

Termina de descifrar sus movimientos unos metros más adelante: la anciana está forzando la cerradura con alguna herramienta, propinándole violentos empujones con una energía impropia de su edad. (Y de su sexo, piensa Watanabe. Entonces se acuerda de sus discusiones con Lorrie y se avergüenza en mitad del pensamiento.)

En cuanto escucha sus pisadas, ella interrumpe los golpes y se vuelve hacia él, sonriendo con la mayor dulzura. Le pregunta si tiene algo que ver con la policía. Él se presenta. Le explica que está de paso. Y que se aloja en el hostal Hinodeso. Ella le da la bienvenida a Hirodaimachi. Declara que es un placer conocerlo. Pero no menciona su nombre.

Me he quedado sin arroz, dice la anciana mientras oculta la herramienta bajo el chal. Sin arroz ni conservas. Y sé que mis vecinos tienen. Se fueron hace semanas. O meses, ya no me acuerdo. Tienen. Estoy segura. Cocinar así es difícil. ¿Usted qué haría sin arroz?

Pediría sushi por teléfono, responde Watanabe fracasando en su intento de sonar gracioso.

Ella le clava entre los ojos su mirada severa.

No necesitan el arroz, dice la anciana. Ni las conservas. ¿No le parece un desperdicio? Tanta comida ahí.

La he visto desde el patio. En los estantes. Si vuelven algún día, les pediré disculpas y les daré las gracias. Son varios frascos. Llenos.

Él asiente, absorto en las manchas de sus manos, sus nudillos puntiagudos: un archipiélago con cinco islas rocosas.

Ahora, caballero, añade la anciana inclinándose, si me disculpa…

Y reanuda bruscamente sus embates sin volver a prestarle la menor atención, como si Watanabe se hubiera evaporado.

¿Y los trenes?, se pregunta más tarde, ¿qué será de los trenes que no salen, los vagones donde nadie entra, los andenes esperando a que alguien espere? ¿Qué parte de los viajes del mundo se pierde cada vez que un transporte se queda en su lugar?

Todas las líneas que cruzaban la zona, le informa una pareja de edad incalculable con una uña de voz, se encuentran suspendidas. Se cree que las vías que unen al pueblo con Hirono, Hisanohama y otras localidades podrían contener altas dosis de radiación, por el trasiego de restos procedentes de la central nuclear.

El señor Watanabe pide indicaciones y se dirige a la estación.

Tan pronto como pisa el edificio, un chirrido metálico lo sobresalta. Un chirrido en marcha. Giratorio. Creciente.

Un instante después, ve llegar al hombre en su silla de ruedas.

Al hombre que se desliza hacia él, chirriando, mientras le sonríe.

Resulta ser el señor Nakasone, antiguo revisor de la estación. Trabajó en este lugar toda su vida, le cuenta, hasta sufrir el accidente. Jamás ha vivido en ninguna otra parte. En sus actuales condiciones, abandonar su casa le causaría más problemas de los que le solucionaría. Ahora depende de las pocas familias que permanecen aquí. Mientras haya al menos un vecino dispuesto a ayudarlo, él prefiere quedarse. Contando la estación, tiene dos hogares. Su familia, le explica, son los trenes.

Esos trenes, evoca señalando al fondo, que ha visto irse y llegar tantas veces que ha perdido la cuenta. Es más que una manera de hablar: durante muchos años, mantuvo la contabilidad exacta de los servicios que había supervisado. No lo hacía por vanidad, puntualiza, sino por ser consciente del tiempo que pasaba.

Luego enumera los escasos parientes que le quedan vivos, incluida una prima de Futaba. El otro día, dos militares se presentaron en su domicilio para llevársela. Traían órdenes de desalojo. Al principio, su prima les cerró la puerta en las narices. Los militares le leyeron un decreto en voz alta. Su prima argumentó que, permaneciendo en casa, no podía causarle ningún daño a nadie que no fuera ella misma. Ellos le contestaron que esa no era la cuestión. No será, protestó ella, ¡pero es!

Avanzan juntos hacia los andenes. Watanabe se ofrece a empujar la silla. El señor Nakasone declina con un ademán cortante. De inmediato cambia de opinión, acepta y se frota los antebrazos.

No es por los brazos, dice. Es por el consuelo.

Atraviesan en silencio el corredor de la estación. Lo único que se oye es el chirrido de las ruedas, como una corriente de roedores.

Watanabe se fija en el vetusto reloj que preside el acceso a los andenes. Lo salpican las sombras, agujas fuera de lugar.

¿No está un poco atrasado?, comenta.

Ese reloj no funciona hace años, contesta el señor Nakasone.

Apartando unas redes con señales de peligro, salen a la intemperie. El calor empieza a suavizarse. La luz divide, rectifica las vías.

Es muy raro, dice el antiguo revisor. Sin actividad, los andenes parecen más pequeños.

Se acercan a las vías. Las observan.

¿Son estos dos andenes solamente?, pregunta él.

Estos dos, asiente el señor Nakasone. Uno para llegar y otro para irse. No hace falta más.

Alcanza el mirador del pueblo y, arrugando el ceño tras los anteojos de sol, gira con lentitud sobre sí mismo.

Mira al sur, en dirección a la invisible Tokio. Mira al oeste, donde las montañas brillan. Al norte, donde las hierbas ocupan los campos sin cultivar, mientras los cables de alta tensión se pierden hacia la planta nuclear de Fukushima. Watanabe trata de imaginar el camino de ida y vuelta de esa energía, su quemante recorrido. Al este, por último, busca el mar.

Desciende por las escalinatas que conducen del cerro de Hirodai a la playa. Lo hace con sumo cuidado, procurando no tropezar en los peldaños de piedra. Sin duda, habría resultado más cómodo bajar en coche. Pero sabe muy bien que, con un volante entre las manos, su inclinación natural es irse. Y aquí todavía tiene una misión por completar. Si las informaciones que maneja son correctas, le quedan como mínimo dos o tres habitantes.

Al final de las escalinatas se demora para deleitarse con la aproximación al agua, que pasa entre las rocas con un ruido de dados. Sus fosas nasales se inundan de ese aroma que parece el primero de la Tierra.

Camina hacia la orilla y, por una vez, no se preocupa por sus zapatos. El sol despliega una vela sobre la superficie marina. El señor Watanabe entrecierra los ojos y extiende los brazos, intentando abrazar no sabe muy bien qué.

Entonces se acuerda de las buceadoras de Mie, en la región de Kansai, que se sumergían en busca de moluscos y algas con los pechos desnudos. Nada le gustaría más que ver surgir en este mismo instante, sin motivo posible, a una de esas legendarias figuras.

De improviso, en la orilla, destella una silueta. Él corre a su encuentro.

No se trata de una joven buceadora ni de una inexplicable sirena. Es un viejo bajito, con una leve barriga, que se declara encantado de saludar al fin a un forastero. Se presenta como el doctor Nagai, radiólogo retirado, para servirlo. Del bolsillo de su camisa sobresalen un bolígrafo y un termómetro.

Conversan sin mirarse, siempre de frente al mar iluminado, como si leyeran subtítulos en la pantalla del agua.

A Watanabe no le sorprende escuchar que el doctor Nagai es el único médico que queda en el pueblo. Esa es precisamente la razón por la que no puede irse. Si él se va, argumenta, ¿quién atendería a los vecinos? Sus nietos viven lejos. Convenció a su esposa para que fuese a visitarlos. Está pasando una temporada solo. Todo lo solo, matiza, que se puede estar junto al mar. Incluso las autoridades, tras recomendar la evacuación, se han marchado. Las oficinas del Ayuntamiento se trasladaron al suroeste, fuera de las áreas de peligro.

Así que ahora, dice, somos una comuna zombi.

Ambos comentan risueños las peculiaridades de algunos vecinos. El doctor Nagai le narra diversas anécdotas. Cuando menciona a Yuma y sus allanamientos compulsivos, Watanabe lo interrumpe. Quiere confirmar si se refiere a la anciana que forzaba la puerta de sus vecinos. El doctor le responde que ignora de qué puerta se trataba esta vez, pero que lo hace con todas. Se comporta así desde la desbandada. Watanabe sugiere que quizá simplemente esté pasando hambre.

¿Hambre, Yuma?, dice el doctor. Lo dudo. Al principio mi esposa y yo la invitábamos a comer con nosotros. En cuanto terminábamos, ella se levantaba de la mesa. Nos daba las gracias con mucha cortesía. Y al rato la veíamos asaltando puertas.

Siguen charlando mientras pasean por la playa. El señor Watanabe nota sus zapatos encharcados. Se descalza y camina sosteniéndolos con dos dedos. En el hombro contrario, el bolso empieza a pesarle. Intercambia ambas cosas de lado. Observando estos movimientos, el doctor Nagai se interesa por el estado de la región escapular y sus tradicionales contracturas. Él le describe sus achaques. El doctor asiente con la vehemencia de quien, aparte de estudiarlos, los padece.

A partir de cierta edad, dice, uno no sabe si quejarse más por el deterioro del motor o los agujeros del chasis.

Watanabe le pregunta si desde marzo ha advertido alguna alteración en la salud de los vecinos. El doctor opina que por el momento, en términos estrictamente físicos, ninguno parece estar mucho peor de lo que estaba. De hecho, le confiesa, algunos pacientes dan la impresión de encontrarse más saludables que antes, o un poco más activos.

Para serle franco, dice, no es fácil distinguir una cosa de otra. Ahora mis pacientes tienen que esforzarse para cubrir sus necesidades diarias. Es posible que el ejercicio los mantenga en alerta. Quizá sientan que están sobreviviendo al peligro. No han tenido otro remedio, en fin, que empezar de nuevo con todo.

No se imagina cómo los entiendo, contesta el señor Watanabe.

Cruzan la playa y se detienen frente a un automóvil negro. El doctor le cuenta que sus coches anteriores habían sido de color blanco ambulancia. Y que esta vez pensó que le vendría bien un cambio.

Exhausto por la caminata, con los zapatos húmedos y el hombro dolorido, Watanabe acepta su propuesta de volver al pueblo juntos.

Durante el trayecto, el doctor Nagai se ofrece a hacerle un examen. De rutina, aclara, y también por precaución. Él responde que no es necesario, que se siente bien. Acelerando ligeramente, el doctor le pregunta si está seguro de que se siente bien. Casi se lo suplica.

Una exploración con el estetoscopio, insiste mientras estaciona en el centro. Una toma de tensión. Un reconocimiento ocular, por lo menos.

Watanabe le agradece, dice que quizá mañana y sale rápido del coche.

Cerca del hostal, en una callecita que no había atravesado antes, pasa junto a la entrada de una guardería. Da media vuelta. Retrocede. Y relee el cartel: *El Jardín de Nagae.*

Llama a la puerta. Prueba a empujarla en vano. Espía a través de las ventanas. Apenas logra ver unos juguetes alineados al borde de una mesa, como a punto de saltar al vacío.

Acude a pedir ayuda al señor Satō, que no comprende por qué está tan interesado en la guardería. A decir verdad, más allá de la obvia coincidencia del nombre, incluso a él mismo le resulta difícil explicarlo. Sólo sabe que quiere entrar ahí.

Siempre dispuesto a complacer a sus clientes, o en este caso a su único cliente, el dueño del hostal termina telefoneando a la señora Takahoshi. Se trata de una vieja amiga, según le informa, que trabajó durante años como maestra en El Jardín de Nagae.

Por lo que Watanabe infiere del tono de la llamada, el señor Satō y ella parecen mantener una sospechosa amistad. Los melodiosos susurros finales refuerzan su hipótesis.

El señor Satō le comunica que su amiga sigue teniendo una copia de las llaves. Y que la directora de la guardería, al dejar el pueblo, le rogó que pasase de vez en cuando para cuidar las plantas del patio.

Tiene usted mucha suerte, dice el señor Satō.

Eso depende, contesta él.

Con una celeridad casi imposible (que le despierta la fantasía de que ya se encontraba en el hostal) la señora Takahoshi aparece frente a la recepción.

Sin hacerle preguntas ni esperar explicaciones, lo conduce hacia El Jardín de Nagae. Avanza por delante de él, igual que si fuera sola. Su velocidad y desapego al caminar la hacen parecer más alta de lo que es. El señor Watanabe se dice que, en otras circunstancias, le habría gustado invitarla a cenar. Y que incluso le habría gustado escuchar su negativa.

La puerta cruje al abrirse, como esas maderas que pierden la costumbre. Ella abre los postigos y enciende varias luces.

Nada se ve fuera de sitio. Pero, de alguna forma, el orden no hace más que subrayar el abandono del lugar: está todo, menos todos.

Existe un ruido específico, piensa, una especie de zumbido allí donde debería haber gente y no la hay. En los espacios destinados a la infancia resulta aún más estridente. Una cuna vacía puede dar más miedo que un ataúd habitado.

Recorren las aulas empapeladas de dibujos. Sortean los pupitres recubiertos por una fina piel de polvo. Rozan objetos coloridos, ajenos.

La señora Takahoshi sale al patio y examina el estado de las plantas. Con un gesto de desaprobación, va a buscar una pala y unas tijeras. Luego se agacha estirando los bordes de su ropa, en parte para evitar que se le arrugue y acaso en parte porque se siente observada.

El señor Watanabe sigue con atención sus maniobras, hasta que se decide a hablar.

¿Quién es Nagae?, pregunta.

Ella se vuelve, lo mira con sorpresa y de inmediato recobra el aire distante.

Fue idea de la antigua directora, dice la señora Takahoshi. Trabajamos juntas hasta que se jubiló. Era el nombre de su primera nieta.

Watanabe se agacha y le alcanza las tijeras.

¿Y cómo está Nagae?, pregunta sonriendo. ¿Qué es de su vida?

Ella toma las tijeras y corta una hoja.

No llegó a nacer, contesta. Por eso llamó así a la guardería. Decía que así su nieta, donde fuera que estuviese, iba a poder jugar.

Terminan con las plantas y se lavan las manos.

Watanabe no ha vuelto a abrir la boca. La señora Takahoshi parece intuir el efecto que su última respuesta ha tenido en él. Y, en un intento de locuacidad tan poco natural que adquiere una sonoridad ventrílocua, se lanza a contarle anécdotas sobre el centro.

A él lo conmueve el esfuerzo y la repentina amabilidad de su guía. Siente la tentación de malinterpretarlos.

En mis tiempos, dice ella, venían cuarenta niños o más. Cuando me retiré no pasaban de veinte. Creo que últimamente bajaron a quince. Después de Fukushima, sólo siguieron viniendo cinco. No pisaban el patio y traían el agua de casa. Las autoridades nos decían que no pasaba nada si los niños salían. Pero que mejor no salieran. Que no pasaba nada si los niños bebían agua corriente. Pero que mejor no la bebieran.

Recuperando el habla, y también la atención a los tobillos de la señora Takahoshi, él le pregunta si en su casa beben agua corriente.

Bebo, contesta ella. Soy viuda.

Igual que el señor Satō, dice él sin poder reprimir la impertinencia.

Igual que medio pueblo, lo corrige ella.

Watanabe asiente, agacha la cabeza y regresa al silencio.

La señora Takahoshi se sienta sobre un pupitre. La postura la rejuvenece: es fácil imaginarla entre niños. Ella le pregunta si es de Tokio. Él duda en su respuesta. Dice que sí, luego que no y luego que en parte. Por fin encuentra una fórmula que lo satisface.

Soy de varias partes en parte, responde.

La señora Takahoshi se golpea los muslos con las palmas de las manos. Posiblemente un gesto que ha repetido mucho como maestra.

Instalan las centrales aquí, suspira, y la energía y el dinero van a Tokio. En cuanto ocurre una desgracia, claro, el problema es nuestro. Antes creía que la nuclear al menos daba trabajo. Mire esta guardería.

Muy de Tokio tampoco soy, dice él curioseando en los estantes.

¿Sabe que en esta zona nos rebajan la tarifa de la luz?, continúa ella. Ese descuento me ofende. Es como si admitieran que hay razones para compensarnos.

De pronto, en un estante, olvidada entre dos juguetes, Watanabe descubre una pila de litio brillando igual que una moneda. Desliza la pila con un dedo. La deja caer en la otra mano. Y, sin saber por qué, la guarda en su bolso de cuero.

La señora Takahoshi comienza a cerrar los postigos. Él solicita su permiso para utilizar el baño.

Al salir, comprueba que ella ha apagado todas las luces, excepto la de la entrada. Se inclina con amplitud (y cierto dolor de cintura) y le agradece la visita. Ella contesta que ha sido un placer conversar con él. Entonces, mientras acerca una mano al picaporte (una mano ancha, contundente, como de otra persona) le pregunta qué opina de la salvación.

Desprevenido, el señor Watanabe expone con torpeza un par de ideas. Siempre ha pensado que hay convicciones profundas que no pueden comunicarse. Para compensar la probable decepción de su interlocutora, añade una última frase que le suena sincera mientras la improvisa.

Con los años, uno pierde opiniones sobre las cosas. Eso quiere decir que gana ideas.

La señora Takahoshi afloja el puño, suelta el picaporte y se queda mirándolo.

No lo había pensado de esa forma, dice. Yo todavía cambio de opiniones. Sobre la salvación, por ejemplo. Hace mucho que no espero ningún poder exterior. Y ya ni siquiera estoy segura de nuestros poderes interiores. Ahora me conformaría con una pequeña luz en la cabeza antes de irme.

Él no puede evitar alzar la vista hacia la vieja lámpara, que esparce un halo alrededor de sus cabellos.

Creo que la gente pretende controlar demasiado su despedida, continúa ella. Decidir cómo, dónde, con quiénes. Todo eso me parece inútil. Y hasta le diría que contraproducente. Las circunstancias son accidentales. Lo único que depende de nosotros es lo que vamos metiendo en la cabeza mientras llega el momento.

Watanabe siente que los ojos se le humedecen. También siente deseos de pedirle a la señora Takahoshi que vuele con él a Tokio. Contempla su cara vivida, sus arrugas en la frente, sus labios secos.

Deberíamos irnos, dice ella.

Y abre la puerta de un tirón.

El atardecer zigzaguea entre las callecitas.

La señora Takahoshi le sonríe, pestañea varias veces y se esfuma con un eco de pasos.

Watanabe tarda en moverse. Le pesa algo que no son las piernas.

En vez de volver al hostal, camina en sentido opuesto. Nota cierto ardor en la garganta. Revuelve el bolso en busca de un chicle de menta. Y toca la pila. En un acto reflejo, se la lleva a la boca. No se detiene al darse cuenta. La lame. Lame la pila de litio como un caramelo helado, rodea su curva plana con la punta de la lengua, imagina que su energía va despertando al calor de la boca, conectando la tensión en reposo de la batería con todas las palabras pendientes.

Después la expulsa lentamente sobre la palma de una mano.

Atraviesa un pequeño parque donde, se figura, los niños jugaban con sus padres al salir de la guardería. Hay un césped calvo y pintadas infantiles en un muro amarillo. Observa los columpios en pausa. Los postes donde sólo trepan sombras. Las ruedas que no giran. Los toboganes que envejecen.

El señor Watanabe se sienta a descansar en un columpio. Unos últimos rayos de sol le pintarrajean la cara. Deja caer el bolso al suelo. Mira hacia delante y se impulsa. Primero con temor, después más fuerte.

Se eleva poco a poco, atrapado y al mismo tiempo liberado en el vaivén, en estos avances y retrocesos que van aumentando su velocidad.

De golpe se levanta una brisa fresca. Watanabe, extrañado, siente frío.

Oye el ruido de algo pasando entre las hojas. Pone un pie en tierra y alza la mirada. La suela traza un surco.

Entonces le parece ver al gato Walsh.

Cuando regresa al hostal, ya ha oscurecido por completo. Encuentra al señor Satō doblado sobre la mesa, con un lápiz entre los dientes, resolviendo sudokus. Se pone en pie para recibirlo.

Los sudokus me tranquilizan, dice, porque paran el tiempo. Justo al revés que el kintsugi. ¿No le parece?

En uno de esos arranques de afecto que dependen menos de su receptor que del propio sujeto emocionado, Watanabe lo abraza. Su anfitrión se queda rígido.

Luego le anuncia que está hirviendo unas verduras. Le pregunta si desea que le sirva la cena.

Watanabe responde que quizá más tarde. Que ahora necesita descansar.

En su habitación, boca arriba, descalzo, se abstrae en la lectura de las manchas del techo. La vista se le nubla. Cierra los ojos. Suelta el aire. De improviso le viene a la mente un poemita *jisei,* cuyo autor no recuerda.

> Un último deseo:
> poder asir
> el aire.

De quien se acuerda, en cambio, es de Chéjov. Abre los ojos alarmado. Nota otra vez esa dificultad respiratoria. Llama a recepción. Pregunta si hay champán.

Lamentándolo mucho, el dueño lo informa de que hace semanas que se encuentra desabastecido de cualquier bebida alcohólica, salvo latas de cerveza.

El señor Watanabe considera que una lata de cerveza, para ciertos rituales, resultaría de pésimo gusto. Nada le molestaría más que tirar de la argolla y ver la espuma ascender, inflarse como una ola y derramarse.

Así que se incorpora con energía. Se moja la cara. Se pone los zapatos. Y sale a dar otro paseo por el pueblo en calma. A su edad, piensa, cenar es lo de menos. Las noches de primavera son tan agradables.

De nuevo a la intemperie, echa a andar hacia la noche. Y, por primera vez en mucho tiempo, siente que tiene tiempo.

A lo lejos, entre las montañas, las nubes crecen.

11. Y el agua

El agua rasga el saco de las nubes, las abre con su filo, corre entre los timbales de los truenos y el cortocircuito de los relámpagos, cose su trayectoria dando puntadas en el cielo nocturno, cae de cara al mar igual que un saltador desde su trampolín.

El agua pincha el océano, lo interroga, bucea transformando lo pequeño en grande, lo angosto en desmedido, discurre entre tensiones submarinas, extremos patagónicos, canales fracturados, reverbera entre islas y bahías sin voz, navega últimos cabos, apaga el fuego helado que escala las alturas, explora el estrecho de Magallanes, derrite las fronteras uniendo lo pacífico y lo atlántico.

El agua estalla contra la superficie, expande cada círculo del Río de Plata, perfora su piel turbia, mezcla el barro, disgrega los residuos, la sopa tóxica, se suma a la corriente, se fracciona entre fuerzas que luchan entre sí, sondea remolinos, algas negras, peces del daño, va removiendo sedimentos, limo, arcilla, arena con desechos cloacales y con sangre, el líquido del cielo no lo limpia, lo despierta para que recuerde.

El agua vive, despliega sus arrugas como una sábana vieja, nada hasta la costa, se filtra entre juncales, alcanza la orilla, toca tierra, impregna la planicie, avanza hacia las luces, esas luces que ondulan con ritmo acuático, se conecta a la antena de las cañas de pescar, resbala por la capucha de los pescadores, contribuye a la transpiración de un corredor que ignora la tormenta, al fluido de los amantes que atraviesan la Costanera en coche, al arado del neumático, a la siembra de los frenos.

El agua trabaja la ciudad, erosiona su perfil, contrae poco a poco el mal de Buenos Aires, gotea con su insomnio, se diluye en sus destellos y en su mugre, suena a deshora sobre el Luna Park, remite algún mensaje desde el antiguo Correo, desfila por la Plaza de las Armas, asedia la Casa Rosada y gira alrededor de la Plaza de Mayo, se deposita en el Banco de la Nación, rebota en las terrazas que no dejan de emitir noticias recurrentes y ropa reblandecida, satura las bajantes, se desliza arañando el moho de los muros, se filtra por las ventanas, invade los hogares, el pulmón del dormitorio, lame cada portal, se sienta en los umbrales manchados de pisadas, volantes que no venden, penúltimos cigarrillos.

El agua aterriza, golpea el pavimento, adquiere innumerables direcciones, se rompe igual que una serie de jarrones microscópicos, tantea el suelo, se hace elástica, gana velocidad, circula por el desorden del asfalto, baña la red de calles, bombea su torrente, altera el pulso del tránsito, ocupa las avenidas frente a semáforos boquiabiertos, anega las esquinas con sus quioscos y sus gatos y sus mitologías, va acumulándose en los bordes de las veredas, encuentra al fin su cauce.

El agua fluye urgente por las canaletas de desagüe, empuja la columna de la furia, la oleada decisiva, repro-

duce el naufragio y también el rescate, arrastra desperdicios, formas rotas, partículas dispersas, vestigios de
energía, se lleva los restos de la noche, los barre hasta la
boca de las alcantarillas, esas alcantarillas adonde cada
cosa va a parar, al fondo, más al fondo, adonde los fragmentos se reúnen.

Nota del autor: lecturas y gratitudes

Los poemas que aparecen a lo largo de la novela son traducciones propias. En otras palabras, pequeñas apropiaciones de la poesía ajena, raptos de admiración por sus autores. El compatriota extranjero Juan Rodolfo Wilcock veía nuestro país natal como una inmensa traducción. Idea acaso extensible a todas las demás patrias, incluidas las imaginarias.

Entre las lecturas que me ayudaron a trabajar esta ficción, me gustaría destacar las siguientes, por orden alfabético: «The End of Black Harlem», de Michael Henry Adams *(The New York Times); Speedboat,* de Renata Adler (NYRB Classics); *Voces de Chernóbil,* de Svetlana Alexievich (trad. Ricardo San Vicente, Siglo XXI); *De Munich à la Libération,* de Jean-Pierre Azéma (Seuil); *Another Country,* de James Baldwin (Penguin); *La femme rompue,* de Simone de Beauvoir (Gallimard); *Teoría del ascensor,* de Sergio Chejfec (Jekyll & Jill); «Ciento veinte millones que no se chocan nunca», de Vanina Colagiovanni (Revista *Anfibia*); «Las dificultades de la enseñanza del español a los alumnos japoneses», de Pilar García-Escudero (AEPE); *Historias de Nueva York,* de Enric González (RBA); *Flores de verano,* de Tamiki Hara (trad. Yoko Ogihara y Fernando Cordobés, Impedimenta); *Japanese Death Poems,* de Yoel Hoffmann (Tuttle Publishing); *Women of the Beat Generation,* de Brenda Knight (Conari Press); *When We Say Hiroshima. Selected Poems,* de Sadako Kurihara (trad. Richard H. Minear, U. of Michigan P.); *Cómo hacen los japoneses,* de Javier Landeras (Satori); *Gaijin,* de Maximiliano Matayoshi (Alfaguara); *The Mask of State: Watergate Portraits,* de Mary McCarthy (Harvest Books); «Soy viejo, ya no tendré cancer», de Rafael Méndez (*El País*);

489

La historia secreta de las bombas de Palomares, de Rafael Moreno Izquierdo (Crítica); *The Word of a Woman: Feminist Dispatches,* de Robin Morgan (Open Road Media); «El extraño mundo de Chernóbil», de Enrique Moya *(El Nacional);* «Amid Shortages, a Surplus of Hope», de Ryu Murakami *(The New York Times); The Bells of Nagasaki,* de Takashi Nagai (trad. William Johnston, Kodansha International); *Llora Nagasaki,* de Toshimi Nakai (trad. Fernando Acaso, Rialp); *Barefoot Gen: The Day After,* de Keiji Nakazawa (New Society Publishers); *Cuadernos de Hiroshima,* de Kenzaburo Oé (trad. Yoko Ogihara y Fernando Cordobés, Anagrama); *The Puttermesser Papers,* de Cynthia Ozick (Knopf); *Memoria histórica, identidad y trauma,* ed. de Irene Prüfer (Instituto Alicantino de Cultura Juan Gil-Albert); «Jorge Rafael Videla en Japón», de Guillermo Quartucci *(Latinoamérica. Revista de Estudios Latinoamericanos); Nombrar lo innombrable,* de Fernando Reati (Legasa); *Un torpe en un terremoto,* de Javier Rodríguez Marcos (Debate); *Vichy, un passé qui ne passe pas,* de Henry Rousso y Éric Conan (Fayard); *Fukushima: vivir el desastre,* de Takashi Sasaki (trad. F. J. de Esteban Baquedano, Satori); *Conversations With Kazuo Ishiguro,* ed. de Brian W. Shaffer y Cynthia F. Wong (U. P. of Mississippi); «Diary: in Fukushima», de Rebecca Solnit *(London Review of Books); Narrative as counter-memory,* de Reiko Tachibana (State U. of New York P.); *[re]Tokio,* de Jin Taira (trad. Guadalupe Martín, Shu Taira y el autor, Satori); *Writing Ground Zero,* de John Whittier Treat (U. of Chicago P.); «Guerra de medios en la zona del desastre», VV. AA. (entrevista de Jōji Harano, Nippon.com); *White Flash/Black Rain,* VV. AA. (ed. y trad. Lequita Vance-Watkins y Mariko Aratani, Milkweed Editions); «La Fisioterapia en España durante los siglos XIX y XX hasta la integración en escuelas universitarias», VV. AA. (Revista *Fisioterapia*); *Medical Effects of Atomic Bombs. The Report of the Joint Commission for the Investigation of the Effects of the Atomic Bomb in Japan,* vol. VI, VV. AA. (United States Atomic Energy Commission); y «Nagasaki: The Last Bomb», de Alex Wellerstein *(The New Yorker).*

490

También me resultaron de gran utilidad las series fotográficas *Black Tsunami,* de James Whitlow Delano; los reportajes de Arkadiusz Podniesinski en Chernóbil y Fukushima; los documentales *The Black Power Mixtape 1967-1975,* de Göran Olsson, y *I Am Not Your Negro,* de Raoul Peck; la filmografía entera de Koreeda Hirokazu; las armonías del disco *Hispania & Japan. Dialogues,* de Jordi Savall; el canal argentonipón de YouTube *Japatonic TV;* los viajes hipotéticos de Google Maps; y ese libro de arena que llamamos Wikipedia.

Quisiera finalmente agradecer las generosas contribuciones de Matías Chiappe, Vanina Colagiovanni, Sergio Drucaroff, Paz Posse, José Ángel Rodrigo, Víctor Ugarte y Silvia Valls. A Alexandra Carrasco, Fernando Iwasaki, Julieta Obedman, Ana Pellicer, Carolina Reoyo, Pilar Reyes, Eloy Tizón, David Unger, mi padre y mi hermano por sus atentas lecturas. A mi abuela Dorita, por recordar la música perdida de la palabra *shammes.* Al doble *hibakusha* Tsutomu Yamaguchi, desconocido a quien me hubiera emocionado conocer. Y al pintor Hans Thoma, por componer esta variación de un antiguo epitafio atribuido a Von Biberach:

> Vengo de no sé dónde,
> soy no sé quién,
> vivo no sé por cuánto,
> muero quién sabe cuándo,
> voy no sé adónde,
> me extraña estar contento.

Marzo de 2011-octubre de 2017

Este libro se terminó
de imprimir en
Móstoles, Madrid,
en el mes de
enero de 2018